O coronel e o lobisomem

JOSÉ CÂNDIDO DE CARVALHO

O coronel e o lobisomem

(Deixados do Oficial Superior da Guarda Nacional, Ponciano de Azeredo Furtado, natural da Praça de São Salvador de Campos dos Goytacazes)

(Romance)

59ª edição

Rio de Janeiro, 2024

Copyright © 2024 by José Cândido de Carvalho

CIP-BRASIL. CATALOGAÇÃO NA PUBLICAÇÃO
SINDICATO NACIONAL DOS EDITORES DE LIVROS, RJ

C324c   Carvalho, José Cândido de
59. ed.   O coronel e o lobisomem / José Cândido de Carvalho. - 59. ed. - Rio de Janeiro : José Olympio, 2024.

ISBN 978-65-5847-166-0

1. Ficção brasileira. I. Título.

24-88779   CDD: 869.3
                                    CDU: 82-3(81)

Gabriela Faray Ferreira Lopes - Bibliotecária - CRB-7/6643

Texto revisado segundo o Acordo Ortográfico da Língua Portuguesa de 1990.

Todos os direitos reservados. É proibido reproduzir, armazenar ou transmitir partes deste livro, através de quaisquer meios, sem prévia autorização por escrito.

Reservam-se os direitos desta edição à
EDITORA JOSÉ OLYMPIO LTDA.
Rua Argentina, 171 – 3º andar – São Cristóvão
20921-380 – Rio de Janeiro, RJ
Tel.. (21) 2585–2000.

Seja um leitor preferencial Record.
Cadastre-se no site www.record.com.br
e receba informações sobre nossos
lançamentos e nossas promoções.

Atendimento e venda direta ao leitor:
sac@record.com.br

Impresso no Brasil
2024

Para Herberto Sales, Aurélio Buarque de Holanda
e Nelson Werneck Sodré, com admiração.
E à memória de meu pai, o vendedor de açúcar
Bonifácio de Carvalho, com ternura.

JCC: HISTÓRIA PESSOAL

A bem dizer, fui inaugurado em 1914, 24 horas depois de rebentar a Primeira Grande Guerra. Era agosto e chovia em Campos dos Goytacazes. Comecei com jeito de grandeza. Meu ideal era ser usineiro, viver no último andar de trezentos mil sacos de açúcar. Como isso não foi possível, tratei de realizar o subideal que era ser funcionário da Leopoldina. Sempre tive admiração toda especial por chefes de estação, espécie de donos de trem. Como esse subideal também não veio, tratei de escrever para os jornais da minha terra. Uma tarde, em plena década de 1930, entrava este José para a redação da *Folha do Comércio* por uma porta e Raimundo Magalhães Júnior saía por outra. Eu para escrever notinhas de aniversários e casamentos de comerciantes locais e Magalhães Júnior para iniciar sua prodigiosa carreira de grande jornalista e grande escritor. De jornal em jornal realizei o sonho de todo pai brasileiro do começo do século xx: ver o filho bacharel, fotografado de beca e de óculos. E bacharel saí na fornada de 1937, depois de passar, como o diabo pela cruz, através de lombadas de livros de alto saber jurídico. E uma ocasião, com a sacola soltando leis e parágrafos pelo ladrão, fui extrair da unha de um subdelegado um pobre-diabo qualquer. Foi quando constatei, para desencanto do meu canudo de bacharel, que mais vale ter a chave da cadeia do que ser Rui Barbosa. Aborrecido, dei de mão numa resma de papel e escrevi meu primeiro romance, *Olha para o céu, Frederico!*. Uns elogiaram, outros malharam.

Embrulhado em suas páginas arrumei, no Rio de Janeiro, o cargo de redator da velha e saudosa *A Noite*. E em seu manso seio fiquei até que o governo, a poder de bofetões, fechou o jornal em 1957. Dos cacos de *A Noite* pulei para os *Diários Associados*. Nesse meio-tempo, entre uma coisa e outra, caí no serviço público, com escrivaninha no Ministério da Indústria e do Comércio, onde procuro tirar o país da beira do abismo a poder de relatórios que ninguém lê. Quanto à ficção, é mato brabo no qual rarissimamente circulo, temente que sou de mordida de cobra e dente de lobisomem. Vejam que não exagero. Publiquei o primeiro livro em 1939 e o segundo precisamente 25 anos depois. Entre *Olha para o céu, Frederico!* e *O coronel e o lobisomem* o mundo mudou de roupa e de penteado. Apareceu o imposto de renda, apareceu Adolf Hitler e o enfarte apareceu. Veio a bomba atômica, veio o transplante. E a lua deixou de ser dos namorados. Sobrevivi a todas essas catástrofes. E agora, não tendo mais o que inventar, inventaram a tal da poluição, que é doença própria de máquinas e parafusos. Que mata os verdes da terra e o azul do céu. Esse tempo não feito para mim. Um dia não vai haver mais azul, não vai haver mais pássaros e rosas. Vão trocar o sabiá pelo computador. Estou certo que esse monstro, feito de mil astúcias e mil ferrinhos, não leva em consideração o canto do galo nem o brotar das madrugadas. Um mundo assim, primo, não está mais por conta de Deus. Já está agindo por conta própria.

JOSÉ CÂNDIDO DE CARVALHO.
NITERÓI, SETEMBRO DE 1970

1

A bem dizer sou Ponciano de Azeredo Furtado, coronel de patente, do que tenho honra e faço alarde. Herdei do meu avô Simeão terras de muitas medidas, gado do mais gordo, pasto do mais fino. Leio no corrente da vista e até uns latins arranhei em tempos verdes da infância, com uns padres-mestres a dez tostões por mês. Digo, modéstia de lado, que já discuti e joguei no assoalho do Foro mais de um doutor formado. Mas disso não faço glória, pois sou sujeito lavado de vaidade, mimoso no trato, de palavra educada. Já morreu o antigamente em que Ponciano mandava saber nos ermos se havia um caso de lobisomem a sanar ou pronta justiça a ministrar. Só de uma regalia não abri mão nesses anos todos de pasto e vento: a de falar alto, sem freio nos dentes, sem medir consideração, seja em compartimento do governo, seja em sala de desembargador. Trato as partes no macio, em jeito de moça. Se não recebo cortesia de igual porte, abro o peito:

— Seu filho de égua, que pensa que é?

Nos currais do Sobradinho, no debaixo do capotão de meu avô, passei os anos de pequenice, que pai e mãe perdi no gosto do primeiro leite. Como fosse dado a fazer garatujações e desabusado de boca, lá num inverno dos antigos, Simeão coçou a cabeça e estipulou que o neto devia ser doutor de lei:

— Esse menino tem todo o sintoma do povo da política. É invencioneiro e linguarudo.

Então, para aprimorar tais inclinações de nascença, caí nas garras da prima Sinhá Azeredo, parenta encalhada na prateleira, uma vez que casamento não achou por ser magricela e devota. Morava em nação de chuva – um oco de coruja chamado Sossego, onde só dava presença bicho penado. De noite, era aquela algazarra de lobisomem, pio de coruja, asa de caburé, fora outros atrasos dos ermos. Metida nos livros de devoção, Sinhá Azeredo não tinha outra aptidão do que ensinar ao parente sabedoria ligada aos anjos do céu. Saía da prima um cheiro de vela, um bafo de coisa de oratório. De tardinha, sumia no quarto das devoções enquanto eu ficava na soletração da cartilha. Sinhá conhecia toda a raça de ventos e para cortar as maldades e miasmas deles possuía reza da maior força. Por mal dos meus pecados, o que a prima mais apreciava era conversa de assombração, de meninos desbatizados que morriam sem o benefício da água benta ou de herege esquentado em fogueira de frade. Lambia os beiços de cera e ameaçava:

— Criança sem religião acaba no fogo dos hereges.

Meus dias no Sossego findaram quando fui pegado em delito de sem-vergonhismo em campo de pitangueiras. A pardavasquinha dessa intimidade de mato ganhou dúzia e meia de bolos e eu recriminação de fazer um frade de pedra verter lágrima. Simeão, sujeito severoso, veio do Sobradinho aquilatar o grau de safadeza do neto. Levei solavanco de orelha, fui comparado aos cachorros dos currais e por dois dias bem contados fiquei em galé de quarto escuro. No rabo dessa justiça, meu avô deliberou que eu devia tomar rumo da cidade:

— Na mão dos padres eu corto os deboches desse desmazelado.

Atrás da saia da prima Sinhá, lá uma tarde, viajei para o meu novo viver. Como era tempo de chuva, dormi no balanço do trem. Quando dei conta do andado, já a cidade apresentava suas casas e um povinho apressado corria no debaixo dos guarda-chuvas. O homenzinho das passagens, aparecido na porta do vagão, avisou:

— Campos! Campos dos Goitacazes!

Anos passei no bem-bom da rua da Jaca, em chácara de fruteira e casa avarandada. A prima na devoção dos oratórios e eu na vadiagem, com enganos de que esmerava no aprendizado das letras e o que menos Ponciano fazia era aparecer na escola dos frades. Passava semanas em velhacaria de pular muro atrás dos bicos-de-lacre e coleirinhos. O avô Simeão, enterrado no sem-fim dos pastos, não podia acompanhar as capetagens do neto. De mês em mês, assim mesmo na época das águas, é que pisava calçada da rua da Jaca. Sem tirar a espora, vinha saber dos meus adiantamentos no ensino dos padres. Mostrava a Simeão as obrigações de leitura. Ele, quebrado da vista, balangava a cabeça e dizia folheando a livrarada:

— Muita instrução, muita instrução.

Nesse entrementes, eu já graúdo de quinze anos, uma tosse comprida jogou a prima Sinhá na cama, do qual sofrimento nunca mais teve modos de sair. Deu de andar encafuada em cobertor, só nariz de fora. Afinou ainda mais e num agosto de chuva foi embora na asa de um vento encanado. Uma quinzena vencida, já a parenta bem enterrada e melhor encomendada em missa de muito altar, ouvi o seu tossir doente no quarto do oratório. De castiçal em punho, apareci para saber, se fosse o caso, das necessidades da falecida. Capaz que precisasse de um carneiro mais aparatoso ou um par de ladainhas em reforço ao seu bem-estar no céu. Inquiri a visão por duas vezes, como manda a lei dessas ostentações da noite:

— Que penar é esse de tão tardias horas?

Não colhendo resposta, voltei ao gozo dos cobertores e deixei que o tossir continuasse. Depressinha o acontecido pulou o muro e a vizinhança ficou sabedora de que Sinhá aparecia no oratório dos Azeredos Furtados da rua da Jaca. Agregado nenhum, a par da penitência, teve mais ânimo de perambular pelos corredores passada a ave-maria. Até que apareceu a velha Francisquinha, mandada dos confins de Mata-Cavalo, a herança mais pasto adentro de meu avô. Não sei que reza de rebite apresentou Francisquinha no recinto da assombração. De pronto, os lamentos perderam as forças e a penitência deixou de existir, mesmo em noite trevosa de sexta-feira. Eu, que sou perdido da cabeça por uma brincadeira de deboche, sempre relembrava, em presença de alguma tosse, que Francisquinha possuía remédio de grande valimento em incômodo do peito:

— É um porrete. Melhor do que poção de doutor formado.

Simeão deu todo poder de mando a Francisquinha, negra de confiança, vinda dos tempos apagados de meu avô rapazola. Pois digo que essa amizade calhava a contento. A velha sabia dar ordem na cozinha, governar sala e saleta. Morava no meio de um bando de negrinhas e afilhadas. Conhecedora da minha fama de maluco por perna de moça, no dobrar das nove horas trancava todas elas nos compartimentos mais protegidos de tramela. Lacrava as portas com esta ponderação severista:

— Cuidado com o menino!

O menino era eu, molecote aparentado de palmeira, altão, grosso de braço, comprido de perna, conhecido das arruaças e rabos de arraia da rua das Cabeças, tanto que cursava a patente de alferes por imposição de meu avô, que desejava abrandar meu gênio estouvado:

— Na tropa de linha ele perde os desaforos, toma tino de gente.

Engano de Simeão. Era ele desaparecer de volta aos ermos e o neto cair na pândega dos circos de cavalinhos e portas dos Moulin-Rouge. De letra eu nem queria sentir o cheiro. O trabalho que Ponciano mais apreciava era o andar na poeira de um bom rabo de saia, serviço que ainda hoje é de minha especial inclinação. Assim, por causa de um par de tranças de uma tal de dona Branca dos Anjos, apareci em Gargaú, cidadezinha criada e amamentada no areal da costa. Era preciso ter tutano e preparo de coragem para pisar em escondido tão distanciado. Um capitão, meu amigo de vadiagem, garantiu que só pela graça de Nosso Senhor Jesus Cristo eu voltava vivo de lá:

— É a terra mais de bugre que já vi.

Pelas prendas e esmerada guarnição traseira da menina Branca dos Anjos lá cheguei em trenzinho de ferro e lombo de canoa. Vi que o amigo capitão não foi exagerado no parecer. Gargaú era bicho do mato, sem nenhuma aptidão para a cortesia. Fechei a cara e procurei a moça do meu bem-querer. A beleza dela morava em casa avarandada, com um jardim de bogari que ainda hoje, tantos anos passados e rolados, remexe em minhas lembranças. Mas foi o pai saber que o neto de Simeão estava na praça, para arrumar ligeirinho o baú e esconder a donzelice de dona Branca no fundo do sertão restinguento. Levou a filha e deixou aviso:

— Esse Ponciano de Azeredo Furtado é ladrão de moça solteira. Fogo nele.

Gargaú trancou a porta na minha cara. De noite, por desgraça, o luar da varanda de dona Branca dos Anjos liberou tudo que foi cheiro de bogari. Sabia eu que não tinha mais trança de moça no detrás daquelas paredes, que também olho meu podia dizer adeus para sempre ao andar de cobra da menina. De coração caído, deliberei bater em retirada. Na despedida, já dentro da canoa, fiz umas galhardias e grandezas. Garanti que a ofensa não ia ficar no barro sem resposta:

— Vou roubar dona Branca no mês que vem, quando não for mais tempo de lua.

E, na voz dessa ameaça, retornei em prancha de rio e trem de lesma ao meu viver da cidade. Por dias e dias não pude ouvir apito de máquina, que logo a moça das tranças pulava inteirinha dentro do meu peito. E foi para debelar tristeza que num sábado dei entrada em circo de cavalinhos de muita fama e escama armado no largo do Rossio. Não havia quem não falasse dessa palhaçada e do que de principal existia nela: um sujeitão dos diabos que fazia e desfazia de todo mundo. Como desafio para um arranca-rabo, pregaram o retratão do orgulhoso em parede e porta vadia – cara feita a formão, busto largo e cintura afunilada de macaco. Pagavam um samburá de dinheiro a quem ficasse em tempo de cinco minutos diante do malvado sem levar a mão de pilão pelo chifre Um agregado do circo apregoava nas esquinas e praças a bruteza dele:

— Suspende um boi pelo cangote e destorce ferro como se barbante fosse.

Querendo ver de perto tanta ignorância, comprei entrada, salvei um ou dois conhecidos e em canto de paz fui abrigar o assento. Veio o palhaço, de colarinho largo, munido de um navalhão de pau. Contou valentia como é do serviço deles. Arma aberta, garantiu o pantominista que ninguém tirava farinha de sua pessoa etc. e tal. Dava prêmio de vantagem ao desinfeliz que tivesse o desplante de aparecer no picadeiro. Logo um carcundinha pintado de alvaiade aceitou a briga e esfarinhou a brabeza do palhaço a poder de bofetada:

— Toma, sem-vergonha. Toma, descarado!

Ri da peripécia, bati palmas a favor do carcunda. O que não apreciei foi a pantomima que veio em seguimento, coisa triste que não calhava no meu ânimo abalado. Um galante, metido em roupa de fraque e cartola de político, devastou na bengala uma pobrinha que aparecia de filho desmolambado no colo. O tal galante, conde não sei o que, depois de usar a moça em tarefa de manceba, largou a pobre na rua, sem telha onde morar. Já vinha eu de uma tristeza sem conta. Chegava na rua da Jaca, vestia panos de trato, avaselinava o cabelo, pagava entrada no circo de cavalinhos e no fim era obrigado a ver uma judiação daquele porte:

— Desaforo!

Pois mal acabou a pantomima do tal galante de cabelo repartido no meio, apareceu, na boca do pano, o sujeitão que desafiava para uma briga de exterminação qualquer vivente, bicho ou homem. Andou em passo grosso até bem no centro do picadeiro. E de lá, peito de vela ao vento, mostrou o bração de arroba – uma peça vistosa e pesadona. Um amarelinho de fala embrulhada, de fraque de duas pontas e cartola na mão, era a língua por onde o ignorantão deitava ameaça. Pagava tanto e mais tanto a quem quisesse aguentar com ele, que no mundo ninguém venceu:

— Quem quer, quem quer? Qual o valente que aceita descer ao picadeiro?

Fiquei quieto. Não mudei de roupa e paguei entrada para travar briga de encomenda. Como ninguém deliberasse pegar o desafio, largaram no recinto da palhaçada um boizinho barroso que em pronto momento teve o pescoço destorcido no punho do ignorantão. Alisei o queixo, aporrinhado. Fazer uma judiaria de tal grandeza com um boizinho tão bonito! Falei de Ponciano para Ponciano:

— Sujeito assim só castrando.

Não satisfeito de quebrar o boi barroso, ainda latiu meia dúzia de ameaças na direção dos circunstantes. Depressa trouxeram uma barra de ferro que num voar de beija-flor o sujeitão submeteu aos maiores vexames. O vergalhão acabou cipó retorcido. Já começava a achar tudo isso uma falta de respeito, vir um figurão lá de fora fazer pouco do povo da terra, quando o valente, largando o ferro de sua façanha, afinou o bigode e investiu contra um pessoal que apreciava a pantomima rente ao picadeiro. Foi um espalhar de perna sem medida. E de novo o homenzinho do fraque veio dizer que a distinta diretoria do circo dobrava os estipêndios de quem quisesse enfrentar o vaca-braba:

— Quem quer enricar, quem quer enricar?

Um crioulo, que vivia de carregar manta de carne no comércio da rua do Rosário, precisado de pecúnia, pegou o desafio pelo pé. Caiu no picadeiro e nem teve tempo de dizer quem era. O herege enrolou a pessoa dele, meteu o braço do crioulo no por onde costuma trabalhar a perna, apertou, amassou, fez nó de marinheiro e varejou a mercadoria fora. Lá desabou o pobre todo embrulhado que foi uma labuta para desfazer o tal nó de perna e braço. Ninguém apreciou a malvadeza, e muita dama, arreliada de ver tanta ostentação, deixou o assento, o que picou a raiva do desabusado. Bateu no peito, deu urro de onça, quis arrancar da cadeira um sujeitinho por motivo de não apreciar a cara dele. Aí dei meu parecer em voz baixa, a meio pau:

— Esse Satanás está maluco, doido varrido da cabeça.

Um pardavasco, apossado da minha ponderação, gritou que eu estava debochando do valente, pelo que logo um bolão de povo, em azoada de vivas e mais vivas, agarrou a minha pessoa e com ela caminhou até o centro do picadeiro. O gigantão, amarrado em dúzias de braços, escumava ódio. Berrou, escarvou o chão com as patas. O sujeitinho do fraque, cartola na ponta dos dedos, pedia ordem, do que ninguém fez caso. Mesmo embaraçado no cipó de muitos braços, o vaca-braba queria investir contra mim, o que requereu nova remessa de reforço em seu derredor. Quedei no meio do povo, em canto afastado, com todo mundo de queixo caído diante de minha galhardia. O pardavasco causador da desavença era quem mais agitava o recinto. Corria de um lado a outro em alegria de aluado. Avisei mordido de cobra:

— Esse safardana vai ver.

Pensaram que a ofensa era arremessada no focinho do valente e não tive mais modo de frear o povo dos cavalinhos. Uma trovoada de palmas e vivas sacudiu os panos do circo e mais de um chapéu voou de passarinho por cima de mim. Pedi calma – e com calma, levantando os dois metros de Ponciano de Azeredo Furtado, falei na melhor educação:

— Só não desagravo a honra da seleta assistência por ser militar e carecer da licença especial advinda de patente superior.

E, dentro dessa ponderação, fiz ver que não levava medo de cara enfarruscada. Mas, sendo alferes, não podia, sem penas e agravos, denegrir as leis e regulamentos da guerra. Por esses justos motivos é que não capava, pela raiz, os rompantes e exorbitâncias do abusado. E como arremate:

— Mas esse deseducado não perde por esperar!

Dito isso, já largava o assento quando, de uma cadeira, vi aquela bengala crescer e atrás dela um velhote munido da necessária licença para que o alferes desagravasse o povo presente. Era coronel de linha, homem de poder e mando. Forrado de deferência, garantiu que a corporação dos militares fazia muita honra no desafio:

— Está o moço alferes autorizado.

O circo era berro puro. Queriam saber meu nome de nascença. Uma senhora apresentou faniquito e outra mandou lembrança de cravo. Ainda quis questionar, dizer que ninguém devia dar confiança ao malcriado. Que esperança! A resposta foi o povaréu levantar Ponciano entre gritos e algazarra:

— Viva o alferes! Viva o alferes!

Digo, sem querer mostrar avantajados, que a desavença nem teve graça. Acabou nem bem era nascida. Montado em ódio de cobra velha, o gigantão avançou em salto traiçoeiro. Sou de dobradiça macia e ainda agora, tantos anos vividos, boto o dedão do pé bem avizinhado da barba, o que muito menino novo não faz. Com uma quebra de corpo, saí da marrada e lá seguiu o valente em carreira sem governo. Vi que era chegada a hora de despachar o bichão. Espalhando uns agregados do circo que infestavam o picadeiro, liberei o meu rabo de arraia, dos bem aprendidos no largo do Mercado. As botinas de Ponciano subiram no ar e sobreveio aquela batida seca acompanhada de berro descomunal. Quando abri o olho, escurecido pela cambalhota do rabo de arraia, o querelante, como galinha nas agonias, esperneava no chão do picadeiro. Mais de uma admiração rebentou na praça:

— Virgem Maria! O pé do alferes é pior do que coice de mula.

Não é preciso dizer que o circo veio abaixo. Era quem mais pulava e vivava o moço alferes. Fui levado em ombro aos confins da rua da Jaca. Meu avô, de sono pregado, acordou na algazarra de tanta boca. Tive de explicar ao velho o acontecido. Nem terminei o relato – Simeão correu comigo varanda afora. Lampião no alto, gritou que eu era um perdido:

— Vosmecê só aprende o que não presta. Letra de padre mesmo não entra em sua cabeça.

Levei reprimenda grossa. Mas na guerra do circo de cavalinhos, com elogios e cortesias, ganhei a patente de capitão, do que muito tive orgulho e fiz alarde.

2

Então, anos de serenata e farreagem poliram a patente de Ponciano de Azeredo Furtado. Foi ocasião em que montei barba na cara. Em viagem especial cheguei ao Sobradinho para requerer consentimento do meu avô. Refestelado na cadeira de couro, o velho despachou o pedido do neto acompanhado de conselho:

— Saiba o capitãozinho que duas coisas de principal um homem deve ter. Barba escorrida e voz grossa.

Em verdade o que firmou esse meu pertence no queixo não foi a licença de Simeão. Foi Dadá Pereira, uma dona de pensão de moças desencaminhadas, que perdia hora sobre hora no cafuné da minha barba. Era babada em gozo que ela dizia:

— Homem que é homem deve ser como o capitão.

Sabia eu também ser piedoso de São Jorge, Santo Antônio e São José. Em tarde de procissão era o primeiro a aparecer, todo barba brilhosa, para puxar andor. De peito estofado, passava pela rua do Sacramento cantando em voz cheia, que com dificuldade cabia na garganta, as cantorias dos padres. O povo, sempre lembrado da façanha do circo de cavalinhos, cochichava em fala admirada:

— Lá nos paus dos andores vai Ponciano de Azeredo Furtado. É aquele barbudo de cabelo de fogo.

Saía dos compromissos das procissões e de imediato caía nas conversas de café e bilhar. O que valia ao neto de Simeão era a bondade

19

de Francisquinha, que em hora de Deus meu avô arranjou para comandar a casa da rua da Jaca. A velha ameaçava delatar o que eu fazia até madrugada da estrela-d'alva. Sabidão, eu desgastava as birras de Francisquinha em galhofismo:

— Diz nada. Amanhã boto em seu pescoço prenda de ouro.

Mas foi de supetão que dei baixa nesse viver descuidoso. Uma noite, estando na pagodeira, de serenata armada em varanda de moça donzela, apareceu, esbaforido, portador do Sobradinho. Padre Malaquias de Azevedo, confessor de Simeão, mandava dizer, com palavras de muito pesar, que Deus Nosso Senhor havia posto a mão misericordiosa na doença de meu avô – curou o velho de uma vez dos seus incômodos do baço. O recadeiro, fusquinha bem-falante, ainda ajuntou seu pesar:

— Morte muito sentida, sim senhor, de verter muita lágrima, sim senhor.

Em pé de vento passei pela rua da Jaca para vestir roupa de enterro. Cortava o coração mais de pedra ver Francisquinha, no meio de suas agregadas, carpir a morte de Simeão. Ficou pregada na cadeira do falecido alisando o espaldar como se ele lá estivesse em descanso de domingo. Não aguentei – tive um repuxo no peito e desarvorado deixei atrás o choro da velha, com promessa de voltar de imediato:

— Logo acabada a piedade do sétimo dia, no mais tardar.

No trem, em canto sozinho, chamei o morto às falas, coisa que não fazia nunca. Tanto tempo junto dele e tão distanciado de sua pessoa. Nunca que eu apareci no Sobradinho ou em Mata-Cavalo para um ajutório de neto, para misturar meus gritos de goela nova nas suas ordens de velho. O que consolava era saber que Simeão, nem por sombra, queria que eu aparecesse nos pastos, medroso que Ponciano praticasse uma devastação nos compromissos das negrinhas dos currais. Ele não conhecia o capitão. Do que eu mais apreciava e fazia alarde era da convivência com os rabos de saia dos palcos. Conhecido como eu nos teatros e Moulin-Rouge não existia outro igual. As moças das ribaltas, vendo minha despresença, perguntavam de fogareiro aceso:

— Onde anda Ponciano Barbaça?

Logo corria moleque atrás da minha botina. Simeão, desterrado nos ermos, longe estava de conhecer o progresso do neto nos terrenos das velhacarias. Só às vezes, num repente de suspeita, virando a barba como eu também gosto de fazer, é que inquiria em modos de sabido:

— Vosmecê não acha que está antigo para essas labutas de letras?

Convencia Simeão que estudo de saber era assim mesmo, pedia tempo. Tomé de Azeredo Furtado, meu falecido tio, não recebeu canudo de doutor da Justiça na idade dos quarenta e tantos? Simeão resmungava, de novo retorcia a barba. E mais depois, no canto da madrugada, partia para sua nação de boi. Saía o velho por uma porta e eu por outra, que mais de uma janela de moça facilitada esperava meu pulo. No rabo das despedidas, Simeão sempre estipulava:

— Já está em ano de vosmecê tomar responsabilidade nos pastos.

Ia eu, no banco de viagem, relembrando esses e outros acontecidos, enquanto o trem, por fora da janela, puxava os lonjais. Na curva de Santo Amaro a máquina apitou. Larguei no meio a conversa de meu avô, pois já via o povo do Sobradinho na estação. O padre, feição tristosa, caiu em meus braços:

— Que pesar, que pesar.

De noite, depois do enterro, que foi cerimônia de ser vista e ouvida, jantei tristeza na mesa larga do Sobradinho. E de pé, no fundo da sala, recebi o pesar dos currais. A morte do velho desencavou gente que eu nunca vi e até além da meia-noite a varanda foi rebuliço de espora. Na saída da última visita, o padre Malaquias requisitou negra de lava-pé. Deram ao reverendo a bacia de prata dos Azeredos Furtados, como cabia em tal ocasião. O batina mergulhou suspiroso os dedos na água e nesse bem-estar entrou em sono largado. Fiquei de novo sozinho e outra vez vieram as relembranças do meu avô. Como fosse noite adentrada e uma coruja viesse fazer agouro na varanda, fiz recolher o reverendo ao sossego dos lençóis e de minha vez caí no travesseiro. Fui dormir em tristeza e esse acabrunhamento acompanhou meus passos o resto da semana. Rezada missa de sétimo dia, deliberei dar balanço nos deixados de Simeão. Era riqueza de avantajado porte, não só em terras como em benfeitorias e dinheiros. Diante de tanta escritura lavrada e papéis de valia, torci a barba e medi sala em passo militar. A verdade é que Ponciano de Azeredo Furtado era um sujeito enricado. Pensei com meus botões:

— O capitão nasceu de vento em popa.

No arremate do inventário, que não teve embargo da Justiça, por ser eu herdeiro de herança limpa, mandei levantar carneiro de muita religião em comemorativo de meu avô. Fiz questão de municiar o túmulo dele com dois anjos de asa larga, coisa vistosa, de engrossar a fama do cemitério de Santo Amaro. O tabelião Timóteo da Cunha, que cuidou da papelada de cartório, quando a obra ficou pronta teve esta admiração:

— Empombada!

ACABARAM MEUS DIAS DE vadiagem. Tomei respeito, não só pela herança de boi e pasto, como pela patente de coronel que em seguimento recebi. Veio comitiva garbosa trazer a regalia. A casa da rua da Jaca, do jardim ao pé de abricó, ficou pejada de gente. Com tanta glória à disposição, pensei em tomar estado, o que era do muito empenho do padre Malaquias. Além do mais, andava eu na casa dos trinta e tantos e meu novo viver pedia costela. Uma prima, filha do sepultado tio Tomé de Azeredo, ficou toda ensaboneteada para meu lado. Morava longe, mas ao sentir cheiro de casamento voou em trem de ferro e veio desabar na rua da Jaca. Não chegou a entrar em cogitação. Queria moça de bacia larga, onde eu metesse raiz de sujeito respeitoso, com criação de muitos meninos. A prima não servia – um bambu vestido era mais encorpado do que ela. Juca Azeredo, meu parente do Morro do Coco, estando em passadio de semana comigo, desaconselhou:

— Aquilo é tábua de passar roupa. Moça para o primo tem que ter coxão fornido, capaz de aguentar os repuxos.

Concordei. A prima, desconsolada de ver meu desinteresse, pronto voltou para a sua vida murcha. Nessa ocasião, fechei as portas da rua da Jaca, com justificativa de que o Sobradinho precisava de mim:

— Melhor engorda do boi é o olho do dono.

No leme da casa do sertão joguei dona Francisquinha, que gostou de ver lacrada a chácara, uma vez que nos currais seu reinado era mais vistoso, bem aparelhado de negras e mulatas, fora a miudagem dos moleques. Quando os negócios pediam que eu ficasse na cidade, tomava compartimento em qualquer estalagem do largo da Quitanda. Serenados os trabalhos da mudança, estudei, ajudado pelo dr. Pernambuco Nogueira, uma raposa da Justiça, as heranças de Simeão. Na companhia de quatro campeiros percorri as posses todas, da cauda ao pescoço, sem deixar de vasculhar o mais desimportante pé de pau. Nos currais de Mata-Cavalo gastei semana e meia em vistoria. Conferi as medidas das escrituras e vi que em muita parte, pela velhice de meu avô, vizinhos de mau caráter tinham adentrado mourões e aramados em prejuízo do que era meu. Dei a conhecer aos ladrões o seu abuso. Não agi na força dos rompantes, em desmandos e desavenças. Remeti a cada um bilhete educado. Antão Pereira, boiadeiro do Sobradinho, gago de nascença, achou graça do meu proceder mimoso. Na sua língua tropeçada, avisou que povo de pasto nunca que ia entender carta rendilhada, com o qual parecer concordou Saturnino Barba de Gato, outro campeiro meu dos tempos de Simeão:

— Bom entendimento tem o compadre Pereira. Ladrão de pasto não sabe lidar com letra de educação.

De fato, os desabusados fizeram ouvidos de surdo, de nenhum mandar resposta de contestação. Não perdi vaza – chamei os bichos na chincha. Mandei que o dr. Pernambuco Nogueira abrisse questão na Justiça e nessa labuta de botar em ordem a herança de Simeão empreguei meio ano. Vivia enterrado na papelada do Foro e nas escrituras. Lia mais sentença de desembargador que um escrivão de ofício, a ponto de

Pernambuco Nogueira afiançar que eu era capaz de entupir a sabedoria de muito doutor formado:

— O coronel mete no bolso muito mocinho de anel no dedo.

Bondade dele, emboramente tivesse eu inclinações pelas rixas da Justiça. Em dias dos antigos cheguei a trabalhar em cartório e mais de uma escritura lavrei dentro da lei e da pragmática. De gado é que eu pouco alcançava pelos motivos de meu avô não querer o neto na vadiagem dos currais. Desse desconhecimento nunca dei o braço a torcer. Gente que tem mando não pode dar parte de fraco no lidar com o povo dos ermos. Tomei conta do Sobradinho numa segunda-feira e no mesmo dia fiz sentir as imposições de dono. Queria isso, queria aquilo. Por felicidade, enquanto brigava na guerra dos mourões, apareceu no Sobradinho um tal de Juquinha Quintanilha, que em época de moço serviu debaixo da rédea de Simeão. Senti na primeira fala do mulato que era preparado em sertão, entendido em gado e suas mazelas. Discuti de fogo aceso a respeito das bondades do capim-melado. Quem visse Ponciano de palavra solta ia cuidar que estava diante de um mestre de invernada. Pois digo que no corpo da discussão inventei uma raça de capim que no conhecimento de ninguém era chegada. Sustentei, em manha de advogado de lei, as prendas da tal forragem. Dei até nome:

— Capim-rabo-de-macaco.

Fiz isso por sabedoria, para que Juquinha Quintanilha não cuidasse estar na presença de um ignorantão. Não sou, como todo mundo sabe e conhece, loroteiro ou espalhador de falsos. Mato a cobra e mostro o pau. Sustentei o meu capim-rabo-de-macaco por honra da firma. Juquinha, rendido, disse que não conhecia nem dele nunca ouviu falar, ao que logo obtemperei:

— Pois devia saber, seu compadre. É o pasto mais corriqueiro do Piauí.

Simpatizei com ele, com o seu modo cerimonioso de tratar as partes. Era coronel para lá, coronel para cá. O jantar foi servido no melhor agrado de Francisquinha, que conheceu o chegado em vida de meu avô, ainda meninote, na força dos quinze anos. Despachei Quintanilha para a herança de Mata-Cavalo munido de carta branca, com recomendação de não tirar o olho dos mourões:

— Vou ensinar a esses sacanas a regra do bom viver. Meto tudo de rabo no banco dos réus.

O dente de ouro do mulato rebrilhou fora da boca. Riso sem prevenção, de sujeito simplão. Prometeu limpar Mata-Cavalo de todos os compromissos de berne e erva daninha. Conhecia a propriedade, dos dias de vida de meu avô:

— Como a palma da mão, coronel.

AS QUESTIONAÇÕES DO FORO, a lenga-lenga dos doutores fizeram de Ponciano um andarilho. Andava de trem em modo de caixeiro-viajante ou salomão vendedor de panos e rendas. Nessa ciganagem de Foro e estrada de ferro contraí vício de gente política – dei de queimar charuto fino, de fumaças ostentosas. Infestava os recintos por onde andava a poder de Flor de Ouro e nem compartimento da Justiça escapava desse meu proceder. Fiz nome nos cartórios, conhecido por demais nos corredores do Foro. Com esta voz grossa que Deus engastou na garganta do neto de Simeão não havia desavença que eu não desmanchasse na força do berro. Travei rixa de palavra com mais de um rábula e até conselho espalhei em orelha de advogado. Um barbadão vermelhão como eu, aparelhado de quase dois metros, da sola da botina ao chapéu da cabeça, não era para ninguém desmerecer. Comparecia nas audiências da Justiça de charuto debruçado na varanda do beiço. Largava fumaça de trem maluco e minha barba, entre os filós do Flor de Ouro, mais feroz aparecia. Os meirinhos cochichavam:

— Nem por uma fortuna de nababo eu fazia intimação contra o coronel Ponciano de Azeredo Furtado.

Valeu a pena o trabalho. Pernambuco Nogueira, a poder de leis e artimanhas, não só limpou as propriedades de agravos e roubalheiras, como adentrou suas leis em terra que não era minha. Refuguei:

— Sou lá homem disso, doutor! Quero só o que é meu.

Mas um aguardenteiro de nome Cicarino Dantas, com engenho de cachaça em Paus Amarelos, quis jogar a demanda no terreno do atrevimento. Avisaram a ele:

— Esse Ponciano é o tal que em dia dos antigos estuporou um valentão de circo de cavalinhos.

Deu de ombros. Não levava medo de homem, coisa que acabou desde a inventoria do pau de fogo. Era camarada vingancista e garantiu que o coronel do Sobradinho não pegava o tempo das águas com vida no corpo. Como fosse mês de agosto, aproveitei para fazer ironização:

— Pois diga a esse boi de chocalho que ainda tenho mês e meio para rebentar o chifre dele.

Acertei no vinte, porque, segundo vim a saber depois, a mulher do atrevido sujava o nome dos Dantas na cama de um doutor primo dela. Ao saber do meu despacho, o ladrão jurou, em porta de oratório, que ia passar na pólvora a minha língua ferina:

— Nem que careça de vender a camisa do meu vestir ou a cama do meu dormir.

Jura feita, jura cumprida. Uma semana não era decorrida, estando eu na compra de um cavalo passarinheiro, muito do meu agrado por ser possuído de estrela na testa, chegou à minha presença, pela boca de Dioguinho do Poço, um vizinho dos ermos, a notícia de que José Mateus, tocaieiro de tiro certo, rondava as porteiras do Sobradinho. Com a fala grossa de sua natureza, Dioguinho alertou:

— É de proveito o coronel tomar prevenção.

Amansei os receios do vizinho e em modo de pouco-caso mandei Francisquinha reforçar os mantimentos da panela para que eu morresse de barriga cheia. Com esses e outros galhofismos dei a ameaça de Cicarino Dantas por acabada. E mão no ombro de Dioguinho:

— Seu compadre, bala que vai matar este coronel ainda está no fabrico.

Se passei, nos dias de depois, a andar de capanga no costado, não foi por medo, doença que nunca tive nem vou ter. Foi para dar contentamento ao pessoal dos meus descampados e desenferrujar a trabucada do Sobradinho. Um dono de pasto vasqueiro, de nome Sinhozinho Manco, sem saber do acontecido, ficou assustado na vista de tanta arma e munição. Pensava que o povo de Simeão estivesse de guerra feroz contra gente do governo. Falou fininho:

— Nunca vi tanto bacamarte, seu Ponciano. Nunca vi tanto moleque tomado de responsabilidade, seu Ponciano.

Muito apreciava a amizade de Sinhozinho, que conheci ainda nos outroras do Sossego, quando aprendia letra de ensino na escola da prima Sinhá Azeredo. O velho foi amigo dos mais carne e unha de Simeão e era dos poucos uns que tratavam meu avô de igual para igual, sem rebaixamento ou cerimônia. Entrava no Sobradinho como se fosse posse sua, de dia ou de noite, que ninguém era maluco de estorvar os passos dele. Uma coruja não agourava tanto como Sinhozinho. Vislumbrava tudo em olho preto – curral não dava mais nada, gado era negócio falecido. Mas ao saber de um padecimento, lá montava seu cavalinho de costela de fora e saía, sempre resmungão, sempre aporrinhado, em auxílio do aflito. Muita vez, noite alta, nestes meus anos todos de pasto, tive de acompanhar Sinhozinho em ajutório deste ou daquele precisado. Certa feita, salvei, a rogo dele, uma besteirinha mal saída dos cueiros que foi expelir urina e perdeu o caminho de casa. Estava eu no sono militar, um olho aberto e outro fechado, quando a voz de Sinhozinho chamou já dentro do quarto:

— Ponciano! Ponciano!

Larguei a cama e caí nos ermos. Era de madrugadinha. O corisco alumiava no alto e na terra era aquele lençol de chuva que não dava permissão de ninguém ver uma rês ou mesmo arvoredo a um lance de cinco braças no adiante do nariz. A viagem toda Sinhozinho não fez outro trabalho que não resmungar seus azedos contra os poderes do trovão:

— Tempo de sapo, seu Ponciano, de jacaré requerer agasalho, seu Ponciano.

De uma lapa, que a diluviada ameaçava sorver, retirei, com o ajutório de Sinhozinho, o desaparecido – foi minha mão botar o traquinista em lugar seguro e de logo, no imediato, aquela manta de água aparecer e tudo afundar. E enquanto acamava o salvado no debaixo do meu capotão, dei o serviço por bem-acabado:

— A bem dizer, Sinhozinho, o menino nasceu de novo.

De volta ao Sobradinho, já o desaparecido em poder da parentagem dele, o velho recaiu nos resmungos, que não aguentava mais tarefa de pasto, que andava apalavrado para servir na cidade em repartição do governo:

— Vou viver em lugar limpo, calçar minha botina, botar roupa de branco, seu Ponciano.

Era assim o todo de Sinhozinho. Língua chorona, vista que só via defeitura. Mas Deus Nosso Senhor nunca deu poder de vivência a um sujeito de tamanha bondade, tão servido de inocências. Pois foi saber por mim da jura de Cicarino, para o velho pular na perna manca e dizer que ia quebrar o focinho dele:

— É coisa que nem dá trabalho, seu Ponciano.

Liberei os préstimos do amigo:

— O caso é meu, dele não abro mão. Graças a Deus as armas do Sobradinho dão de sobra para brigar com vinte Dantas quanto mais com um só.

De fato, meti carabina de munição completa no ombro de meia dúzia de campeiros. De dia, ficavam na sentinela dos mourões. De noite, revezavam na vigília das armas pelos cantos do casarão. Juquinha Quintanilha, que de coragem era desaparelhado, não aguentou o cheiro da guerra, pelo que arranjou invenção de que a presença dele era requerida em Mata-Cavalo por motivo de uns arremates de paiol e capela:

— O reverendo Malaquias quer ver a obra pronta antes das águas.

Nessa arruaça de armas, lá uma tarde recebi carta lacrada de Totonho Borges. Conhecia a pessoa dele de passagem, da cerimônia de bom-dia, como-vai-como-passou. Mesmo sem raiz de amizade, Totonho Borges era muito festeiro comigo, muito apreciador da minha fama. Lavrava escrituras em livro de cartório e entre uma penada e outra prendia ladrão de cavalo e administrava outras justiças em nome do governo. Tinha casa de prisão e meganha às ordens em São Gonçalo. Por mais de uma ocasião, a seu rogo, tive de repetir como dei encerramento à valentia do gigantão do circo. Totonho ria no relembramento do caso e jurava que ainda estava para nascer outro rabo de arraia daquele porte:

— Ainda está para nascer.

Na carta lacrada, trazida por meganha de confiança, Totonho dava conta que seus fardados tinham dado prisão e cacete a um pardinho de nome José Mateus, contratado para trabalho de tocaia contra o coronel Ponciano de Azeredo Furtado. No primeiro par de bolos o garrucheiro confessou tudo nos pormenores. O próprio meganha disse em jeito de orgulho:

— O birrento urinou de menino só de ver o tamanhão da palmatória.

Larguei o papel de Totonho Borges já aporrinhado e foi aporrinhado que segui, em viagem de guerra, para ver o tocaieiro de contrato. Não apreciava judiação dessa ordem. Era muito coronel de chegar em São Gonçalo e destratar a autoridade de Totonho Borges. Como é que um cristão batizado, pai de filho, podia dependurar outro de cabeça para baixo e gastar a palmatória nas partes fracas do cativo até tirar dele confissões e segredagens? Sempre incriminei barbaridade e covardismo. Sou homem de comer vivinho o querelante. Mas rompante passado, de novo no meu natural, Ponciano até pulava de lado para não matar uma minhoca. Por isso, começava já a não querer justiçar o tocaieiro, enojado de ouvir, na viagem, as gabolices que o meganha, na esperança de ganhar minha especial consideração, apregoava ter feito na pessoa do preso. Lá num avantajado maior, ordenei que calasse o bico:

— Vosmecê só sabe dizer asneiras. É escuro de nascença.

O meganha meteu a viola no saco e outra valentia não arrotou o resto da caminhada. Entrei em São Gonçalo como em praça tomada. Mais de dez campeiros, bem fornidos de armas, guardavam meu costado. Quase tudo cria do Sobradinho, uma remessa de moleques espevitados, doidos da cabeça por coçar o gatilho. Saturnino Barba de Gato, de porte alentado, bexigoso de cara, seguia no meu coice e mais atrás, a dois cavalos de distância, vinha Antão Pereira. De cambulhada com molecotes e cachorros, o meganha portador da carta lacrada, por minha imposição militar, fechava a rosca do batalhão. Totonho Borges, diante de tanta arma montada, botou a mão na cabeça:

— Pelo amor de Deus, coronel, não mate o homem.

Sem prestar atenção ao que Totonho pedia, ordenei, sem sair da sela, que trouxesse o matador de contrato. Na poeira dos cascos de meus cavalos o varejo de São Gonçalo cerrou as portas como em dia santificado. Era quem mais queria ver a justiça do coronel do Sobradinho. Maquinavam que eu ia sangrar o matador como em era distante fez um tal de Zacarias Valadão, nababo de dez fazendas, sujeito de variadas camas e muitos dinheiros. Estava esse povinho do comércio enganado. Estipulei grosso:

— Quero ver esse valente de perto, seu Totonho Borges.

Trouxeram José Mateus amarrado em pau-de-porco. Os meganhas de São Gonçalo jogaram o fardo nos debaixos do meu cavalo em risco do cativo pegar dois coices e morte certa. Enojado, mandei que liberassem o suspeitante, um enfezadinho sem peso de gente, todo tremido de maleita. Logo que ficou desembaraçado das embiras de Totonho Borges, implorou de todos os Azeredos e demais Furtados pronta misericórdia. Fiz com que Saturnino desse ao cativo a mais vistosa arma da embaixada:

— Aquela de fogo central.

Então, de peito aberto, mandei que José Mateus apertasse o gatilho:

— Atira, seu filho de uma égua, que a peça é de segurança.

O povo, em derredor, espalhou a perna no medo de pegar bala vadia e muito sujeito correu para trás de porta. O enfezadinho, sem força nem para segurar a arma, veio cair junto da minha montaria ajoelhado. Contou que devia uns adiantados a Cicarino e o aguardenteiro, de cima dessa prevalência, ameaçou trancar os restos de seus dias no fundo da cadeia. Visse eu que ele possuía ninhada de moleques e não sabia, desde mês, o que era gosto de gordura. E mostrou o peitinho afundado, onde aparecia o reco-reco das costelas:

— Tenha dó, coronel. Tenha pena deste sofredor.

Não aguentei – e caso José Mateus relatasse nova remessa de miséria eu era Azeredo de dar ao necessitado a camisa do corpo e toda a pecúnia do bolso. De coração compadecido, mas ainda em berro autoritário, mandei que ficasse de pé:

— Não sou santo de altar, São Jorge ou Santo Onofre, para ninguém cair ajoelhado na poeira.

Digo, sem ostentação, que Deus não cresceu o neto de meu avô na beira dos dois metros para que ele desperdiçasse essa grandeza toda em raiva de anão, em ódio de sujeito nascido para caber num dedal de costureira. Nunca que uma desgraça dessas ia acontecer comigo. Sempre apreciei as alturas e nas alturas vou morrer. Quando o povinho espantado de São Gonçalo viu Ponciano coçar o bolso, figurou logo faca de ponta ou garrucha de segurança. O que saiu do atrás das calças foi um bom par de notas na ordem de duzentos mil-réis que passei a José Mateus com a expressa estipulação de quitar a dívida em poder de Cicarino Dantas. E no fim da incumbência mandei este recado:

— Diga ao nojento que vosmecê está alforriado e que o coronel do Sobradinho em oportuna ocasião vai visitar Paus Amarelos.

Por causa dessa ameaça, Cicarino demoveu céu e terra na esperança de fazer as pazes comigo. Em carta de letra torneada, garantiu que tudo era inventoria de José Mateus, vingança de moleque safado. Acusou também Totonho Borges de não apreciar a sua pessoa, motivo pelo qual "extraiu confissão descabida de um vadio que atirei fora de porteira por ser ladrão contumaz". A carta, pelo visto, não devia ser de Cicarino, aguardenteiro de curtas letras, que mal sabia assinar escrituras e recibos de cachaça. Algum doutor advogado, a par da minha fama de coronel demandista e instruído, rascunhou o preto no branco a troco de meia dúzia de tostões. Fiquei firme, não abri os braços de pronto. Queria judiar de Cicarino, dar lição de boa vizinhagem a ele. Juquinha Quintanilha, desejoso de ver o caso apagado, Dantas na boa convivência do Sobradinho, pedia que eu desse a desavença por desfeita:

— O homem está arrependido, de não comer nem dormir, coronel.

Mandava que Juquinha recolhesse os panos quentes:

— Tem tempo, seu compadre. Isso não é sangria desatada.

Mas no fim do ano, pelos bons ofícios do tabelião Pergentino de Araújo, ensarilhei as armas. Mantinha com o suplicante Pergentino relações estreitosas, meu amigo dos Moulin-Rouge e outras ribaltas. Era como eu, severão, respeitosão por fora. Dentro, safadeza maior não havia. A pedido dele, assinei documento de paz em benefício de Cicarino Dantas, que veio, na companhia de Pergentino, prestar vassalagem ao coronel em terras do Sobradinho. Rebati a cortesia com morte de carneiro e outras alegrias de mesa. O tabelião, que deixou o sossego da cidade para esse trabalho de paz, não cabia no contentamento. Era um tirar de óculos e limpar de óculos sem descanso, o que levantou risada entre o povo do Sobradinho. Além do mais, Araújo não largava a bengala de castão de ouro, mesmo em passeio curto no derredor do casarão, nas cacimbas ou na sombra das casuarinas, por ser muito temente de surucucu:

— Fui picado em menino e de cobra tomei birra.

O jantar foi servido em toalha nova e demorou mais de hora, do cabrito ao café do arremate. No charuto, deu entrada no Sobradinho aquele luarão de cegar coruja. Admirado de tanta ostentação, Pergentino foi apreciar a claridade e se não fosse um pio de caburé, que arrepiou o tabelião todo, era homem de não arredar mais o pé da varanda. Não parava de gabar os benefícios do luar:

— Que boniteza, que coisa salutar!

A noite afundou e a gente em conversaria, no relembramento do antigamente, das arruaças em porta de teatro e em janela de serenata:

— Tempo bom, Ponciano, de francesada supimpa. Mais de um comerciante de secos e molhados abriu falência nas pernonas das Zazás dos Moulin-Rouge.

Pergentino, refestelado na cadeira de meu avô, quis saber pouco mais depois o nome de uma mulatinha, de bojudo assento, encarregada do bule de café. Digo que meu olhar mulherista nunca encalhava em beleza do povo subalterno do Sobradinho. Araújo, nas ignorâncias dessa minha jurisprudência firmada, pediu que eu desse parecer sobre a pardinha. Por sorte, entrava ela nessa justa ocasião, com nova remessa de café e paçoca de milho. O tabelião logo ajeitou os óculos no gozo da vistoria. De fato, a agregada do Sobradinho tinha lá os seus possuídos, no que avultava o bom roliço dos braços. Cicarino, de modo a não ficar atrás, gabou os rabos de saia do seu engenho:

— Tudo mulata limpa, beiço de travesseiro.

E avantajou as bondades delas, as libertinagens que tirava de sua autoridade de patrão. Em tempo de água não tinha outro serviço. Era chuva no telhado e ele na farra de cobertor:

— É uma mulata por noite, trinta no fim do mês.

Quando a conversa perdeu a força, fui levar as visitas ao compartimento de dormir. Os lençóis de dona Francisquinha estalavam de asseio. No boa-noite, avivando a lingueta do lampião, brinquei com os amigos:

— Neste quarto dá presença uma assombração cheirosa. Foi moça teúda e manteúda de meu avô Simeão.

Cicarino, por causa de uma venda de gado, voltou ainda ao Sobradinho meia dúzia de vezes. Numa dessas vindas, como mostrasse desejo de passar no cobre suas posses em pasto e fabrico de aguardente, apalavrei a transação em nome de Juca Azeredo, meu parente do Morro do Coco, que sempre quis propriedade rente de mim. Mal recebeu o aviso, veio de corrida meter o negócio em livro de tabelião. Por quarenta contos contados e mais outros quarenta em papel de compromissos, ficou o primo no mando da melhor fábrica de cachaça que já vi, de metais limpos, turbina areada, produção garantida – o engenho de Paus Amarelos. A rogo dele, botei em seu serviço, por quinzena e meia, o limpador de cavalo Janjão Caramujo, cachacista sem remissão, sempre encorujado pelos cantos, mas gozando da madrinhagem de Francisquinha por ter servido o velho Simeão desde tenra infância. Tirante essa defeitura, de beber feito gambá de galinheiro, era Caramujo de bons prestativos num embonecramento de sela ou limpeza de um lombo, seu principal ofício nos seus anos muitos de Sobradinho. Despachado o pardavasco, com as competentes ressalvas ("Cuidado com as garrafas que Janjão suga mais que morcego"), fiz chegar às porteiras do primo outro benefício maior. Estipulei que Juquinha Quintanilha franqueasse os pastos de Mata-Cavalo aos cascos do gadinho dele. Tudo era Azeredo Furtado.

3

Bem não tinha esquentado o assento na cadeira de meu avô veio o caso da onça-pintada. O zum-zum trazido pelo vento dos pastos dizia grandezas da aparecida, que era onça sem medida e sem cautela. Entrava nos currais de dia que fosse e seu dente carnicento escolhia, nas barbas do dono, a rês que bem quisesse. Mandei que João Ramalho, marcador de gado do Sobradinho, sujeito andeiro e de muita ponderação, vasculhasse a verdade e dela fizesse relato:

— Dou prazo de mês ou mais se quiser.

Esperei nada – João Ramalho, num sopro, voltou de missão desincumbida. A onça, uma pintada de pata grossa, dava carta e jogava de mão, almoçando e jantando garrote e mais garrote:

— É bicha de grande porte, daninha como os capetas, aparecida nas posses do major Badejo dos Santos.

Ao ouvir o nome do vizinho, cortei o relato na nascença:

— Seu Ramalho, já não está presente quem mandou pedir notícia da onça.

Como sou de matar cobra e mostrar o pau, antes que o marcador de rês caísse em espanto, troquei em miúdos os porquês da medida. Não podia eu, sem deslustrar a patente, levar a guerra aos pastos de Badejo dos Santos, um parceiro de armas, muito capaz de tomar a providência como afronta ao seu galão. A pintada, em matas do major, fugia ao meu tiro mortal. Descaí nos pormenores:

— É da pragmática militar, seu João Ramalho. É dos regulamentos da guerra, seu compadre.

João Ramalho, em risco de ver seu serviço derrotado, ainda ponderou que o major não fazia caso de tão alta regalia no primeiro ronco da pintada deixou os pastos em carro de boi, na segurança de vinte capangas, cada qual mais apetrechado de armas. Que eu podia passar por cima da patente dele, sabido que o major dava meia boiada ao cristão que limpasse os seus ermos de tamanha imundície:

— É homem capaz de rezar missa e matar cabrito de louvor, meu patrão.

Fui severo, avivei a voz. Ninguém ("Ninguém, seu João Ramalho, ninguém!") ensinava ao neto de Simeão regra de bom proceder. Que ele fosse marcar rês, ofício que conhecia de cor e salteado. De regulamento e lei de guerra entendia eu. Não foi à toa que cursei escola de padre e em anos recuados pratiquei em cartório de tabelião. Muito doutor veio tirar consulta comigo quando tive pendência na Justiça. Que João Ramalho perguntasse a Pernambuco Nogueira quem era eu, a azoada que fazia nos ouvidos dos desembargadores do Foro. Por isso, por ser homem de instrução, é que podia dizer, sem medo de embargo, que a onça presente era da alçada do major Badejo dos Santos. E arrematativo:

— Dele e de mais ninguém!

Quintanilha, chegado no mesmo dia, ficou a par da lição ministrada a João Ramalho e do impedimento que retirava do meu poder a exterminação da onça:

— Essa, e mais nenhuma, é a justa causa, seu Quintanilha.

Mostrando o dente de ouro e piscando o olho mateiro, o mulato ponderou:

— Em regulamento de guerra e lei do Foro não tem como o coronel.

Francisquinha, que andava perto na limpeza da sala, na certeza de que Juquinha vinha em missão da onça, soltou a língua. Como é que ele navegava tanto chão de pastos para vir trazer ao Sobradinho invencionice dos matos? Um milho verde, uma partida de farinha, uma caça fresca nunca que ele trazia. Mas aligeirava a perna em viagem de diz que diz:

— Carece de tino, carece de cabeça.

Tive de pular em auxílio de Quintanilha – já o dedinho de graveto da velha raspava o nariz do mulato. Jurei por São Jorge e São José, padroeiros de minha devoção, que ninguém no Sobradinho ia travar arruaça de sangue contra a onça, que Juquinha sabia do meu embaraço militar, em vista da maldosa estar debaixo da bandeira de Badejo dos Santos. E de braço passado no ombrinho da velha:

— É o que salva a pintada, minha madrinha. É o que salva.

Ainda espevitada, sem querer acreditar, Francisquinha resmungou que o menino era capaz de cair no cerrado e sem ajutório de ninguém desmontar a onça em pronta ocasião. Aquietei o receio da velha e reforcei a jura:

— Sou lá homem de quebrar promessa de São Jorge e São José!

No esmorecer da tarde, de novo nas boas graças de Francisquinha, Quintanilha voltou a Mata-Cavalo. Fez curva de arco de modo a não roçar terra de onça. Ao ter conhecimento de tanta fartura de medo, ri de rebentar botão de calça:

— Vai ser amedrontado assim na Bahia.

Sumido Juquinha, não fui mais coronel de ter sossego, de fumar meu Flor de Ouro, de apreciar um fundo de cadeira. Uma viração de leva e traz deu de correr entre o covil da onça e a varanda do Sobradinho. Um comício de boiadeiros cheguei a esfarinhar no grito, tão cheio andava de valentia de onça, judiaria de onça, safadeza de onça. Cada qual dependurava na papa-bezerro avantajado de maior porte. No fim, já era uma exorbitância de dar pinote de cavalo e mais de um garantiu que subia em arvoredo como aparentada de macaco. Quando a voz troncuda de Dioguinho do Poço veio dizer no Sobradinho que a onça deitava fogo pela goela, tive de falar sério:

— Que fogo, que nada, seu Dioguinho. Tenha respeito!

E na cara da campeirada exemplei o vizinho como gosto de exemplar. Que negócio era esse de onça cuspir labareda? Era mesmo o que faltava!

Dioguinho do Poço, dono de invernada, pai de menina já em ponto de tomar responsabilidade, de carreira arrepiada na frente do gatão:

— É demais, seu Dioguinho. É demais!

E, dentro desse severismo, marchei até ver o bom vizinho quebrado, de cara no assoalho. Então, abrindo os braços, amoleci a reprimenda:

— Seu Dioguinho, onde é que alguém já viu palhaçada mais vistosa? Onça de lamparina no gargalo!

Diante desse meu jeito cativoso, o vizinho de novo ganhou alento Sua voz de atulhar os recintos mais largos, feita de todas as brutezas dos ermos, saltou em defesa do fogareiro da pintada. Que eu desculpasse, mas que muito povo do sertão, gente sem mentira e invencionismo, viu o alumiado, isso viu. Era um pedação de onça munida dos maiores desatinos:

— O compadre Badaró do Rosário verteu água só de sentir a catinga da monstrona.

Em fala de amizade, com Dioguinho em passeio pelos arredores das casuarinas, tirei da ideia dele a invenção da lamparina. Era bobagem, carochinha que não calhava num homem madurão e vivido. O que de fato largava fogo da goela era o artimanhoso do dragão, maldade desaparecida desde o dia que o milagroso São Jorge do cavalo branco andou pelo mundo:

— Esse e mais outro bicho nenhum, seu compadre.

Mas digo que o resto do mês foi só onça. O primo Juca Azeredo, dando parte de muito entrado no serviço da moagem, mandou bilhete manhoso. Na última linha, numa intimidade de parente, perguntava quando é que eu ia meter pernil de onça na panela de Francisquinha, uma vez que a carne de pintada era por todos tida como de grande sustância:

— Maricas de uma figa!

Medroso mais que um coelho, Juca figurava valentia no branco do papel. Não passei recibo – pelo mesmo estafeta, em letra arredondada, das que aprendi no ensino dos frades e nas tarefas de cartório, mandei dizer ao parente de Paus Amarelos que o povo do Sobradinho contava de pedra e cal com ele para dar morte ao gato. E por fora, no ouvido do portador, remeti este recado debochista:

— Diga ao primo que a gente espera a espingarda dele, acompanhada de sua pessoa, na semana entrante.

O bilhete foi em perna de cavalo, a resposta veio em andar de jabuti. Chegou em carta mofina – apresentava o parente, como motivo de não pegar encargo na rixa da onça, uma inchação aparecida lá no baço dele, do que resultou ter de mergulhar a parte ofendida em medicação de doutor. Achei graça da invencionice de Juca Azeredo e foi sacudindo o seu rabiscado que disse a Antão Pereira:

— Só de ouvir falar em onça o primo de Paus Amarelos baixou aos cobertores.

CORREU O TEMPO DE um mês, choveu nos currais, perdi um boi de canga em dente de surucucu. Antão Pereira teve caxumba de um lado só. E por cima de tais desbenefícios a costa soprou seus ventos brabos. De noite, São Bartolomeu, padroeiro deles, estumava aquela matilha de lobisomens que assobiava e fuçava portas e janelas. Enfastiado, vesti casacão de inverno e fui tirar uns dias em Paus Amarelos, na mesa e na cama do meu primo Juca Azeredo. Era visita prometida e adiada desde longe. Pelo que chegava ao Sobradinho, o parente andava amofinado, de inchação embutida em parte velhaca. Fui chegando e requerendo as pormenorizagens da tal moléstia que fazia e acontecia:

— É apanhada em rabo de saia ou é mazela de velhice?

Juca Azeredo gemia a um canto da cama larga onde Cicarino Dantas, antes de torrar o engenho, peneirava suas mulatas na receita de uma por noite. Na recordativa dessas desregragens brinquei de novo com o primo Juca:

— Diga logo, seu Azeredo, onde pegou tamanha galiqueira?

Coitado dele! Tinha contraído bicho-de-pé e caiu na asneira de amamentar a gosturinha da comichão para além do tempo estipulado, que é de cinco dias no mais espichar. Da exorbitância, resultou florir na ponta do dedo do primo aquele botão de rosa de mau caráter. A pedido de Juca Azeredo, a obrigação do mestre de alambique escarafunchou a parte ofendida. Esperava criança a dita madama, barriga na casa dos sete meses. Seu dedo assim pejado só podia trazer desfavorecimento ao embaraço do parente. E foi o que sucedeu. Nem era morto o dia e já o primo via chegar a primeira remessa de maldade – a perna pegou peso de chumbo, um frio de maleita deu de vadiar pela espinha dele e como arremate sofreu vexame de barriga de não ter sossego:

— Desde semana que ando nessa quebrura.

Sem pedir licença, retirei os panos da parte encalacrada de modo a aquilatar de perto se Juca fazia exageração do incômodo. Olhei e não gostei. Manga arregaçada, mandei que um par de molecotes fosse no mato catar erva-de-bugre, de boa aceitação em casos tais. Na cozinha, ordenei preparo de paçoca de farinha em azeite quente, para um alentado sinapismo capaz de resolver a maldade, chupar a peçonha e preparar o carnegão. Dois dias e duas noites passei na cabeceira do doente. Vi a febre crescer, virar fornalha. Lá a horas tantas Juca Azeredo desandou a dizer bobagens, valentia que nunca fez nem ia fazer. Até que uma tarde, vendo que o inchamento requeria mão de homem, espremi a postema, estando Juca Azeredo na madorna da febre. Soltou o primo berro que varou a cumeeira de telha-vã e foi bater nos metais do alambique. Correu gente espantada – um cacho de olhos e cabeças apareceu na porta do quarto para ver que remédio eu tinha ministrado no doente. Mas desde essa hora, limpo do carnegão, o primo começou a pegar formato de gente. Já de noite havia perdido os encovados dos olhos e o barro da cara. Caiu aguaceiro de madrugada. De manhã, quando entrei no quarto do padecente, Juca estava viçoso como planta nova, como se a chuva tivesse regado sua raiz. Gabou minha munheca:

— A mão do primo é mais valente que torquês.

Fui ver o engenho na moagem das derradeiras canas, tarefa que não havia feito por ter ficado preso na mazela do parente. Na bagaceira, dei com Tude Gomes, o mestre de alambique de Paus Amarelos, meu conhecido de uma ou duas visitas ao Sobradinho. Era um brancarrão sarará, macio de trato. Acabava de chegar de viagem distanciada, tanto que trazia ainda as poeiras da trafegação. Veio render sua vassalagem assim que viu este coronel aligeirar os passos na direção da casa do alambique. Quedou respeitoso, chapéu no peito, perguntando pelo meu passadio, que do patrão ele andava a par. A meio dia de Paus Amarelos, numa venda de estrada onde parou para alegrar a garganta, foi sabedor do bom serviço de doutor que eu pratiquei no dedão do padecente. E brincativo:

— Corre até que o carnegão pulou como rolha de jinjibirra em viagem de quatro braças.

Ia rebater o exagero, mas o brancarrão pediu licença:

— Se o coronel não faz embargo, vou assuntar as melhorias do patrão.

Varejei o engenho, um brinco de fábrica, cada peça mais polida do que outra. Os cobres cegavam de tão asseados. Salvei uns e outros tarefeiros das turbinas e afundei a vistoria ao depósito dos vasilhames. Foi quando vi, numa casa de varandinha e trepadeira, aquele apanhado de moça em serviço de retirar malas e baús. Era a mulher de Tude Gomes, chegada com ele em carro de boi. Andava em barriga de sete meses, com os panos do vestido muito esticados em risco de rebentar as costuras. Mas o cabelo, em forma de trança, ameninava o seu porte de moça competente, de largos tirocínios. Esvaziada de criança devia ser coisa de grande contentamento, de muitos e variados préstimos embaixo de um cobertor. Em linda mão foi o sem-vergonha do primo Azeredo meter o seu bicho-de-pé...

VOLTEI ÀS ROTINAS do Sobradinho. E lá um domingo, estando na limpeza das armas, no paiol do sótão, ouvi uma algazarra de cachorros na sombra das casuarinas. Era Juquinha Quintanilha que chegava sem ser pedido ou chamado. Entregou a rédea a Janjão Caramujo e nem parou na cozinha onde Francisquinha apreciava receber cortesia e prendas dos viajantes. De dois em dois degraus, ganhou o paiol e na porta requereu licença:

— Careço de falar com o coronel.

Não retirei o interesse do cão emperrado de uma garrucha que eu azeitava. Quintanilha, em presença das armas, disse que em boa hora tinha chegado:

— A incumbência que trago pede ajutório de trabuco.

Não fiz caso, por saber que o mulato vinha em missão da onça, que eu dava como da alçada do major Badejo dos Santos e do qual parecer não arredava um palmo. Em verdade, Juquinha sabia trabalhar um pé de conversa e não perdia o ânimo diante de qualquer negaça. No macio, como era do seu proceder, pediu notícias do primo Juca Azeredo e riu do carnegão que pulou de perereca na força do meu dedo:

— O coronel tem sabedoria de doutor formado.

Não acompanhei o deboche de Juquinha, uma vez que não via graça em zombar dos padecimentos de ninguém. Diante do meu desagrado, o mulato mudou de toada, cantou outra cantiga. Relatou uma louvação que foi feita ao coronel do Sobradinho numa festa de batizado, na precisa ocasião em que um marchante de boi, de nome José Feijó, deu garantia de que eu só não sangrava a onça por estar preso a compromisso de moça ou a jura de santo:

— É militar de respeito, homem de instrução.

E na poeira do louvor de José Feijó o mulato contou que um certo capitão Zuza Barbirato, portador de cem mortes de onça, dava pronto desaparecimento à maldosa por duzentos mil-réis pagos em cima do couro da pintada. Pedia Juquinha licença para apalavrar o capitão, homem de muita fama e sem tempo de perder, que só trabalhava em caça de porte:

— Coisa pouca ele rejeita.

Não disse que sim, não disse que não. Deixei a deliberação em suspenso, pois o caso não era de sangria desatada. Desenferrujado o cão da garrucha, desci para a sala de jantar, onde Juquinha continuou no caso da onça:

— O capitão faz serviço limpo e bem arrematado.

Torci a barba, acendi charuto, fui ponderar na janela. Desde que eu, pela lei militar, não podia, sem desdouro para a patente de Badejo dos Santos, de mão própria dar arremate de sangue aos despautérios da onça, era de boa ponderação meter na guerra espingarda de contrato. Com essa manobra limpava o pasto e não ofendia o vizinho. Prometi a Juquinha deliberar para mais dentro da tarde:

— Vou pensar, vou pensar.

O jantar, comido na companhia de Quintanilha, não teve conversa de onça. A gente falou de tudo, de uma ninhada de jararaca que infestava os pastos de Mata-Cavalo e dos entraves do padre Malaquias, jogado na cama com uma ferrugem nas juntas. Na hora do palito é que Juquinha, voz apagada de modo a não vazar além da mesa, relembrou que eu, no caso da pintada, não precisava de ficar cativo de jura nenhuma, desde que não foi praticada em nome de Nosso Senhor Jesus Cristo ou outro santo de igual poder:

— É o que todo mundo diz. Padece de valimento.

Respondi de imediato, para debelar dúvidas e mal-entendidos, que no concernente a compromisso de santo sempre fui católico de marca maior. E severão como se estivesse em recinto de igreja:

— Promessa é promessa, coisa de ser respeitada.

Charuto na boca, mãos no detrás das costas, medi a sala em passo militar. E nesse medir botei Juquinha a par da minha condição de homem de Irmandade, com lugar certo nos paus dos andores. Não ia perder tamanha regalia por causa de uma bobagem de pele e dente:

— Pois digo, seu Juquinha, que não tem onça que pague estar de mal com a religião e o seu povo de batina.

O mulato ainda quis obtemperar. Obtemperei mais forte do que ele, dando uma palmada na mesa:

— Conheço o meu lugar. Na demanda da onça não tomo parte.

Em vista de tão justas ponderações, o feitor de Mata-Cavalo deu ganho de causa a mim, até louvou minha devoção:

— Coisa de altar tem de ser respeitada.

Abri os braços:

— Vosmecê tem tino, vosmecê falou bem.

E já que tudo estava clareado, não havia como denegar autorização a Juquinha para contratar o tal capitão das cem mortes, dentro do estipulado de duzentos mil-réis:

— Com um porém, seu compadre. Só pago na pele da onça.

Quintanilha, dente de ouro do lado de fora, mostrou contentamento. Logo afiancei que o melhor tempo de dar andamento ao caso da pintada era em noite de lua cheia, quando as carnicentas estão de cio aberto. Fiz recomendação, desci aos pormenores, às manhas e malícias das onças:

— Seu Quintanilha, cuidado com o vento. Em guerra de onça o vento vale tanto como calibre da espingarda mais valente.

O mulatão, diante de tamanho perigo ("Cuidado com isso, cuidado com aquilo"), encalistrou, deu de encorujar. E eu tome onça. A certa altura, de pintada embaixo do braço, apresentei lição de deixar Juquinha fora de tino. Mas de tudo isso, soubesse ele, eu guardava um pesar:

— Não entrar na briga, seu compadre. Se entro na encrenca, a onça era bicho para um tiro só.

Juquinha concordou e no pé da concordância requereu licença – tinha que dar um dedo de prosa a Antão Pereira a respeito de uma barrigada de codorneiros, bicho de levantar caça no breu da noite e no mais cerrado gravatá. Do fundo da sala fiz troça:

— Deixe de lado os cachorros e cuide da onça, homem de Deus.

Juquinha riu amarelinho, descontentado. Quando passou no alcance do meu braço, catuquei o ombro dele:

— Veja que despropósito! Com uma peça dessa brabeza na boca de espera e eu amarrado talqualmente um aleijado.

Sosseguei na espreguiçadeira, bem comido e charutado, barba repousada no peito. Uns pândegos de uns sanhaçus farreavam nas casuarinas e um chiado de carro de boi chegava de lonjal muito entranhado. Isso amolengou minha vontade e caí em sonolência, em moleza de barriga bem jantada. Desse torpor acordei com alguém asseverando que o tempo estava de rabo virado:

— Vem corisco do grosso. Já está chovendo nos Currais de Fora.

De fato, um ventinho candeeiro de água, em modos de sul, varria o casarão, o que desentocou da cozinha uma penca de negrinhas logo derramada em pernas e braços no trancamento de portas e janelas. No calcanhar da criadagem apareceu um cachorro de rabo encolhido, adivinhador de temporal. Ficou murcho, tristento no debaixo do sofá. Só mesmo ameaça de corisco fazia um sem-vergonha assim sem préstimos enfrentar a presença de Ponciano de Azeredo Furtado. Em dia de rotina nenhum mastim, por mais de raça que fosse, recebia autorização para ficar a menos de dez braças de onde eu estivesse. Ia mandar correr o cachorro quando, dos fundos, ouvi a zoada daquele comício de rezadeiras. Era o povinho de Francisquinha reunido em louvor de Santa Bárbara, que é padroeira de segurança contra desmando de corisco. No embalo dessa devoção fechei olho e foi de charuto apagado no canto da boca que entrei em nova madorna. Saí dessa dormência sei lá que horas. A noite era fechada e a tormenta crescida. Juquinha, de novo na sala e sentado em distância respeitosa de mim, esperava que eu acabasse o descanso. Espichei o pernão, acendi o toco de charuto e voltei ao caso da onça:

— E a pintada, seu compadre?

Achegando a cadeira para junto de mim, Juquinha embonecou a brabeza do capitão Zuza Barbirato. Tiro como o dele não existia em pasto de cem léguas, mesmo em terra mais farta de gato brabo. A coronha do matador levava para além de cem riscos, que era como o capitão contava os bichos vazados. O homem era de rompante, falava grosso nos modos de Dioguinho do Poço. As artes da caça ele tinha aprendido dos bugres, pelo que fazia gosto ver o capitão Barbirato em faina de mato:

— O coronel vai apreciar o serviço dele.

Disse a Juquinha que encurtasse tanta vantagem:

— Quero ver esse capitão numa pendência de lobisomem.

O mulato, medroso de perder a cor, resmungou que em noite de corisco nem era de religião cuidar de visagem. Mal acabou Juquinha de ministrar esse conselho, do fundo da varanda uma coruja cortou mortalha. Ou vinha corrida do vento ou então, desmedrosa do temporal, rondava o quarto dos santos, atraída pelo azeite das devoções. Embarquei no pio da agourenta de maneira a espicaçar o medo do mulato. Falei queixoso:

— Não há mais respeito, não há mais nada. Qualquer noite a gente tem coruja de talher na unha comendo na mesa de Simeão.

Juquinha apresentou logo suas providências:

— Não tenha cuidado, patrão. Vou contratar rezador.

Por molecagem, no que sou mestre, desfiz do tal espantador de coruja. Quintanilha pulou na defesa dele, que o homem era isso e aquilo, que possuía reza mortal e um defumador de erva do mato capaz de matar até um boi quanto mais asa de caburé:

— É simpatia de muito benefício, do maior valimento.

Garanti que isso não existia:

— Potocada, potocada. Lido com essa maldição a noite inteira.

E puxando fumaça, asseverei que reza de rezador sozinha não bastava. Porrete para peste de mocho, soubesse Juquinha Quintanilha de uma vez por todas, era dizer, em três sextas-feiras seguidas, desde que havendo estrelas, o santo nome de Onofre:

— Não fica uma. Seca tudo no galho. Ninho, asa, bico, o diabo!

Já que andava com a mão na massa, e a hora era tardia, continuei na pantomima de escovar o medo de Quintanilha, ajudado pela noite trevosa. Lá fora o vento zunia e o trovão alumiava as vidraças da sala. Por sorte, por reforço de minha maquinação, da parte dos fundos, vez por outra chegava um barulho de corrente arrastada. Mandei, fingindo espanto, que o mulato apurasse o ouvido:

— Esquisito, hein, seu compadre? Parece corrente de negro cativo.

Quintanilha disse um nome de santo e avivou, com a sua mão boiadeira, a lingueta do lampião de cobre. O arrastado de ferragem no assoalho vinha vindo dos compartimentos traseiros do Sobradinho. Mal-assombrado não era, que esse povo da noite nunca aparece na popa da tormenta. Seguro de tal verdade, contada e recontada em dias de sua vida pela prima Sinhá Azeredo, dei mais um passo na judiação de Juquinha Quintanilha. Com parte de averiguar se as janelas aguentavam o rojão do vento, desencovei um livro de São Cipriano que vivia amedrontado no fundo do gavetão dos meus charutos. Cuidou o mulato que fosse coisa de reza, milagre de domar os coriscos, devoção de Santa Bárbara ou outro santo de temporal. Ri no íntimo e abri o livro em parte que eu conhecia: o caso de uma certa penitência levada da breca que em tempo dos antigos pintou e bordou num sobrado de sujeito barão. Coisa acontecida num longe antigamente, que nem o lobisomem era de existir mais de corpo inteiro. Nessa parte, Juquinha relembrou que não era hora de gente viva mexer em maldade da noite:

— Patrão, patrão! Não catuque essas penitências das trevas.

Passei de largo, de vela solta, pelos receios de Juquinha Quintanilha. Puxei o lobisomem do livro de São Cipriano para dentro dos ouvidos dele. Uma assombração danada de um cristão lidar com ela. Uivava de cortar o coração mais de pedra. Digo que fiz chicana de doutor velho, pois não segui tim-tim por tim-tim o que a letra de forma estipulava. Pulei, misturei, inventei em favor do lobisomem maldade de arrepiar. Juquinha amarelou e no fundo da cadeira mais parecia um rato assustado. E eu no serviço do mal-assombrado. Quando, lá para as tantas, fiz a apresentação do amaldiçoado em tamanho natural, olho em brasa e dente cerrado, o parceiro Juquinha não aguentou. Pregou na testa o sinal da cruz e mergulhou o corpanzil no corredor, em risco de encontrar o arrastador de corrente. De castiçal na mão ainda parou para dar conselho:

— Coronel, deixe de lado o povo da noite.

Esqueci de relatar que antes do acontecido do lobisomem eu já tinha azucrinado Quintanilha com a presença que meu avô, um par de meses antes, deu em noite de água e corisco. Apontei o lado de fora e garanti:

— Como esta, seu compadre. Como esta, sem tirar nem botar.

Quintanilha estremeceu na raiz. Desci às minudências. Meu avô, graúdo e barbadão, apareceu sentado na cadeirona de couro ("Nessa mesma em que vosmecê, seu Quintanilha, está abarcado"), tendo na boca o seu cigarrinho de palha. Não satisfeito, só depois de embrulhar Simeão nas mortalhas mais pesadas dos defuntos é que passei ao tal lobisomem do livro de São Cipriano. Por isso mesmo, quando Juquinha, na boca do corredor, aconselhou a que eu não catucasse as maldições da noite, agradeci montado em deboche:

— Muito que bem, seu Quintanilha. Mas cuidado com o vento encanado.

Lá fora a noite engrossava em trovão e água. Ri feliz da pantomima que armei em derredor do bom mulato de Mata-Cavalo. E como a hora fosse avançada, apanhei o lampião para ver em que nação andava meu chinelo. Estando eu nessa tarefa, meio embodocado no chão, escutei aquela remessa de lamentos muito de meu avô quando o sul apertava as dobradiças dele:

— Ai! Ai! Ai!

Pulei de lado, que ligeiro sempre fui e ainda sou neste dobrar da vida, em pulo tão avantajado que levei na frente o tal cachorro corrido do temporal. Excomunguei o bicho por embaraçar meu avanço, mas na porta do corredor fiz pé firme. Não ia ser gemido avulso de fundo de casa que podia mandar o neto de Simeão aos cobertores, como qualquer Juquinha Quintanilha. Acalmado, inquiri:

— Quem tem o desplante de brincar a estas horas? Se é gente viva que apareça, pois não faço reprimenda. Se é coisa morta, falecida de cemitério, que vá fazer penitência no oratório do Sobradinho.

Resposta não tive. O tal cachorro excomungado, a um canto, todo embrulhado em modelo de farrapo, olhava o seu pavor em direitura da cadeira de Simeão. Olhava e gemia um gemido comprido de ser medido a metro. Foi quando vi, refestelado em seu assento como em dias de sua vida, o avô Simeão de Azeredo Furtado. Não trago medo, e o povo dos pastos, por léguas e léguas, sabe do meu proceder. Mas digo que senti uma pontada no espinhaço como em noite que fui picado de jararaca estando em vadiagem de menino. Diante de Simeão na cadeira de preguiça, voltei a ser possuído do mesmo incômodo. Nem escutava mais os desmandos do vento, nem via as lacraias de fogo do trovão. Fiquei sem poder tirar o olho do meu avô presente em forma de renda, todo velhinho, como em dias do cativeiro de sua doença. De uma feita, certo marcador de gado pegou Simeão, já bem morto e sacramentado, em trabalho de pasto, às voltas com uns novilhos desgarrados. O campeiro ainda teve língua de dizer em voz assombrada:

— Se mal pergunto, que faz vosmecê por estas bandas da noite, meu patrão e padrinho?

Talqualmente fez comigo, resposta não deu Simeão ao boiadeiro. Sumiu, em viagem maluca, no seu cavalo branco de luar. Joelho em terra, pois era muito devocioneiro, o marcador de rês procedeu ao sinal da cruz e em reza forte caiu. No meio da oração de São Lifôncio, sempre de bom rendimento em casos de assombrado, ouviu ele, vindo das lonjuras dos ermos, aquela penitência que parecia lamento de lobisomem:

— Ui! Ui! Ui!

Todos esses passados remexia eu na cabeça sem tirar as vistas do filó que representava o avô Azeredo. Engraçado! Se fosse o capeta ou mesmo uma serpente do mar, eu era muito Ponciano de bem esfarinhar a pantomima entre um trovão e outro. Mas assim, meu avô na sua cadeira de couro, eu voltava a ser o menino que caía em tremedeira ao escutar as botas de Simeão na soleira da porta. Que requeria ele de mim? Ladainhas, dúzias delas mandava eu rezar todo ano pelo bem-estar e bom passadio das almas avulsas e não avulsas dos Azeredos Furtados, abarcando mesmo os mais distanciados, os falecidos em tempo das sesmarias dos bugres. Só dava conta de não estar em pesadelo pelo motivo de sentir, embaixo do sofá, o choro agoniado do cachorro e o assobio do vento. Tentei chamar Quintanilha – a voz deste coronel respeitou a presença do velho, pelo que saiu fraca, quase voz de Sinhozinho Manco. Ficava provado, para todos os devidos fins, que eu só sabia manobrar assombração de fora. Diante de uma visagem de família, ficava de pé amarrado, sem força de dizer meia dúzia de desaforos dos que bem sei dizer. Não tenho feitio de contrariar meu íntimo e dentro desse propósito tratei de bater em retirada. Pois digo que foi estender a mão em busca do candeeiro e tudo de pronto clarear na força de mil lampiões de manga larga. Assustado, recuei, como coruja na luz do dia. Passado o espanto, de novo encarei o avô Simeão e nesse encarar vi que ele estava de botina e espora. Então, sem mais delongas, abri em risadaria, despido de receios e considerações de parente. Chamei Quintanilha:

— Seu compadre, seu compadre!

Juquinha, escondido em cobertor, não atendeu a apelação. Queria que o medroso visse, com os olhos de morrer, a invencionice do Sobradinho. Que mal-assombrado, que nada! Matei a charada num repente, por saber da leitura dos livros e das conversas da prima Sinhá Azeredo, que visagem anda sem pé e voa sem asa. Nunca que Simeão ia aparecer de perna inteira, quanto mais em desplante de bota e espora! Tudo não passava de bobagem, enganamento, mentira da noite trevosa. E com essa certeza dormi em sossego.

Na segurança de sete chaves guardei o oferecimento de Zuza Barbirato. Nisso, enquanto Juquinha Quintanilha apalavrava o capitão, aceitei convite de Antão Pereira para levantar capivara de banhado, na certeza de que era peça taluda, que comportava o gasto da munição. Ainda avisei:

— Veja lá, seu Antão! Não sou de tiro miúdo.

Saí no rastro da capivara. Atrás, de trabucada no ombro, bem montada e em distância regulamentar, vinha a força do Sobradinho na pessoa de Antão Pereira, Saturnino Barba de Gato e João Ramalho. No caminho, a menos de meia hora de rédea folgada, a garrucha do curador de cobra Tutu Militão veio reforçar a armada dos Azeredos. Pediu licença, e jeitoso, correndo os dedos brilhosos de anel pelo ralinho da barba, perguntou se toda aquela grandeza de armas era para levantar capivara ou bicho de maior porte:

— Pelos vistos, a coisa é alentada.

Em voz de velório, como se estivesse em casa de defunto, matei a inquirição:

— Acertou vosmecê. A caça é outra, de mais sustância...

Senti nas costas, como pontada de vento, os medos encanados dos boiadeiros, que logo pensaram na onça-pintada. Destorci a conversa, pedi notícia das minhocas de Tutu Militão. Quis saber como corria o comércio de limpar picada de surucucu:

— Consta que vosmecê está arrumado, com bons dinheiros no baú.

Rebateu o curador que em mais de mês não teve um caso de veneno:

— Se mal respondo, coronel, cobra não dá mais nada.

Militão, pardavasco de muito anel no dedo, vivia de sanar picada de jararaca e caninana, do que era bem sortida a pastaria. O povo botava de quarentena o ofício dele e a criançada corria de urina na ponta do birro ao sentir o cheiro da mulinha do curador. Ninguém acreditava que um cristão batizado, não tendo parte com o Demônio, pudesse manobrar dente de cobra como Tutu fazia. Era fama vinda de longe, dos anos de Simeão, quando o pardavasco apanhou surra de dois dias e duas noites em mão de um meganha das forças de São Gonçalo. Mal saído do pau da palmatória, armou vingança. Noite alta, em cemitério baldio, viram Tutu alisar a cabeça de jaca de uma surucucu. Não só alisou como falou na orelha dela coisas e segredos próprios das serpentes. Com a ponta do dedo avivou o saco de peçonha da cobra que logo ficou tomada de raiva possessa. O assobio dela parecia o sopro da morte. E meia semana andada, prazo suficiente para a viagem da surucucu, o meganha da surra amanheceu morto, duro de pedra, roxo de defunto. A cobra nem respeitou o seu dormir e por um buraco da coberta picou o jurado em veia mortal. Logo a pastaria, numa só garganta, jogou a morte na conta do curador:

— Foi ele e outro alguém nenhum, que desses poderes do mato só Tutu tem a segredagem.

Nunca dei importância a tais boatismos. Apreciava a educação do curador, que era mulato do melhor respeito e tratamento. Não pisava terra do Sobradinho sem requerer licença de trafegação, no que copiava o velho Pires de Melo, meu vizinho de invernada. Das casuarinas, sem sair da sela, mandava moleque saber se podia entrar, se o coronel dava consentimento. Do alto da varanda muita vez fui de boca própria desembaraçar o curador:

— Tutu é de casa, não tem que pedir licença.

Era sujeito de proceder mimoso, que só amamentava uma soberba: a de usar anel no dedo, dois ou três em cada mão. Por isso, por reconhecer essas bondades de Tutu, é que vi com alegria a chegada dele para engrossar a comitiva da capivara. Ordenei que ficasse ao meu lado:

— Da banda esquerda, seu compadre, para não embaraçar o retiro da carabina.

Foi viagem divertida – eu falava de onça e Militão de cobra. E assim, de conversa em conversa, veio o banhado da caça, um tremedal das maiores desavenças – mais de cem raças de cipó em guerra de exterminação contra tudo que fosse verdal, de não restar coisa de folha e raiz que não recebesse o abraço de tamanduá das embiras. Uma briga de pé de pau levada da breca, um emaranhado que nem o capeta, tão servido em manhas e gatimanhas, era capacitado de sair dele. Digo mais, o abusamento dos cipós era tão avantajado de fazer gato-sapato até de espinho-roxo, que é rocinha de emparelhar, em danifícios e malquerenças, com o pior dente de jararacuçu. Pois muito admirei que num oco dessa bruteza, com o bafo do pântano boiando de algodão em rama na cumeeira do folhame, crescesse pé de capivara, que sempre requereu mato vivo, de boas águas e melhores sombras. Sabedor desses prediletismos e regalias da caça, larguei no vento minhas dúvidas e embargos:

— Seu Pereira, isso mais dá parecência com um ninho de mafagafe, seu Pereira!

Antão, sem coisa a responder, soltou o faro dos seus cachorros pelos escondidos, de não ficar caruru mais corriqueiro sem ser fuçado. E nada de capivara. Recriminei o boiadeiro:

— Seu Pereira, seu Pereira! Como é que tem a ousadia de tirar da cama um coronel de patente para um rebate falso de capivara?

Acharam graça desse meu dizer desempenado, do que não tirei proveito para não rebaixar Antão Pereira, sujeito sisudo, de nunca mostrar dente de riso a ninguém. Logo achei maneira de despejar a culpa no costado de Militão:

— Foi Tutu, compadre Pereira, o avisador da capivara.

O pardavasco não refugou a brincadeira. Que eu desculpasse a sua pessoa, mas devia obrigação de amizade à capivara de Antão Pereira, pelo qual motivo, hora antes, tinha mandado uma surucucu, com bilhete na boca, alertar a caça:

— A capivarinha acatou o conselho, que aquele bichinho tem astúcia de gente grande.

Matei a brincadeira do curador com brincadeira mais avantajada. Fiz caçoísmo das jararacas e mais da cabra que um tal Cazuza do Rego, compadre de Tutu, criava em honraria de comadre, porque em dias atrasados de sua vida amamentou um menino dele, morto já grandinho em vadiagem de cacimba. Em todo lugar que Cazuza aparecia levava a cabra em mulinha especial, fosse em batizado, fosse em casamento. E adiantei:

— Até em repartição do governo ele foi munido da cabra.

A campeirada ria das bobagens de Cazuza do Rego e mais de um quase engasgou quando relatei que o cismático, numa festa de cavalhada em Santo Amaro, apareceu de cabra toda no cetim e lenço de moça no pescoço. Lá para as tantas, a bicha perdeu a compostura e desandou no pé. Atrás dela, embaralhado nas botinas e pernas do povo, Cazuza pedia:

— Comadre, tenha modo! Não seja birrenta, comadre!

Acabado o caso da cabra, apresentei, de repente, a questão da onça:

— Vosmecês todos, gentes de comprovada valentia, estão contratados para pegar a pintada.

Um danoso de um lobisomem, se passasse no carrascal, não fazia tanto estrago na coragem dos meus agregados. Encarei de frente o medo da comitiva – era de escorrer do rosto igual a leite de mamão. Segurando esses receios pela gola, fingi aborrecimento:

— Isto é uma comitiva de caça ou acompanhamento de defunto?

Corri as vistas de um lado a outro como se buscasse o falecido e seu caixão. Quem era? Que nome levava? Ainda dentro do fingimento, judiei dos parceiros, cheirei o vento em costume de bugre para dizer, baixinho, meio encurvado na sela:

— Estou sentindo bafo de caça maior, aí pela ordem de uma onça bem mamada e melhor criada.

Outra vez aquele frio de lobisomem varreu o espinhaço da campeirada, de fazer sossego de cemitério. Uma raiz que brotasse, vinha à tona o seu barulho. Mão em forma de concha na asa da orelha, afiancei que em derredor de meia légua pisava bicho de porte. E desandei a ministrar manhas de guerra. Se a pintada atacasse de frente, o proceder da tropa devia ser assim e assado:

— De um perigo aviso. Nunca ficar de a favor do vento, que é o mesmo que assinar sentença de morte.

Cada vez mais crescia o medo da campeirada e eu de aguilhão nas partes fracas de um e de outro:

— Digo, seu Antão Pereira, que onça não é para qualquer um. Não é gato-do-mato ou tatu que a gente futuca com vara curta.

Mas de supetão, como é do meu feitio, dei fim ao deboche, asseverando que tudo não passava de pantomima. O que eles iam matar bem morto estava na panela de dona Francisquinha:

— É um cabrito especial.

Foi mesmo que alforriar negro cativo. A alegria entrou de vela solta no peito dos compadres. Tutu, livre do embaraço da onça, logo pediu licença – rejeitava o convite do cabrito por estar amarrado em corda de promessa, desconsentido de comer em tempo de uma quinzena:

— Falando com pouca instrução, estou ainda dentro de lua de resguardo. Não posso quebrar a devoção.

Concordei:

— Faz muito bem. Muito aprecio o seu proceder. Promessa é promessa.

Sem outra tardança, Tutu Militão tomou a estrada de Ponta Grossa dos Fidalgos, onde ia rezar quebranto de uma criação do dr. Caetano de Melo:

— Vou defumar um galinho de briga da maior estimação do doutor.

Sumido o curador Tutu Militão, montei nova brincadeira, uma vez que sei comandar com mão de ferro e punho doce, conforme a obrigação da hora. Sem faltar ao devido respeito, a campeirada desencabulou as falas que o receio da onça havia encolhido. João Ramalho contou um par de vantagens e Saturnino Barba de Gato uma rixa que teve com um casal de jararacuçus em mato brenhoso. Matou a cobra macho, restou a cobra fêmea, que andou no calcanhar dele por um mês afora. Até que na redondeza de um lacrimal, num entardecer, a cobra armou bote traiçoeiro, mas tão desinfeliz que seu dente vingancista só encontrou o aço da espora e veia mortal nenhuma:

— Foi a valência, foi a salvação, coronel.

Sabia que tudo não passava de garganta, saliva de curral. Noite adentro, o mais rotineiro grito de bacurau deixava meu povo de agasalho na orelha. Para debelar essas inventorias, cassei a palavra deles asseverando que era tempo de arrepiar carreira:

— Nada de parolagem. Tenho trabalho de queixa a levantar na mesa do Sobradinho.

A armada, de coronel na popa, largou carrascal afora, casco em rixa contra gravatá e pico-de-macaco. Bem uma légua derrotada, deliberei, por desempenagem de mira, passar na munição um intrometido bem--te-vi que desfazia da comitiva num palanque de aroeira. Nem pena do pobre ninguém viu. E no cheiro da pólvora, enquanto acamava a carabina, deitei lambança:

— É o que digo. Não barganho esta minha pontaria por muita mira de menino novo.

Pois foi Ponciano arrotar vantagem e aparecer, na boca de um taquaral, aquele pedação de onça que em medida de olho nu ganhava de um garrote em tamanho e peso. João Ramalho, braços no alto, gritou pelo santo nome de Nossa Senhora do Parto e sumiu na macega. Quando dei balancete na situação, vi que estava desprevenido de gente, sem atinar como um sujeito de porte, talqualmente Saturnino Barba de Gato, achou abrigo em mato tão ralinho, quase de não esconder nem preá. Nunca fui desajuizado de enfrentar, em campo aberto, sem maiores instruções e preparo de armas, tanto peso de onça. Sem outra espingarda que não a minha, desguarnecido de costas, piquei a navegação, um cavalinho de lombo educado e boca macia. O bichinho, atingido na curva da virilha, relinchou, ficou nas patas do coice, deu meia-volta e levou Ponciano a sítio seguro – um pantaneiro de água choca, onde ninguém nem perto passava por ser covil de vermina e miasma. Se não sou expedito de sela, e não sei domar uma rédea, o tremedal dava cabo dos meus dias, pois lama sugadora nunca conheci outra de tamanha ganância. Cheguei no Sobradinho mais água podre do que gente, numa dianteira de hora sobre os assustados da onça. Feita a mudança de roupa e lavagem da barba, a primeira deliberação que tomei foi sustar o cabrito:

— Sem-vergonha não come na minha mesa.

Em língua de urtiga recebi os medrosos. Vieram de rabo encolhido, vela murcha, sem vento e sem fala. Larguei de lado os veludos dos frades, as boas educações do Foro e foi um arrazoado de vazar a sala, entrar no corredor e sair na cozinha. Recriminei o covardismo deles todos até gerações passadas e por passar. Cada torcida da barba vinha acapangada de um vitupério:

— Gente desbriada! Se não sou homem de patente, com preparo de guerra, a onça fazia uma desgraça.

Na proteção de dona Francisquinha um bando de negras veio especular o motivo da destemperança. Aproveitei a velha para garantir, a poder de soco na mesa, que Francisquinha, na beira dos oitenta, aparentava mais proceder de homem que muito comedor de farinha que vestia calça e usava barba. Pelo menos não ia correr na frente da pintada feito filho de égua:

— É o que digo. Fazia melhor figuração.

A chegada de um recadeiro de Santo Amaro, portador de bilhete do padre Malaquias, sustou minha descompostura. Respondida a indagação do reverendo, que perguntava se eu podia apadrinhar umas obras de piedade, retornei aos azedos. Mas nesse ler e despachar o recadeiro, os espavoridos da onça afundaram nos ermos. Só peguei, na varanda, a poeira deles.

— Cachorrada!

Medindo a sala em passo de coronel, remoí, em imitação de boi, a peripécia nas menores minudências. Filhos de uma égua! Deixar um cristão como eu, portador de patente, pejado de responsabilidade, de sozinho no dente da pintada! Era de perder o gosto, do sujeito torrar tudo no martelo ("Quem mais dá, quem mais dá") e estabelecer casa em Niterói, no meio de gente instruída. Por essas e outras é que Sinhozinho andava maluco das ideias para arrumar encargo no governo. O velho não cansava de prevenir:

— Seu Ponciano, pasto é lugar de lobisomem, terra de povo safado.

Veio a tarde, brotou a noite e eu de nó atravessado na garganta em vista do sucedido. E nem uma chuva de lavoura, que sobrecaiu no fim do jantar, amainou as jararacas e caninanas do meu ódio. Destrocei três charutos e no toco do quarto é que o sono esfumaçou meus olhos. Para vistoriar a cama, que isso era penitência de toda a noite, chegou

Francisquinha. Queria ver os lençóis, se as fronhas do menino nadavam em cheiro de limpeza, se o quarto estava em ordem e a moringa abastecida. Liberei os zelos dela:

— Tudo de conforme, tudo de conforme, minha velha.

Agradeci os seus cuidados e na cantiga da chuva ninei meu dormir. É nessa fundura que dou vaza aos desregramentos do coronel. É cada invenção de nem ser possível existir em carne e osso nas casas mais debochadas das meninas de vira e mexe. Pois andava eu na melhor parte do sonho, em libertinagem de descascar dona Branca dos Anjos dos seus panos de baixo, quando tropecei num armário que ruiu em jeito estrondoso. Acordei para logo a moça sumir como renda levada no vento. Cocei a cabeça e obtemperei aporrinhado:

— Ora essa! Logo na hora do proveito é que fui acordar.

Depressinha voltei ao travesseiro na esperança de pegar ainda a dona do meu bem-querer num recanto de corredor ou sofá vadio. Forcei os carneirinhos da sonolência e já aprontava outras safadezas na precisa ocasião em que rebentou, junto do beiral da janela, aquele ronco dos demônios. Tive de largar o bem-bom da madorna e pular de cabrito em socorro das trancas e tramelas. Meu primeiro repente, por ser possuído de gênio estourado, foi abrir a janela e liquidar o berro na sua fonte de nascença. Só não dei andamento a essa ideia porque novo ronco, dos mais alentados, cortou a noite trevosa. Pensei:

— É a onça.

E tanto era a onça que logo aquela pata começou a arranhar o lado de fora, esperançada de pegar o ponto fraco da tramela. Desplante maior nem em história das carochinhas, das eras em que os bichos falavam. Como estivesse por assim dizer em solidão, com meia dúzia de saias debaixo de telha, resolvi fazer prudência, o que não é da lei militar nem do meu feitio estourado, mas que cabia na ocasião, tanto mais que eu andava cativo de jura e compromissado de não desbastar a onça de mão própria. Dentro desse proceder judicioso, recuei em ordem, na direção da sala, em tempo de reforçar portas e outras aberturas da casa. Para maior garantia, retirei do armário um trabuco que estava sempre de prontidão, arma de boca larga e bala arrasadeira. Tive até pena do estrago que o chumbo podia fazer na pele do gato caso eu não estivesse entravado em juramento de santo. Com esse pensar na cabeça, ponderei baixinho, de modo a não ser escutado lá fora:

— Era tiro tão danoso que nem a pele ia ser aproveitada.

Sabedora de que havia arte militar por trás das paredes do Sobradinho, a pintada passou ao galinheiro, pelo que até hoje está voando criação de Francisquinha no céu de Nosso Senhor. Não contente da matança, o gatão rodou o sobrado e veio estabelecer sua pessoa na varanda, a um palmo da cadeira do falecido Simeão. Se fumasse charuto, como era procedimento dos bichos do arco da velha, o povo ia logo espalhar que o coronel andava desaparafusado das ideias:

— Deu de mamar seu Flor de Ouro no rabo da madrugada.

Enquanto isso, pela vidraça, eu acompanhava na varanda as artimanhas da onça. Era vivente de grande porte. A cauda, sem falar no espanador, media para lá de uma surucucu das graúdas, de boa mamança, depois do que vinha o gatão, uma peça soberba, com fogo de raiva no olho, tão alentada que o assoalho chegou a gemer em mais de uma tábua. Entre essa exorbitância dos matos e o Sobradinho só existia eu e mais ninguém, que o restante povo da casa não contava, por ser rabo de saia, peso morto, afundado no travesseiro. O que mais podia Francisquinha fazer era cair no *ora pro nobis* do oratório, acender vela a Santo Onofre ou São Bento e sair em ladainha pelo corredor:

— Isso e outro ajutório nenhum.

Andava eu nessas figurações, quando, das casuarinas, veio um pio de coruja que cortei no meio ao passar rente de mim:

— Desconjuro, desconjuro!

E aproveitei para dar um balanço no caso da pintada. Medi, ponderei e, ao perceber a pata da nefasta arranhar a janela, tratei de ganhar praça, sempre recuando em ordem, como competia a quem levava aprendizado militar. Bem guarnecida andava a parte dos fundos, onde a velha

Francisquinha dormia trancada com as suas agregadas. Onça por mais que fosse não ia chegar a recinto tão fechado. Certo dessa segurança, fui pedir asilo ao sótão das armas, compartimento reforçado, sortido de bacamartes e pólvora. Talvez que a carnicenta tivesse intenção, sei lá o que pensa cabeça de onça, de pernoitar na cadeira de meu descanso, agasalhada de chuva e vento. Se eu não tivesse preparo de coragem, talqualmente um Saturnino ou João Ramalho, saía no berro de acordar léguas de pasto. Sem gabolismo, digo e provo que procedi dentro da prudência e o resto da noite passei na vigília das armas. Madrugada rompida, canto do galo de fora, onça recolhida, deixei de velar a segurança do Sobradinho. E, no abrir do café, soltei a língua viperina no lombo de todo mundo, tirante a velha Francisquinha, de meu especial respeito. Que marca de gente era essa que comia de meu feijão e bebia de minha água? Enfrentava eu dez braças de onça e ninguém para dizer coronel-estou-aqui.

— Ninguém!

Dito isso, fui medir, no barro mole, o tamanhão das patas do gato. E tanto barulho tirei que um salomão, Salim Nagibe, em trânsito pelo Sobradinho, onde vendia seu comércio de rendas, levou bem depressa em sua caixa de miudeza a notícia da desavença entre a pintada e o coronel. Não tinha ele precisão de levar esse correio – nos currais nenhum segredo aguenta ficar em boca ou gavetão em prazo de fazer bolor. Sai no primeiro vento que sopra, e quando não sopra o vento a novidade viaja na asa dos caburés ou gaturamos. Digo mais: ninguém é senhor de comer cabrito em mesa sossegada ou bordejar casa de mulata sem que no outro dia o mais desimportante moleque de curral venha a ser sabedor do acontecido, se o cabrito era de bom berro ou a mulata de boa peneira. Mesmo assim, caí em admiração ao ver Sinhozinho Manco, no depois do almoço, subir escada do Sobradinho munido de todos os pormenores da visita da pintada. O velho nem esperou a minha confirmação. De dedo na frente, falou na sua voz de menino:

— Seu Ponciano, seu Ponciano! Ninguém de juízo na cabeça sai noite cerrada de modo a fazer pouco de onça!

Trafeguei o velho a um canto da sala, pois não queria que a visita da pintada espalhasse raiz no pasto. Fiz ver a Sinhozinho como marombei a onça, sempre dentro da melhor prudência e arte militar. Isso de dizer que corri atrás do gato era despautério, tolice de povo que nunca viu pelo de onça. De uma verdade ficasse Sinhozinho sabedor:

— Não estuporei a danosa por causa que estou preso a jura de santo.

Levei o velho ao mirante da janela para averiguar em que postura ficou a papadora de bezerro. Todas as vantagens da guerra estavam do meu lado. Era só trabucar a bichona no sítio que escolhesse, da rabeira ao peitilho. E dedo apontado para o assoalho:

— Veja que falta de juízo! Ficar ali em risco de levar munição completa no pé do ouvido, de chover miúdo de onça até no estrangeiro.

Sinhozinho, perna arrastada, foi medir a distância que separava a janela do pouso da pintada. Isso acabado, deu razão a mim, gabou minha perícia em acompanhar, sem alardes e ajutório, o passeio da onça em tábuas do Sobradinho:

— Teve tino, teve tino.

Já o caso da pintada, na parte do sábado, tinha tomado vulto. O salomão Nagibe, chegado a Ponta Grossa dos Fidalgos, armou comício na porta do dr. Caetano de Melo, espalhou a desordem existida entre o coronel e uma onça do mato brabo. Avantajou tanto o mercador de renda a minha valentia que mais de um teve pena da fera, dada como desfalecida e quase morta na desavença que teve comigo. O vizinho Pires de Melo mandou saber se eu queria barganhar a pele da onça, do que achei graça e respondi galhofista:

— Dela não abro mão, por motivo de mandar fazer um capote.

Aproveitei a maré para remeter indagação a Juquinha Quintanilha a respeito do capitão Zuza Barbirato. Vinha ou não vinha o homem cumprir o prometido? Se tardasse, ficava eu desobrigado dos duzentos mil-réis e dava de tiro próprio fim ao gato:

— É o que digo. Acabo pegando o encargo.

De volta, o portador trouxe a deliberação final. O capitão, de arma embalada, ia ancorar no Sobradinho no raiar do sábado entrante. Contei nos dedos – segunda, terça, quarta, quinta, sexta, sábado. Calhava em data de sete:

— Conta de mentiroso. Mas vá lá!

Antão Pereira, João Ramalho e Saturnino Barba de Gato, sumidos desde o vexame do bambuzal, foram chamados às falas. Abancado na cabeceira da mesa, dei as normas da guerra. Não estipulei o dia:

— É segredo militar.

Já desarmado de raiva, pulei de um assunto a outro. Relembrei a corrida que a onça deu em todos eles, em risco de algum morrer entalado numa ponta de taquara ou afundado em charco de pantanal. Que eles vissem o perigo que passaram. Se não fosse eu homem calejado, entendido em traição de onça, nunca que podia garantir a segurança da comitiva:

— É o que digo. Não sei no que ia dar.

Para melhor entendimento das partes, representei na mesa, ainda coberta da louça do café, o covil da pintada. O taquaral era o açucareiro e os pedacinhos de tapioca faziam a vez dos boiadeiros:

— Aqui está Antão Pereira, mais distanciado vem Saturnino. E este é João Ramalho.

Com as pontas dos dedos arrumei nos seus devidos lugares os pedacinhos de tapioca. O bule era eu, o paliteiro, a onça. Assim, armado o encenamento, intimei Antão Pereira a dizer se em algum dia de sua vida teve desavença com bicho de porte:

— Diga sem rodeio, fale de peito aberto.

Antão afundou a cabeça e custou a preparar a resposta, uma vez que língua de gago tem manha que nem Deus desembaraça. E, quando desembuchou, foi para pedir que eu relevasse suas ignorâncias em sabedoria de guerra e artimanhas de onça. Esfreguei as mãos:

— Muito que bem. Gostei da franqueza.

Outra vez, dedo na massa, provei aos campeiros que foi uma sorte ("Vosmecês todos nasceram de imbigo para o chão, para não dizer outra coisa") a pintada não esfarinhar um por um. Bastava eu cruzar os braços, deixar que ela trabalhasse de pata livre. E avivando a voz:

— Vejam os perigos que vosmecês todos passaram.

E do alto de minha autoridade militar levantei o paliteiro que representava a onça e deixei a peça cair em cima dos pedacinhos de mandioca. Era a pintada em rotina de comer o povo do Sobradinho. No primeiro bote desmanchava Antão, no segundo, Saturnino e no derradeiro, João Ramalho:

— Não ficava um, seus compadres. Não ficava ninguém.

De crista murcha, meus agregados acompanharam a batalha de invenção que meu punho figurava na tábua da mesa. Ministrada a lição, mastiguei a ponta de um charuto e pedi lume. Foi quando Saturnino, no acender do fogo, contou a novidade:

— Patrão, deu onça na casa do Dioguinho do Poço.

Já de cara desanuviada, bem plantado na cadeira, pedi as miudezas do caso, como foi, como não foi. E entre o deboche dos boiadeiros e baforadas de tabaco, fiquei a par da palhaçada de Dioguinho em presença da onça. Não sendo ele homem de patente, não aguentou nem meia pataca do berro. Abriu a pintada a boca e Dioguinho pulou de gato em demanda do telhado, em perigo de contrair fraqueza mortal:

— Pegou chuva de caroço e vento a noite toda.

Tive de sustar o relato para uma ponderação:

— É no que dá não ter preparo de guerra. É no que dá.

Saturnino, cada vez mais afundado no sucedido, trouxe a furo outras miudezas de arranca-rabo entre a onça e o medroso, peripécia de soltar o riso do mais carrancudo carrasco. Lá na telha, chuva no lombo, Dioguinho do Poço em camisolão. Cá embaixo, no quentinho do alpendre, a onça e seus desplantes. Nessa postura ficou ele de uma ponta a outra da noite:

— Só madrugada feita é que Dioguinho teve modos de sair dos caibros.

Meti de entremeio a minha colher de pau:

— Seu Saturnino, pelo sucedido, a gente tem de mudar o nome dele para Dioguinho do Telhado.

Com esse aparte, a campeirada perdeu as estribeiras. Foi risada de não acabar mais. João Ramalho, mão na barriga, garantiu que o coronel tinha ideia, que não havia ninguém para atarraxar um bom apelido no chifre de qualquer um como o coronel:

— Dioguinho do Telhado! Calha bem, calha bem.

ENTÃO, CHEGOU SEXTA-FEIRA, véspera do dia da onça. De tardinha, um recadeiro de Mata-Cavalo trouxe a confirmação do compromisso. Juquinha avisava que vinha de capitão na frente, que o coronel providenciasse as forças de acompanhamento. Estalei os dedos, encaracolei a barba e liberei o portador:

— Muito que bem, muito que bem.

Digo que até gostei de ver a chegada dos primeiros varejos da escuridão, asas de caburé e morcego sumidas do Sobradinho por causa da chuva e do vento. E foi montado em alegria que mandei vir da cozinha, onde conversava fiado com Francisquinha, o gago Antão Pereira, para um joguinho de vintém, honra que eu não dava a qualquer um agregado meu. E preparava o baralho para um sete e meio quando, no beiço da janela, Janjão Caramujo veio dizer que Tutu pedia consentimento de trafegagem. Ri manhoso, e sem deixar as cartas, pessoalmente fui despachar o pedido dele. Intimei que subisse:

— Não tem cachorro, seu Militão. Pode entrar.

O curador, chapéu fora da cabeça, disse que era muito agradecido e penava de não poder aceitar a regalia, pois tinha variadas léguas de dormideira e areal a vencer entre o Sobradinho e Ponta Grossa dos Fidalgos:

— Se o coronel consente, volto na semana entrante.

Não consentia nada. Que subisse de imediato – o baralho esperava pela sua mestria:

— Quero desbastar sua riqueza no sete e meio, seu compadre.

Tutu obtemperou de lá, eu obtemperei de cá. Acabou valendo a minha obtemperação e o pardavasco desceu da mula. Janjão Caramujo ajudou o viajante a retirar a caixa de cobras de que Tutu era sempre munido. Deneguei autorização para que subisse com as nojentas, no receio de alguma escapulir das galés e picar tendão de perna vadia:

— A caixa não, seu Tutu. Fica nas sete chaves no porão.

Militão subiu fornido de cerimônia, limpa o pé aqui, limpa o pé ali, como se o assoalho de Francisquinha fosse espelho lavado. Mais de um molecote, escapado da cozinha, veio espiar de longe a pessoa de Tutu. A fama do curador corria léguas na frente de sua mulinha estradeira. Andava ele num curral e, já em outro, em distância dilatada, era sentido o assobio das suas jararacas. Enxotei os abelhudos – que fossem cuidar dos caburés e corujas:

— É maldição que não falta no Sobradinho.

Antão levantou acampamento. Já beirava o sono e ainda tinha de fazer uma vistoria em certa ninhada de cachorros. Além do mais, o coronel em boa parceirada ficava. Gaguejou ainda um par de desculpas, bateu no ombro de Tutu e a mim pediu as ordens. De plano armado, respondi que domingo era o dia de Deus, de um cristão descansar pele e osso:

— Vá em paz, seu Pereira. Na paz de São Jorge e São José.

Ganhei de Tutu duas mãos de sete e meio e ele pediu licença para ganhar outras tantas. Nesse vaivém de dar carta senti o primeiro safanão de sono. Lá uma hora cuidei que o punho de Militão fosse a cabeça de uma cobra que avançava e recuava sobre o baralho. Era tempo de recolher. No canto do galo começava a guerra da onça:

— Seu Tutu, tenho encargo grosso logo mais de madrugada, pelo que dou o sete e meio por sustado.

E enquanto acamava o baralho, preparei o pardavasco para uma conversa a respeito da pintada. Fui longe, vim perto, enfeitei os préstimos dele, a sua sabedoria em manobrar perigo dos matos. Beneficiado com ponderação tão cativosa, Tutu alegrou a cara de ponta a ponta –

tudo que era dente veio gozar o elogio. O pardavasco estava em ponto maduro. Dei o bote:

— Vosmecê, que é sujeito de valor, homem de anel no dedo, está aprazado para tomar parte na derrota da onça.

Militão quase desabou da cadeira. Fingiu procurar qualquer pertence no bolso de modo a ganhar tempo e preparar resposta ardilosa. Sabia que o curador de cobra não era de natureza feita para enfrentar imposição militar, muito menos ordens de Ponciano de Azeredo Furtado, coronel de poucos pedidos e nenhuma imposição. Animei o medroso:

— Não leve receio. Toda a vantagem da guerra está com a gente, homem!

Tutu, passando a mão de anel no queixo, como era de sua rotina, pediu a hora:

— Se mal pergunto, a demanda é de sol a pino ou de madrugada?

Fiz despistamento de caçador:

— Ainda não deliberei. Vá dormir em sossego.

Requereu licença para recolher, em segurança, no paiol do milho, a caixa de cobras, uma ninhada de surucucus da pior mordida. De lá mesmo ("Se vosmecê não bota embargo") ele tomava rumo do berço, na parte subalterna do Sobradinho, por ser bem avançada a noite. Sempre aparelhado de cerimônias e educações, desceu em direitura da caixa de peçonha:

— Com licença, com licença.

Apoiado num suporte da varanda, embonequei o pavão:

— Vosmecê é dos meus. Não corre da rinha.

Fui dormir em paz, pois em derradeiro instante tinha chegado o caso da onça. Na porta do quarto, lampião avivado, dei a última demão na rixa. De madrugada, já em andamento para a guerra, é que ia convocar as tropas do Sobradinho. De supetão, coronel na janela, ninguém podia dar parte de doente, inventar trabalho ou morte de parente. E foi relembrando essa astúcia que afiancei em conversa sozinha:

— O coronel tem muita cabeça, muita deliberação.

Como o sono não viesse, contei carneirinho e lá na casa dos trezentos, tudo branquinho de nuvem, o quebranto chegou. Mal caí na dormência, o galo cantou na primeira claridade da manhã. Vestido, esperei na sala a chegada de Juquinha e do tal capitão das cem mortes. Não tive muito que esperar. Na frente de uns latidos de cachorro vi subir o dentão de ouro do compadre Quintanilha. Dedo no beiço, fiz sinal de cautela. Não era de conveniência acordar Francisquinha e seus lamentos. Que ele fosse tirar Tutu Militão do seu dormir remansoso:

— Quero o bichão armado e municiado.

O mulato foi, andou, virou – e nada de Tutu. A cama corria limpa como se lá ninguém pernoitasse. Juquinha ainda quis dar uma rebusca nos por perto do Sobradinho, na ideia de que o curador estivesse na labuta de catar erva dos matos, como era de seu uso. Desconsenti:

— Deixe de lado a procura e traga à minha presença, como é de obrigação, esse tal de Zuza Barbirato.

Quintanilha, sem resposta, quedou parado no meio da sala. De novo ordenei que fosse buscar o capitão das onças:

— Mande subir o homem. Quero ver a bizarria dele.

O feitor de Mata-Cavalo remancheou, quis relaxar a ordem, no que não consenti. No terceiro aperto ("Vosmecê está de orelha avariada ou quer brincar comigo?") é que desembuchou. Desculpasse eu, mas o capitão era sujeito cismático, recoberto de orgulhos:

— Não aprecia ninguém tomar confiança dele.

Torci a barba, já arreliado, de gênio ferido. Repeli a soberba do capitão. Ninguém no Sobradinho andava atrás de tomar confiança com ninguém nem que fosse graúdo da política, mandão no governo. Ficasse sabedor Juquinha Quintanilha que eu, com dois berros, botava Barbirato fora de sela, em posição de ordenança, como manda a lei militar:

— Diga a ele que tenho poder para tanto. É só querer.

O pobre Juquinha correu a amaciar o meu rolo de surucucus. Disse que o caso, em boa ponderação, não pedia tais providenciamentos. Se o capitão, dentro do estipulado de duzentos mil-réis, desse morte pronta ao gato, estava tudo de conforme:

— É o que reza o contrato, coronel.

Bati carinhoso no ombro dele:

— Tem razão. Deixe lá embaixo o soberboso.

Desci. Em passo firme ganhei o último lance da escada, onde o estribo, na guarda de Janjão Caramujo, esperava minha botina. Ajeitado a contento na sela, salvei o matador de onça:

— Bons dias. Como vai, capitão?

O bicho, de boa largura e altura, barbudão, resmungou, sem um muito-obrigado-coronel, que passava como Deus queria. Pouco apreciei esse responder, mas tive que dar orelha a um vendedor de farinha que trazia recado do Tutu Militão. Dava parte o curador que uma de suas minhocas, por desgraça a surucucu-mestre, tinha escapulido da caixa de segurança. Madrugada ainda longe, teve de cair na poeira da peçonhenta, motivo pelo qual não podia tomar parte na exterminação da onça:

— É a desincumbência que Tutu deixou, patrãozinho.

O capitão Barbirato, na cara do farinheiro, caiu em deboche:

— Que cobra, que nada! O que ele carrega é um samburá de medo. Digo e provo.

Não gostei do pouco-caso de Barbirato – ele, pisador de outros pastos, não podia aquilatar a valentia de ninguém. Mas, em consideração aos bons conselhos de Juquinha, deixei sem reprimenda a afronta do atrevido, que ainda desfez dos préstimos de Tutu com falsos de que o curador nem em picada de mangangá dava conserto:

— Digo no focinho dele. Digo e provo.

O homem era bem preparado de peito, garganta de correr parelha com o vozeirão de Dioguinho do Poço. Aceitei a toada e puxei pelo capitão:

— Que acha vosmecê do topete da onça?

Ele berrou de lá, eu berrei de cá, pois é de todo pasto sabido que não dou direito de ninguém falar mais alto do que eu. Na frente de tanta goela, que parecia um ajuntamento de feira, pulou o varejo da madrugada: anuns, bicos-de-lacre e até uma sociedade de quero-quero.

Limpeza assim no osso do arvoredo nem fazia formiga-carregadeira em viagem de correição. Apertando o cinto largo, o capitão falou orgulhoso:

— Tudo corre na minha frente. Digo e provo que até o mar salgado treme na presença de Barbirato.

Nesse entrementes, a mando meu, de porta em porta Juquinha retirava dos travesseiros o pessoal da rixa, Antão Pereira, Saturnino Barba de Gato e João Ramalho, fora Janjão Caramujo que sempre viajava no bagaço da comitiva, por ser desimportante e cachacento. A chegada dos boiadeiros era tristeza de um cristão ver. Cada qual mais quebrado, cabeça pendida, como em obrigação de enterro. A bem dizer, meu povo mal aguentava o peso das ferragens. Apresentei Zuza Barbirato:

— É o capitão incumbido da onça.

Do alto da sela, soberbão, Barbirato nem deu confiança de salvar os chegados. O mais que fez foi sacar de um facão de arrasto e decepar, na raiva, uma plantaçãozinha de melão-de-são-caetano que enfeitava uns paus de angico. Acabada a malvadez, enquanto acomodava o aço na bainha, jurou o capitão que levava mais fé naquela peça de corte do que em gente dos pastos ou mesmo tropa de linha:

— Digo e provo sem medo de engano.

Enrolei a barba em modo de acalmar meu gênio militar, já em ponto de cair em ofensas e agravos. Juquinha tossiu, desvirou o assunto para negócios de boi e venda de rês, ao que Barbirato rebateu dizendo que em presença dele não consentia levantar bobagem de curral, que não ia denegrir a patente em palestra subalterna:

— Digo e provo, seu Quintanilha, que essa toada de boi não calha bem no ouvido de um capitão.

Livre de freio, no adentrar do mato a arrogância do malcriado ganhou barriga. Era vantagem sobre vantagem, que fazia e acontecia, teteré-teté, que trabalhava por trabalhar, tereré-teté, que disso não carecia, teteré-teté, pois pai ricoso quem tinha mesmo era ele:

— De dar tiro em pintada faço vadiagem, que de dinheiros não careço.

Quando, mais adiante, cercado de deboches e risinhos, arrotou que a vinte dúzias de onças tinha ele dado falecimento, apresentei, em voz engrossada, o caso da assombração que debelei em outros, outroras, ainda meninote de estudo e peraltice:

— Penitência danada de feia, seu compadre.

O capitão estancou para indagar da marca da visagem: se era de porta de cemitério ou campo aberto. E ainda teve o desplante de garantir que no mundo havia de dez a vinte qualidades de mal-assombrados:

— Digo e provo. Se não sabe, fica sabendo.

E mais não avantajou o capitão porque era chegado o mato da onça. Dentro do estipulado de duzentos mil-réis, findava naquele lonjal a minha competência. O resto era responsabilidade de Zuza Barbirato, dele e de mais ninguém. E foi dando o troco dos seus deboches que fiz sentir que daquele doravante a ele cabia dar as regras:

— O mando é seu. Lavo as mãos.

Na sombra de um ingazeiro o capitão sofreou o cavalo. E lá de cima, chapéu descaído na nuca, deu de fazer parte de bugre. Cheirou o vento em busca do ranço da onça. Três vezes fungou e outras três mirou o céu. Por dentro, eu achava graça da macacagem do sujeitão. Nunca que uma artimanhosa de uma pintada, bicho de andar de sonho, ia consentir que orelha de caçador soubesse do seu mato. Deixei o capitão entregue a essa palhaçada que nem era mais do uso dos bugres. Até gabei o proceder dele:

— O capitão tem prudência, quer assuntar o vento.

Em distância regulamentar, meu povo, murcho e encardido, esperava a decisão. Com arrogância, Barbirato dispensou a tropa:

— Não careço de mijão na rabeira.

E em seguimento despejou afronta de mãe que só não encontrou pronto endereço porque os boiadeiros, Juquinha na guia, já estavam ao desalcance de qualquer ofensa, de ninguém atinar como sumiram no pasto ralo. Tive que dar razão ao matador de gato. E larguei um par de azedos contra Janjão Caramujo, único sujeito restante da guarnição do Sobradinho. Meio adernado na sela, raiz enterrada na cachaça, o tratador de cavalo parecia desfalecido. Com dois berros à queima-roupa sacudi Janjão da sonolência e mandei que fosse fazer companhia aos outros desmazelados, que lugar deles era em casa de costureira e não em rixa de onça:

— Cambada de sem-vergonhas! Vou meter saia de donzela em um por um.

Sem pressa, cabeça baixa, Caramujo pegou chão de volta. Disso aproveitou o capitão Barbirato para recair na brincadeira e gabolice. Pediu que eu coçasse o bolso, uma vez que na lei dele dinheiro de onça era recebido na pele da morta:

— Digo e provo. Vou meter bala no entre olho por causa de não estragar o capote do gato.

Nesse andar, Zuza pregou chumbo na asa de um peito-ferido e deu o motivo:

— É pontaria de ajuste.

Por minha vez, pois não costumo ficar em situação subalternista, meti bala no portal de um joão-de-barro. Ele fez o mesmo no concernente a uma algazarra de anuns-carrapateiros. Um trabalhador de enxada, que morava na vizinhança, abriu a janela e apareceu ainda no sono da madrugada. Olhou, cuspiu e disse para o fundo da casa:

— É o coronel do Sobradinho. Coitada da onça!

Ia a gente nesse pé de vadiagem, eu já preparado para deixar o capitão desimpedido, que era esse o acertado, quando, meia légua no mais espichar, sem aviso ou ronco, cresceu em quatro patas a onça procurada. Berrou suas ignorâncias bem na bochecha de Barbirato e logo um cheiro nefasto escapuliu da goela da atrevida. Pulei da sela e nesse trafegar escutei aquele relincho de cavalo agoniado – notícia do capitão não tive até a presente data. Outra vez, em prazo de pouco mais de quinzena, encontrava o coronel onça pela frente. Tudo pendia contra mim, mas digo, sem desdouro, que nem a maldosa teve tempo de encarar o neto de Simeão. De repente, vi minha pessoa num brejal, a cem braças do recinto da onça, nadando em minha infância nado de cachorrinho. E na segurança de umas tábuas e paus-de-mangue, fui ancorar a barba, espingarda a salvo para o que desse e viesse. Nem onça nem outro olho mais aguçado podia descobrir tão afundado paradeiro. E assim, nos encondidos, esperei as providências da soberbona que no beiçal do brejo farejava terras e matos. Empoleirados nos pés de pau, na distância pouca de um bafo, os urubus esperavam o resultado da guerra, cada qual mais pescoçoso que outro, como se eu fosse carniça certa e contratada. No íntimo, desconjurei:

— Vai agourar a mãe!

Ainda procedi a uma vistoria na esperança de deitar a vista em armas do Sobradinho. E andava eu nessas minudências, quando vi sair, do atrás de um panelão de formiga, aquele tiro sem pai. A pintada, que não esperava chumbo, pulou em modos de voar de imediato e caiu nos estrebuchos da agonia. Avivei a atenção para descobrir Barbirato e quem apareceu, no encaracolado da fumaça, foi o molecote pegador de papa-capim e caboclinho que vez por outra pernoitava no Sobradinho. Veio fagueiro, espingarda no ombro, sem medir consequência. Soltei do banhado meu grito de aviso:

— Afasta! Afasta!

E em dois pulos larguei a água em hora de correr o moleque na ponta da botina, tarefa de que só abri mão ao ver o desmiolado em distância segura, sem risco de vida. Como arremate, parado junto de uns pés de guriri, ainda esbravejei:

— Sujeito sem tino! Cuida que onça é gato de borralho.

Então, voltando atrás, passei ao ouvido da pintada toda a munição do meu pau de fogo que nem a água do brejo teve força de emperrar. Quebrada a jura por um, quebrada por mil. E, mais alto do que o estrondo do tiro, berrei eu:

— Conheceu, papuda!

Nisso, como minhoca do fundo da terra, veio brotando um a um a campeirada do Sobradinho. João Ramalho, na presença da defunta, fez o sinal da cruz. Juquinha, depois de medir a grandeza da pintada, deu parecer:

— Que imensidão!

Vejam o despropósito. Por uma traquinagem de moleque vadiento, pegador de bico-de-lacre e sanhaçu, perdia eu a caça mais alentada que já tive em mira de espingarda. De Zuza Barbirato ninguém nunca mais que soube. Em cem léguas foi procurado e em outras cem desencontrado. Ficou comigo a fama e a escama de ter dado exterminação ao gato. Por não ser de minha natureza vestir glória dos alheios, desmenti, com ponderações e melhores razões, a façanha do banhado. Pois logo espalharam que eu apresentava essas modéstias para não dar parte de sujeito quebrador de promessa. Diante disso, lavei as mãos.

4

Anos de vento e chuva passaram por cima da morte da onça. Como lembrança do sucedido, mandei espichar na sala do Sobradinho a pele curtida do gatão e mais de cem vezes tive de contar e recontar o caso da pintada. Um doutor do governo, vindo aos currais no propósito de debelar uma vermina de gado, caiu em espanto sem conta ao pisar pelo tão sedoso:

— Que tiro! Que pontaria mortal!

Fez empenho em levar relato do acontecido. Obtemperei que não era causa disso, que em onça-pintada a gente dava exterminação o ano inteiro. E mostrando desimportância:

— É serviço das rotinas, que nem abre mais o apetite de meu gatilho.

O doutor das verminas, industriado em conversa de cocheira pela boca de Saturnino ou Antão Pereira, piscou o olho. Sabia das minhas encolhas, do meu feitio reservoso, de sujeito capaz de matar tigre e dizer que era jaguatirica:

— Estou ciente, estou ciente.

Deixei correr o marfim, que não sou de meter mordaça em boca de ninguém. O resultado é que o tal doutor do governo, tomado de admiração, salgou a demanda. No fim do relato eu só faltava montar a onça de sela e arreio. Como o exageramento não trouxesse agravo ao meu brio militar, dei de ombros. Tempos depois, em viagem de trem para um passadio de semana na rua da Jaca, um sujeitão falou no brinco da orelha de outro:

— Esse barbado é o tal Ponciano que fez da onça burro de sela.

A verdade é que durante estes janeiros todos nunca mais tive incômodo de onça. Vez por outra aparecia um caso desimportante em forma de cobra ou mula sem cabeça. Nem de pessoalmente tratava da miudeza. Mandava um campeiro qualquer desimpedir o aceiro ou a encruzilhada ofendida. De onça mesmo, comedora de bezerro, ficou o Sobradinho sem mais notícia. Tanto que por vadiagem, nas palestrinhas de varanda, eu sempre indagava se não tinha nos ermos uma tarefa de porte para o coronel desemperrar a pontaria:

— Assim como onça-pintada ou bicho de maior presença, mesmo um lobisomem.

O pessoal do Sobradinho, já desesquecido do dente da onça, ria dessas e outras pândegas que eu sabia arrumar. E assim foi o tempo vindo e indo pela mesma porta do meu avô Simeão. Vi Juquinha Quintanilha tomar estado em mês de cigarra. Chegou no Sobradinho recoberto de cerimônia, chapéu rolado nos dedos, botina apertada, roupa de loja. Chamei dona Francisquinha:

— Minha madrinha, venha ver o maior galante dos pastos.

Juquinha Quintanilha, sentado na ponta da cadeira, mostrou o dente de ouro. Mandei que ficasse a gosto:

— O assento é de peroba, madeira que não bicha nem quebra.

De mão própria, apalpei os panos dele, gabei o tecido, a galhardia do corte:

— Sim senhor. Vosmecê até parece desembargador de Justiça.

Quebrada a cerimônia, Quintanilha relatou que tinha vindo pedir licença ao coronel por motivo de tomar estado:

— Se o patrão não bota embargo, mando correr a papelagem do governo.

Abracei o mulatão e quis, no imediato momento, saber quem era a felizona. Juquinha, mais à vontade, não retardou a resposta:

— Meu patrão não conhece. É moça de fora dos pastos.

Pouco mais depois, padre Malaquias, confessor dos meus pecados, em nó de igreja amarrava na vida e na morte Juquinha e dona Alvarina Quintanilha, que logo apresentou barriga. Fiquei compadre deles – batizei o seu menino, morto de mazela do imbigo mal saído dos cueiros. Juquinha contraiu fundo desgosto. Andou descaído, cabeça na ponta do pé, sem vontade. Tive de avivar o ânimo dele a safanão:

— Seu Quintanilha, um homem é um homem, um gato é um gato! Forma que faz um faz um cento.

Era no começo das águas. Lá fora a goteira não parava de purgar. Por cima dessa tristeza, um vento de mau caráter mexeu em certa mazela de que sou portador, coisa contraída nos meus antigamentes de libertinagem, quando ainda não era sujeito respeitoso e graduado em coronel. A poder de cana-do-brejo e de uma penitência de não comer mesa carregada, como jacaré ou capivara, botei em ordem a bexiga e partes em derredor, no depois do que voltei ao charuto bem mamado, de modo a aguentar tanto sozinho de pasto. Por qualquer somenos, largava no vento meus desabafos:

— Nação de boitatá, ninho de corisco e alma penada.

Numa dessas tardes de destempero, vistoriando a barba no espelho da sala, levantei a primeira moita de cabelo arruinado – uma touceira já em andamento para o esbranquiçado sujo. Minha vaidade gemeu. Juca Azeredo, estando em pernoite no Sobradinho, foi logo chamado:

— Seu compadre, venha ver, venha ver!

E mais achegado ao espelho:

— Estou virando lobisomem.

O primo, que gozava o palito da digestão em cadeira preguiçosa, sem sair dos seus confortos, armou deboche. Que eu deixasse a barba de lado e cuidasse da barriga:

— É pança demais para um coronel só.

Num repente, sem querer, apalpei a parte denegrida pela mangação de Juca Azeredo e nesse apalpar tive um desgosto. De fato, a barriga dobrava, em jeito de beiço, por cima do cinturão largo. Ia ficar talqualmente o velho Pedro Pita, que não via o birro desde muitos anos para trás:

— Que desgraça! Pedro Pita sem tirar nem botar.

De noite, em conferência de travesseiro, deliberei tomar estado. Não ia deixar que a pança crescesse, de não caber em porta, para pedir costela de moça, que nenhum pai consentia em tamanho despautério. O melhor era apregoar nos pastos que o coronel Ponciano de Azeredo Furtado andava atrás de menina donzela que quisesse tomar conta do Sobradinho. Bem pensei, bem executei. Lá uma tarde mais ventosa, mandei chamar Juquinha Quintanilha, conhecedor de curral como ninguém. Que ele vasculhasse os ermos e desentocasse, em casa de família, moça aparelhada de todos os comprovantes, capaz de tomar estado comigo. E como ordem final:

— Se o coronel agradar da peça, mando limpar os impedimentos e correr os proclamas na Justiça.

O mulato coçou o queixo, mostrou o dente de ouro e despachou a incumbência:

— Dama do gosto do coronel não tem em cem léguas em derredor deste assoalho.

Perdi as estribeiras:

— Não tem? Por que não tem, seu Quintanilha? Sou capenga, sou ladrão de cavalo? Ando eu ou não ando em dia com os dízimos e impostos?

Juquinha embuchou. Um par de semanas depois, numa das minhas idas a Santo Amaro, toquei no caso de modo a ouvir o parecer de Juju Bezerra, dono da Farmácia Esperança e major com dois meganhas às ordens. Era autoridade de soltar e prender, que para isso tinha carta branca do governo. De processo e arrazoado da Justiça, Bezerra nem queria ouvir falar. Seu assunto de predileto era rabo de saia, no que podia ostentar anel de doutor dos mais formados. Vivia a par de todas as sem-vergonhices dos Moulin-Rouge e casas de pândega:

— Coronel, desembarcou em Campos uma francesada de amolecer um frade. Tudo de imbigo de fora.

Largava Juju as suas responsabilidades de nomeado do governo e caía na primeira fila dos teatros. Ficou muito afeiçoado a mim pelo ajutório que dei a ele ao chegar a Santo Amaro para abrir um comércio de poções e sinapismos. Estando eu presente, ninguém podia contar com Juju Bezerra que virava carrapato do meu paletó. Deixava de lado aviamento de receita e até providência de prende e solta para gozar da minha pessoa. Quem visse a gente na Farmácia Esperança, eu barbudão e ele rentoso no meu ouvido, ia cuidar que o assunto de principal era severista, roubo de gado ou negócio de dinheiros. Pois o que mais trafegava na cabeça do major era canalhismo. O povo de Santo Amaro falava de uma fazendola que Juju mantinha em lugar longe. Comigo, irmão da mesma opa, o major abria a caixa de guardados. Só num retiro de Boa Vista, perto do mar, sustentava de anel no dedo, como se casado fosse, cinco mulatas de fina escolha:

— Tudo virou mulher na minha mão. Sou autor de todas elas.

Quando levei ao conhecimento de Juju a determinância de tomar estado, o major deu um pulo:

— Não faça uma desgraça dessas! Do que vosmecê carece é de uma boa teúda e manteúda.

E em segredo, como era bem do seu falar, deu a conhecer as belezas de uma certa dona Alonsa dos Santos, que andava de passagem por São Gonçalo. Debruçado no balcão da Farmácia Esperança, ponta da língua de fora e lápis no dedo, Juju passou a figurar no limpo do papel as frentes e partes subalternas da mulata:

— É assim, coronel, dentro deste conforme. Cada compartimento, cada repartição de endoidar até desembargador jubilado.

O libertino de meu olho não perdia um riscado do major, mas como afunilasse demais a cintura mandei que tivesse cuidado:

— Assim quebra, seu compadre! Nem tanajura tem esse porte.

Bezerra, deixando de lado o lápis, garantiu que dona Alonsa dos Santos era guarnecida do mais vistoso par de popas que ele tinha deitado vista:

— Chega tremer de marola no debaixo dos cetins.

Com o peso do charuto e a pouca vergonha do major, meu beiço babava de gozo. Recostado no balcão, deliberei seguir o conselho de Juju:

— Negócio fechado, seu Bezerra. Vou ver essa dona Alonsa dos Santos.

Mas de novo no Sobradinho, longe do canto de sereia do major, dei meia-volta na decisão. Afinal de contas, eu era homem de dinheiro, sujeito de Irmandade, com assento nas deliberações na Santa Casa das Misericórdias. Que ia dizer o povo severão do Foro quando soubesse dos meus desmandos em colchão de moça de casa montada? Do reverendo Malaquias nem era bom relembrar. Arrumava logo bula de bispo contra mim. Ia proceder como procedeu com Juju Bezerra, que não possuía direito nem de pisar pedra de sua igreja. Fez o reverendo tudo para que o major deixasse o caminho da negridão. Deu conselho, aprontou sermão. Pediu até que eu, graduado de patente superior, chamasse Juju à responsabilidade:

— É de sua alçada, é de sua alçada.

Ri, nos íntimos, da ideia. Logo quem foi o padre escolher! Por fora, em vista da minha barba graúda e meu falar grosso, eu aparentava figura recatosa. No forro de dentro, o coronel do Sobradinho era atochado de safadeza, pior cem vezes que o tal bode da arca do Dilúvio, servido tanto tempo por uma cabrita só. Recusei a incumbência. Era sujeito de dar tudo: capela, imagem de santo, paramentos de altar e estipêndio para os necessitados, menos isso de apresentar conselhos a Juju Bezerra:

— Menos isso, meu bom reverendo.

Malaquias, mão internada na batina, contou as pedras da sacristia. E foi em funda tristeza que falou da vida trevosa que esperava Bezerra. Ia, sem apelo ou agravo, cair na labareda dos infernos:

— É o que espera quem vive na impiedade e no nojo.

Tremi nos alicerces figurando o major em trabalho de brasa. O padre fez o sinal da cruz e cheguei a sentir em derredor aquele vento de coisa chamuscada. Tanto que disse de mim para mim:

— Juju está frito!

Pois não ia eu, por uma bobagem de teúda e manteúda, cair no mesmo dislate. O melhor era dar uma rebusca nos pastos, ver moça educada e preparar maridança. Dentro desse pensar, comecei a inquirir um e outro. E uma tarde, enquanto presidia um aparte de gado, catei conversa de Antão Pereira a respeito das meninas de Pires de Melo, que uma andava em preparativo de noiva. Em bilhete, pedi que Juquinha desse um pulo no Sobradinho. Sem tardança, na poeira do recadeiro, apareceu o mulato. Virei e mexi, falei de uma compra de gado do Piauí já apalavrada e de um replantio de pasto que desejava fazer no findar das águas. Acabada tal conversa, entrei no mérito da questão. E foi torcendo a barba, que indaguei do paradeiro das meninas de Pires de Melo e se existia alguma madurinha em ponto de véu e flor de laranjeira:

— O compadre tem notícias delas?

Sem delonga, o mulato matou meu desejo. Uma estava compromissada com moço da cidade e a outrazinha, dona Beatriz de Melo, era ainda muito tenra:

— Não aguenta responsabilidade, coronel.

E mais não disse Juquinha, que em verdade não era boca de muito dizer. De tarde, bem comido e palitado, o mulato voltou a tempo de chegar a Mata-Cavalo na primeira estrela da noite. Com Juquinha pelas costas larguei no fundo do baú a ideia de casamento. E só pensei no compadre dois domingos adiante, por ter recebido convite para aparecer em Mata-Cavalo no fim da semana, uma vez que dona Alvarina queria apresentar ao meu garfo leitão criado a bem dizer em regalia de filho. Não podia denegar pedido de uma senhora das bondades da comadre. Agradeci:

— Diga aos compadres que macaco não rejeita banana.

Como fosse mês de inhambu, preparei espingarda de fogo delicado e no primeiro clarão do sábado parti para satisfazer o compromisso do leitão. No caminho, num mato de boas madeiras, chamei inhambu no pio. Veio um, dois e três, e eu, fogo na barriga do freguês. Atirei como quis e ainda por vadiagem esbagacei um gaviãozinho papa-pinto que vasculhava o telhado do capoeirão. Chegado a Paus Amarelos, atrasei a viagem de modo a não aparecer adiantado na mesa de Juquinha. Aceitei café de caneca de uns tropeiros em serviço de levar mantimentos a Ponta Grossa dos Fidalgos. O mestre deles, Nico Ferreira, às vezes dava entrada no Sobradinho para refrescar o casco dos burros. Era muito ciumento da madrinha da tropa, que ele tratava como se fosse moça, dentro de todo o respeito e cuidado. A bichinha trazia sineta de prata e lenço vermelho na pescoceira. Indaguei do passadio dela e com pesar soube que andava derreada, comida de bicheira. De imediato aconselhei Nico a limpar a parte sofrida com fumo de rolo e cataplasma de alho e enxofre. E ajuntei:

— Fora um bom par de reza, que é o que mais garante a cura.

No bafo do meio-dia, sol a pino, pisei chão de minha herança. Antes de adentrar a pata de cavalo na direção da casa da residência, passei a vista de dono pelos pastos e benfeitorias, cada melhoramento mais avantajado do que o outro. Mesmo as várzeas infestadas de vassourinha, que sempre foi a praga da terra de mais raiz e manha, logo pegaram, no trato de Quintanilha, viço de capim novo, capaz de aguentar, em meio alqueire, casco de inúmeros gados. Vistoriada a herança, tomei a vereda da casa dos compadres, onde entrei na traição. Do portal, escondido pela macega das trepadeiras, engrossei a fala:

— Onde anda um tal de Juquinha Quintanilha, compadre de um tal de Ponciano de Azeredo Furtado que só sabe montar onça-pintada?

A resposta apareceu em formato de moça vistosa, parada no alpendre, flor no cabelo e livro debaixo do braço. E foi assim de surpresa, que conheci Isabel Pimenta, de variadas belezas, capaz de meter no chinelo as próprias meninas das ribaltas. Enxugando as mãos no avental, a comadre Alvarina correu do fundo da cozinha, toda embargada pela minha presença. Chamou a moça:

— Prima, venha conhecer o compadre.

Curvei, como bodoque de bugre, os dois metros do coronel, pois quando quero nenhum galante da cidade pode comigo em mesura e vassalagem. Não arrematei a cortesia em beija-mão porque sou de entender que em terra braba de pasto não calha tal etiqueta. A moça Isabel, que era de fino trato, rasgou seda:

— Muita honra, coronel.

Respondi no mesmo pé de educação:

— A honra é minha e dela não abro mão.

A comadre, já alvoroçada, pegou meu chapéu. Que eu estivesse em casa, que tirasse palestra na companhia da prima enquanto mandava chamar Juquinha, metido em obra de cacimba, a um grito da varanda. Respeitoso, arrumei comodidade – ela na cadeira de balanço e eu em canto de sofá. Por mal dos pecados, ao cruzar a perna reparei nos estragos da botina. Rapidinho recolhi as avarias no debaixo do assento. Era de sem pressa e macia a fala da moça Isabel, modo que ligeiro cativou a minha natureza educada. Disse que muito conhecia o coronel de nome, das cartas e palestras de Alvarina:

— A prima não fala em outra coisa.

De novo, como compete a sujeito ilustrado, curvei o cangote. Com pouco mais, navegava eu nas intimidades da menina. Ministrava aula em escola da cidade, no Caju. Mas afetada de tosse comprida, veio tirar as convalescenças em Mata-Cavalo:

— Cheguei no começo da semana e já ganhei dois quilos.

Não perdi vaza:

— Disponha, dona Isabel, dos meus poucos préstimos. Conheço uma beberagem de garrafada que é um coice em tais incômodos.

A mestra de letras apresentou aquele riso de moça nova e juro que senti seu bafo de flor na sala toda. Agradeceu, como dama educada sabe agradecer. Já andava no fim da doença, debelada em receita de doutor. E na brincadeira:

— Fica para a próxima, coronel.

Do caso da tosse comprida pulou para assunto mais fino. Era muito inclinada a cuidar de jardim e estava de namoro com uma plantação de cravo atrás da casa:

— Está uma beleza. Quero que o coronel veja.

E apontou, virando o busto, o vaso de barro onde um par de cravos farreava na comparsaria de uma folhagem de jardim. Com essa manobra, fiquei livre para averiguar todas as bondades de nascença de dona Isabel – um morenão puxado a canela, olho de água e beiço de colchão. Se eu caísse nessas benfeitorias e recurvados nunca mais ninguém ia ter notícia do coronel Ponciano de Azeredo Furtado. Nunca mais! Lambi a boca diante de tanta organização de beleza e logo figurei a minha pessoa no altar de Santo Amaro, sermão no ouvido e a cama larga do Sobradinho esperando por mim e pelos acompanhamentos de dona Isabel Pimenta. De pronto fui arrancado dessas boas invenções porque era aparecido Juquinha Quintanilha. O dente de ouro do compadre era contentamento puro:

— Coronel, arreleve a demora.

Veio abraço, veio assunto de boi. Logo arrumou Quintanilha meios e modos de desfazer o meu conforto. Queria que eu vistoriasse umas obras de carapinagem, um celeiro de milho já no último prego. A contragosto fui espiar o melhoramento. Da varanda, ao lado da mestra de letras, dona Alvarina recomendou demora curta:

— O leitão está no ponto.

NO DECORRER DE DOIS meses não tive outro serviço. Todo sábado, chovesse ou ventasse, eu dava entrada em Mata-Cavalo para o ajantarado da comadre Alvarina e pelo cativeiro dos olhos de água da moça professora. Nunca andei tão embonecado como nesses dias todos. Mas digo de coração aberto que a minha conversa não era calhada para as mimosuras dela. Sempre encontrava a menina afundada nas leituras. Com modo fino e voz doce, eu condenava tal proceder:

— Dona Isabel vai acabar turvando as vistas.

Bem que eu apurava o coronel. Vinha a Mata-Cavalo em água de cheiro, coisa de causar admiração mesmo ao nariz mais acostumado a essa mimosura. Só do baú de um cometa arrematei toda a praça de sabonete, fora as encomendas que Salim Nagibe trazia da cidade. Francisquinha, por minha expressa deliberação, dirigia a lavagem de roupa do seu menino. Joguei moleque no polimento da botina, ao passo que Janjão Caramujo cuidava das pratas da sela e das esporas. O povo fuxicava de tal esmero:

— O coronel tem moça em vista.

Nem galante das ribaltas podia comigo. Quando retirava o lenço do bolso traseiro, que é onde aprecio guardar essa utilidade, o cheiro de frasco saltava longe, a ponto de dona Alvarina, uma ocasião, dizer em tom finório:

— O compadre anda nos chiques. Parece que vai casar.

Ponderei no mesmo ar brincalhão:

— Ora, dona Alvarina, quem é que vai querer um solteirão como este seu compadre?

Nos rodados do vestido da menina Isabel meu atrevimento encolhia. A boca do coronel, dona de tanta fala, nessas especiais circunstâncias perdia os venenos. Lá uma vez ou outra, mesmo assim em feitio medroso, saía uma inquirição desgovernada:

— Vossa Mercê já foi mordida de cobra?

A moça ria desses e outros despautérios, que outra coisa não podia fazer. Uma noite, estando em gozo de cadeira de balanço no alpendre, um vaga-lume acendeu e apagou a brasa do rabo bem junto dela. Logo aproveitei para soltar bobagem:

— Dona Isabel já viu a pessoa de um boitatá?

Não viu, nem acreditava em invencionices do povo bronco dos ermos. Pois eu, em vez de meter o boitatá no saco, ainda tive o desplante de apresentar aos olhos de água da moça, todo apetrechado e desbatizado, um lobisomem que conheci em dias recuados da infância:

— A menina nem pode fazer ideia. Um monstrão.

A mestra de letras, no vaivém da cadeira de balanço, aturou tudo dentro dos bons ensinamentos da educação. A certa altura, eu mesmo achei que era lobisomem demais. Mudei a toada, falei do tempo:

— Vai cair água. O sul está puxando.

Só isso é que saía da minha ideia, bobajada, tolice de pegador de rês. Se fosse um caso de lei, rixa na Justiça, eu era coronel de obtemperar a noite toda, sem vez de descanso. Mas em terreno de sentimento, de rasgar seda em conversa de moça, nunca que ninguém podia contar comigo, a não ser que a parolagem fosse entremeada de patifaria e sucedidos de cama e travesseiro. Então, digo sem alarde, era eu do maior preparo. Nem mesmo Juju Bezerra, mais praticado que um sultão das Arábias, encostava perto de mim. Dadá Mesquita, dona de casa-de--porta-aberta, sempre dizia:

— Ponciano é de serviço completo...

Por isso, era de muita admiração que um sujeito do meu porte, já dobrado em anos, pegasse tremelique de taquara nova diante da moça professora. Longe de Mata-Cavalo, na estrada ou na varanda do Sobradinho, eu desencorujava. Todos os reprimidos do meu peito, sem a presença da menina, vinham aos borbotões. Era cada ponderação mimosa, cada carta que eu escrevia uma melhor do que outra! Nos sozinhos dessas conversas, alisando e torcendo a barba, eu prometia sanar o caso da professora:

— Sábado dou a decisão. Ela vai ver quem é Ponciano de Azeredo Furtado!

Sábado entrava, sábado saía, e eu sem desemperrar. Até que uma tarde, quase na data estipulada para a professora voltar aos seus deveres da escola de letras, resolvi pegar o assunto na parte central. Antes, num particular, botei Juquinha a par da questão. O compadre mostrou o dente de ouro e afiançou que fazia gosto no pedido. Pelos regulamentos da cortesia, muito embora eu fosse dono de Mata-Cavalo, não podia deixar Juquinha sem aviso, uma vez que a moça pretendida morava em telhado de seu mando. Cumprida essa educação, mandei, em bilhete torneado, pedir conferência especial a dona Isabel Pimenta. A resposta veio na mesma pata de cavalo – a prima de dona Alvarina esperava por mim sábado, na parte da tarde. Com esse consentido no bolso, gritei para o fundo da cozinha:

— Preciso de farda engomada. Vou enfrentar conferência de cerimônia.

O resto da semana andei feliz como passarinho. Ponciano de Azeredo Furtado só faltava voar, tão leve ia meu passo. E sábado, dentro do comprometido, entrava o coronel em Mata-Cavalo, bem montado e melhor sabonetado. No beiçal da varanda, fiz o bragado ficar nas patas do coice, galhardia que encheu a vista de Juquinha. Um molecote, todo passado a ferro, veio pedir licença para segurar a rédea do patrão. Vestido cheirando a loja, pente trespassado no cabelo, dona Alvarina esperava no alto da escada. Falei baixinho, só para o entendimento do coronel:

— Seu Ponciano, desta vez vai sair compromisso de papel passado e anel no dedo.

No meu subir, as rosetas das esporas tiniam na pedra e os engomados estalavam nos joelhos. Quintanilha, pouco mais atrás de dona Alvarina, não cabia na botina inaugurada. De fingimento, como manda a cortesia, mostrei espanto:

— Pelos vistos, os compadres vão para festa de batizado.

A figura deste coronel, uma estampa de atravancar sala e saleta, tirou admiração dos compadres, acostumados a lidar comigo no trivial do pano grosso, uma vez que farda era regalia que eu só mostrava em feriado militar ou em procissão, no serviço dos andores e nunca em visita de rotina. E pelo corredor, enquanto manobrava o lenço no rosto, fiz ver a Juquinha os porquês dos galões e engomados – em cerimônia de pedido um oficial não podia vir no civil:

— É dos regulamentos, da lei militar.

A moça professora, com todas as suas belezas, esperava na sala de visitas, ao lado de um jarrão de dálias e cristas-de-galo. O vestido dela, de branco tecido, apertado na cintura e fofinho nas partes de baixo, tomava conta do sofá. Fiz o pedido em termos, sentado na ponta da cadeira, lenço metido na trouxa da mão. Tinha lá os meus anos entrados, léguas de pasto, dinheiros forros no Banco Hipotecário, ensinamentos de escola, fora outras vantagens como oficial superior e homem de Irmandade. E dei o último laço no peditório mais ou menos assim:

— De Vossa Mercê espero graça favorável.

Ficou de dar resposta assim que falasse aos pais, gente da antiga, toda cheia de inquirições e pormenores. Aplaudi esses cuidados:

— Muito que bem, muito que bem.

Quatro dias andados sobre tal atrevimento, Ponciano, espora de prata no pé e roupa engomada no resto, levava a moça Isabel a Santo Amaro para o trem da tarde. O povo do tráfego parou diante de minha esmerada ilustração – barba em derrame pelo branco do peitilho e na cumeeira o chapéu das labutas do Foro, pois terno escuro sempre pediu tal arremate. Pela primeira vez na vida lidei com folhagem de cravo, um amarrado para vinte despedidas. Dobrada na janela, dona Isabel agradeceu as flores, muito admirada da galhardia da prenda. E enquanto Juquinha arrumava a bagagem no compartimento das cargas, a professora tirou o cravo mais saído, de vermelhoso porte, que foi por ela beijado e a mim devolvido como prova de consideração. E, em voz adoçada, asseverou que nunca ia esquecer tanta bondade junta:

— Muito desvanecida, coronel.

A máquina resfolegou, gemeu na ferragem, bufou no arranco da saída. Quintanilha seguiu viagem na companhia da moça. Precisava dar finalização a uma partida de sal e arame farpado no comércio da cidade. Chapéu no peito, em sinal de consideração, esperei o trem sucumbir na curva. Bem charutado, esfreguei as mãos:

— Estou servido, estou montado. Vou ser pai de muito Azeredinho.

Pisando alegria, corri o varejo de Santo Amaro em busca de papel cheiroso, que desse vazão ao meu sentimento quando inaugurasse vaivém de correio com a menina professora. Não foi encontrada a mercadoria de meu desejo e era de admirar que fosse, sabido que em comércio bruto não tinha saída tal delicadeza. No Bazar Almeida, que passava por ser bem sortido, um caixeiro novo pelejou para que eu levasse papel de acabamento grosseiro:

— É do melhor, patrão. É do melhor.

Varejei a caixa nos confins do balcão:

— Requeri folha de escrever e não couro curtido.

E em passada larga, como é do meu andar, saí rumo da casa do padre. Queria que o confessor do Sobradinho, antes de outro alguém, soubesse da deliberação do coronel Ponciano de Azeredo Furtado. Já via o reverendo tossir sua tossinha igrejeira e dizer que o meu proceder calhava bem:

— Já tardava, já tardava.

Não tive ocasião de encontrar o padre. Um menino de sacristia, puxador de sino, despachado como nunca vi, disse que o reverendo, bem antes de aurora, já andava no longe, em lombo de mula, para levar os santos sacramentos a um padecente quase defunto, pelo que a igreja estava a cargo dele:

— Se é causa de batizado ou missa eu dou os recados.

Agradeci e gabei o espevitamento do aprendiz de sacristão:

— O menino é falante, de língua solta. Vai dar um bom sermonista.

Desembaraçado da sacristia, fui arejar as ideias no balcão de Juju Bezerra. Distanciado da casa do padre, a gente podia, livre de bula e excomunhão, dar rédea solta às conversas de rabo de saia. O mulatinho do pilulador, sem retirar a atenção da receita, logo participou:

— Seu Bezerra saiu madrugadinha em viagem do governo.

Sabia que era esse o recado que o major deixava em poder do aprendiz quando afundava nas safadezas de sertão adentro. Assim, sem rumo, rolei espora e roseta na poeira de Santo Amaro, sempre admirado de uns e outros, que a uns e outros eu salvava em cumprimento de tirar o chapéu, boa-tarde-como-vai-como-anda-a-obrigação. Na responsabilidade de um praça, sentinela da Casa da Delegacia, deixei recomendação para Juju Bezerra:

— Diga que é da parte do coronel Ponciano de Azeredo Furtado.

O meganha apresentou a cortesia militar que a mim era devida. Com isso, virei as costas ao povinho de Santo Amaro. Meti a navegação, um pata-branca de passo valente, em caminho pouco pisado, um corte que bastante barateava a distância entre Santo Amaro e o Sobradinho, trilha restingueira, bem nascida para uma tocaia de vingança, braba de trato, onde o que mais dava era gravatá-de-gancho e cabeça-de-frade. Mas estando de ideia cravada em dona Isabel Pimenta, tudo vinha em moldura bonita e até achei bem talhado o canto do peito-ferido, que é o bicho de asa mais falso já existido em terra de boi. Ponciano era todo bondade e uma coruja que desse o ar de sua graça não ia receber desconjuro. Digo mais – se não fosse possuído de autoridade militar, peito mais de mando do que para essas teteias de sentimento, abria a goela em modinha daquelas de meus tempos de serenata. Em verdade, nunca em tantos anos senti contentamento igual. Já presenciava a moça professora na fartura dos nove meses, na roupa fofa de esperar parteira. Mais de dez Azeredinhos Furtados era eu capaz de jogar no mundo. Mais de dez!

POR DUAS SEMANAS CONTADAS e esperadas não arredei fundilho do Sobradinho. Meio olho gastei na vasculhagem das bocas de estrada de onde devia vir a resposta de dona Isabel. Já a comichão da impaciência mexia comigo quando, lá uma tardinha de sábado, vi chegar Tutu Militão. Sabia que era o curador pelo medo dos moleques, todos corridos na frente da caixa do mulato. Deixou a mulinha nos cuidados de Janjão Caramujo e, passando de largo, foi ancorar na cozinha, de modo a prestar obediência a dona Francisquinha. De lá, acabado o beija-mão, mandou uma fusquinha pedir permissão para entrar na sala do coronel. Pela própria, remeti o consentimento requerido:

— Que venha, que venha.

Militão, respeitoso, apareceu no seu andar marinheiro, os dedos de anel coçando o queixal encardido. Muito apreciava a educação do curador e era só por brincadeira que eu relembrava o caso da onça-pintada, quando Tutu arranjou modos de escapulir na carcunda de uma cobra fugida de sua caixa de peçonha. Sempre atirava em rosto dele essa fraqueza. Por isso, ao ver o curador na minha frente, fiz a indagação costumeira a respeito da tal surucucu sabida que entendia língua de gente, que mal escutou falar em onça logo desertou do mando de Tutu:

— Como vai o ensino dela? Já virou doutora?

O pardavasco, como das outras tantas vezes, não mastigou a resposta. Pediu licença para dizer que não era tanto assim, que o coronel avantajava o aprendizado da minhoca:

— A bem dizer, está nos primeiros abecedários.

Repeli a sabedoria da surucucu de Militão com um sucedido mais espaventoso, o caso de um jacaré de circo de cavalinhos, meu conhecido dos dias passados. O casca de jaca fazia de um tudo, desde fumar Flor de Ouro a tirar modinha em flauta de barro:

— Jacaré escolado, bicho instruído.

O curador fingiu espanto. Se não fosse o coronel garantir, era caso de ninguém acreditar. E coçando o queixo:

— Quem havera de dizer, quem havera de dizer!

Foi a vez de Tutu mandar de volta o troco da minha molecagem com outro sucedido de cobra. Desde muito vinha ele cevando, no bom e no melhor, uma jararacuçu das amarelas, na esperança de vender a casca da roliça em comércio de sapateiro. Sabedor da intenção de Tutu, a cobra pronto deliberou. Chegado o tempo da muda, tanto esfregou a jararacuçu o paletó no pedregulho que acabou chaga só:

— Botei a birrenta no demolho de arnica para sarar os estragos.

Não pude sustar a gargalhada ao figurar a jararacuçu metida em panos, coberta de cuidados e sanativos, amamentada feito criança nova.

E brincalhão, acusei Tutu de grandes ganhos, de ter mês de correr mais dinheiro para o bolso dele do que os lucros de um Bispado em ano e meio de água benta:

— Vosmecê procede muito bem. Criação de jararacuçu é mais rendosa do que serviço de padre e comércio de boi juntos.

Tutu pediu autorização para aclarar a verdade:

— Se mal respondo, coronel, cobra é negócio dificultoso que não paga nem a mantença da mula.

Embrulhou língua mais de hora comigo. Lá fora a tarde apresentava rabos-de-galo e carneirinhos de nuvens no céu. Esparramado na cadeira de couro, eu picava Tutu e seu comércio de cobra:

— Vosmecê chora de barriga cheia.

Suspiroso, o pardavasco relembrava outros passados, quando não dava vencimento aos pedidos da pastaria:

— Nem cem dedos tivesse, meu patrão.

E por desdita dele deu de aparecer nas prateleiras das lojas de Santo Amaro e São Gonçalo remédio de estancar veneno na raiz. Mas soubesse o povo ignorante dos pastos que uma água de frasco não podia correr parelha com reza de fé, uma simpatia feita em nome de São Bento ou outro qualquer milagroso dado a desfeitear maldade dos matos. Por essas e outras é que Tutu dava o ofício de curador como morto, sem valimento nos currais. Mês entrava e mês saía e nem um chamado de picada de lacraia quanto mais de surucucu ou jararaca. Qualquer hora encostava a caixa de sanativos e ia trabalhar em outro comércio:

— Tenho minha vocação de carapina, sim senhor. Sei trabalhar um vinhático, um óleo-vermelho, sim senhor.

Larguei a cadeira tomado de abatimento mortal. Digo que desejei um derrame de cobras pelo mundo, de todo o tamanho e peçonha, capaz de entupir os embornais de Tutu de prendas e riquezas. Com a chegada da moça portadora de café e mandioca, tive esse meu pesar cortado no meio. O mulato gabou o biju e quis saber se era do Sobradinho ou comprado em cargueiros. De pronto matei a indagação:

— Nem uma coisa nem outra. É tapioca do fabrico de Juquinha Quintanilha.

Mal toquei no nome do feitor de Mata-Cavalo e já Tutu batia na testa:

— É verdade. O compadre mandou encomenda de carta.

Parei a caneca no ar, gogó afrontado, enquanto Tutu apalpava os bolsos. Era a resposta de dona Isabel Pimenta. Por dentro, o coração de Ponciano entrou em desgoverno, em cambalhota de bater forte na parede do peito. Mesmo assim, ainda tive presença para dizer que Tutu não ficasse desensofrido:

— Não é sangria desatada, homem. Deve ser aporrinhação dos impostos, encrenca do governo.

Bem sabia eu que não era. Deixei a tapioca e fui pegar charuto especial, que a ocasião pedia tamanho regalo. Disfarcei o embaraço mandando, aos berros, sair da sala um molecote ajudante de Janjão Caramujo no polimento dos arreios. Livre do abelhudo, cortei no dente o Flor de Ouro, manobra em que eu sempre jogava muita perícia. Isto feito, fui bater no ombro do pardavasco ainda na vassouragem dos bolsos:

— Sai ou não sai esse papel de carta, seu compadre?

Num estalo, Tutu lembrou que tinha acamado a encomenda junto da caixa de sanativos, na companhia de uma papelada do dr. Caetano de Melo. E ligeirinho, com-licença-coronel, venho-já-coronel, sumiu na escada. De volta trouxe o que eu mais queria – a carta de dona Isabel Pimenta, que reconheci pela letra educada, de talho doce. Na sofreguidão de ler o trazido, despedi Tutu a poder de abraços e outras considerações, fora uma partida de Flor de Ouro para o gozo dele nos rabos de jantar. Feliz da vida, estipulei que lavasse a boca antes da primeira tragada e ofertasse um charuto à surucucu ensinada em nome do coronel:

— Cobra também aprecia esse deleite.

Revirei a encomenda – lá aparecia meu nome em letra de moça, o *P* de Ponciano, altão, soberbão e o *A* dos Azeredos todo floreado, dentro do maior orgulho. Os dedos de mandioca do coronel, no descostume de manobrar peça delicada, quase cometeram uma desordem. A custo, descasquei a encomenda e lá brotou, toda cheirosa, a carta da professora. Peito afrontado, perna tremosa, entrei nas leituras. Nem demorou duas linhas, logo no rabo dos cumprimentos ("Como-vai-como-tem-passado-o-coronel?"), tive o primeiro desgosto. Entre desculpas e desculpinhas, a mestra repelia meu pedido. E repelia com parte de que um primo dela, doutor formado não dizia bem em que ofício, vindo do Rio em viagem especial, enfiou anel de compromisso no dedo dela. Casava logo, que além de ser do gosto da família ("O-coronel-sabe-como-é-imposição-de-família"), vinha desencravar um bem-querer dos dias de brincadeira de escondido, dos seus verdes-anos-de-menina.

— Cachorra!

Que verdes anos, que brincadeira de escondido, que nada! Soubesse ela que eu também já tinha sido dado a essas vadiações, de deixar as partes das meninas em fogo vivo. Tanto que era eu aparecer e logo o recreio acabar, fosse brincadeira de roda, fosse bento-que-bento-é-o-frade, fosse sou-uma-pobre-viúva. Por isso, estava aparelhado para provar que essa vadiagem de escondido não passava de velhacaria.

— Cachorra!

Fazer um homem de barba, forrado de respeito, esperar uma enfiada de dias para no finalmente apresentar decisão afrontosa. Não, ofensa de tamanho agravo não podia ficar na prateleira, sem resposta viperina. Que ia dizer Juju Bezerra, que já dava a moça professora como pertence do Sobradinho? E o velho Pires de Melo, a quem participei, dentro das etiquetas, a tomada de estado? Juca Azeredo, meu primo de Paus Amarelos, até o pano da padrinhagem mandou cortar, não levando em conta Sinhozinho, que amamentava, em chiqueiro novo, leitoa para meu regalo da primeira noite. Bem ponderado, bem aquilatado, eu saía de tudo isso com a patente denegrida e o galão desautorado. Mas o que mais doía, picava pior que espinho de cobra, não era a carta da mestra de letras recheada de traições. Era o vexame da despedida. Eu, militar severão, trocando a aromagem da pólvora por água de cheiro. E não contente de tamanho subalternismo, ainda compareci de cravo no dedo, talqualmente um vira-bosta qualquer recoberto de mesuras e tremeliques:

— É para o regalo da menina, é para o enfeite da menina.

E que serventia tirei desse proceder floreado? Nenhuma! Era até de pensar que a moça professora, vendo meu todo respeitoso, dona-Isabel-dá-licença-dona-Isabel-faz-favor, cuidasse ser eu despreparado para um namoro de repuxão, desses de segura-mais-embaixo-e-olha-a-porta-que-pode-vir-gente. Soubesse ela que não existia outro ninguém mais atilado do que eu em abusamento e tomada de confiança. A sem-vergonha confundia um coronel, que tem patente a zelar, com os engomadinhos das portas dos bilhares. Devia respeito a Juquinha Quintanilha, quanto mais não fosse pela força do compadrado. Juju Bezerra é que estava sobrecarregado de razão. Povo de saia que passasse na distância do seu bafo, fosse dama de procissão ou senhora de família, recheada de anca ou tábua de passar roupa, entrava em chumbo:

— Tudo serve, coronel. Todas têm seu proveito.

Ademais, bem pensado e medido, não podia ser donzela garantida moça que teve primo nas infâncias, acostumada a praticar atos nas brincadeiras de escondido. Sabia eu lá das exorbitâncias ministradas no debaixo das escadas, nos fundos das chácaras, nas vadiações dela pelos quartos e no atrás dos armários? Nunca que podia jurar que fosse donzela de primeira mão:

— Nunca!

FUI DORMIR NO ROÇAR da meia-noite, testa cansada e barba dorida de tanto ser repuxada e destorcida, pois é esse utensílio que mais sofre nos meus destemperos. E grande trabalheira tive para meter em seus negros covis os serpentões que assobiavam no peito do coronel. Rolei de um beiral a outro da cama – uma peça de lei, lavrada nas cabeceiras, que presidiu muita safadeza de Azeredo Furtado e capaz ainda de aguentar, como apregoava Juju Bezerra, as maiores inaugurações de lua de mel:

— Berço de barão, coronel, como não existe mais.

Essas e outras parolagens de travesseiro, e mais o pio das corujas, deram comigo no sono. Lá bem entrado em horas, acordei de um pesadelo, barba molhada, peito empapado. O tempo tinha mudado e um sul ventoso varria o quarto. Fui conferir as taramelas e a vidraça mostrou um ninho de corisco que crescia no lado da costa. Puxei a coberta e de novo caí na garra do pesadelo. Bichos de duas cabeças, só existidos nos dias em que São Jorge andou purgando os pecados do mundo, vieram lamber as pernas e a barba deste coronel. Pelas paredes escorria baba de lesma e da cumeeira, como cipó-de-cordão, pendiam gongolôs e outras nascenças das umidades. Parecia que eu andava no fundo de uma cacimba, de onde minava tudo que era maldade. Um sapo de canela cabeluda e dente velho de desembargador jubilado debochava de mim em farreagem com lacraias e minhocões comedores de barro. Gritei dentro do pesadelo:

— Vai debochar da mãe, bicho excomungado!

Debatia eu esses e outros casos próprios dos pesadelos, quando um trovão sacudiu o Sobradinho na pedra mais enterrada. No alumiado do corisco, avistei o coronel em formato de anjo, asa dourada, igualzinho aos talhados para a igreja de Santo Amaro. Nisso, na porta do quarto, o Tinhoso de pata de bode espiou por trás do seu olhinho de fogo. Já pulado da cama, chamei pelos santos de minha devoção:

— São Jorge, Santo Onofre, São José!

Logo o aparecido perdeu a feição de cornudo e virou Francisquinha, que veio ver se o seu menino estava a gosto, se não tinha esquecido janela aberta na trovoada. O lampião da velha esmiuçou trancas e taramelas e pronto sumiu no corredor. Ficou no vento aquele pedaço de reza em louvor de Santa Bárbara e de novo embrenhei os passos em nação de gongolôs e minhoca de leite. Andava eu na beira de um brejal carrasquento, lugar de miasma e febre podre, mais sozinho do que um condenado. Nem arvoredo, nem asa. Tudo mormaço, quentura de fornalha. Do lonjal uma garganta de penitente chamava meu nome:

— Ponciano! Ponciano!

Larguei o pé em desenfreada carreira, fraqueza que nem em sonho é permitida a um militar graduado. Nesse correr, por cima de plantação de carrapicho e vassourinha, a roseta da espora engasgou numa embira--de-frade e lá foi o coronel ao barro, com estrondo e desonra. Acordei no barulho da queda e em hora de ver meus dois metros estabelecidos no assoalho. A cama parecia uma desordem, um campo de batalha, lençol em trouxa, travesseiro no chão. Aproveitei o contratempo para azeitar na moringa a goela ressequida e animar a língua do lampião. Lá fora imperava o corisco e era faísca tanta que um bicho da noite, sei lá se coruja ou marrequinha-irerê, veio bater de contra a vidraça. Não perdi vaza, desconjurei o perdido da escuridão:

— Vai bater na janela de Satanás!

Dormi ninado pela chuva. De manhã, água no telhado, quedei na moleza da cama, levanta-não-levanta, cabeça de chumbo, perna de pilão. Uma ponta de dor, nascida na pá, rodeava em abraço dolorido a pessoa toda do coronel. Francisquinha, a par da noite de lobisomem que passei, encheu o seu menino de chá de descarrego e macela limpadeira da entranha. Não satisfeita, procedeu a uma fumegação reforçada de reza, que algum olho-grande podia estar encravado em mim. A custo, já manhã adiantada, larguei a cama para desempenar as juntas no corredor. Da janela, olhei o céu sujo, de nuvens enroladas, cada manta escura mais que outra. Fazia dó presenciar as casuarinas de Janjão Caramujo debulhadas em água, do que resultava uma tristeza de cemitério, de coisa morta. Isso mais amoleceu o coronel. Fui desgastar o peso dessa morrinha rebatendo na pena as desconsiderações de dona Isabel Pimenta. O dia todo andei em trabalho de papel – escreve, rasga, emenda. Quem visse o meu proceder, rabo da caneta na testa, no avivamento das ideias, ia cuidar que voltei ao estudo dos livros. Cansado de rabiscar, cabeça em fogo, tranquei o assunto na gaveta:

— Não vou rebaixar a patente respondendo de mão própria.

Na primeira ocasião, pedia ao dr. Pernambuco Nogueira que escurecesse umas letras no papel de modo a dar o caso da professora por acabado.

Tomada a deliberação ("Coisa curta e grossa, doutor"), fui desbastar as mágoas na camaradagem de um charuto, na paz da espreguiçadeira. No entrelaçado da fumaça eu divisava o que bem queria: cabeças de anjo, perna de moça, bois e uma imensidão de carneirinhos de Nosso Senhor. Sempre muito prezei as invencionices da fumaça. Pois andava eu nessa vadiagem quando, no entrar da noite, senti de novo aquele arrepio malino que requeria cama. Fiz a vontade dele e no cobertor sufoquei a tremedeira. Navegava eu outra vez em terra de cobra, cada qual mais enrolada. Na madorna chamei Tutu Militão. Onde estava, meu Deus, a sua caixa de peçonha? Dormi em quentura de forno, sem lugar certo no colchão. Acordei, lá sei a que horas, alagado de suor. A matraca do queixo tinha parado. Do fundo do Sobradinho vinha um cheiro de vela e um miudinho de reza atrás dele. A custo, cai-não-cai, saí corredor afora. Talvez que o coronel, de patente e regalias, já estivesse no céu e sem notícia do acontecido. Por medida de segurança apalpei as partes fracas e dei uma volta na barba, tudo achando de conforme. Não careci de ir longe – o cantochão, que eu pensava ser dos anjos, era tirado pelo povo da cozinha no oratório de Francisquinha. Cuidava a boa negra de espantar, na força da devoção, os quebrantos do coronel. Em pé de gato voltei ao travesseiro e dormi sono ajuizado. Acordei manhã limpa, céu novinho, que a chuva lavou e ensaboou em dois dias e duas noites. Da janela do quarto apreciei uma navegação de marrequinha-irerê no céu, na barriga das nuvens. Nem parecia que Ponciano de Azeredo Furtado tinha andado em nação de cobra, em cacimba de pesadelo. A ideia andava leve, a perna pedia estrada. Mandei chamar Francisquinha:

— Que novidade é essa de ladainha nos cafundós da noite?

A velha, feliz de ver a barba do seu menino outra vez viçosa, mandou que eu calasse o bico:

— Tenha tino, tenha tino.

Fui tirar a ferrugem dos joelhos em passeio manso. Perto das casuarinas, Janjão Caramujo, já bem entrado na cachaça, esquentava sol. Antão Pereira, às voltas com uma carapinagem nos fundos do Sobradinho, veio salvar o coronel. Reprimi o pouco-caso dele:

— Um cristão morre, é enterrado, e ninguém para segurar a alça do caixão, seu Pereira!

Antão abriu a boca, enrolou a língua, avermelhou a cara, pois fala de gago tem desses atrasos. E, logo que pôde, descarregou a culpa do sumiço nos costados de João Ramalho, pegado que foi em sarampo fora de idade, desses de varejar o padecente nos paus da cama. Com estima de melhoras, mandei recado ao doente:

— Diga a esse sujeito que sarampo é mazela de menino. Sai nas urinas.

Desembaraçado de Antão de volta ao serrote, bordejei a casa do paiol e fui parar nas cacimbas. Uma toada de lavadeira subia em derredor, pelo que avivei a atenção, cativo de tanto afinado. De pronto dei com a fonte da cantoria – um par de braços cresceu por trás de uma cuitezeira em serviço de estender roupa. Era uma sarará da maior presença. No tapume de uma macega escondi meu vulto de modo a aquilatar, em sossego, as partes todas dela. Mirei e remirei tudo que a vista abarcava e só depois, no último repasse, é que raspei o assoalho da garganta em aviso de que tinha gente perto. Ao dar comigo, a sarará não perdeu a galhardia. Posta a roupa no varal, saiu em altivo porte, com uns balançados de sacudir os debaixos do vestido. Coisa de tal acabamento merecia uma retorcida de barba. Sim senhor, a gente no detrás das mesmas paredes e eu longe, desinformado de tudo. Era artimanha de Francisquinha, sempre em guarda contra a minha fama de mulatista. Escondia o seu povo como quem esconde arca de ouro. Por isso, ao voltar ao Sobradinho, mandei chamar a velha. E medindo sala, cara de réu, fiz ver o abuso da agregada. Recriminei o proceder dela, toda apertada nos panos, em risco de rasgar a chita e de dentro dela sair o que devia, por respeito, estar bem escondido:

— Não quero deboche na minha frente!

A velha muito prezou o meu severismo e prometeu torcer a orelha da abusada. Era o alvará que eu requeria. Uma engomadeira, fugida do engomador, veio contar diz que diz da sarará, que apreciava passar por branca. Era afilhada de Francisquinha e na água benta, já grandona, recebeu o nome de Nazaré. Por ser da pá-virada, foi remetida à madrinha, de modo a perder as sapequices e mal-educamentos. Mas o que ela mais sabia fazer era tingir a cara de urucu e avantajar o atrás:

— Sem pejo maior ainda não vi.

De cara amarrada, mandei que a engomadeira fosse tratar dos seus engomados:

— Vosmecê é candongueira. Cuide do ferro de passar. Cada macaco em seu galho.

Em verdade, bem apreciei o diz que diz trazido. Ia escrever a Juju Bezerra bilhete descarado. Que ele viesse na asa do vento avaliar a peça que eu tinha em mando, coisa de ser esmerilhada no sabonete e chamada na responsabilidade. Já via o major alegrar o rosto e fazer alarde dos proveitos que eu podia tirar de tão esmerado lombo:

— É montaria para muita sela, para serviço de luxo, coronel.

O resto do dia, por mais que especulasse, fiquei sem olho na sarará. De tardinha, recomendei a Antão Pereira que aprontasse cavalo madrugador, uma vez que o primo Juca Azeredo requeria meu tirocínio numa extração de madeira. O gago ponderou que calhava a providência – o mês era favorável e não existia lua melhor para trabalho de corte. Não pude contentar o parente Azeredo. Foi a noite chegar e eu recair no bate-queixo. Na intimidade dos agasalhos, o coronel suava como cavalo de légua. Juju Bezerra correu de Santo Amaro ao Sobradinho. Chegou fora de hora, aturdido com o chamado da velha Francisquinha. Trouxe caixa de farmácia, desde purgativos a lanceta de carnegão. Não precisou de exame demorado. De pronto, meteu o dedo na postema:

— O coronel foi apanhado de tremedeira, maleita da pior.

DOIS MESES DE ENFIADA vaguei no marasmo da malina, queimado na labareda do Demônio. Purguei pecados que tive e não tive. Nos entrementes da tremedeira, que deu de fazer visita de três em três dias, o major puxava por mim. Lá uma ocasião ordenei que ele desse um repasse na afilhada de Francisquinha. Não careci de mandar duas vezes. Bezerra sumiu no corredor e quando voltou foi para gabar a sarará dos pés ao cabelo. Já estava receitado o reconfortativo que eu devia usar nas convalescenças:

— Beiço de sarará duas vezes no decorrer da semana.

Como Juju Bezerra, de repente, amiudasse as vindas ao Sobradinho, mandei remeter Nazaré a lugar seguro e de respeito, a barra da saia da comadre Alvarina. A velha Francisquinha ainda quis denegar consentimento, mas Juquinha Quintanilha, industriado por mim, soprou junto dela dois casos de Juju Bezerra e não precisou de entrar no terceiro. A velha encafuou o donzelismo da afilhada em quarto de boa tranca, de onde só saiu para a viagem de Mata-Cavalo. Como providência de contrabalançar o saco de deboche que era Bezerra, na cauda da semana vinha o reverendo Malaquias de Azevedo. Comprei para o seu bem-estar mulinha passista, de boca educada, um cetim de sela. O padre vinha montado em paina nas estradas do governo ou pelos caminhos de Deus. Francisquinha, de padre dentro de casa, vivia em grande orgulho. O batina, ao pisar soleira do Sobradinho, já encontrava a sua bacia de água esperta e toalha nova. Toda embonecada, vestido esmaltado na goma, a velha puxava o cordão das negrinhas ao serviço do padre. Do cadeirão de descanso, pé no banho-maria, espalhava o reverendo benzedura e outros benefícios dos frades. Das casuarinas de Janjão Caramujo ao varandão do Sobradinho era aquela corda de gente atrás do beija-mão. Malaquias ranzinzava por nada, como se o povo dos pastos fosse um magote de emporcalhados, que vivesse nas maldades do pecado. Gritava com um, que todo o seu rebanho o velho conhecia pelo nome:

— Seu Micael, sou sabedor de que vosmecê não sai da jogatina de vintém.

Gritava com outro:

— Seu Pedro Lima, fale rente de mim que quero conhecer a marca de sua cachaça.

Mas ninguém deixava o beija-mão do padre de bolso vazio. Era um fortificante, um xarope, um sal amargo para desempestiar a tripa ou desimpedir o rim, fora munição de boca ou fazenda de camisa. Sábado o padre dedicava a essas rotinas. E no domingo, no fresco do orvalho, é que saía em missão de batizado, na limpeza dos currais. Era um derrame sem medida de água benta na cabeça dos pagãozinhos, a ponto de Juju Bezerra dizer, em segredo, que se a pantaneira do coronel durasse tempo dilatado, Malaquias de Azevedo acabava batizando até pé de pau:

— Não sobra nada, meu coronel. Nem vassourinha, nem embira-de-macaco ou melão-de-são-caetano. Entra tudo no sal de água benta.

Desde que caí nas funduras da malina não existia sábado sem reza no Sobradinho. Mesmo assim, tão bem amparado de religião, a tremedeira não encolhia. Era visita marcada no relógio. De tarde, na asa do primeiro morcego, num entremeio de três dias chegava a maldosa. Vinha de leve, até dava gostinho bom no começo. Depois, endurava. Dentro do camisolão eu batia matraca por horas bem sofridas. Juquinha Quintanilha, em vista das amarelidões do seu compadre, quis que eu fosse pegar tratamento na cidade:

— Só doutor dá jeito.

Rejeitei o conselho:

— Que doutor, que nada! Na semana entrante corro esta pestilência de uma vez.

Dona Alvarina, coitada, veio na poeira do marido. Queria cuidar do compadre, ajudar no mando da casa. A princesona do Sobradinho, a velha Francisquinha, apresentou embaraço. Resmungou, chorou. No sofrimento de seu menino ninguém metia o bedelho. Piores maldades teve meu avô Simeão e nem por isso veio gente de fora:

— Não careceu, não careceu.

A terçã do coronel levantou povo que eu nunca vi, que nem de ideia sabia existir, mas que alguma vez recebeu uma bondade minha, em empréstimo ou ajutório. Dioguinho do Poço, das lonjuras do sem-fim, encomendou promessa, uma devoção nunca vista – um Ponciano de Azeredo Furtado todo de cera, quase dois metros de obra. Também cativaram meu reconhecimento os interesses de Tutu Militão. Sua caixa de cobra, chovesse ou fizesse sol, vinha todo domingo saber como andava o doente. Por imposição do padre, o mulato deixava as suas peçonhentas em lugar apartado. Malaquias não podia nem ouvir falar em cobra sem logo pegar arrepio, nojo que não estava nele debelar. Tutu, todo bem servido de mesuras, concordava:

— O meu bom padrinho manda. Sou católico de Santo Onofre e afilhado de São Jorge.

Dos vizinhos, não apareceu Badejo dos Santos, por estar de costela derreada, avaria que contraiu em queda de cavalo. Mandou recado e promessa de pronta visita. Rebati na mesma educação – se tivesse sabido dos estragos era o primeiro a correr até lá em viagem de amizade. Desfalque que mais senti foi o do primo Juca Azeredo, no Rio de Janeiro, desembaraçando da unha do governo uma turbina para o seu fabrico de cachaça. Outro desvelado foi Sinhozinho, de não sair da cabeceira do doente. Veio morar na boca do quarto, pronto a dar seus préstimos de noite ou de dia. Ajudava Francisquinha e Juju Bezerra no preparo do quinino e beberagens caseiras. Lá uma feita, peguei o velho em labuta que não era sua, pelo que tive de chamar a atenção dele:

— Que é isso, homem? Vosmecê, amigo de meu avô, que senta comigo na mesa, não é moleque de fazer serviço subalternista.

Apreciava escutar o barulho da perna doente de Sinhozinho no corredor. Ria dos destemperos dele. Não queria grito mais forte no por perto do quarto e visita que chegasse sem moderação recebia reprimenda do velho:

— Vosmecê, meu compadre, não pode deixar o trombone do lado de fora?

Uma tarde percebi Sinhozinho dizer que tinha chegado visita de cerimônia. Era Pires de Melo. Uma penca de agregadas de Francisquinha correu na limpeza do quarto, no arranjo da cama. Em tantos anos, era a primeira vez que Pires de Melo machucava soalho do Sobradinho. De roupa mudada, lençol novo, recebi o vizinho sentado a meio pau, costas resguardadas nos travesseiros. Pires de Melo falou pouco, de modo a não cansar o padecente, como manda a etiqueta. E quando o velho, acapangado por Antão Pereira e Sinhozinho Manco, deixou o quarto, recaí na dormência e nesse desfalecimento eu ainda escutava o retinido do correntão do relógio de Pires de Melo, uma peça de muito peso e valimento. Gostei que o vizinho não esquentasse cadeira, pois na visita da malina eu era homem desgovernado. Ninguém ficasse perto de mim que escutava bobagem. O febrão nascido da água choca empurrava para fora todo o lixo que o coronel guardava por dentro, de não ficar impureza que não viesse a furo. Uma ocasião, Juju Bezerra foi compelido a trancar a porta tal a grandeza de nome feio que eu soltei na fervura da terçã. Caso passado, o major relatou, em risadaria, os impropérios que apresentei no pesadelo. Mais de quarenta nomes cabeludos contou Juju, fora coisa leve, como rabo da mãe, vaca e filho de égua:

— Sim senhor, coronel Ponciano. Boca de ouro tem vosmecê. Vou morrer sem conhecer outra igual.

Com o envelhecer da mazela, no corpo do segundo mês, deixei de lado a mania de rabo de saia e entrei nos heroísmos. Falava de brigas, rixas, lutas de ferro e fogo que tive e não tive. O mormaço do febrão pegou cheiro de pólvora, de ninguém entrar no quarto sem levar incumbência militar. Em grito de coronel, eu pedia reforço de armas por cismar que um magote de hereges queria tomar o Sobradinho pelo cano da chaminé. Numa dessas inventorias do delírio, apareci de camisolão na cozinha e desandei a dar ordens e a fazer desmandos. Correu logo que o coronel do Sobradinho não dizia mais coisa com coisa, fraco que estava das ideias. Danei ao saber do apregoado e danado fiz ver a Sinhozinho e Saturnino Barba de Gato que nem onça-pintada pôde comigo quanto mais uma pantaneira à toa, nascida dos miasmas e águas chocas. E na barba dos dois, enquanto metia a camisa dentro das calças, garanti:

— Pois muito que bem! Vou dar finalmência a este caso.

Juquinha, chegado na ocasião, recebeu incumbência de viajar a comadre Alvarina para a rua da Jaca com o fim de arejar e polir a minha casa da cidade:

— Vou mostrar, seu compadre, quem é Ponciano de Azeredo Furtado.

Na visita do meio da semana botei Juju a par da providência. Concordou – nada para secar maleita como mudança de ares:

— Faz muito bem. Vou mandar bilhete ao dr. Sousa Bastos.

Uma quinzena não era decorrida e já o coronel, sem ninguém esperar, dava entrada na rua da Jaca. A comadre Alvarina preparou tudo a contento. A casa das minhas infâncias cheirava a água e sabão, toda bonita, lavada de ponta a ponta. Juquinha Quintanilha, que veio comigo, mandou recado urgente ao doutor da recomendação de Juju Bezerra. Cobertor na orelha, esperei a visita de Sousa Bastos. A tarde entrou nas seis e nada do tílburi do doutor chegar. Juquinha, desacostumado a lidar com gente formada, ficou a pé, sem providência que tomar. Por sorte, apareceu no dia entrante o primo Juca Azeredo. Na vinda do Rio, ainda no trem, soube do acontecido. Correu ao Sobradinho e de lá para a rua da Jaca. Nem em Paus Amarelos botou o pé:

— Como estava vim, primo Ponciano.

Agradeci os interesses dele, que logo saiu no rasto do tal Sousa Bastos. O doutor teve o desplante de dizer a Juca Azeredo que não tomava conta de caso novo. Todo o tempo dele era dedicado a doente de cabresto. Quase quebro a cama ao ter conhecimento de tamanha desfeita. Implorei roupa de rua, pois queria exemplar o atrevido, estivesse onde estivesse. O febrão, já conhecedor do meu gênio atravessado, adiantou a chegada. Debaixo de agasalho, metido na fervura, perambulei de pesadelo em pesadelo atrás de uns capetas vestidos de fogo e que faziam pouco-caso de Nosso Senhor. Exterminei dois, restou um filhote de Satanás que não pude dar morte porque a maleita abrandou e voltei a ser outra vez Ponciano de Azeredo Furtado, limpo de quebrantos e no vigor do meu juízo. Apalpando os empapuçados da cara, obtemperei aporrinhado:

— Se não acordo, se a terçã aguentasse o rojão, o coronel fazia uma limpeza na capetagem do pesadelo.

Juca Azeredo, sem prática de pantaneira, cuidou que o seu parente estivesse para esticar canela. Trocei dele e da doença:

— Ainda vão inventar mazela capaz de jogar este seu primo no barro do cemitério.

No abrir da noite apareceu na rua da Jaca o tabelião Pergentino de Araújo. A par de que o coronel seu amigo andava em rixa contra doença ruim, veio em passeio de visita. Nem demorou os óculos no montão de barba e amarelidão que eu era. Saiu sem esquentar cadeira, na companhia de Juca Azeredo, em busca de um médico de sua especial confiança, doutor novo, de canudo ainda molhado dos exames:

— É moço de instrução, com muita fama de competência.

A comadre Alvarina, nos cuidados do meu bem-estar, trouxe bacia e toalha cheirosa para o uso do visitante. Em dormência fiquei e, quando dei acordo de mim, já o doutor era chegado. Bem-falante, como se conhecesse o coronel desde anos e anos, mandou que eu apresentasse a língua. Fiz a vontade dele e bem um quarto de hora ficou o moço nesse trabalho de apalpa-cá, apalpa-lá, além de esquentar na cova do meu braço o apurador de febre. Acabada a vistoria, tratou o bom doutor de lavar as mãos na bacia de água limpa. Isso feito, pediu caneta e passou a garatujar no papel letra que só Deus podia entender. Foi quando avisei:

— O doutor tem prazo de mês para dar a minha pessoa por bem curada.

No acabar da primeira quinzena vi que em companhia certa Pergentino deixou o coronel. Teve o doutor meios e modos de arrumar umas pílulas que sem mais aquela caíram em cima do covil da pantaneira. Sem poder botar a cabeça de fora, a maldade deu de sair pela urina, em jorro vermelhoso. Juquinha Quintanilha, espantado, indagou se esse proceder era do natural da mazela. Sosseguei o compadre:

— É o rabo da doença, a despedida dela. Por mais duas quinzenas vou verter água de barro.

Era janeiro, mês de trovão. Da minha cadeira de doente vi passar a safra das cigarras e entrar o tempo das quaresmeiras. Atrás dos seus arroxeados chegou aquele ventinho candeeiro, puxador de friagem. O inverno mostrava o topete. Falei para a comadre Alvarina:

— Já é tempo do coronel deixar o resguardo.

Parece que eu estava adivinhando. Na visita da tarde, o moço doutor, depois de vasculhar o sarro da minha língua e medir a quentura do meu sovaco, deu a sentença final:

— O coronel está livre para outra.

Em pronto momento quis inaugurar caixa de charuto de parceirada com Coelho dos Santos, que era esse o nome do doutor. Denegou consentimento:

— Mais tarde, mais tarde pode ser.

Caí nos braços das convalescenças. Coelho dos Santos escreveu em papel o resguardo de mesa que dona Alvarina devia seguir. Nem uma gordurinha a mais, nem uma gordurinha a menos. Vez por outra, meu apetite militar requeria obra mais puxada, um molho de pimenta, uma perna de leitão ou uma posta de robalo. O diacho é que não havia modos de demover a comadre Alvarina do estipulado pelo doutor. Tanto insosso acabou por enfastiar minha entranha. Coelho dos Santos, com os bons modos que recebeu do berço e do estudo, pediu que eu ficasse desensofrido:

— No fim da quinzena vou dar alta ao coronel.

Uma tarde, sem aviso ou bilhete, vejo parar na porta carro de cerimônia. Era Pernambuco Nogueira munido de senhora, moça de sala e salão, que mal pisou a soleira da varanda já suas águas de frasco aromavam a casa inteira. Assim conheci dona Esmeraldina. O major Juju Bezerra, em gozo de semana na rua da Jaca, não aguentou presença tão bonita. Foi esconder seu embaraço na folhagem do jardim. Não precisei de muita vista para saber que o doutor de minhas causas estava bem calçado de senhora – só o par de covinhas do rosto dela era nascença de muita graça. Desde a entrada, o riso de dona Esmeraldina clareou a sala, limpou qualquer impedimento entre as partes. Era como se fosse pessoa do meu conhecer antigo. Não tive canseira de aguentar, de sozinho, o repuxo da conversa. Gabou, ajudada pelo dr. Nogueira, o arranjo da casa, o asseio dos meus pertences:

— O coronel está de parabéns. Tem muito gosto.

Mas foi demora de médico a visita dos Nogueira. A bem dizer, entraram e saíram num redemoinho. Nem houve ocasião para a comadre Alvarina servir licor de jenipapo. O doutor, chapéu na mão, pediu desculpas:

— Fica para outra vez. Aprendi o caminho.

Juju Bezerra, fora do esconderijo das trepadeiras e espadas-de-são--jorge, correu ainda em tempo de segurar pelo rabo os saldos da água de frasco de dona Esmeraldina. E fungando como barrasco em resguardo:

— Seu Ponciano, seu Ponciano! Estou para ver peça mais bem acabada.

Retorci a barba, espichei o pernal no assoalho. Juju, ainda afrontado com tanta boniteza, desandou a discriminar, uma a uma, as partes de dona Esmeraldina. Não desceu aos confins. Quedou nas rebordas, nos recheios de cima, pois dona Alvarina veio pedir a presença dele na mesa, que o jantar esfriava no prato. Quis acompanhar Bezerra, espiar de longe a fartura do servido, no que não consentiu a comadre. Ameaçou levar ao conhecimento de Coelho dos Santos as saliências do compadre:

— Remeto queixa ao doutor agora mesmo.

Fui ver da varanda a noite que desembuchava. Era mês de lua grossa e já muita flor estalava de gozo entre o folhame do jardim. Como o sereno pudesse trazer desbenefício ao meu resto de maleita, tratei de recolher o coronel a lugar seguro. Sim senhor! Bem agasalhado de moça andava Pernambuco Nogueira. Sujeito formado tinha, e sempre há de ter, dessas vantagens – arrebanhava nas casas de família as peças mais avultadas. Juquinha Quintanilha dizia sempre:

— Nada como uma regalia de anel no dedo.

Perante o espelhão da sala de visitas empaquei o andar. E recuei espantado – os olhos do coronel soltavam fita de fogo. Por dentro de minha pessoa, de relancinho, contei mais de dúzia e meia de bodes. Não havia dúvida. Ponciano estava curado.

— Você tem uma receita de penicilina?

Retirei a ampola da gaveta. Deixe-a comigo; a receita é que está engatada. Se eu tiver de tomar a palavra "Bruto da figa" na frente, minhas peças no relé aquém... quer dizer, tenho isto y um... de bom. Não se afasta. Em um momento, se acerta.

5

Por deliberação do dr. Coelho dos Santos peguei quinzena de vadiagem em Paus Amarelos, onde mandava e desmandava o primo Juca Azeredo. Tive trato de rei. Tudo do melhor foi reservado para este coronel, que passou a dormir na cama mais macia e a comer da comida mais fina. Já o trabalho do fabrico entrava nos estrebuchos do fim, da moagem das últimas canas. Como o doutor da minha cura estipulasse banho de mar, manhãzinha raiada, eu tirava asseio de água. A onda vinha, crescia, criava crista – e desovava no cabeludo do meu peito. Era como se batesse em rochedo da costa, em azuada de ressaca. Saído da briga do mar, o coronel caía na mesa, em batalha de devastação. De noite, até no turvar do sono, a gente batia carta. Eu ganhava vaza sobre vaza e Juca Azeredo, aporrinhado de tanto tostão perdido, atirava o baralho longe e resmungava deixando a mesa:

— O primo tem trapaça mais que cigano.

Nesse viver descuidoso ganhei de novo o que perdi na rixa contra a febre malina. No morrer da segunda semana quase destronquei uma balança de comércio que ficou no debaixo de minha botina. Juca soltou grito brincalhão:

— Nesse andar nem balança de usina aguenta o primo.

O que mais desbeneficiava o passadio de Paus Amarelos era a carência de rabo de saia. Nunca vi nos dias todos de lá uma perna ou anca que quebrasse meu resguardo. Tudo velha de boca afundada, onde dente passou e morreu desde muito inverno, de jenipapo murcho ganhar delas em beleza. Gabei as escolhas do primo:

— Sim senhor, seu Juca! Sim senhor! Nem um frade peneirava igual feiura.

O primo Azeredo, disfarçado, come-mansinho, passava de largo. Apregoava ser mulherista fora de Paus Amarelos. No engenho era capado, exigidor de respeito. Bem sabia eu, desde a peripécia do bicho-de-pé do primo Azeredo, que nem tudo era feiura nessa nação de cachaça. Perto da casa dos vasilhames, em chalezinho avarandado, imperava a obrigação de Tude Gomes, dona Mercedes, moça de largas prendas, pouco capinada pela mão do marido, que só guardava carinho para o ponto de aguardente. De tarde, prezava dar meu esticão de perna – a botina teimava em emperrar na varandinha do mestre aguardenteiro em conversa leve de como-vai-dona-Mercedes, como-vão-seus-lindos--olhos. Pois não pude esmerilhar, como queria e gosto, as virtudes da moça, logo mandada sã e salva longe da minha barba. Cabrito bom não berra – nem notícias dela pedi. Tratei de dar finalmência ao meu passadio de Paus Amarelos. Certa noite, na cauda do jantar, estipulei:

— Amanhã, sem mais tardança, boto o coronel na estrada.

E já andava de mala arrumada, cavalo encilhado, quando primo Azeredo implorou que eu desse um retardo na viagem, precisado que estava de meu tirocínio numa complicação de escrituras, por ser eu antigo aprendiz de escrivão e sujeito capaz de destorcer uma lei para o vento que bem entendesse:

— É o que eu digo sempre. Em duas coisas ninguém pode com o primo Ponciano. Em rabo de saia e artimanha do Foro.

Não cabia denegar a Juca Azeredo, que tanto desvelo mostrou na minha cabeceira, favor tão nanico. Desarrumei a bagagem e dei prazo de uma semana para que aparecesse com as escrituras:

— Quero ver se os direitos do primo estão dentro do conforme.

Sem delonga, no fresquinho da manhã, meteu Juca cavalo na poeira em busca dos seus instrumentos de posse. Foi ele sair e entrar o major

Serapião Lorena, amarrado ao primo por laços de consideração e prestância. Conhecia o major de nome e pouco de pessoa, duas ou três vezes em cortesia de estrada. Era homem arredio, de viver sozinho. De pronto senti que carregava pesado desgosto. A sua pessoinha, mirrada de nascença, sumiu no assento da cadeira e quase perdi Lorena de vista. De fora restou aquele par de bigodes – pontas descaídas no lado da boca, murchadas como planta sem água. Atrás, o rostinho do afrontado dava dó. Indaguei dele qual o caso de tanto incômodo:

— Que tem o major, que parece corrido de lobisomem?

Do fundo da cadeira subiu uma ventania de palavras, uma querendo saltar carniça por cima da outra. Falou que antes fosse lobisomem, maldade de todos conhecida, descapacitada para aguentar batina de padre ou galho de arruda:

— O caso é outro, do maior embaraço.

Deixei a língua do mirrado trabalhar em campo limpo. Parecia Lorena possuído de bicho-carpinteiro no assoalho da garganta. Quando, no meio do seu apressadinho, garantiu que um ururau estava de moradia firmada numa loca de sua herança, quase deixei escorrer no chão a tesoura com que podava um renque de cabelo crescido no funil do nariz. Armei admiração:

— Não diga, não diga!

Vendo meu espanto, o major mais avivou a brabeza de bicho. Era um jacaré recoberto de pedregulho, vindo dos dias mais recuados, de não existir papel capaz de caber sua conta em anos. De noite, num lonjal medido de légua e meia, era só o que dava – grito de ururau acompadrado com labareda dos demônios. E, na minudência, relembrava a fogueira do aparecido:

— Solta fogo, sim senhor!

O caso era até engraçado, pantomima para charuto novo. E enquanto preparava o bocal do Flor de Ouro, no que sempre boto esmero, Lorena dava andamento às artes do ururau. Em cem braças de costa, onde o amarelão montou ninho, nenhum vivente tinha franquia de passar:

— Nem cavalo, nem gente, nem asa do céu.

Mas de tudo isso Lorena só levava um desgosto – o de não ter encontrado Juca Azeredo, pessoa de muito tirocínio em pendência de tal graveza. E no desabafo:

— Azeredo é que sabe manobrar essas presenças dos infernos.

Por pouco-pouco não engoli o charuto ao ver o parente mencionado como homem animoso, capaz de limpar uma maldade dos ermos. Coitado do primo! Se soubesse da prebenda trazida pelo major, era muito Juca Azeredo de pedir asilo no povo estrangeiro. Mas diante de Lorena, tão vendido no concernente aos poderes do primo, não neguei a brabeza dele. Embarquei na mesma canoa e dei conhecimento a Serapião Lorena de umas levadices da breca armadas por Juca Azeredo, nas infâncias de matador de bem-te-vi:

— Desencantou um lobisomem, seu compadre!

Para não rir na bochecha da visita, charuto a meio fogo, fui disfarçar na soleira da porta. Lá andava no céu dos passarinhos a fumaça do fabrico. O arroto azedo da bagaceira, repassado pelos pés de pau em flor, perdia as pestilências e chegava em forma aromal ao meu nariz, do que aproveitei para cair na lembrança de dona Esmeraldina e seus avultados. Debruçado no corrimão da escada, fui longe sem arredar botina do soalho de Juca Azeredo. No fundo da sala, o major continuava na penitência de sacudir pelo rabo o ururau e garantir que o aparecido largava fogo:

— Mais de um viu e comprova, sim senhor!

Lorena não conhecia Ponciano e as voltas que ele sabia montar. No gozo de uma sem-vergonheira, como era o justo caso de dona Esmeraldina, o coronel ficava todo aluado, vaguinho, vaguinho. Vez por outra, saído do seu assento, Lorena tentava rasgar no dente do ururau o filó de minhas relembranças, em trabalho sem futuro, pois sou fofo e mudo em tais alturas. Para retirar Ponciano de viagem tão distante precisou Lorena dependurar a sua pessoinha na manga de meu paletó:

— Coronel, vosmecê permite uma franqueza?

E, agarrado nos meus panos, afiançou que de ponta a ponta de cem léguas só existia um sujeito capacitado para dar provimento ao caso do ururau:

— Esse um é vosmecê e ninguém mais.

Não comprei a briga na imediata ocasião, como era do seu querer. No gozo do charuto, que já queimava no sabugo, fiquei fechado, desprovido de boca. O velho andou lá e cá, bigode caído, cangotinho abaulado, uma tristeza andando em botina de menino. Não sou homem de judiar e fazer pouco de ninguém. Diante Lorena tão sumido e desajudado, com o rabo de ururau trespassado na goela, parti em auxílio dele:

— Pois fique sem embaraço. Tomo conta da causa.

Foi como se o major deixasse de lado uma doença ruim, já outro sujeito, renovado e no uso da coragem. Pegou viço o bigode e por baixo do cabeludo escorreu agradecimento para todos os Azeredos e Furtados antigos e de cem anos na frente. De posse de minha palavra militar, nem esperou o café da tarde. Antes que eu apresentasse embargo, feliz da vida, meteu cavalo no barro. Esperava pelo amigo coronel no dia entrante, mesa aparelhada e quarto lavado:

— Tudo do bom e do melhor.

Cumpri o prometido. Céu ainda estrelado, madrugada longe, viajei na direção do ururau.

CHEGUEI NO AREAL DO major noite feita. Foi causa do atraso a minha fama de grandeza, que logo correu dianteira, avisando um, avisando outro. Tive que descer de sela vezes sem conta. Era um café, uma tapioca, uma peça de mesa que eu não podia rejeitar sem quebra de educação. Desentoquei povo que não via desde anos. Afundei numa velharia de pensar que alguns deles já dormiam no descanso dos sete-palmos. Desembaraçado de tanta cortesia, de novo na estrada, sobreveio uma valente manta de água no após meio-dia. Os cargos embrabeceram, os banhados encheram a pança e água sobrou até cobrir capim-limão, que é o pasto mais avantajado em altura. Lá tive de mudar o rumo da viagem e meter casco em vereda de pouco uso, umas atafonas de beira-mar. O areal da costa, socado de chuva, dava pata livre em caminho sem fim. Lá uma hora, por estar sendo seguido por um pássaro do mar salgado, de nem saber que raça de asa ele era, determinei que voasse de largo, em distância regulamentar, como tem direito todo coronel de patente:

— Do contrário, mando chumbo mortal.

Já nessa altura, cuidadoso de que eu tivesse entrado em mato perdido, mandou o major atrás do meu calcanhar uma guarnição de moleques apetrechados de lamparinas e gritos. Não vi cheiro dos procuradores e foi sozinho que pisei a soleira da porta de Serapião Lorena com meu grito de presença:

— Sou chegado, sou chegado!

A casa andava em rebuliço, um entra e sai de formiga carregadeira, o lampião bem alumiado no centro da sala. Fui salvado como doutor em cabeceira de padecente. De um tudo havia para mim, desde bacia d'água a chinelo de corda. Um povinho encardido espiava de longe talqualmente bugre das brenhas. Mal liberei as esporas e o capotão da trafegagem, quis saber em que especiais circunstâncias encontraram o amarelão:

— De noite ou de dia, com sol ou em hora das estrelas, amigo Lorena?

Foi como desarrolhar jinjibirra. A língua de Lorena estalou e correu ligeirinha da cabeça ao rabo do ururau. Pedi que relatasse sem afogadilho:

— No compasso, homem de Deus. No compasso.

Serapião desabafou – fez as piores ausências do jacaré, uma imundice de escama e gosma, coisa que só aparecia de muitos e espaçados tempos, de ninguém guardar lembrança de ter existido outro em derredor de cem anos. Denegriu Lorena o ururau e sua parentada e arredondou a conversa dizendo que de tudo isso guardava um desgosto: o de não receber o coronel dentro das regalias merecidas. Desde que o jacaré ancorou em suas posses, mandou a obrigação e filharada para lugar resguardado:

— Naveguei dentro do conforme, coronel?

Aprovei a deliberação dele:

— Andou em juízo. Ururau é bicho que não dá garantia.

Nesse entrementes, sei lá saído de onde, apareceu aquele gogó de espinho para dizer que ururau nunca foi jacaré de correr na frente de qualquer comedor de farinha:

— Mesmo que sendo gente militar.

Torci a barba e vistoriei, de alto a baixo, quem assim tomava tanta liberdade comigo. Era um cabrinha sem cor firmada, um perna de bambu incapaz de aguentar vento de rosa sem corcovar o espinhaço. Não dei apreço ao atrevimento dele. Era como se não existisse na sala ninguém a não ser eu e Lorena. Com isso, o magrelinho do gogó saído novas arrogâncias tomou. Apostava que não era qualquer pegador de boi que podia meter questão em terreno de ururau:

— Não é qualquer um, mesmo que sendo militar.

O major, em vista de tamanha imprudência, pulou de dedo no nariz dele:

— Norato, Norato! Tome freio na boca.

Já preparava uma remessa de raiva contra o sujeitinho, quando o major, em meia-voz, apresentou desculpas. Norato era desarrumado das ideias. Em tempo de lua perdia o acerto, de vagar dias e dias nas atafonas e pitangueiras, como demente. Fora desses vazios, era sujeito de bom viver, amestrador de cachorro e cavalo, no que trabalhava desde menino:

— O que desgraça Norato é ser pancada da cabeça.

Inteirado do incômodo, afrouxei a zanga e mandei que Lorena chamasse o homem, entocado longe, no escuro da sala, atrás de um armário. A custo, empanzinado de resmungos e impertinências, voltou Norato, sempre achegado ao ururau, apostando na brabeza dele. Não houve ponderação que demovesse o aluado, por mais prometidos e vantagens que eu apresentasse, para ficar contra o jacaré. Era a mesma ladainha:

— Não ganha dele, mesmo que sendo militar.

Jantar na mesa, ataquei a parte central de um robalo que esperava, em bandeja bonita, a minha fome atrasada. Estalei a língua:

— Veio como aprecio, seu Lorena, em ponto de molho.

Norato teve ordem de pegar desterro na cadeira mais distanciada da mesa. Um tal de Afonsinho da Igreja, assim conhecido por ser santeiro de mão perita, chegou no meio do robalo. Sacudiu a chuva e escolheu cadeira rente de mim. Jeitoso, rendeu tributo ao coronel, seu conhecido de vista, das idas e vindas de trem. Sabia das muitas estimas que tinha por mim padre Azevedo:

— É Santo Amaro no altar e o coronel no Sobradinho.

No andamento da conversa, relatou suas ausências dos pastos, em serviço de igreja em outras paróquias, pelo que não deitava as vistas no vigário de minha amizade para mais de ano e meio. E na presença de tão sortida mesa, afiançou o mestre santeiro que a coisa que o padre mais apreciava, fora sermão e batizado, era galinha ensopada:

— É de perder as falas, de não arredar da mesa.

Apresentei reparo:

— Como mais do que o povo do governo, seu compadre.

O santeiro achou graça, de quase pegar engasgo, do meu falar debochado. Tive de dar umas palmadas nas costas dele:

— Que é isso, homem de Deus? Cuidado com as espinhas.

Norato, em presença de tanta alegria, largou o fundo da mesa e veio jogar na orelha de Afonsinho da Igreja as brutezas do ururau. Que era amarelão nascido para chupar qualquer vivente de perna ou asa que roçasse seu ninho num achegado de cem braças. E de olho adernado para mim:

— Mesmo que sendo gente militar.

Limpei o beiço nas costas da mão e num repente, como prezo fazer, larguei em rosto de Norato a seguinte indagação:

— Pois vosmecê que tanto fala, que tem soltura de gogó, diga logo sem demora de quantas partes consta um ururau?

O inquirido, sem demonstrar embaraço, enfrentou a indagação com muito bom responder. Em conta de dedo, um-dois-três, desandou a discriminar peça por peça o ururau: cauda de jacaré, escama de cobra, força de cavalo e olho sugador de gente. Disse ainda Norato, no seu rompante de soberba, que alguma raça largava fita de fogo do ventre:

— Como é o justo caso do ururau do major.

Repeli a invenção com invenção maior:

— Pois não quero ser Ponciano de Azeredo Furtado se não avivar meu charuto na brasa do amarelão.

Mal acabei o resto da promessa, sobreveio um vento encanado e a lingueta do lampião alongou e morreu. No denegrido da sala, como coisa vinda das profundas do mar salgado, cresceu aquele ronco de gelar o ânimo mais saído. E tanto era coisa aparentada das águas que logo um cheiro de maresia e lodo deu entrada no recinto. O major abriu o peito:

— É ele! Credo em Cruz! É o ururau!

Um atropelado de gente em debandada entupiu o corredor, que para abrir caminho tive de usar da força bruta. Quando dei acordo de mim, andava no meio da desordem, em lugar subalterno, atrás de uns balaios, na despensa de Lorena. E no calcanhar da arruaça apareceu aquele toco de preta munida de lamparina. Parou admirada de presenciar tanto ajuntamento de homem em compartimento de cozinha, cada qual mais escondido entre mantas de carne-seca e outras mantenças. Sou lesto de ideia e pronto salvei a honra dos assustados inventando que tal proceder era por motivo de pregar peça em Juca Azeredo, que já devia, pelo tempo, estar na sala chegado. E antes que a subalterna entrasse em pormenor e indagação, mandei, dedo apontado para o corredor, que fosse esperar a visita:

— Vá lá dentro fazer a cortesia a ele.

Na comandância do caso, larguei em poder da retinta missão de olhar os compartimentos da frente e trazer de tudo imediata notícia. Nem cumpriu a agregada da cozinha de Lorena vinte passos dentro da incumbência e tudo já estava aclarado – um safanão de vento, destramelando a janela da despensa, mostrou o rabo de um corisco no céu denegrido. Não contive o ímpeto:

— Que ururau, que nada!

O povinho de Lorena tinha arrepiado pé na frente de um trovão recaído de mau jeito no derredor da casa. Era no que dava lidar com gente espantada. Andei vai-não-vai para soltar o ferrão da língua nos costados deles todos, cambada de mariquinhas, magote de assombrados. Respeitador da lei da hospedagem, dei passo atrás nessa deliberação e fui levar, na paz de Deus e na segurança de minha patente, os espavoridos de volta ao robalo. E mais: como sou sujeito humanal, levantei o ânimo decaído dele. Que ninguém perdia fama por rejeitar, sem os devidos resguardos, briga com bicho que muito entendido garantia ser advindo das trevas dos infernos:

— Ninguém, seu Lorena! Ninguém!

Com mais dois ou três encorajamentos desse teor, a valentia voltou a imperar na mesa do major. Na primeira badalada das oito, robalo na espinha, a harmonia era servida na sala de Serapião Lorena. Todos reconheceram, no maior respeito, que o coronel Ponciano de Azeredo Furtado tinha procedido dentro do conforme, não deixando que algum deles, de gênio mais espinhado, fizesse a tolice de enfrentar, no peito e na raiva, o amarelão ou lá o que fosse. O rebate falso não retirava a mestria da manobra:

— Não foi ururau, mas podia ser.

O próprio Norato, num repente de boa ponderação, gabou meu tirocínio:

— A sorte foi o coronel, a valência foi o coronel.

Então, pela folga da boca que o charuto deixava forra, fiz ver ao major que só por isso, como freio de evitar precipitação, é que consenti ver a minha patente em sítio de tamanho subalternismo como era o paiol de mantimentos:

— Só por isso e mais imposição nenhuma!

No concernente a mandar a retinta vistoriar a sala, em risco de ser ofendida pelo amarelão, demonstrei aos circunstantes que foi outra artimanhosa ideia que tive, providência de sujeito com prática de ururau. Em lonjal de costa e pasto era de todos averiguado que nunca existiu um caso de ururau atacar gente de saia. Sempre foi grandeza deles ter respeito pelas damas, fosse preta, branca ou pardavasca, no que não levantava diferença. Faz toda qualidade de cerimônia, como no sucedido a uma lavadeira que deu entrada, sem saber, em nação de ururau, no preciso momento em que o pestilento afiava o queixal para destroçar um par de inocentes. Pois foi ver a lavadeira e afundar em boa-tarde e cortesias, a ponto de ralar a cauda nas pedras do rio e morrer desensanguentado. Sabedor desse fraco dos amarelões, não podia eu, com responsabilidade de mando e patente, sacrificar um agregado de Lorena em rixa à toa:

— De modo nenhum, de modo nenhum!

CHUVA PASSADA, LUAR NO céu, duas noites adiante saí na poeira de uma capivara que requeria meu tiro mortal em beira de banhado. Ao aprovar a ideia da matança, fiz caçoísmo:

— Vem a calhar para limpeza da pontaria.

De acordo com Lorena, releguei o caso do ururau para os confins da semana, prazo em que a armada do Sobradinho ia chegar, dentro do estipulado pelo bilhete que fiz correr das terras do major às mãos de Juquinha Quintanilha, com ordens de trazer minhas armas de estimação. E enquanto esperava meu povo, peguei a questão da capivara para despachar. Fazia mês sobre mês que meu ombro não sentia metal de carabina. E foi contente da vida, de Lorena ao lado, que saí no luar das oito horas, dividindo com o major as manhas da caçada. Mais conhecedor do que eu das locas e atafonas de sua herança, deixei em poder do velho a obrigação de levantar a capivara. No beiçal do banhado, espingarda prevenida, eu aguentava o repuxo:

— Apareceu, morreu, amigo Lorena.

Minha navegação, um estreleiro de perna fina e boca macia, antes de enterrar a pata no carrascal, escarvou o chão, assuntou o vento. Se fosse mula, eu ia cuidar que andava adivinhando perigo, tocaia ou língua de cobra. Tive que domar a má-criação dele na roseta da espora, bem corrida na parte da virilha. Com a providência, o bichinho tomou tenência e logo, em pouco mais de meia hora de sela, encontrei o lugar estipulado pelo major, um tanque onde a capivara era de costume farrear. Rente do charco tirei sentinela na esperança de encontrar a tal caça que Lorena apregoava ser de muita arroba. Na mira da espingarda passou o que o mato tinha de bem escondido, desde o figurão de um tatu aos viventes mais amesquinhados e desimportantes como preá ou calangro. Do alto dos pés de pau, numa roça de mangue, a bicharada caía de podre – o luar amadura tudo. Vez por outra, uma asa tombava no lodo e mais de um par de garças roçou o meu abrigo em voo demoroso. Só a capivara de arroba não dava sinal de vida. Obtemperei:

— Bicho desgraçado, caça peçonhenta.

Andava eu nessas vasculhações de mato quando reparei que do espelho das águas uma renda esgarçada subia, na certa a respiração do brejal. Tratei de ficar em chão seco, que o bafo do mangue podia trazer contaminação malina. O estreleiro é que não esperou outra providência. Foi sentir de novo o coronel em sela e largar em corrida sem juízo. Lá fui, como bem entendeu o desensofrido, encalhar numa plantação cheirosa. Nunca vi tanta brancura derramada. Era um véu de noiva estendido, remessa sobre remessa de lírio-d'água. Não contive o meu parecer:

— Que beleza, que imensidão de brancura!

De repente, contraí aquela devastação de saudade de dona Branca dos Anjos. Podia estar comigo, aprontando Azeredinhos Furtados, no vaivém das labutas dos debaixos do lençol, nas rotinas de marido e mulher. Sempre nesses meus quebrantos sobrevém a moça das tranças. No lirial, que corria num perder de vista no meu adiante, eu figurava o Sobradinho apetrechado de criança nova, dona Branca no mando do casarão, Francisquinha feliz de ver Ponciano pai de filho, tomado de responsabilidade. De tarde, chegava povo para pedir meu ajutório, meu tirocínio se fosse caso de lei, ou auxílio da patente, se o assunto pedisse mão militar. E lá embaixo, junto das casuarinas, o visitante primeiro pedia notícia de minha obrigação:

— Coronel, como vai a patroa, como anda a meninada?

Na gostura dessa relembrança não vi que a minha sela já de muito tinha deixado atrás a plantação cheirosa e sua pata afundava em areal de gravatá e espinho-de-carrapicho. Diante de mim, alumiado de ponta a ponta, rolava o mar. Saía eu de uma beleza e entrava em outra. Aguentei a rédea espantado:

— Virgem nossa! Que recinto é esse?

Contra a vontade do estreleiro, que teimava em arrepiar carreira, parei de junto de um pé de amendoeira. A um pulo de sapo a água fazia a limpeza das areias, no vai-lá-e-vem-cá das marolas. Apeei de modo a apreciar de rente tamanha imensidade junta. Pois foi a minha botina ranger no areal e advir aquele ronco de tormenta longe. Vistoriei o céu – no além do chapelão da amendoeira brilhavam umas bem contadas dez estrelas. Nem fiapo de nuvem, tudo luar de noite limpa. A arruaça devia ser alguma descarga do major Lorena no trabalho de levantar a capivara. E já preparava brincadeira para receber o velhote, quando uma ponta de vento assobiou de cobra nas partes baixas de minha barba. Excomunguei:

— Vai ventar na mãe.

O estreleiro, que prendi em galho alto, subiu nas patas do coice e lá de cima, no derradeiro furo da rédea, rinchou feio, como bicho cercado de medo, corrido de onça. Digo, sem orgulho ou soberba, que qualquer um que não tivesse o preparo do coronel Ponciano de Azeredo Furtado caía no oco do mundo, pelas veredas das atafonas. Aguentei o rojão e tratei de fincar defesa na segurança de uma touceira de gravatá-da-praia. Cocei o pau de fogo, que logo respondeu ao meu apelo. O gatilho chegou a pular no contentamento da pólvora. Nisso, do alto da amendoeira, rolou agouro de coruja, de imediato desconjurado por mim:

— Vai piar nas profundas dos infernos, cadela de asa!

Foi quando tive um estalo, um repente muito próprio de minha natureza. Era bem capaz do coronel estar em terra de ururau e disso desprevenido. Talvez que toda essa figuração, ronco de tormenta e assobio de cobra, não passasse de embuste de sua cabeça. E tanto eu andava certo, que nova remessa de barulho, desta vez em feitio de algazarra de gato, veio vindo da entranha do mar. Do meio da desordem saiu meu nome:

— Ponciano! Ponciano!

Não apreciei essas confianças tomadas comigo, sabido por todos que muito prezo a patente e não gosto de ver meu nome solteiro dela, em intimidade que não dou a nenhuns. Só que não sou homem de ser chamado e descomparecer. Corri na poeira da voz e vi o neto de Simeão água adentro, trabuco no ombro e indagação na ponta do beiço:

— Quem requer meus préstimos?

Outra vez, agora do lado da terra, chegou o lamento:

— Ponciano! Ponciano!

Quis voltar, mas pregado no fundo da marola estava meu pé, enquanto o luar espichava de não poder mais a sombra deste Ponciano de Azeredo Furtado na imensidão das águas. Visto assim, eu fazia as vezes de um gigantão das carochinhas – a claridade dos ermos sempre foi mestra nessas artimanhas e invencionices, de figurar um calangro em tamanho natural de uma rês. Avisei de imediato:

— Sou muito cativo das linduras da noite mas não gosto de abuso comigo.

Andava eu nesse encantamento de mirar a própria sombra, e nisso reparei que ela murchava, como sugada por força maior. A bem dizer, o coronel esvaziava. Mas logo, sem alarde, como é da feição militar, alumiei o caso:

— É ele, é o amarelão!

Em derredor, num redemoinho, o bululu da água fervia como chaleira em fogo vivo. E Ponciano cada vez mais atraído, talqualmente sapo em olho de cobra. Sem ânimo, desvontadoso, fui indo, escorregando em modo de sabonete de moça. O casco velho do coronel começava a afundar. A água era morninha, cheirosa de flor. Num arranco, sacudi a espingarda fora, no seco da areia. Foi quando uma peça escamosa deu de roçar a vassoura da minha barba que boiava na frente do queixo, sem leme e sem governo. Sobreveio disso uma frouxidão de todas as minhas forças, uns esfarinhamentos de todo o meu por dentro. Aí ponderei:

— Ponciano está encantado.

Em verdade, o coronel não deliberava mais. Nem sentia o barulho do mar, nem o vento da costa. Tudo escureceu como noite sem lua fosse. Na unha do encanto eu valia menos que um jacá furado ou agulha partida. Achei tudo isso uma falta de respeito que ofendia meu brio militar. Um coronel de patente não podia acabar assim em banho-maria sem mostrar a força das armas.

— Nunca!

E num incontido, tomado de raiva possessa, ajuntando todas as brabezas dos Azeredos e demais Furtados, fendi o encanto e sacudi a água com tamanha valentia que um mundaréu de marola cresceu da altura da amendoeira. No emaranhado da briga, água na cabeça e no pé, senti ao alcance do braço aquele leque que tanto desfazia da minha barba. Não perdi a ocasião – lesto, em bote de onça, avancei os dedos pelos escorregados das escamas até ancorar numa curva desprevenida. Se o coronel tinha de morrer, não ia viajar solteiro:

— Levo tudo para as profundas do mar salgado.

Digo, em boa verdade, que esse proceder foi a minha valência. Fiz do punho torniquete e espremi o cativo como quem espreme carnegão. Quanto mais apertava, mais a vista do coronel clareava, longe e salvo das dormências e feitiços. Fosse lá o que fosse, cavalo-marinho ou ururau, não recebia alvará de soltura. Tão senhor fiquei da guerra que cantei de galo:

— Conheceu, papudo! Braço de Ponciano não é sabonete que derrete na marola!

A bruteza do meu falar sacudiu o descampado. A costa, de cabo a rabo, veio apreciar a rixa, bichos da noite e estrelas do céu. A água entrou em pronto sossego e o vento recolheu seus assobios. O que fosse estava bem guardado no cativeiro do meu braço. Podia o libertino soltar borbulha pela cauda ou pela goela, mas sair de navegação solta é que não saía, nem com papel do governo, nem com sentença da Justiça. De novo, como medida de pouco-caso, gritei:

— Conheceu, papudo!

Foi nessa especial circunstância que tive o maior espanto destes anos todos de pasto e vento. Saído não sei de onde, veio vindo aquele canto mimoso, que parecia nascido da garganta dos anjos mais afinados. O coração de Ponciano logo pulou de saudades curtido. E, antes que outro quebranto viesse, suspendi o cativo fora da marola, na altura do peito. E na presença do luar apareceu aquele rosto de bonitezas, cabelo de ouro pingando água e boca cheirosa chamando por mim:

— Ponciano, Ponciano...

Mas, para desgosto meu, arrematava em rabo de peixe. Era uma sereia.

ESPALHARAM, MAIS TARDE, QUE O coronel do Sobradinho abusou e desabusou das partes de cima da sereia, que as de baixo, escama só, nunca tiveram serventia. Quem nunca lidou com o povo encantado das águas é que pode dar andamento a um despautério desse porte. Nunca quis tomar franquia com a moça do mar, embora fosse ela provida de um par de roliços do maior agrado meu, coisa vistosa de não caber na concha das mãos. Como estivesse em tarefa militar, fiquei dentro dos regulamentos e estipulações da guerra. Fui respeitoso no trato. Sem rompante ou orgulho, apresentei conselhos e ponderações. Se ela fosse sereia, bem podia desencantar, que o coronel Ponciano de Azeredo

Furtado arrumava casamento e dote para a sua pessoa. Se fosse peixe nascido, de rabo e escama, podia seguir sua navegação na paz de São Pedro, o padroeiro das águas:

— É Vossa Mercê escolher.

Acabada a conselhagem, gabei as cantorias dela:

— Estou ainda de ver garganta mais educada.

Dito isso, em braço carinhoso arrastei a cativa para o seco – o rabo ficou em bacia de mar, como é da lei das sereias. O restante, que é a parte melhor, calhou de caber todinho no meu colo. A moça, como atingida de paixão, recostou a cabeça no meu ombro e desse conforto soltou todas as cantorias das águas, maravilha que foi ouvida em afundadas léguas de mar e costa, mesmo em navio de alta trafegação. Aviso que era canto das maiores feitiçarias. Sabendo com quem lidava, e nisso ninguém vai adiante de mim, fingi espanto:

— Que beleza, que beleza!

Tratava em dedo de moça a aparecida das marolas, pois em grande risco navegava o neto de Simeão. Todas essas inventimanhas não passavam de outras tantas armadilhas da encantada, já de propósito firmado em levar este Azeredão para as profundas das águas verdes. Mas ela não conhecia o coronel e as voltas que ele sabia dar. Um demandista de minha marca, aprendiz de escola de frade e de cartório, nunca que podia cair em arapuca de sereia por mais instruída que fosse. Marombei, tenteei, deixando a enfeitiçada na ignorância do meu poder. Dei razão ao seu desgosto e quis botar meus préstimos e patente a serviço dela:

— Todo meu poder em armas e dinheiros em caixa é de Vossa Mercê.

Rejeitou:

— Do coronel só quero uma prenda.

Nesse ponto, a sereia rebaixou os olhos de verdes capins como pratica toda donzela de primeira mão. E, sem mais, deu de trançar cafuné na raiz da minha barba, que é onde tenho a maior fraqueza. Ordenei que falasse, que abrisse o saco de segredos:

— Diga ao que vem, minha boa sereia.

Então, aparelhada das sedas que as sereias sabem tecer, falou a moça mais ou menos assim:

— É um sujeito do calibre do coronel que desejo para marido. Tenho posses de palácios, carruagem de ouro e mesa de muitas e sortidas prendas. Por que não toma o coronel estado comigo?

Mais conforto dava um ronco de onça do que esse falar educado da donzela das águas. Estremeci. Se denegasse o pedido da moça, podia suceder uma desgraça. Se desse despacho favorável, era coronel falecido e amortalhado. Rolei a barba e resposta forrei do mais fino veludo. Obtemperei na melhor educação:

— Muito cativo estou da lembrança da boa sereia, que é pessoa instruída e viajada. Mas de casamento nem é bom falar, que Vossa Mercê não conhece a minha mulata teúda e manteúda. É o capeta de saia.

Inventei compromisso de mulata teúda e manteúda de propósito, quando toda gente sabe que nenhuma cara bonita prende em cativeiro homem como o neto do velho Simeão. Conhecia eu que só uma invenção de tal peso podia sanar, sem danos e riscos, a paixão da moça sereia. E foi largar a mentira e ouvir aquele lamento mais triste já entrado em ouvido de gente viva. O mar cresceu, a lua perdeu as forças. A noite, pegada de medo, expeliu dos pés de pau tudo que era asa de pássaro. E a sereia, como enguia lustrosa, foi deixando o meu torniquete e pelos dedos de Ponciano escorreu todinha para as ondas do mar salgado. Ainda tentei, num último arranco, segurar a encantada pelas tranças. Escapuliu, porque não há força de homem que aguente uma sereia desenganada. Dela guardei um cacho de cabelo de ouro, logo passado ao poder de Serapião como arremate do meu compromisso:

— Aqui tem o major esta prenda mimosa.

Lorena, muito cativo do meu serviço, fez questão de dizer:

— O coronel é dos uns que mata cobra e mostra o pau.

Nas promessas de trovoada, na mudança do tempo, os tais deixados da moça sereia ficavam num assanhamento de meter medo. E o vento, ao roçar por eles, levava na distância as harmonias bonitas que eu tão bem conhecia. O canto da sereia que Ponciano de Azeredo Furtado pegou, certo de que andava em guerra de ferro e fogo contra o nojento de um ururau, que é maldição de grande poder e fama de brabeza.

6

Não sou homem de espalhafatos e alardes. Por mim, pelo meu feitio reservoso, deixava morrer na nascença a questão da moça das águas, sem permitir que a fama do acontecido saísse das tramelas do Serapião Lorena. Mas digo e repito que em boca de pasto ninguém tem mando. É bicho arredio que não aceita cabresto ou imposição. O vento linguarudo longe foi soprar o caso da sereia em brenha que nem sabia da existência de pessoa tão encantada. Em vista disso, e para não ter que contar e recontar a peripécia, que muitos podiam cuidar ser invenção das carochinhas, peguei a mala e fui tirar semana no Hotel das Famílias. Avisei a Francisquinha:

— Vou a Campos a chamado dos doutores da Justiça.

Andava na cidade um Moulin-Rouge que Juju Bezerra, sujeito da primeira fila, asseverava ser bem guarnecido de pernas e caras. Comprei, ainda com a roupa da chegada, assento vistoso, de onde eu pudesse a cômodo medir as vantagens das moças da ribalta. Chamei o homenzinho dos bilhetes e estipulei:

— Só serve cadeira na boca do palco, seu compadre.

De noite, terno mudado, barba tesourada, charuto novo no beiço, apareci nos cafés e bilhares. Na porta do Taco de Ouro tive de atender a uns boiadeiros que vieram tirar pergunta comigo a respeito de rês e replantio de pasto. Saí com duas pedras na mão:

— Quero lá saber disso, de rotina de curral.

E esfreguei no chifre dos atrasados minha cadeira do Moulin-Rouge:

— Estou de vadiagem, por conta dos rabos de saia.

Nesse brinquedo de apreciar perna bonita consumi o resto da semana. No abrir do domingo, farto das ribaltas, fiz a primeira visita de cortesia. Fui bater na porta do solteirão Pergentino de Araújo. Morava o jubilado da Justiça na rua do Barão, em casinha ajardinada, toda revestida de azulejos. A varanda trafegava na sombra de um caramanchão e era nesse recanto de passarinho que o aposentado gostava de amamentar sua preguiça, ler suas gazetas de imprensa, palestrar na boa amizade de um e de outro. Lá perambulei a tarde toda, em conferência sem-vergonhista. Contou ele na ponta dos dedos os rabos de saia que lustraram os paus de sua cama, tantos e tantos de não ter cabeça de guardar:

— Nem um caderno alentado dava para escrever os nomes todos.

E como prova de libertinagem retirou de uma canastra quantidade de ligas e demais apetrechos que as madamas, na pressa da retirada, esqueciam nos cantos:

— De deixados de lenço nem é bom falar. Tenho um gavetão cheio.

Rebati o avantajado dele com avantajado igual. Fiz ver, apontando o queixo, que um terço de barba perdi em roçar cangote de donzela militante:

— Ou mais, seu compadre, ou mais.

De tarde, movido a posta de bacalhau, saí na companhia de Pergentino para sua penitência na rua do Mafra. Toda noite, soprasse ventinho ou ventão, tinha ele de deixar o seu suspiro nas redondezas de certo sobrado de uma dona Estefânia Portinho, que em tempos verdes da mocidade teve um pé de namoro com ele. Eu achava um despautério, uma falta de brio esse penar do aposentado. Um sujeito de sua ilustração, que lavrava uma escritura de ponta a ponta sem consultar doutor, preso nas galés de uma dama que dormia de marido às ordens, enquanto ele, de óculos na cara, suspirava em beiral de esquina feito menino de amor primeiro! Se tivesse a desinfeliz ideia de pedir meu conselho, levava imediata recriminação:

— Tenha respeito, tenha brio.

Acabada a cortesia devida ao tabelião, fui levar no dia entrante cumprimentos a Pernambuco Nogueira. Encontrei o doutor das demandas do Sobradinho já de saída, escritório a meia porta. No abraço, segredou que madama de grande valimento esperava por ele para uma tarde de lençol, para as práticas de quarto fechado:

— Coisa de responsabilidade.

Agradeci a confiança e ajudei o doutor a meter a papelaça na escrivaninha. Na rua, já aboletado no assento de um tílburi, estipulou de dedo avançado para mim:

— Lá em casa, logo mais, depois das sete.

Na hora aprazada puxava eu o rabo da campainha dos Nogueira da rua dos Frades. O próprio doutor, braços abertos, veio receber a visita. Antes que sua obrigação chegasse, falou dos proveitos da tarde:

— Foi uma guerra. Estou de rim moído.

Ia entrar nos pormenores, quando na ponta da escada cresceu o vulto de dona Esmeraldina. Parecia uma princesona das carochinhas, muito branca, cabelo em formato de labareda. Pelos modos, andava arreliada com o doutor, talvez até fosse sabedora das bandalheiras do marido, que rabo de saia tem dessas adivinhações. E no jantar, que foi demoroso, revestido de todas as etiquetas, nem uma vez trocou palavra com ele. Na briga dos dois, a vantagem pendeu para mim. A dona da casa não sabia o que fazer em meu agrado:

— Por favor, coronel, prove este molho. É receita de família.

A conversa de mesa recaiu em desavenças e demandas da Justiça. Vez por outra, dona Esmeraldina puxava relato de pasto – se o coronel tinha onça nova em mira:

— Estou precisando de uma pele para o quarto de dormir.

Estive quase conta-não-conta o caso da sereia das águas, o que não fiz por achar que peripécia dos areais não calhava em recinto tão educado.

Dei preferência de ouvir as vantagens de Nogueira nas labutas do Foro e especial atenção prestei a uma pendência de terras que sustentou a poder de rabulice, dando ganho de causa ao que era torto. Em duas penadas limpou a escritura de toda a impureza. E o demandista seu amigo ficou possuído de chão que era seu e que não era:

— Foi um trabalho bonito.

E feliz da molecagem, passando o beiço no guardanapo, Nogueira relembrou os proveitos tirados de tudo isso por Selatiel de Castro:

— Grande negócio para o Castrão do Banco da Província. Grande negócio!

Da sobremesa caí no Flor de Ouro, fumado de parceirada com o doutor a um canto da saleta, no macio da cadeira. Dona Esmeraldina, a quem a fumaça enjoava, pediu licença:

— À vontade, coronel. Vou mandar fazer café.

Nogueira, na quarta baforada, despencou no sofá, já de olho morto, no sono da digestão. Tive de tomar café na companhia de dona Esmeraldina e suas covinhas de rosto. Enrolei com ela palestrinha mimosa, de homem de salão. Ria das minhas ponderações, e lá uma hora, quando gabei o chalé, fez empenho em mostrar o compartimento das hospedagens:

— Talvez assim o coronel ganhe ânimo e venha passar uns dias com Nogueira.

Agradeci a bondade de dona Esmeraldina e por sua mão, que sumiu entre meus dedos de nó, segui atrás daquela abundância – cintura de louva-a-deus e um alisador de sofá de vistosas almofadas. No cômodo do casal, bem arejado e enfeitado, demorei a vistoria sem-vergonha na cama das maridanças, uma peça de cabiúna, fortona, preparada para aguentar, sem rangidos de madeira, o que desse e viesse noite adentro. Vendo minha toda atenção empacada na peça de dormir, dona Esmeraldina relembrou as nascenças do traste. Vinha vindo de herança em herança, de uma gente fidalga existida em outroras muito afastados:

— Os Barbalhos de Macaé, aparentados de Nogueira.

O quarto das hospedagens, o mais afundado do chalé, era de bom trato. Portas e janelas desembocavam no jardim, sem compromisso com o resto da casa. Duas camas de metal polido estavam sempre prontas para agasalhar os chegados. A dona da casa, de mão própria, quis comprovar os fofinhos e fofões do colchão:

— Veja, coronel, pura paina.

Meio encurvada sobre a cama, balangou o aramado enquanto eu, um pouco atrás, gozava as penugens do seu pescoço e peças em derredor. Subia dos lençóis um cheiro de gavetão, de roupa curtida nas águas de frasco. Logo figurei Ponciano afundado em velhacaria, aboletado nas boas partes de que era servida a mulher de Nogueira. Por sorte, uma luzinha de santo, que ardia no alto da parede em devoção de Nossa Senhora das Dores, varreu de minha cabeça esses pecados. Gabei o conforto do quarto:

— Compartimento de muita grandeza, sim senhora!

E, no fogacho da gabação, prometi passar um par de dias no chalé da rua dos Frades. Dona Esmeraldina, que ajeitava o cabelo de fogo no espelho do corredor, guardou o compromisso na gaveta:

— O prometido é devido. Vou esperar o coronel.

Na sala, colete desabotoado, charuto dormido na aba do beiço, Nogueira continuava enterrado no sono da digestão, de só acordar quando o cuco do relógio abriu na algazarra das dez:

— Diabo, dormi demais, dormi demais.

A cortesia de Ponciano aos Nogueira da rua dos Frades tinha terminado. Como também por terminada dei a minha presença na cidade. Parti para os currais.

NO SOBRADINHO, COMO RELEMBRADO da rixa com a sereia do mar, prenda especial esperava por mim na pessoa de um galinho de briga. Digo e provo que esporão assim nunca mais vai ciscar chão de Nosso Senhor Jesus Cristo em cem anos mais no adiante. Ao ser trazido à minha deliberação, era um tiquinho de pena, pescoço de linha, perna de graveto, pelanca só. Todo mundo fez pouco dele. Juquinha Quintanilha não perdia vaza para desfazer da prenda:

— Não morro sem comer esse sujeitinho no arroz de dona Francisquinha.

João Ramalho, nascido de surdez do lado esquerdo, veio a chamado meu. Queria que passasse as vistas no frango, pois era ele de muito entendimento em labuta de rinha. Foi chegando e desfeiteando o bichinho. Era da raça dos melados, sem força no esporão, sem ânimo de briga. A bem dizer, não valia o milho que o coronel ia gastar na sua mantença:

— É bicho corredor, nanica no primeiro pau.

Mandei que vistoriasse outra vez, que não desse opinião de afogadilho:

— Quero parecer de muita ponderação.

João Ramalho, pouco apreciador de ser contrariado, jogou a prenda do major para cima, fez todas as judiações que entendeu de fazer. Não satisfeito, varejou o galo no alto, em perigo de quebrar o pobrinho contra os galhos das casuarinas. Gritei em garganta de raiva:

— Veja o que faz! Isso não é manta de carne-seca, seu Ramalho!

O boiadeiro confirmou o parecer:

— É o que digo, patrão. Não vale o milho que vai comer.

Sou cabeça dura. Cismei, porque cismei, de fazer do galinho um bicho de fama. Tomei estimação por ele. E o danadinho, conhecedor dessa honraria, rebatia no mesmo pé de amizade. Vivia na minha rabeira, como cachorro no calcanhar do dono. Onde eu estivesse, lá estava ele, cacarejoso, orgulhosão do seu padrinho coronel. Francisquinha achava graça do meu bem-querer, fazia comparação de gente antiga:

— Igualzinho o avô.

Em dois meses de milho e bom passadio, o frango pegou outra figuração. Ganhou plumagem, canto de força, corrida ligeira. Tinha uns modos engraçados de olhar de banda. Metido como ele só! O coronel não era homem de abrir uma gazeta de imprensa que o mestiço não quisesse especular. Eu mangava dele:

— Sua pessoinha quer estar a par das novidades da política?

Uma tarde, estando eu no sossego do depois do almoço, presenciei uma estripulia dos infernos perto das casuarinas. Gente gritava, cachorro latia, moleque soltava pulo. Fui ver o que havia, já pronto para os destemperos de que sempre ando sortido. Nas redondezas de um carregamento de farinha, meu raçudo depenava em guerra feroz um galo-da-terra, de mais de arroba. Janjão Caramujo, encachaçado de sair pelos olhos, procurava cai-não-cai desapartar a desavença de esporão. Não conseguiu, nem teve tempo para tanto. Com duas cacetadas de estalar, a prenda do major Lorena limpou o terreiro. O galão de arroba, pegado em parte fofa, bem na raiz do papo, trocou perna e foi cair meio adernado, já de cabeça escondida no debaixo da asa. Nessa postura, deu dois estrebuchos por honra da firma e apagou. Antão, que andava por perto em trabalho de afinar uns codorneiros, gritou em língua de gago que um raçudo de tiro tão mortal ele nunca viu nem ia ver no resto da vida. Saturnino Barba de Gato, chegado no entremeio da briga, logo arrumou apelido para o valente:

— Vermelhinho Pé de Pilão.

Aprovei o batismo. E aprovando, mandei Antão Pereira procurar, em Poço Gordo, terra de galista, tratador capaz de aperfeiçoar as artes do bichinho. Almejava que aprendesse todas as artimanhas das rinhas, pegasse esporão de faca, asa de gavião, coice de mula:

— Quero ver esse danadinho mais apetrechado que um trem de guerra.

E foi assim que certa manhã lá partiu em viagem de aprendizado o galo do meu xodó. Era de cortar o coração ver como ele mirava o seu padrinho. Pingava tristeza, como se fosse para o cativeiro, cumprir pena de nunca mais voltar. Ministrei lição de coragem na concha da orelhinha dele:

— Vosmecê, meu neguinho, vai ganhar tutano.

Foi. Por seis meses contados no coração e na folhinha não vi o seu topetinho vermelho. Pelos préstimos de Antão Pereira chegava ao Sobradinho notícia de sua brabeza. Andava adiantado na picardia das rinhas e em mais de dúzia de mestiços o seu esporão deu morte. O próprio mestre tratador, que conhecia galo bom pelo cheiro, vivia de admiração em admiração. Mandaram de Poço Gordo proposta de barganha – o galo por quatro bois de canga:

— Fora ainda umas obrigações de dinheiro, coronel.

Rejeitei na má-criação:

— Troco mais é pelo rabo da mãe.

No esmorecer de janeiro, chuva que Deus dava, chegou Vermelhinho Pé de Pilão da escola de Poço Gordo. Quase dei festa no Sobradinho, com cabrito na mesa e foguete no céu. Fiz questão de chamar João Ramalho para que mirasse a obra. O campeiro veio de encabulamento nos modos. Tinha dado sentença denegatória contra o galinho ("Não vale o milho que come, patrão") e agora era obrigado a reconhecer o engano. Ficou de lado, desacreditando no que via. Passei a pessoinha do galo de mão em mão. Que o povo visse a peça, apreciasse a galhardia do danadinho:

— Veja o calibre, veja a navalha do esporão!

João Ramalho, sujeito de queixo duro, continuou de riso mole, de parecer debochado:

— Faço fé não...

Espicacei o orgulho do galista. Trouxesse a melhor criação do seu terreiro que eu, coronel Ponciano de Azeredo Furtado, casava dez contos contra um jacá de jenipapo como o galinho dele não atravessava o primeiro refresco:

— Não vai além, seu Ramalho. É o que digo. Não vai além.

Coitado dele! Perdeu a aposta e teve o desgosto de ver o seu galo de mais fama com a cuité da cabeça aberta em duas. A papa do miolo espirrou longe. Gente de fora, que presenciou a guerra, levou em boca escancarada a notícia de que o mestiço do Sobradinho era aparentado dos capetas. Tutu Militão, em vista do pau nefasto de Vermelhinho, foi franco:

— Com esse tiro de pé nem boi aguenta.

Dessa briga em diante a fama do raçudo pegou vela solta. Pulou os currais e foi bater em terra de galista tão além da pastaria que carta saída de lá só chegava ao Sobradinho com mês e tanto em mala do correio. De tão afundados ermos um sujeitão de nome Penalva de Brito queria saber intimidades de Pé de Pilão, sua nascença, parentagem e cruzamentos. Como o pedido não viesse dentro da boa educação, mandei que ele fosse coçar as virilhas:

— Não tem de saber nada.

Mas digo que forrado de tanta glória o galo do Sobradinho não caiu em soberba. Sempre o mesmo, de jeito alegre, despido de orgulhos. Qualquer outro, que não tivesse o seu caráter de pedra, logo virava a cabeça, talqualmente um vinagre do capitão Aristeu Beda, que por ter vencido uns dois ou três desafios deu de apresentar as maiores má-criações. Embirrava, queria comer em prato de louça como se cristão fosse. Pé de Pilão tinha proceder diferente e fora da rinha era de trato esmerado, desvaidoso. Para conforto dele, mandei levantar casa de conto de réis, com bebedouro de vidro e poleiro torneado pelo melhor formão de Santo Amaro. Quando o último prego foi batido, chamei o galo:

— Veja que grandeza, capitãozinho.

Mostrou desprezo por todas essas benfeitorias e continuou no seu galho de limão-galego, nascido bem rente do meu quarto. Era desse mirante que ele dava ordens ao raiar do dia. No primeiro canto dele o Sobradinho pulava da cama, corria para o coador de café. Eu largava o meu corpanzil no beiral da janela – lá estava o seu rostinho a serviço do contentamento de Ponciano. Sendo eu militar, gostava de dar honraria de patente ao mestiço:

— Bom dia, meu capitão, como vai sua pessoinha?

Empoleirado no galho de limão, Vermelhinho abaixava e suspendia a cabeça, feliz, gogó cheio de rompância. O povo achava engraçado tanta amizade, tanto bem-querer junto, a ponto de afiançar:

— O coronel não barganha seu galo de guerra por cem reses do Piauí.

Aos domingos, na cauda dos batizados, o galinho batia esporão na sombra das casuarinas. Padre Malaquias, ao lado de Francisquinha e demais agregadas do Sobradinho, ficava de resmunguice por não apreciar maldade contra os bichinhos de Deus. Chegou a ameaçar a folia com os poderes do altar:

— Acabo pedindo ao senhor bispo providência que dê cobro a essa impiedade.

Mais que depressa eu fomentava festas e batizados no Sobradinho. O povo trazia galo para o terreiro e menino para o sal da água benta. Uma coisa lavava a outra. Assim, livre dos desconjuros do bom batina, eu deixava Vermelhinho afiar o esporão no papo da mestiçada. Era um morrer de galo sem conta e jeito. Para mais de vinte peças, de coragem comprovada, sangraram nas armas de Pé de Pilão, fora miudeza avulsa, tais como frangos e galos-da-terra. O danadinho não podia ver capão que não remetesse, de pé junto, para o vinha-d'alhos de Francisquinha. De longe, chegava galista, em viagem de muita sela e trem, pelo gosto de apreciar um tiro de pé de minha prenda. Tanta bizarria espicaçou o orgulho do major Badejo dos Santos, dos pastos do Degredo. Dos seus currais, em carta de sujeito que sabia onde tinha o nariz, mandou pedir data para uma briga acompanhada de aposta. Respondi que aceitava, dando lambuja no concernente à pesagem. Estava a par, por Antão Pereira, que o bicho do major Badejo era de quebrar balança – um galão e tanto, de pau exterminador. Militão, ao ter notícia do compromisso, correu ao Sobradinho:

— Coronel, não faça esse despropósito.

Debochei do seu conselheirismo, do seu intrometimento. Do que ele muito sabia era de peçonha de cobra e nunca de esporão de galo. E na ferreação, destorcendo a parolagem do pardavasco Tutu:

— É verdade que vosmecê mandou uma surucucu sentar praça na milícia do governo?

A contragosto de Tutu, mandei que o major trouxesse o raçudo e a pecúnia da aposta. E num domingo embandeirado em arco, chegou o maldoso no braço do próprio Badejo dos Santos. Era peça de um cristão medir e pasmar. Ciscava o assoalho da varanda em modelo de touro de campo cerrado, orgulhosão, desrespeitoso. O major, em vista do meu admirado, avisou meio no deboche:

— Ainda está em hora do vizinho desmanchar o compromisso. Sou de boa paz.

Aguentei o rabo do foguete e até charuto puxei de modo a desembaraçar as ideias. Antão Pereira, vindo apanhar umas ordens, estancou aparvalhado diante de tanta quantidade de galo. Perfez o sinal da cruz e gaguejou uns desconjuros:

— Cré... cré... credo!

Não passei recibo no espantamento de Pereira. Sentado em distância pouca de mim, o vizinho Badejo espalhava orgulho no varejo e no atacado. Chamou o seu pedação de galo:

— Venha cá, Machadinho. Conheça o coronel, Machadinho.

No canto do alpendre, o mestiço virou, mexeu, trabalhou o papo como se fosse falar e veio, sempre ciscando as tábuas, dar andamento ao chamado do major patrão dele. Era a traição em pena e espora. Com dedo de cafuné, Badejo coçou a cabeça do galo e mostrou fingimento de contrariedade:

— Tenho passado cada vexame por causa deste traste que nem é bom falar!

E felizão, sempre de cafuné na cabeça do galo, contou que em Cruz das Almas, em briga de amizade, Machadinho quase comeu a moela de um frango de estimação de Aristeu Fortunato, seu compadre, padrinho de todos os seus meninos:

— Foi um vexame que nem gosto de relembrar.

Mirei o malvadão. Lá andava ele de atenção em mim, pronto, pelo visto, a desfeitear a minha patente. Se tivesse o topete de dar um passo mais, era galo morto, com dois tiros de garrucha bem na raiz do papo. Por sorte dele, apareceu Sinhozinho, todo azedo e resmungão. Deu por paus e por pedras. Que era uma falta de ordem bater esporão no Sobradinho e disso não ter ele aviso:

— Nunca recebi afronta maior, seu Ponciano. Falta de respeito, Seu Ponciano.

Foi na crista dessa raiva que o velhote deu com o galo de Badejo dos Santos em dedo de cafuné. Sem consideração pelo major, Sinhozinho destratou o bicho, que era coisa de ninguém apresentar em briga de aposta:

— É armação só. Desfalece no primeiro pau.

Catucado com vara curta, o major virou onça, cresceu de peito estofado contra Sinhozinho:

— Não pode falar quem não pode apostar.

Sabia Badejo dos Santos que o velho, pobrinho de Jó, sem outros teres do que um pastinho ralo em terra de gravatá e roseta de espora, não podia arcar com responsabilidade nem de vintém. Corri em socorro dele. Por dinheiro não fosse – pedia licença ao bom major para apostar, em nome de Sinhozinho, a pecúnia que ele estipulasse:

— De um a vinte contos de réis, vizinho.

Badejo recuou:

— Não vim prevenido para compromisso tão avantajado.

Passado o nó da raiva, o major voltou às boas, que homem de suas educações sabia serrar de cima. Abraçou Sinhozinho, misturou a sua fumaça de cigarro na dele e tudo findou na boa amizade dos currais. Mesmo assim, casou porco cevado contra uma partida de mandioca como o galo do coronel abria o bico no segundo tiro de pé:

— Ou até que no primeiro, amigo Sinhozinho.

De coração miúdo vi Antão Pereira largar Vermelhinho no bico do galão de Badejo dos Santos. Cheguei a morder o charuto quando aquele trem de guerra inaugurou carreira na direção da minha prenda. O major, no fogo do entusiasmo, contou vantagem:

— Vizinho, dobro o compromisso e dou lambuja.

Pois digo que nem chegou a coçar o bolso. Com uma escora de pé, ministrada bem no vazio do papo, meu raçudo botou a peça do major no seu devido lugar, cabeça emborcada e rabo no vento. A risadaria sacudiu o terreiro e na poeira desse contentamento fiz a minha picardia. Torci a barba, avivei a brasa do charuto e inquiri na galhofa:

— Seu Pereira, essa briga começa ou não começa?

Badejo dos Santos purgou as dívidas e saiu do Sobradinho de crista rebaixada. Dias andados, na conversa de um mestre de tropa, que parou na sombra das casuarinas para refrescar os cascos, soube que o major, com o desgosto sofrido, esvaziou todas as gaiolas de criação e deu por mal acabada a sua carreira de galista:

— Tomei entojo de galo. Vou criar canário.

Levei o sucedido ao conhecimento de Vermelhinho:

— Capitãozinho, vosmecê acaba fechando tudo que é rinha desta nação.

MAS O MELHOR VINHA chegando em lombo de mula. Veio sem aviso ou bilhete. Uma noite, de passagem pelo Sobradinho, Tutu Militão ("Com as devidas licenças de Vossa Mercê, meu coronel e padrinho") trouxe recado de Ponta Grossa dos Fidalgos. O dr. Caetano de Melo queria contratar briga com meu galo, que sabia ser malvado em tiro de pé. Refuguei. O raçudo andava em desfastio, que talvez fosse mazela de pevide. Em resposta educada, agradeci e fiz ver que em outra ocasião eu saldava a lembrança. O curador, bem uma semana não era finda, voltou aparelhado de nova missão. Chegou embaraçado, cheio de dedos:

— Sou amigo do coronel, sou amigo do doutor.

Sem hora a perder, mandei que desembuchasse:

— Diga ao que veio, homem de Deus.

Sempre provido de desculpas ("Sou amigo do coronel, sou amigo do doutor"), o curador de cobra abriu o saco. Caetano de Melo fazia questão fechada de aquilatar, em aposta de grandes dinheiros, a valentia do meu brigador, nem que tivesse de comprar o Sobradinho e suas todas benfeitorias:

— É imposição dele, meu patrão.

Cortando o recado, obtemperei já esquentado:

— Seu Militão, diga lá de peito aberto se esse doutor de Ponta Grossa não é cismático da cabeça?

Sem nem pousar os fundilhos no Sobradinho, o curador voltou pela mesma estrada com resposta ferina:

— Diga a esse doutor que mande preço para os seus currais e benfeitorias que ando talqualmente ele em maré de aquisição.

E da varanda, enquanto Tutu, perto das casuarinas, arrochava a barrigueira da mula, dei a última demão no recado:

— Tem mais, seu compadre. Diga lá em Ponta Grossa dos Fidalgos que o coronel do Sobradinho só bota briga de galo com sujeito que tomou chá em pequeno.

Disso resultou que o curador de cobra quase afinou a canela de tanto levar e trazer recado. Sua caixa de peçonha andava de um lado a outro como o ventão dos agostos. E o caso ganhou sustância, foi tão falado e refalado, que Juju Bezerra, da intimidade de Caetano de Melo, veio ao Sobradinho em missão de harmonia:

— Que é isso, amigo Ponciano? Que cobra mordeu o coronel?

De saída, repeli os préstimos dele. Que falasse de tudo, menos do doutor de Ponta Grossa:

— Malcriadão, seu Bezerra! Desaforado, seu Bezerra!

Juju ia responder quando Nazaré, de novo no Sobradinho, cruzou a sala. Vendo olho de Bezerra nas suas partes, aí mesmo é que avivou as tremuras do atrás, uma sem-vergonhice de quase rebentar as costuras do vestido. Juju quis saber dos pormenores dela:

— Já anda nas serventias? Já estreou os paus da cama?

Foi nesse entrementes que Bezerra, braço embaralhado no meu, garantiu que moça bonita, de toldar as vistas, morava em Ponta Grossa dos Fidalgos, onde eu embirrava de não botar o pé:

— É dona Bebé, prima de Caetano de Melo.

Ainda azedo, repeli o rabo de saia:

— Quero lá saber de dona Bebé ou da mãe dela!

Sem fazer caso do desabafo, Juju passou a discriminar as variadas prendas de dona Bebé de Melo, até firmar jurisprudência perto da cintura, quando, com os dedos, figurou um aro dos mais apequenados:

— Assim, seu Ponciano, pouco mais grosso que um tolete de taquara.

Vi logo que essa dona Bebé de Melo era da raça das tanajuras – o fininho da cintura servia de ligamento entre os fornidos de cima e as abundâncias de baixo. Mesmo assim, em presença de rabo de saia tão beneficiado, ainda sustentei meu resto de raiva:

— Não adianta o major vir na engabelação. Com gente de Caetano de Melo, nem no céu.

Quis envergar a conversa em outro rumo, no que não consentiu Juju Bezerra, sempre no discriminamento das linduras de dona Bebé. E mais depois, na hora em que o bom major, piscando olho, trouxe a furo o desejo dela de tomar estado, o neto de Simeão amoleceu e só por honra da firma é que ainda desfiz da prima do doutor:

— Vai ver é uma mijona de pasto que mal sabe garatujar o nome.

Bezerra esbravejou. Muito admirava que o coronel, sujeito de letras, levantasse uma suspeita tão descabida. Soubesse eu, para não cair em falso, que dona Bebé havia passado, em estudo de muito zelo e respeito, uma enfiada de anos no colégio das madres, pelo que levava todas as vantagens numa palestra de sala e saleta:

— Ninguém melhor do que vosmecê, que cursou escola de frade, para aquilatar desse aprendizado.

Curvei o cangote e respondi macio:

— Colégio de batina não é brincadeira. Puxa pela ilustração.

Juju, vendo quebrado meu ânimo, correu em socorro do mulato Tutu Militão, que eu já culpava, em raiva fingida, de ter emaranhado, pior do que cipó-de-cobra, as relações entre o Sobradinho e Ponta Grossa dos Fidalgos:

— Tutu é boa pessoa, é mulato respeitador, coronel.

Cresci nos cascos:

— Não venha com panos quentes, pelo amor de Deus.

Sou especial nessas pantomimas e ninguém, em caso do coronel querer, sabe melhor amarrar uma cara, torcer uma barba, medir assoalho em demonstração de zanga. Parado na frente de Juju eu parecia o pai das zangas. Fiz gato-sapato de Tutu Militão e no ombro do pardavasco despejei as culpas todas do mal-entendido:

— Seu Bezerra, desta hora para o adiante dou a demanda com o doutor por acabada. O caso agora é com Tutu, com ele e mais ninguém, seu Bezerra!

E como reforço, larguei dois sopapos na mesa:

— Seu Bezerra, comigo ninguém brinca!

Quando, na estrela papa-ceia, bem jantado e sobremesado, Juju deixou o Sobradinho, levava carta branca no bolso – podia fazer o que entendesse. O galo, do bico ao esporão, estava às ordens de Caetano de Melo. Por outro lado, se eu apreciasse a moça, se a beleza de dona Bebé estivesse dentro do meu conforme, eu entrava de galante em cima dela. Bezerra, nesse caso, ficava incumbido de aplainar as dificuldades etc. e tal. Foi como eu disse ao major:

— Gostando, caso. Quero encher o Sobradinho de cueiro e choro novo de menino.

Em troca, pedi que o major retirasse da caneta de Caetano de Melo carta dando a quizília por enterrada:

— Careço de ficar resguardado, Juju.

O bom major apoiou a minha estipulação:

— É o que eu ia dizer. O coronel não é qualquer um. É sujeito de responsabilidade.

Bezerra cumpriu o prometido. Mal a semana virou o rabo, deu entrada no Sobradinho a carta de Caetano de Melo. O portador, um retinto de feição de branco, veio em cavalo rico, pescoceiro de boa presença. Luzia nas pratas e nos caprichos da sela. Saiu o portador do debaixo de um chapéu branco de aba larga, dos usos de gente enricada. Com o máximo respeito disse quem era:

— Nicanor do Espírito Santo, da parte de meu padrinho dr. Caetano de Melo, para servir Vossa Senhoria.

A fala do retinto era limpa, de quem alisou banco de colégio. Em cortesia passava a perna no próprio Tutu Militão e outros educados da pastaria. Por tudo pedia licença, até para debelar as umidades do suor. Ordenei que ocupasse cadeira:

— Esteja a conforto, como em sua casa.

O retinto corcovou lá embaixo, de quase varrer o assoalho com a aba do chapéu:

— Sou muito agradecido a Vossa Senhoria.

Como manda a educação, firmei interesse no passadio de Caetano de Melo e demais pessoas da família dele. O retinto, sempre bem falante, não deixou inquirição de pé – matou uma a uma nas nascenças. Cumprida, de minha parte, essa obrigação, pedi licença de modo a ler a carta trazida. Era peça de lindo acabamento, letra miúda, que corria de lacraia de uma a outra borda do papel. Nela, depois de outros agrados, o doutor convidava o coronel a "dar a honra de sua presença em Ponta Grossa dos Fidalgos, dentro do estabelecido pelo major Juju Bezerra". Dei vazão ao meu contentamento:

— Sim senhor, o doutor é de muita ilustração.

Satisfeito, dobrei a carta e chamei gente da cozinha, logo aparecida na pessoa de Nazaré. Dando com o retinto, a roxinha tomou porte orgulhoso, esmerou no andar, apertou a chita do vestido de modo a sobressair os avultados e escondidos de sua pessoa. Em voz autoritária, aborrecido de ver tal assanhamento, intimei que trouxesse a aparelhagem de escrever, caneta nova e papel fino, de carta de desembargador:

— Um maço que está encafuado no armário de vinhático.

Demorei bem meia hora no trabalho da resposta. Cuidei, por causa do retinto, de não botar a língua de fora, como pede a minha natureza em tais circunstâncias. Fiz obra vistosa – montei letra de curva, toda floreada, aprendida nos meus dias de escrivão. Acabado o serviço, sequei a tinta na farinha de pau. Em seguimento, afastado da mesa, reli a peça e, visto tudo estar no conforme, soltei embaixo o jamegão de Ponciano de Azeredo Furtado, com tanta sustância que a pena rangeu nas ferragens. Feito isso, alforriei o portador:

— Bons regressos e recomendações ao dr. Caetano de Melo.

De pé, encomenda no bolso, o retinto fez empenho em dizer, com a minha devida licença, que conhecia desde muito tempo passado o coronel do Sobradinho, quando andou, por ordens do seu padrinho, em escola na cidade:

— Pratrasmente de dez anos, meu patrão. Pratrasmente disso.

No último lance da escada, cabeça desguarnecida de chapéu em sinal de respeito, o afilhado de Caetano de Melo deu a última brochada na cortesia:

— Nicanor do Espírito Santo, um criado de Vossa Senhoria.

Foi o retinto virar as costas e correr entre o Sobradinho e Ponta Grossa aquela viração de amizade. Toda semana vinha portador de Caetano de Melo. Era jacá de goiaba, partida de fruta-de-conde ou remessa de aguardente. Ponciano, de interesse montado em dona Bebé, rebatia na mesma toada. Lá mandei o meu melhor cabrito e uma tarde fiz chegar às posses do doutor um cavalinho azeitonado, de canela fina, capaz de correr na frente do vento de agosto. Queria, em cima dessas prendas, encher as vistas de Caetano de Melo e de sua delicada prima. Foi quando lembrei a Juju Bezerra, numa de minhas idas a Santo Amaro, onde cortava roupa nova, da necessidade de comprar presente vistoso para o dedo ou o pescoço da menina Bebé de Melo:

— Coisa assim na ordem de um anel, colar ou mesmo figa de ouro.

Juju desaprovou, por não calhar dentro das etiquetas. Além do mais, Caetano de Melo era cheio de nós pelas costas, meio cismático:

— Pode não apreciar.

No fim das águas, prazo marcado para a briga de galo, eu já implorava a São Jorge e São José, fora o reforço de outros santos, que o mestiço do Sobradinho perdesse a guerra. Não desejava levar desgosto ao doutor, que eu conhecia de longe, sem bom-dia ou boa-tarde, mas a quem muito apreciava. Nas conversas com o galo nunca esquecia de recomendar:

— Veja lá! Veja lá! Não vá vosmecê judiar do bichinho do doutor.

ATÉ QUE UM SÁBADO, na comandância de armada comprida, parti para a viagem do compromisso. Saí de madrugadinha, na hora em que o fresco da manhã começa a desembuchar. Antão Pereira, todo recoberto de responsabilidade, levava Vermelhinho em casco preguiçoso. O cavalo dele era assemelhado a uma paina, sela para bunda de moça. Não queria Antão socar as carnes do raçudo, que esse foi conselho recebido do mestre tratador dele. Dava gosto ver a campeirada do Sobradinho em trafegação de tanto orgulho. Cada qual desencovou do baú o melhor pano, o arreio mais de domingo. Saturnino Barba de Gato até de água de cheiro encharcou o sovaco. Muito senti a ausência de João Ramalho, que desde a mazela de sarampo não foi mais homem de grandes esticadas. Pediu, por especial favor a ele, que eu fosse em seu cavalo, um tordilho carregado no vermelho, pata educada, capaz de virar pasto dia e noite, mesmo desbeneficiado de água e descanso:

— É regalia que quero receber do coronel.

Aprovei o pedido e a melhor sela de meu avô vestiu o tordilho de João Ramalho. Em cima dela ia o coronel do Sobradinho todo embonecrado, roupa saída da tesoura, botina de primeira sola. A barba corria vistosa no peitoral da camisa. A bem dizer, eu cheirava à inauguração. No coice meu e de Juquinha Quintanilha vinha aquele cordão de boiadeiros, engrossado a cada porteira ou encruzilhada. Na rabeira da comitiva navegava uma miuçalha do Sobradinho com Janjão Caramujo no miolo. Já bem adentrado nos ermos, tive de repelir certa braçada de inventados de um limpador de pasto de Badejo dos Santos, que escumava mentira sem pejo de ser pegado em falso. Garantiu ter dado cabo de uma cobra de seus duzentos palmos de tamanho e trinta arrobas de peso:

— Provo mostrando a pele.

Nas bochechas dele desfiz do serpentão com o caso de uma monstrona que apareceu no mandiocal de Santinho Belo, primo afastado de meu avô Simeão. A danosa devia ter vindo das águas do mar salgado, porque pasto nenhum, por mais viçoso, podia aguentar exageramento de tal calibre. Morta a bicha, dois dias e duas noites o povo de Santinho Belo não fez outro trabalho que não puxar rolete de cobra do seu fundo covil. Foi um tirar de serpente sem fim. A pele, vendida no comércio de espichados, comportou mais de dúzias de cintos dos largos e ainda rendeu um tapete de sala:

— Invenção dos matos nunca vista.

O sujeito, que dava mostra de entender do riscado, concordou:

— Do modo falado pelo coronel, só podia de ser mesmo a tal serpentona do mar.

Dito isso, afundou na sua desimportância. Voltei ao comando da armada, junto de Juquinha Quintanilha. Nesse chega-não-chega, tive grande contentamento da vista e do coração. Descido de sela, guarda-chuva no braço, correntão de ouro trespassado na barriga, Pires de Melo esperava por mim na sombra de uns oitizeiros. Requereu licença para engrossar a tropa do Sobradinho:

— Quero gozar da boa companhia do coronel.

Chapéu no peito, como manda a educação, desci do tordilho e fui levar cumprimentos ao amigo:

— Não esperava tanta honra, vizinho.

E foi assim, ao lado dele, que pisei as primeiras posses de Caetano de Melo. Pouco mais, aparecia a casa do doutor, munida de um vistoso cata-vento, bem plantado no miolo de um verdal de jaqueiras e pés de manga. Dava prazer avistar moradia tão garbosa. Gabei a obra:

— O doutor é de gosto, sabe viver no bem-bom.

Tive chegada de rei. Juju Bezerra, de mão própria, pegou no estribo do tordilho. Da varanda, desceu um sujeito de cabeça esbranquiçada, todo aberto em franqueza. Nem precisei de ser apresentado, coronel--este-é-o-doutor, doutor-este-é-o-coronel. Vi logo que era Caetano de Melo. Estalei os ossos dele contra a tábua do meu peito, que o homem era de porte. Daí choveu cortesia:

— É uma honra ter o coronel em visita.

Paguei a educação dele com educação maior:

— A honra é minha e dela não abro mão nem por todo o dinheiro do governo.

Pelo braço de Caetano de Melo ganhei a boca da casa, onde Juju Bezerra apresentou a minha pessoa a uns e outros. Na sala, fazia as honras da hospedagem uma dona de preto, altona, que mostrava retrato ostentoso do doutor em joia de peito. Juju correu na frente da apresentação. Era dona Antônia, irmã de Caetano de Melo, na gerência da casa desde que a senhora dele foi levada deste mundo. Troquei finura com a dama, no cabo do que pediu que eu ficasse a gosto:

— Como em sua casa, coronel.

Pires de Melo, aparentado da família, ficou como se em casa estivesse. Mas quem, em verdade, dava carta era Juju Bezerra, mais dono de tudo do que o próprio doutor. Costurava de um lado a outro na mandância das ordens e providências. Juquinha, a um canto da sala, logo encontrou orelha desimpedida para jogar seu boquejo de replantio e manha de rês. Fiquei preso na conversa de Caetano de Melo que era possuído da mania de endireitar a todo instante a manga do paletó, dando repuxão no braço e no pescoço. Sempre junto a mim, no conforto de sua cadeira, indagou das pormenorizagens do Sobradinho, o quilate da criação, a força dos pastos, se havia muito campo sujo ou peste de berne:

— Pelo que corre, é invernada de grande rendimento, para suas muitas cabeças de gado.

Não deixei pergunta sem resposta e tive o cuidado de não espichar os meus herdados em cabeças de rês ou dinheiros em caixa. Desavantajava tudo:

— Qual o quê, doutor! Herdança é a sua, de largas águas e pastos perenes.

De sua vez, ele garantia não haver campo de engorda melhor do que o Sobradinho, que isso era sabido e apregoado da costa do mar aos cafés da cidade:

— Só em capim-colonião o coronel tem uma fartura de não acabar mais.

Nesse rasga-seda a gente ficou até perto do meio-dia, quando dona Antônia veio dizer que uma guarnição de toalha, com bacia de lavar mão, esperava o coronel no quarto da frente:

— Por favor, por favor.

Enrolado no braço de Juju, fui limpar a barba e esmerilhar o cabelo. Porta na tramela, ligeirinho pedi ao major notícia da dona Bebé de Melo:

— Seu compadre, onde anda essa beleza?

Em garganta sumida, Bezerra deu os motivos da ausência da moça. Uma caxumba tinha jogado dona Bebé no resguardo do vento:

— Eu mesmo estipulei o retiro dela.

Mostrei abatimento por cortar terno novo e não ser visto pela prima do doutor. Era azar demais, urucubaca da grossa:

— Vou andar com galho de arruda na concha da orelha.

Bezerra, de pronto, limpou meu desgosto, com ponderação safada:

— O coronel pode ir comprando os depurativos.

Foi rindo que afundei a cabeça na bacia e apurei a barba. E enquanto alisava a piaçava do cabelo engrandeci as platibandas de dona Antônia. Era coisa de admiração, apetrechos de fazer vista. Suspirando, relembrei não existir outro igual ao neto de Simeão para trabalhar nessas partes fracas das damas:

— Sugo mais que bezerro novo, seu Juju. Sei chorar nesses murunduns mais que criança nova, seu compadre.

O major, em termos de reprimenda, mandou que eu tivesse tino – dona Bebé era melhor aquinhoada do que a prima Antônia:

— É a moça calhada para cativar o coronel.

Ainda quis obtemperar, mas Bezerra, abrindo a porta, afundou no corredor. Tive que acompanhar os passos dele. Na sala, em roda animada, a conversa de principal era o galo do Sobradinho. Pires de Melo, para desgosto do doutor, recriminava as brigas de rinha:

— É uma judiação, primo Caetano. O governo devia ver isso.

O doutor cresceu em defesa do povo galista. O que o governo devia olhar era a bandalheira da política, gente enricando do dia para a noite, como Chiquinho Lima, que de falido do açúcar passou a morar em casa avarandada desde que ficou na cabeça de uma repartição de impostos:

— Isso é que o governo devia ver, seu Pires de Melo. Isso e não briga de galo.

Entrei de modo a harmonizar as partes. Abri as asas dos braços entre os demandistas e com eles caminhei varanda afora. Já nesse andar a conversa era outra e pouco mais depois, quando foi servida uma bandeja de refresco, ninguém mais lembrava a desavença. O que Caetano de Melo queria era ver o tal galo do Sobradinho, que devastava, no esporão, terreiros e rinhas.

— Mande subir o valente, amigo coronel.

Incumbi Antão Pereira de trazer o bichinho. Nisso, uns dedos pretos bateram em meu ombro. Era o retinto da carta de Caetano de Melo. Cumprimentei o estafeta:

— Como vai a sua pessoa?

O retinto curvou o busto e retribuiu respeitoso:

— Como Deus é servido, coronel. E como passa Vossa Senhoria, meu patrão?

Feita a cortesia, quedou ele em distância regulamentar, sem mais abrir o bico. Nesse entrementes, chegou Vermelhinho no braço de Antão Pereira. Retirei do poder dele o meu valente e fiz a apresentação:

— Conheça o dr. Caetano de Melo, capitãozinho.

Acharam graça da patente dele e o próprio Pires de Melo teve de reconhecer que era uma galhardia de galinho. O doutor é que amarrou a cara, sempre atrapalhado com os repuxos do paletó. Sabedor de que

Pé de Pilão tinha aprendido as artes de guerra em Poço Gordo, deu as piores ausências do mestre galista de lá:

— Conheço aquele lambão. Botou a perder um crista-de-serra que criei em mimo de pai.

Juju Bezerra puxou pela opinião dele, se fazia fé no galo do Sobradinho, bicho que vinha na frente de mais de uma dúzia de brigas:

— É possuído de um tiro de pé que só vendo.

Caetano de Melo, como doutor dando consulta, rolou o dedo na barba rala e falou manso. Sabia Juju que ele, em assunto de rinha, era franqueza dos pés à cabeça.

— Não engambelo ninguém. Sou galista desde menino. Conheço essa raça no ovo.

Por isso, e sem ofensa às partes presentes, podia garantir que o galo do Sobradinho não tinha porte para aguentar um trem de briga como era o pescoço-pelado de seu terreiro:

— Caso uma boiada contra dois carneiros se o galo do amigo Ponciano passar do primeiro refresco.

Tive vontade de repelir a ousadia do doutor e a custo sofreei essa comichão. Não ia perder as sortidas prendas de dona Bebé por uma desimportância de rixa de galo. Tinha cama vazia a encher, uma peça de jacarandá apropriada para o maior rabo de saia que aparecesse. Sem pejo, deixei que Caetano de Melo jogasse nos cornos da lua o valentão de sua rinha. Livre ficou para contar e recontar as peripécias do pescoço-pelado de Ponta Grossa, desde que saiu do ovo e entrou no serviço militar. Só comia alpiste, milho escolhido e osso ralado. Viajou légua sobre légua por imposição de pegar, em colégio de bom tratador, firmeza no pescoço. E por cima de tanta virtude, o malvado de Ponta Grossa era munido de um cacoete que ninguém tirava:

— Aprecia vazar olho, que é a parte onde ele bate com mais sustância.

Em presença de tanta desconsideração, a língua do gago Pereira chocalhou no céu da boca, já em preparo de resposta. Com um rolar de barba, cortei a gagueira dele e mandei que levasse Vermelhinho para fora da sala. Não desejava que minha prenda engolisse, sem revidância, as grandezas do outro. Talvez que até apanhasse encabulamento. Na saída do galo chamei Juju Bezerra a um particular:

— Então, o major afiança que posso ir comprando os tônicos e revigorativos?

O ALMOÇO DAS HOMENAGENS levou tempo. Começou na asa de doze frangos e acabou na farofa de vinte leitoas. A digestão foi tirada no debaixo dos pés de jaca, em cadeira preguiçosa. E o fresquinho da tarde, soprado da costa, não fez mais que empurrar a demanda para os confins do dia. Era de muito gosto a benfeitoria trazida pela viração do mar. A briga, por isso mesmo, só saiu na quebrura das quatro, quando Juju Bezerra bateu palmas e avisou que os galos estavam na ponta dos cascos:

— Dr. Caetano de Melo, coronel Ponciano de Azeredo Furtado!

A rinha era de conforto. Cadeiras de palhinha rente do picadeiro e, em volta, bancos de madeira, uns empoleirados nos outros, talqualmente em circo de cavalinhos. A campeirada do Sobradinho, no comando de Quintanilha, derramou seus assentos atrás de mim. Tive lugar de honra, em camarote especial, bem na boca da rinha. Do outro lado, por não admitir misturagem, ficava de solteiro o assento de vime de Caetano de Melo. No concernente a briga de galo, era cismático, todo cheio de nós pelas costas. O doutor mesmo não escondia esses seus particulares:

— Só aprecio briga de galo sem muito povo em meu derredor.

Pires de Melo é que não deu o ar de sua graça. Ficou na varanda, na saia da prima Antônia, resmungando contra a judiaria:

— Não tenho natureza para aguentar tanta malvadez.

Juju Bezerra, escolhido juiz da pendência, ficou contaminado das maiores importâncias. Longe andava ele do receitador de poções e comandante de meganhas de Santo Amaro. Mais fechado que desembargador da Justiça em dia de decidir questão, não dava confiança a ninguém. E tanto era dono do terreiro que Antão Pereira foi tirar uma palavra dele e levou descompostura:

— Fique em distância regulamentar. Fale de longe.

E foi como se estivesse na comandância de uma tropa que mandou vir os rixentos:

— Os galos, os galos!

Lá veio Vermelhinho no braço de Antão Pereira. De imediato, forrado de penas e rompâncias, apareceu o galo do doutor, um pescoço-pelado de mau caráter. O bico parecia mais uma foice e um cachorro danado não ganhava dele em raiva e vingança. Saturnino Barba de Gato teve espanto:

— É bicho escolado, traquejado de asa.

Virei o busto para atender a uma petição do compadre Quintanilha e nisso Juju deu a guerra por começada. Já Vermelhinho tinha levado o primeiro pau pela crista, coisa de estalar. Atrás do primeiro veio o segundo e, numa enfiada, em feitio de cordão de maracujá, o terceiro e o quarto. Assim pegado no desaviso, Pé de Pilão foi atirado contra o encosto da rinha. E, mal avivou as forças, já o pescoço-pelado de Caetano de Melo largava na praça outro coice ferino. Lá viajou meu galinho de cambalhota e cuidei que tudo estivesse arrematado, que a queda levava peçonha. Como tomado dos demônios, o povo de Ponta Grossa deu de fazer algazarra e molecagem:

— É galo ou galinha?

Nesse vaivém, um pedaço de pena de Vermelhinho voou de passarinho, o que esticou a berraria dos circunstantes. No meio da azuada, um brincalhista engatilhou pergunta mofina:

— Que hora é o enterro dele?

Caetano de Melo, no gozo da sua cadeira de vime, achava graça nos deboches. Nas minhas costas eu sentia o bafo de tristeza de meus boiadeiros. Antão Pereira, na porta da rinha, torcia os dedos. Revirei a barba para mostrar segurança, acendi charuto. No picadeiro, o pescoço-pelado fazia e desfazia do meu galo, catucava embaixo e dava em cima, no lado e na rabeira. Coitada da minha prenda! Trocava perna, já sem aguentar o peso nem do vento. Só resmunguei quando um vira-bosta

qualquer das cozinhas de Caetano de Melo mandou que o pescoço-
-pelado furasse o olho do meu bichinho:

— Faz galo cego nele!

Na certa o brigador de Ponta Grossa entendia língua de gente —
num repente despachou aquele tiro daninho bem no arco da vista do
meu raçudo. Foi uma saliência de ponta a ponta do terreiro. Era quem
mais gritava. Caetano de Melo, felizão da vida, repuxou a manga do
paletó e mandou o retinto seu afilhado saber se eu não queria dar um
finalmente na questão:

— Coronel, meu padrinho pede licença por motivo de sustar a
sangria.

Mostrei espanto:

— Sustar o quê, homem de Deus? Diga ao padrinho de vosmecê que
galo meu só começa a esquentar no segundo refresco.

Rejeitei a proposta do doutor de coração trespassado. É que Vermelhinho já andava em modelo de peru de festa, curtido de cachaça. Meio
aluado das ideias, navegava sem leme, cai-não-cai. Sinhozinho Manco,
chegado em atraso a Ponta Grossa, sem saber do acontecido, avisou que
casava vinte por um no galo do coronel Ponciano de Azeredo Furtado:

— Pego qualquer aposta, graúda ou miúda.

Fizeram pouco dele. Um brancarrão, que apreciava soltar deboche,
desfez da pobreza de Sinhozinho. Berrou que em Ponta Grossa ninguém
tirava dinheiro de cego ou de capenga:

— Lugar de pobre é na porta da igreja, homem.

O sujeitão não conhecia de quanto danifício era forrado o gênio do
velho, que nunca deixava afronta sem resposta. Levou pelas platibandas
ofensa da maior:

— Pago com os ouros que a mãe deixou no debaixo do meu travesseiro.

O brancarrão, assim ofendido na raiz da nascença, fez modos de
largar o assento:

— Repete o lance, se é homem.

De propósito, levantei o bustão e tudo ficou sanado – ele com a afronta e Sinhozinho serrando de cima:

— Pago com o dinheiro da mãe, já disse.

A verdade é que o mestiço do doutor era escolado e mofino, muito sabedor das artes e negaças da guerra. Vermelhinho, em luta contra tanta picardia, lembrou de esconder a cabecinha no sovaco do outro, de jeito a evitar castigo desregrado. Pois não é que pescoço-pelado, como fosse possuído de tino, mudou o rumo da demanda! Deu de brigar em linha de poeira, barbela quase rente do chão, com a qual providência desbaratou o esconderijo de Vermelhinho. Tive que render homenagem às ilustrações dele:

— Sim senhor! É artimanhoso dos mais.

Sinhozinho é que deixava de enxergar grandeza na peça de Caetano de Melo. Lá do alto, no pau do assento, não cansava de ministrar conselho:

— Capitãozinho, catuca no papo, no saco do milho, que essa raça é começo só. É fogo de palha, compadre!

Não havia ninguém que não mangasse do velho, da sua maluquice de jogar dinheiro em galo bobo. Do seu trono de orgulho, Caetano de Melo soltava sabença. E lá uma ocasião, falou grosso, de modo a entrar em ouvido até de mouco, que o mestiço do coronel não cruzava vivo o primeiro refresco:

— Vai emborcar, vai emborcar.

Boca de urubu assim nunca vi! Bem não disse e já Vermelhinho, pegado em parte mole, focinhava na areia, mais sangue do que galo. Com essa malvadez, a rinha quase veio abaixo:

— Mata! Mata!

Quando o berrame amansou, de novo a falinha de Sinhozinho pulou com nova remessa de desafio:

— Cem por um no galo do coronel.

Chegado o primeiro refresco, desembaracei meus dois metros de tamanho e fui consolar o meu bichinho. Espadanei a fumaça do Flor de

Ouro na cumeeira dos circunstantes, em risco de chamuscar o topete de um e outro. Não contente, arrotei vantagem:

— A briga vai mudar do pé para a mão.

Encontrei o capitãozinho na lavagem, cabeça empapada de sanativos. Mirou o dono com olho tristento de quem estivesse dizendo adeus-vou-embora, pedindo desculpas por tão grande desgosto. Digo que fiquei de coração quebrado e estive a ponto de verter lágrimas no peitinho dele. Ia fazer essa vergonha, retirar o galo da demanda, quando vi Sinhozinho em discussão ferrada no meio de um povaréu de boiadeiros. Não podia desmerecer da confiança do velho, pelo que mandei Antão Pereira deixar Vermelhinho por minha conta:

— Quero ter um particular com esta mimosura.

Carreguei o desarvorado para os sozinhos do fundo do terreiro e nesse sossego, na sombra de um pé de oiti, chamei o bicho às responsabilidades. Que vergonha era essa de levar esporão do rabo à crista, sem mostrar valentia? Onde morava aquele seu pau nefasto, parente do coice de mula? E severista:

— Que adiantou vosmecê receber regalia de capitão se não sabe honrar a patente?

Essas e outras inquirições fiz dentro da maior franqueza e amizade. Cabeça pendida, o galo parecia bicho que quisesse desembuchar intimidade, mas cabreiro e sem jeito. Foi quando tive um estalo, um repente. Quem sabe que ele tinha levado a sério as recomendações que dei para não estuporar o galo do doutor? Só podia ser isso e mais embaraço de monta nenhum. O educado do bichinho, sem querer jogar desgosto na tão bem-nascida amizade de Caetano de Melo por mim, achou de melhor paz entregar as rédeas da guerra ao brigador de Ponta Grossa. Pensei de Ponciano para Ponciano:

— Só pode ser isso e mais embaraço nenhum.

Com essa ideia, e para debelar qualquer mal-entendido, retirei o charuto do beiço e no ouvidinho do galo dei nova ordem. Que ele deixasse de bobagem e largasse, com fé e peçonha, o pau no peitoril do pescoço-pelado:

— Como vosmecê procedeu naquela demanda do major Badejo dos Santos.

Nada mais careci de dizer. Como se tudo entendesse, Vermelhinho pulou nos esporões. Tive de firmar o braço, pois de grande ânimo ficou ele tomado. Bateu asa e, se não sou punho duro, acostumado a puxar rês, não ia aguentar o rojão do danadinho. Mandei que ficasse em sossego:

— Tome tenência, capitão, tenha tino.

Antão Pereira correu na indagação do que havia e parou no espanto de encontrar em meu poder um outro brigador, feito de guerra, galhardão e desabusado. E diante da boca aberta de Pereira, suspendi o galinho na palma da mão. Lá em cima a crista parecia um estandarte de batalha. Tive orgulho dele e falei pelo canto da boca:

— Esse povinho de Ponta Grossa vai ver agora o que é um galo com raiva de surucucu.

E foi, na ponta do meu bração de palmeira, quase raspando as nuvens, que Vermelhinho voltou ao recinto da rinha, onde Juju Bezerra já preparava o recomeço da briga. Um velhote, fumador de cachimbo de barro, vendo o mestiço em tamanha saliência, perguntou galhofista:

— O coronel bandeou de galo?

De novo Caetano de Melo, mal acomodei o rabo na cadeira, mandou missioneiro ao meu arraial com pedido de licença para sustar a briga. De novo repeli o requerido pelo doutor:

— Que briga, homem de Deus? Não teve briga nenhuma. Agora é que o vento vai soprar.

Foi o tempo justo de Juju Bezerra autorizar a largada dos galos. O pescoço-pelado, no costume de fazer gato-sapato de Vermelhinho, veio em modelo de pavão, peito estofado, asa solta, dono da rinha. O capitãozinho, já de carta branca no esporão, negaceou. Fez de conta o sem-vergonhinha que era galo sem rumo, perna sem força, bico caído. Um caçoísta, do fundo do terreiro, largou deboche na praça:

— Sinhozinho, a que hora é o enterro?

Não precisou o velho de responder, porque em seguimento aquele povo de galista viu coisa nunca existida em nação de rinha. Viu o pilão de Vermelhinho varejar o galo de Caetano de Melo em distância de cinco braças no além do terreiro. Sucedeu que o pescoço-pelado, sem saber da nova deliberação, partiu galhardista e sem cuidados contra o raçudo do Sobradinho. Digo, sem orgulho, que também foi o último trabalho que teve na dita demanda. Juntando as armas, Vermelhinho disparou, à queima-roupa, o seu coice de guerra. O brigão de Ponta Grossa, pegado no desprevenido, subiu e desceu fora da rinha, já todo desmunhecado, bico aberto, ofendido em parte mortal. Na poeira dele, como um corisco, correu meu galo em guerra de exterminação. Adverti do meu assento:

— Vai matar o pescoço-pelado! Vai matar!

Gente esfregava as vistas, cuidando estar em sonho de travesseiro. Sinhozinho, no mando da desordem, pulou no picadeiro como se estivesse com o alvará dos capetas. Gritava de possesso:

— Eu falei, eu avisei. Era fogo de palha só!

Enquanto isso, a chapelada dos campeiros do Sobradinho voava de andorinha de um lado a outro. Coitado de Juju Bezerra! Quis manter as rompâncias e severitudes de juiz e quase foi levado no ventão de braços e pernas que desabou na sua cabeça. Mais de um sujeito correu na salvação do pescoço-pelado, que no pega-pega embarafustou sua pessoa por galinheiro onde imperava criação de panela. Um capão, arvorado em dono do terreiro, engordou o peital e veio tirar pergunta na precisa hora em que chegava Vermelhinho. O pobre nunca soube como morreu no esporão do meu galo. Não vendo segurança, o pescoço-pelado do doutor mudou de rumo. Lagartixou por uma cerca de bambu, mas tão sem força que logo caiu na espingarda de Vermelhinho. Antão Pereira, com dedo de gato, salvou os restos de vida do galo de Caetano de Melo quando meu raçudo já atiçava fogo no canhão. Sinhozinho, chegado nesse preciso instante, fez pouco-caso:

— Seu Antão, diga logo se algum trem de linha passou por cima do galo do doutor?

Mais de quinhentos mil-réis engavetou Sinhozinho em aposta avulsa, fora o boi de raça dado a ele de presente pelo dr. Caetano de Melo, que sabia fazer justiça de grande. Embora encabulado, não regateou elogios e gabos ao brigador do Sobradinho. Braço na amizade do meu, sempre com trejeitos no pescoço, assim sentenciou o bom doutor:

— Coronel, tenho quarenta anos de rinha e coisa assim nunca vi igual ou parecida. Faça preço, coronel, que pago em ordem de banco.

Não vendi o galo. Estreitei a amizade de Caetano de Melo na promessa de que ia pedir ao major Serapião Lorena frango aparentado do meu:

— Lorena vai ter muita honra em mandar esse regalo para o doutor.

Era tempo de preparar a despedida. De chapéu no peito, pedi que apresentasse meus cumprimentos a dona Bebé de Melo desejando melhoras em sua caxumba. De dona Antônia recebi aperto de mão especial, de dar na vista. Abracei Pires de Melo e pedi a Juju Bezerra, em conversa final, que cuidasse de meus interesses na cabeceira da moça doente:

— Vou preparar garrafada de jurubeba e levanta-homem, seu compadre. Não quero beber os revigorativos em falso.

O major riu, brincou comigo, piscou o olho:

— É macuco no embornal. Pode preparar as armas, seu compadre.

A noite apontava. Deixei o casarão no arremate dessas vassalagens. O retinto Nicanor do Espírito Santo, por cortesia do doutor, veio trazer a comitiva na última porteira de Ponta Grossa dos Fidalgos. Um luarão de pasto subia no distanciado. Na proa de minha armada, no ombro de Antão Pereira, seguia o galo do Sobradinho. Parecia um rei.

7

Veio então agosto e com esse mês de desgosto o caso do lobisomem. São Bartolomeu abriu seu saco de ventos em cima dos
ermos. Era um assobiar sem remédio, um gemer sem fim. E, no
coice desses demônios, uma chuva empapadeira de pasto apareceu na
cabeça da semana e afundou quinzena adentro. Francisquinha, coitada,
rolou seu sofrimento da sala para a cozinha. O inverno fuçava inchações
e rendiduras de gente e de bicho. Eu mesmo, que sou duro de envergar,
dei de sentir uma ferroada na dobradiça do joelho, resto de uma doença
sem-vergonhista que contraí em casa de moça-de-vira-e-mexe. A bem
falar, a ventania judiava de tudo que fosse vivente, de raiz ou de carne.
Arvoredos de porte ou vassourinha-do-campo passavam noite e dia
em tarefa de vassalagem, varrendo o chão como criado de limpeza.
Parecia que uma súcia de mal-assombrados, cada qual mais zunidor,
andava de rédea solta. As casuarinas do Sobradinho quase perderam as
forças de tanto gemer. Enojado de tamanha lamúria, maquinei cortar
esses pés de pau:

— Passo no serrote esses agouras, esse poleiro de coruja.

Francisquinha correu na salvação deles. Não, o menino não podia
bolir em arvoredo que Simeão, de mão própria, plantou:

— Carece de tino, carece de juízo.

Larguei de lado a ideia, mas avisei:

— Isso até chama desgraça, atrai o corisco do céu.

Uma noite, ouvindo passar uma frota de marrequinhas corridas do inverno, torci a barba e desabafei na frente do espelho:

— Um frio desse quilate e o coronel em cama solteira, sem perna de moça, sem costela que esquentar.

Por desgraça, a roxinha Nazaré teve de novo seus préstimos requeridos pela comadre Alvarina. Lá foi embora aquele rabão de saia em lombo de cavalo e eu sem força para embargar a viagem. Estipulei que a sela mais sedosa fosse arrumada no seu debaixo – uma coisa bem-nascida, de lindosos recheados. Um alisador de cadeira como o dela, fornido de grandes partes, não era de meu agrado que sofresse danos e agravos em navegação de pata dura, ainda mais que Ponciano tencionava tirar da afilhada de Francisquinha as maiores serventias em práticas de noite adentro. Mais de mês prometia passar ausentada do Sobradinho, em ajutório da comadre, pegada de inchação do baço. O caso é que se a roxinha estivesse à mão, no meio do ventão velhaco de agosto, que é mês de plantar criança, ia mesmo tirar seu plantão de safadeza no meu quarto, conhecer a cor do meu camisolão, a qualidade de jacarandá de minha cama. Não podendo ter, pelo relatado, as belezuras de Nazaré, desforrava o coronel o desgosto de suas ausências relembrando Bebé de Melo, que Juju Bezerra apalavrava para mim em Ponta Grossa dos Fidalgos. Vez por outra, na impaciência, pedia relatório ao major:

— Seu Bezerra, que obra de Santa Engrácia é essa que não arremata mais?

Juju mandava que eu não ficasse desensofrido:

— A moça não estraga, homem de Deus! Está amadurando.

Pois remoía eu esse e outros desgostos na justa ocasião em que apareceu aquela embaixada de curral. Vinha na frente, de candeeiro, o sumido Dioguinho do Poço. Ordenei que ninguém ficasse na varanda, em perigo de pegar vento encanado:

— Minha lembrada prima Sinhá Azeredo, lá num agosto destes, levou uma facada de vento que jogou com ela na cama e do qual sofrimento finou.

A campeirada, boa-tarde-coronel-como-está-coronel, ficou encovada nos cantos. Diante de tanta falta de garganta, estranhei:

— Que bicho bravo desentocou vosmecês com este tempo de vento? Ninguém deu mostra de vida. Voltei em ar galhofoso:

— Se mal pergunto, deu na cama de vosmecês todos formiga-quente ou praga de gafanhoto?

Foi então que Dioguinho do Poço, por ser o mais conhecido do Sobradinho, segurou a rédea da palestra e falou pela boca dos outros. O vozeirão dele, assim solto na sala, fazia baixar a própria crista dos ventos. O caso é que vinham em comitiva pedir o meu conselho e experiências em vista de ter um alentado de um lobisomem aparecido em terras do Pilar. Soubesse o coronel que naqueles perdidos ermos ninguém era mais senhor de tirar uma serenata ou visitar um compadre noite feita. O penado logo vinha com o seu samburá de maldade. Não contente de trazer o desassossego nas capoeiras e encruzilhadas, ainda tinha o desplante de assobiar de cobra na janela do povo adormecido. Era um bater de portas, uns latidos de cortar o coração. Alta madrugada, o gado dava de gemer. Porteira abria e porteira fechava sem mão de gente nenhuma. Era o lobisomem em penitência. Entristava ver a cachorrada, em arrepio de medo, serrote nas costas, juntar rabo e cabeça e entrouxar pelos cantos, no debaixo das cadeiras. Uma barrigada de codorneiros do velho Serafim Feijó apareceu estraçalhada, bem como o lobisomem achou modos de dar fim a certo arrozal de alagado por ter o dono, homem devocioneiro, fincado no meio da plantação estaca em lembrança de cruz:

— É lobisomem da pior qualidade.

Meti a colher dos Azeredos Furtados nessa panela de bobagem. Como desembargador em presença das partes, mandei que ele largasse de lado os pormenores e entrasse no mérito da demanda:

— Não sou de perder tempo, seu compadre.

E antes que Dioguinho do Poço tomasse alento, larguei na sala pergunta de entendido:

— Diga, caso esteja aparelhado para dizer, se o aparecido do Pilar é da raça dos pardos ou dos avermelhados?

Todos quiseram, num emaranhado de língua, dar pronta resposta, sem respeito uns pelos outros. Não houve mais acordo entre as partes, pelo que tive de sustar o trabalho de inquirição, no que procedi dentro da melhor cortesia. E tudo ia arrematar em beijos e abraços se um pau-de-amarrar-égua, um nanico de beiço rachado, não viesse de falso testemunho em desmerecimento de Pires de Melo, só porque o aparecido lobisomem, talqualmente o meu amigo e vizinho, possuía correntão trespassado na barriga:

— Dá toda parecença dele.

Foi como se o nanico mexesse em ninho de surucucu. Na lembrança de que estava eu quase aparentado de Pires de Melo, pelo prometido casamento com dona Bebé, cresci em desconsiderações contra o sujeitinho de beiço partido. Indaguei quem era ele, de que buraco vinha. E no destampatório:

— Vosmecê é um desabusado. Logo quem foi escolher para levantar falso. Pires de Melo, pai de filho, sujeito batizado e rebatizado!

No fogo da raiva, fora do meu natural serenoso, sacudi a sala dos Azeredos e demais Furtados em pisada militar. O vento que zunia lá fora mais atiçava as cobras do meu peito. E foi em ódio, charuto apontado para Dioguinho do Poço, que mostrei os perigos de puxar quizília com lobisomem sem o devido preparo para tal pendência. Era peripécia de muito cuidado, que não devia vir embrulhada em falsos e calúnias. Por motivo do velho Pires de Melo usar correntão de ouro ninguém podia, em justiça, afiançar que fosse ele o penitente das escuridões e encruzilhadas. Nesse uso, nenhum vivente saído de barriga de mulher escapava de tal pecha e se aparecesse uma visagem de barba farta e cabelo de fogo estava Ponciano nas malhas do falatório — logo um sacaneta qualquer ia jurar, na água benta e rosário, que alta noite saía cachorro esquisito do Sobradinho:

— É o que eu digo, seu compadre. Nesse andar, não demora vão dizer que o empestiado do Pilar é o padre Malaquias. Não demora.

Despachei os postulantes sem compromisso de dar andamento no caso do lobisomem:

— Careço de tempo, estou tomado de compromissos e empreitadas.

Em segredo de amizade, a um canto de sala, relatei a Dioguinho estar este seu amigo e coronel em véspera de tomar estado na família de Caetano de Melo, sem hora para outro trabalho que não o do casamento:

— É coisa que demanda muita providência.

E alegre, dando um puxão no braço dele:

— Até já estou nos fortificantes e depurativos.

Rebate falso. Antes não caísse nesses avantajados, não soltasse foguete antes da festa. Logo no virar de outubro, vento amainado, recaiu no Sobradinho notícia de grande desgosto. A par de que este Azeredão desejava fazer vistoria de casamento em sua pessoa, Bebé de Melo, livre dos restos da caxumba, tratou de ganhar estrada. Foi pedir asilo na casa de uns primos de Macaé, de onde mandou aviso de que só saía para cela de convento, mas casar não casava:

— Prefiro uma mortalha.

Caetano de Melo, compromissado em dar a mão da prima Bebé ao seu vizinho de pasto, perdeu as estribeiras. Virou bicho – um boi largado não era mais perigoso do que o doutor em maré de raiva. Mandou dizer à parenta que nunca mais devia pisar chão de Ponta Grossa, pois não ia deixar em desconsideração e descrédito amigo da marca de Ponciano de Azeredo Furtado, além do mais coronel. E não satisfeito, viajou Nicanor do Espírito Santo para o Sobradinho com carta desculposa. E, atrás da carta, um cavalinho de presente, prenda que muito apreciei, por ser animal estreleiro, de grande valia numa vereda para corrida curta ou alentada. Tão feliz fiquei com a consideração, que na mesma semana dei a Juju Bezerra incumbência de encaminhar meu casamento para o lado de dona Antônia de Melo. Possuía de seu um bustão de encomenda, um par de protuberâncias que falavam ao meu agrado. Decidi:

— Serve, seu Juju. Galinha velha é que dá bom caldo.

Pois mal o major inaugurou visita de entendimento, mais que depressa um marchante de gado pulou na frente e pediu a mão de dona Antônia, desencalhando assim uma solteirice mais antiga de quarenta anos. Caetano de Melo nem obtemperou – correu em vento de agosto e retirou dona Antônia da prateleira, logo embonecrada pelas costureiras e posta no altar. Lá fui, por dever de cortesia, ver a mana do bom vizinho, de flor de laranjeira e vestido de cauda, tomar responsabilidade. Ainda na capela, perguntei a Juju Bezerra se não restava moça vaga na família dos Melo:

— Mesmo parenta mais distanciada, Bezerra.

A contragosto, meio arrepiado, o major disse que não:

— Essa foi a derradeira, coronel.

Dei de ombros. E na viagem de volta, em conversa vadia, provei a Juju que um sujeito do meu feitio não era mesmo para amarrar suas liberdades em rabo de saia:

— Nunca, seu Bezerra, que vou ficar embaraçado nesse cipó-rabo--de-macaco.

Juju, desanuviado de ver seu amigo fora das armadilhas das solteironas de Ponta Grossa, garantiu que por dinheiro nenhum do mundo tomava compromisso:

— Sou lá doido, quero lá viver em mijada de criança?

Fiz troça do marchante, todo ajicado na botina nova, sem jeito, gemendo nos calos:

— Parecia um boi de presépio, amigo Bezerra.

Já perto do Sobradinho a parolagem era safadeza solta, caso de boiadeiros que tomavam estado sem o devido preparo, como Totonho Rosa, compadre de Juju, que perdeu todas as forças na precisa noite do compromisso:

— Nem chá de catuaba deu alento ao compadre.

Não aguentei, quase perdi o juízo de tanto rir. Totonho Rosa, Totonho capado!

* * *

UMA TARDE, OUVI CHIADO de cigarra nas casuarinas. O ano estrebuchava. Tive, nesse entrementes, de ministrar umas justiças nos pastos, coisa de pouca monta, desavenças entre marido e mulher e uma questão com um tal de Pedro Braga, que maltratava, de meter em panelão de formiga, um molequinho sem pai nem mãe, criado em sua farinha. O malvadão fazia do menino saco de pancada, a ponto do abuso chegar ao conhecimento do coronel e de Francisquinha. Dei meu despacho:

— Vou aquilatar, vou ver de vista própria.

Lá fui, em missão de justiça, ver que raiz de verdade havia em todo esse apregoado. De fato, o pobrinho andava na pele e no osso, amedrontado pelos cantos. Ninguém podia levantar o braço que o coitado logo gemia. Provado o maltrato e embarcado o ofendido para o Sobradinho, expedi sentença de busca no calcanhar do ofendente, em vadiagem de briga de canário nas redondezas. Sabedor da minha presença, Pedro Braga caiu em vereda de gravatá e dormideira, de não ser mais avistado. Uma semana decorrida, vejo pisar escadas do Sobradinho o procurado e nunca encontrado Pedro Braga, um sujeitão altão, em risco da cabeçona dele quase danificar umas teias de aranha de minha especial estimação que desde ano não deixo retirar do teto da minha sala. Pois não chegou de sozinho o surrador de menino, veio com um salvo-conduto de grande valia, uma carta de Caetano de Melo. Em termos educados ("Como vai o galo Vermelhinho, como tem passado o coronel?"), o doutor de minha amizade pedia que eu relevasse a culpa do faltoso. Nem bem havia chegado no rabo da carta, já meu despacho estava dado:

— Vosmecê não tem mais culpa no cartório de coronel Ponciano de Azeredo Furtado.

Cuidava o malvadão estar livre e limpo da justiça do Sobradinho, quando recebeu ordens de continuar na mesma postura:

— De pé, seu Pedro Braga, que neste recinto ninguém sai sem meu especial consentido.

E mãos cruzadas nas costas, como é do meu natural nesses corretivos, andei de lá para cá, de uma ponta a outra da sala. Dei duas voltas no derredor do suplicante, sempre mirando seu porte ostentoso. Feito isso, num repente, abri meu livro de educações no focinho dele:

— Então, vosmecê, com esse calibre todo, é o tal de Pedro Braga, judiador dos pobrinhos dos currais?

E dedo apontado para os seus avantajados de tamanho, com cara de nojo, fiz ver ao grandalhão que foi um desperdício de Nosso Senhor Jesus Cristo botar em cima das suas botinas uma grandezona assim de dois metros. É que o povo do céu queria fazer dele uma palmeirona, coisa de brigar contra o vento brabo e o corisco ardiloso, mas que ele, pelos seus procedidos, tinha deitado tudo a perder, estragado tão bela obra da nascença:

— A bem dizer, vosmecê encolheu como chita ordinária. É um toquinho de gente, seu Pedro Braga. Vosmecê virou anão, seu Pedro Braga.

Com esses educativos, dei a desavença por limpa e desempenada. Só num ponto firmei jurisprudência: nas posses do menino. O molequinho judiado, osso e pele, não saía do Sobradinho:

— Fica no meu poder, no sanativo e na engorda da velha Francisquinha.

E ainda rolava no vento o caso de Pedro Braga e já outro desgosto pedia entrada no Sobradinho. Uma surucucu-de-fogo, que esquentava sol numa touceira de capim-gordura, picou meu cavalinho estreleiro, dado por Caetano de Melo em comemoração do distrato de casamento entre Ponciano e dona Bebé. Espalhei perna de campeiro no rasto de Tutu Militão, sumido do Sobradinho desde o mal-entendido com o povo de Ponta Grossa dos Fidalgos. Dei ordens terminantes, que trouxessem o curador de qualquer jeito:

— Nem que seja amarrado de pé e mão.

Em mais de uma quinzena de buscas e rebuscas não foi o mulato encontrado, nem dele chegou notícia no Sobradinho. Por sorte, o estreleiro não teve precisão dos préstimos de Tutu. A picada de cobra pegou veia desimportante e a maldade saiu nas urinas. Com um par de purgativos, o cavalinho voltou ao aprendizado de sela, no que gramava desde que veio de Ponta Grossa. E nem pensava eu mais em Tutu Militão quando, de passagem por Santo Amaro, fui visitar Juju Bezerra e mais o confessor de meus pecados. A par de que o major andava em socorro de um padecente de nó nas tripas e a batina de Malaquias varejava os currais em missão de casamento e batismo, tratei de voltar ao Sobradinho. E na porta do Bazar Almeida parei para avivar o charuto e comprar uma remessa de mangas de lampião. Nisso, um vendedor de passarinho, que armava vez por outra alçapão no Sobradinho, pediu ajutório para Tutu Militão:

— Está na Santa Casa das Misericórdias desenganado de doutor.

Sustei a tragada do Flor de Ouro e chamei o passarinheiro aos pormenores:

— Que bobagem é essa de Tutu na Casa das Misericórdias, de Tutu desenganado de doutor?

Pergunta foi, resposta voltou. Fiquei inteirado, para espanto meu, dos desgostos e vexames recaídos na cabeça do curador. Contaminado de mazela de pele, dessas de parecer sete-couros, Tutu navegou na caridade dos amigos até São Sebastião, onde devia embarcar em trem de ferro. Veio enrolado em folha de bananeira, chaga só, de minar água dos sofrimentos dele. Lá a autoridade, em vista da pestilência do padecente, estipulou que defunto não viajava em trem de gente viva:

— Lugar de empestiado é no lazareto.

Em presença de tanta malvadez, senti a primeira caninana rolar na caixa dos peitos. A bicha, empapada no ódio, veio vindo, veio subindo bem rente da garganta. Precisei de toda a ponderação para evitar que meu gênio, que é de cem cobras num saco de capetas, não estourasse na porta do Bazar Almeida. O passarinheiro, sem saber do meu por dentro, espichava as maldades que fizeram na pessoa de Tutu Militão:

— Quedou mais de hora atirado feito porco no depósito da estação.

Vi o curador embrulhado em folha de bananeira e o sujeitão aos berros, mandando que ele não trafegasse em trem de linha. Capaz que nessas padecências Tutu levantasse o pensamento para mim e mais o santo de sua devoção: "São Jorge! Coronel Ponciano de Azeredo Furtado!" Não, isso não ia ficar assim sem um revide ou pronta justiça:

— Não vai ficar, não senhor, que Deus é grande e Tutu tem padrinho.

Falei para dentro, pois já um ajuntamento de povo, sem que eu sentisse, atravancava a porta do Bazar Almeida, tudo orelhudo da conversa. Retirei o passarinhista para canto resguardado, de modo que ele desse, em confiança, o nome do malvadão, cargo e patente, se fosse o caso do sujeito possuir tais regalias:

— Diga logo, diga logo.

Fiquei sabedor de que o dono de tanta peçonha era um certo Jordão Tibiriçá, mandado de encomenda para dar fim ao ladronismo nos pastos. O homem só falava em meter o rabo do povo no banco da Justiça. O seu poder andava de invernada em invernada, vasculhando curral que nunca viu presença de meganha ou autoridade mais elevada. Até dívida de impostos, que é a pior incumbência dos ermos, o bichão cobrava. Papel do governo que ele mandasse tinha de voltar forrado de dinheiro. Antoninho do Areal, com negócio de rapadura que mal dava para a mantença de seus dez meninos, desembuchou perto de conto de réis em dízimos e taxações, fora o castigo da mora. Vendeu o pobrinho seus ouros de herdança e foi todo tremoso, envergado de humilhação, acertar a conta dos impostos. Como não tivesse nem meia metade da pecúnia estipulada, gramou nas galés de Jordão Tibiriçá dois dias e duas noites. Saiu quando o reverendo de Santo Amaro, sabedor da exorbitância, ameaçou levar a demanda ao Bispado, por ser Antoninho do Areal afilhado de Santa Efigênia e zelador de sacristia:

— Foi a sorte de Antoninho do Areal, a salvação de sua pessoa.

Gabei o proceder do padre:

— É dos meus, tutanudo, raçudo.

Agradeci o relato do passarinheiro e voltei ao Sobradinho em sela de brasa, com o cobrador de dízimos atravessado no gogó. Nesse ponto, sobreveio uma tarefa de corte de madeira em Mata-Cavalo e o caso perdeu os venenos. E digo que ia marcar passo, como tropa de procissão, se o primo Juca Azeredo não desse entrada no Sobradinho para remexer o acontecido. Vi o parente apear junto das casuarinas e ganhar a varanda. A cara de Juca denotava desgosto novo. Estranhei visita assim sem mais nem menos. Desde o caso da sereia que o primo ficou político comigo, por achar que desfiz da sua coragem não querendo seu tirocínio na demanda com a encantada do mar. Recebi o parente de braços abertos, como se isso não fosse existido:

— Bons olhos vejam essa bizarria. Já estava para mandar bilhete.

Juca, sem levar em consideração a cortesia, entrou logo em indagação e sindicância.

— Que fez o primo a Jordão Tibiriçá que o homem escuma vingança?

Caí das nuvens. Nem conhecia tal vivente, se era pobre ou rico, magro ou gordo. Sabia ser sujeitão de rompantes, de gurungumba pronta, que só falava em meter o rabo do povo no banco dos réus, mandado que veio aos pastos para limpar os atrasados dos impostos. Desavença com ele é que nunca tive:

— Se mal respondo, primo, nem sei como é o focinho desse Jordão.

Juca Azeredo, cadeira mais achegada da minha, desandou a especular a sala no medo de alguma orelha vadia por perto. E falou, sempre em voz sumida, que Jordão Tibiriçá não podia escutar meu nome que logo ficava branco, mordido de raiva, em vista de ter chegado ao conhecimento dele, por um leva e traz vendedor de passarinho, notícia das péssimas ausências que fiz de sua pessoa em presença de um comício de boiadeiros. Era fala corrente que eu garanti, na porta do Bazar Almeida, tomar as dores de Tutu Militão. E caso Tibiriçá tivesse a audácia de aparecer no Sobradinho, mesmo em missão do fisco, ia ter que engolir purgativo de cavalo. O passarinheiro, que tudo assuntou, foi levar a ameaça ao conhecimento dele. Resultância: Jordão andava escarafunchando, nas coletorias da cidade, as dívidas e os atrasados do Sobradinho desde o tempo mais recuado dos bugres:

— A coisa vem grossa, a coisa vem feia, primo.

Lá continuou Juca Azeredo, sempre em voz subalterna, o seu miudinho sobre os poderes e brabezas de Jordão Tibiriçá, que era homem de seus repentes, de gênio picado. Ninguém como ele para levantar, no bico da pena, uns atrasados do governo e endoidar o devedor. Em menos de meio ano de autoridade, enrolou em carretel e meteu nas malhas da lei o comércio todo de São Sebastião e já vinha vindo na direção dos pastos. Gente que nunca soube o que fosse papel do governo ou cara de meirinho purgou mora e pagou taxas de abarrotar dez baús. Além dessas mestrias, Tibiriçá tinha escora de gente política:

— Tem costa quente. É protegido dos Miranda, povo que mexe até no governo.

Nem esperei que Juca Azeredo alinhasse a restante parte do relato. Fora do meu assento, já tomado de raiva, abri no focinho do primo um saco de ofensas. Digo que a sala do Sobradinho, grande de abrigar mesa e uma guarnição de vinte cadeiras, foi recinto pouco para o vozeirão do coronel Ponciano de Azeredo Furtado e sua barba. Com dois socos na mesa, de virar a cuia de farinha, fiz o parente ficar branco de cera. Pois muito estranhava que ele, primo de grau chegado, viesse ao Sobradinho trazer valentia de um desnaturado que eu nem conhecia, prejudicador dos pobres, urubu de dízimos. Soubesse ele, e mais Jordão Tibiriçá, que o neto do velho Simeão não levava medo do governo:

— Até gosto, seu Azeredo, de uma rixa com esse povo safado.

E na frente do primo, mão fincada na cintura, mandei que Juca mirasse o seu parente e amigo. Não tinha sido de casualidade que Deus Nosso Senhor fez subir em cima de meus pés altura de dois metros. E sabia o parente o porquê desse tamanhão todo? Para que eu não vergasse o cangote em presença de ninguém, fosse rei, desembargador ou padre:

— De ninguém, seu Azeredo, a não ser de Deus e de seus santos apóstolos.

Respeitava toda qualidade de gente, desde o mais apequenado ao mais graúdo. O litro de minha medida era o mesmo para todos. Nunca que meu braço saiu em defesa de uma injustiça ou minha boca levantou falso testemunho. Como era que um filho de égua da marca de Jordão Tibiriçá vinha recheado de ódios e vinganças contra mim, que vivia quieto no meu canto sem cuidar da vida dos alheios?

— Como, seu Azeredo? Como?

O temporal de Ponciano, desabado na cabeça de Juca, correu o Sobradinho, da varanda ao desvão mais retirado. Pronto cresceu cara de gente pelos cantos. Era o carvão da cozinha em visita de leva e traz. Tanto que não demorou em aparecer a velha Francisquinha puxando atrás uma remessa de negras e pardavasquinhas. Veio dos seus engomados saber que sofrimento tinha contraído o seu menino para andar tão desensofrido:

— Foi vento encanado, foi espinhela caída?

Amansei. Era o que Juca Azeredo mais requeria. Com parte de estar precisado de conselhos, caiu nos braços da velha. E assim, na proteção da saia rodada de Francisquinha, sumiu no corredor. Nas costas dele, dei meu desabafo:

— Sacana!

DESDE ESSA PRECISA HORA para a frente, em mês de andorinha e depois em tempo de inverno, soprou sem descanso um vento de pólvora entre o Sobradinho e São Sebastião, onde imperava o tal Tibiriçá dos impostos. A viração da costa, sei lá como, levava em fala de cochicho tudo que acontecia em minha mesa e cozinha. Ninguém era senhor de gozar o seu bicho-de-pé ou sua noite de mulata que logo o pessoal de Jordão sabia nos pormenores. Esse leva e traz cada vez mais agravava a desavença. De uma coisa tive orgulho – das provas de amizade que recebi sem dar um passo no além da cadeira de balanço de meu avô. Não passava um dia de Deus que não apeasse boiadeiro no Sobradinho em reforço do coronel. Dioguinho do Poço andou uma noite toda sobre lombo para vir trazer seus préstimos. De Ponta Grossa dos Fidalgos, Caetano de Melo remeteu carta de compadre. Se eu precisasse da ajuda dele era mandar chamar, "uma vez que amizade de galista não ficava só no terreiro e no esporão dos galos". Já bem perto do jamegão, em tom debochativo, o doutor aconselhava meter na pendência o galo Vermelhinho, "muito capaz de dar com o rabo do cobrador de impostos no barro da estrada". Fui mostrar ao raçudinho a carta do bom amigo:

— Veja isso, capitãozinho! Um escrito do doutor falando de sua pessoinha.

O vento da guerra trouxe no arrastão o velho Sinhozinho Manco. Apareceu munido de baú e garrucha. Como era de seu uso, nem pediu licença ou deu boa-noite. Rente do meu quarto fez a cama. Era muito dele esse proceder. Quando ameaçava perigo no Sobradinho, a primeira cara a despontar era a de Sinhozinho. Se fosse caso de alastrim ou febre malina, o velho corria para as beberagens, armava discussão com Francisquinha sobre o poder desta ou daquela erva. Ao contrário, se fosse uma rixa de vizinhos, o que é muito rotineiro nos pastos, mostrava as armas:

— Não tenho pau de fogo para enfeite de cintura.

Era do gosto de Francisquinha ter o velho no debaixo do telhado. Guardava sempre, desde os dias de meu avô, camisa em desuso, que ela apequenava na tesoura de modo a calhar no bustinho dele. A campeirada é que dava um braço pelos avantajados de Sinhozinho. Inventeiro como ele não existia outro igual. Que fazia e desfazia, que com seu gênio destemperado ninguém mexia em sua farinha, teteré-teté. Recebia inquirição de um e de outro:

— Sinhozinho Carneiro, como foi mesmo aquele arranca-rabo com os praças do governo?

Mais das vezes o velho fazia ouvido tapado. Nunca que contasse a mesma vantagem, pois a sua cabeça de queijo não guardava as invencionices que inventava. Se alguém perguntava por uma certa rixa de sangue que ele teve com um tal coronel Bem-te-vi dos pastos da Boa Vista, Sinhozinho encolhia os ombros – não apreciava remexer nos falecidos. O coronel Bem-te-vi, desde um tempo muito antigo de dantes, era pertencido de cemitério:

— Que Deus Nosso Senhor tenha lá ele em bom lugar.

O povo não levantava casos de valentia que Sinhozinho não pegasse pela cauda:

— Vosmecê não largou um rabo de arraia no falecido Tatão Gonzaga, do homem ser dado por desfalecido e morto por mais de dois dias e duas noites?

O velho nem conversava:

— Dei e foi muito bem dado.

No concernente a Jordão Tibiriçá, Sinhozinho desandou em bravatismo de prejudicar o andamento de minha defesa. A voz fininha dele pintava e bordava na pele do cobrador de dízimos. Não existia venda de estrada ou varejo de Santo Amaro que não estivesse a par das péssimas ausências que Sinhozinho fazia de Jordão Tibiriçá:

— Conheci o sacana lambendo gamela na casinha do povo dos Miranda.

Tive de chamar o amigo a um pé de ouvido:

— Vosmecê vive nas imprudências, homem de Deus!

Nem cheguei na terça metade da obtemperação e já Sinhozinho virava bicho do mato. Capengou lá e cá – a vozinha dele parecia um assobiado de surucucu. Soubesse eu que ninguém parido de mulher metia freio em seu dente, que isso de falar sem medo era orgulho de que não abria mão. Obtemperava onde bem quisesse, no Sobradinho, em Santo Amaro, na casa do governo ou no próprio focinho de Jordão Tibiriçá:

— Não trafego com fundilho de palha, seu Ponciano! Não sou filho de pai espantado, Seu Ponciano!

Não botei mais olho em Sinhozinho o resto do dia. Como fosse fazer visita a João Ramalho, molestado de opilação, voltei ao Sobradinho noite adiantada. De manhã, antes de lavar a cara e passar fumo de rolo no dente, fui inteirado por Francisquinha do sumiço do velho, do que não tive maior cuidado. Ainda conversei com Saturnino Barba de Gato sobre a pessoa dele. Enquanto Juca Azeredo, meu primo de grau achegado, corria de galinha na frente de Jordão Tibiriçá, Sinhozinho vinha trazer seus préstimos e armas:

— Amigo do melhor, que não nega fogo.

Saturnino, que muito apreciava o velhote, concordou:

— Sinhozinho é peroba, madeira de lei.

De tarde, estando eu em farreagem com o meu galinho de briga, vejo vir um meganha de Juju Bezerra em companhia de Janjão Caramujo. Bateu calcanhar e esperou, dentro do respeito militar, pela minha licença, que logo foi dada sem tardança:

— Pode falar, pode falar.

Contou o meganha que estava no Sobradinho em missão de relatar o sucedido na praça de Santo Amaro. Foi uma alteração de correr os mais valentes – Sinhozinho tirou garrucha contra um cobrador de imposto, protegido de Jordão Tibiriçá. Em favor do sujeito dos dízimos veio o aprendiz dele, um retinto picado de bexiga, que ameaçou largar a gurungumba em Sinhozinho. Por sorte, o major Bezerra chegou na justa hora de esfarinhar a arruaça formada. Levou o velho em segurança e despachou o povinho do imposto estrada afora. O bexiguento jurou voltar a Santo Amaro em viagem de desagravo, enquanto Sinhozinho, na porta da Farmácia Esperança, nos braços do major, garantia que o coronel não demorava em vir fazer uma limpeza nas ratazanas de Jordão Tibiriçá:

— Tudo vai bater de fundilho no banco da Justiça.

Bem não tinha o recadeiro de Juju Bezerra acabado a sua desincumbência, já minhas ordens pulavam de cabrito novo na frente do vento, chamando os boiadeiros ao serviço das armas, com que juntei num relancinho trinta carabinas debaixo de meu mando. A tarde, que já adernava na asa dos primeiros bacuraus e corujas, tremeu de ver tanto gatilho em ponto de guerra. O pior foi engambelar Francisquinha, que não queria deixar seu menino seguir viagem. Inventei imposição do governo, dever do meu ofício de coronel:

— Missão de rotina, coisa de somenos.

Antes que minha tropa levantasse a poeira de Santo Amaro, um leva e traz lá tinha chegado e feito conhecer a grandeza da armada que vinha vindo em proteção de Sinhozinho. O bicho berrou na porta do Bazar Almeida:

— Fecha tudo que o coronel do Sobradinho vem pior que um cacho de capetas.

Não quedou um varejo de porta aberta. A bem dizer, encontrei Santo Amaro no debaixo da cama, o povo todo sumido, uns e outros espiando de longe, como se o coronel viesse em missão de passar todo mundo nas armas. Entupi a pracinha da igreja de pata de cavalo e ainda tive de derramar ferradura por outros arredores. Vendo meu jeito de paz, o povo largou seus escondidos e logo rodeou a tropa na admiração das armas e apetrechos dos boiadeiros. Um até brincou:

— Tem nova guerra do Lopes?

Padre Malaquias, na sua cadeira de rodas, esperava por mim. Mandou intimação para que eu aparecesse na sacristia. Num salto, levei minha patente à presença do confessor de meus pecados, que batia os dedos no livro da missa em sinal de desgosto. Chapéu no peito, pedi desculpas pelo desplante de trazer barulho de armas a Santo Amaro sem o seu devido consentimento:

— Foi deliberação tomada no afogadilho, sem tempo de remeter aviso.

O padre, de seu natural encrespado, abrandou, do que aproveitei para fazer indagação do seu padecimento, se já havia debelado a ferroada nas juntas do joelho:

— Conheço essa mazela, é de repuxar o osso.

De cara gemida, respondeu Malaquias ser tudo castigo de Deus por não ter ele dado atenção a algum pecado que passou rente de sua batina:

— Devo ter merecido, devo ter merecido.

E sacudindo o rosário mandou que eu recolhesse a campeirada, senão ele de boca própria dava as ordens:

— Tenho poderes para tanto e até para mais.

Não quis abrir quizília com o reverendo, mostrar meus direitos. Sem obtemperação, acatei o mando dele:

— Padre Malaquias, sua vontade é minha lei.

Na porta da Farmácia Esperança, em posição militar, rodeado de povo e meganhas, estava Juju Bezerra, desde muito arredio da água benta do padre por ter caído na desamizade dele. Não convinha, do meu lado, mostrar intimidade de riso e abraço com o major. Por isso, pedi licença ao bom reverendo para levar a Juju minha queixa e requerer de sua autoridade providência sanadora contra os desmandos do pessoal de Jordão Tibiriçá. E dentro dos regulamentos da cerimônia:

— Se Vossa Reverendíssima não bota embargo, vou chamar o major à responsabilidade.

O padre consentiu e pelo feitio do consentido vi que apreciou o meu proceder:

— Seja com Deus, coronel.

Então, com a cara mais enfarruscada que a dos réus do pelourinho, cortei a praça em passada militar, arrastando na espora os boiadeiros do Sobradinho. Junto de Juju Bezerra engrossei garganta de modo a ser ouvido em dilatada distância pelo confessor dos meus pecados:

— Major, venho tratar com Vossa Senhoria de negócio espinhoso, que requer ponderação.

Juju, desacostumado a esse teor de conversa, que mais calhava em sala de Foro, recuou meio espantado:

— Que diz o coronel?

Logo fiz olho mofino para que não levasse a sério a minha figuração, que era coisa só para o padre ver. E na força do ombro, empurra um, empurra outro, desmontei o povaréu que infestava a Farmácia Esperança e na companhia do major ganhei os compartimentos dos fundos. Porta cerrada, longe da especulação de Malaquias, desarmei a carranca e caí nos braços de Juju:

— Venha de lá esse aperto, seu Bezerra! Como vão os rabos de saia, seu compadre?

A par de que Sinhozinho, acabada a desavença, tinha sumido, chamei Saturnino e dissolvi a tropa. Que todo mundo vasculhasse os arredores de Santo Amaro nas procuras do velho. De posse dele, remetesse a campeirada de volta ao Sobradinho:

— E tudo sem alarde, na boa paz de Deus, seu Saturnino.

Como queria o padre Malaquias, Santo Amaro ficou desimpedida de pata de cavalo, livre dos trabucos do coronel Ponciano. Na mesa do major jantei o meu frango, comi a minha boa posta de robalo, trabalho que afundou em mais de duas horas. Vez por outra, Juju gabava a armada do Sobradinho:

— Sim senhor, gostei de ver! Parecia até tropa de linha.

Fui parco no responder. Não era de conveniência agravar a rixa com Jordão Tibiriçá, ainda mais que o aprendiz das poções rondava perto, orelha afiada, em busca dos farelos da conversa. Só abri mão dessa prudência quando Juju denegriu a pessoa do cobrador de dízimos e de sacana fez a festa:

— Moleque maior não pode haver. É um cachorro.

Então, apalpando o bolso na caça do charuto, dei a conhecer a Bezerra de quanto poder eu estava municiado. Ficasse ele no corrente de que a tropa aparecida em Santo Amaro era nada perto das forças que armei no Sobradinho:

— Nem representa a terça metade, amigo Bezerra. Menasmente que isso.

Barba enrolada, charuto bem fincado no dente, relatei ao espantado Juju que o grosso da armada tinha quedado nos arredores de Santo Amaro, em posição de tiro, de modo a ser requerida em pronto instante. A arte da guerra pedia tal artimanha:

— Tenho ensino militar, seu Bezerra, fora escola de frade e aprendizado de cartório.

No terminal dessa lição, morto o jantar, saí na companhia de Juju para o sereno da porta da Farmácia Esperança. Já a noite era das dez horas e o luar caía a prumo no centro da praça. Um alumiado vazava por entre as vidraças da casa do padre. Devia ser Malaquias na sua devoção. Falei a Juju da doença dele, do seu entrevamento que não cedia nem a poder de reza, nem com sal-amargo e depurativos:

— É cada ferroada de estalar o osso.

O major, encostado na bandeira da porta, parou a feitura do cigarrinho de palha para garantir que tinha na prateleira remédio de muito poder sanativo contra tais padecimentos, capaz de limpar no tutano a mazela mais entranhada:

— É um porrete. Na terceira colherada, o batina arriba.

Tive então um discernimento – apadrinhar o major junto do padre, que em anos de sermão não cansava de fustigar as impiedades de Juju, sua vida suja e desleixada. Com parte de deixar minhas despedidas na igreja, larguei as esporas pela praça e fui bater na porta do confessor do Sobradinho, que lia suas leituras de bispo no alumiado do lampião. Vendo crescer perto da cadeira os dois metros de Ponciano, o vigário parou admirado. Logo sosseguei o espanto dele com uma boa barretada de educação:

— Estou de partida, meu reverendo. Vim receber suas ordens.

Malaquias gostou, mas para não demonstrar fraqueza, descobrir seu coração de ouro, resmungou que não era de seu feitio dar ordens a ninguém, muito menos a um coronel tão servido de armas e capangas. Deixei o padre falar, que esse era o seu ofício. Acabado o resmungo, entrei no avulso da conversa. Sou de muito inventismo, um danado em fazer render uma parolagem – um fio de cabelo vira corda no meu trançado. Levei e trouxe o reverendo para onde bem quis. Até que joguei na sala o nome de Juju Bezerra, o que fez o padre dar um pulo na cadeira como mordido de marimbondo. Nem por sombra queria ver o major em sua frente:

— É um arruaceiro, que vive fora de Deus.

Não esmoreci. Botei nesse entendimento todas as minhas educações de berço e de escola. Inventei, espichei, pois em missão piedosa não tenho pejo de mentir e avantajar. Assim, figurei Juju tomado de grande mortificação, sem comer e dormir, por motivo de saber dos padecimentos dele:

— O major até parece outro. Deu de falar sozinho.

Senti frouxidão na vontade do padre. Com outros dois botes certeiros, desmantelei a prevenção de Malaquias. Resmungou, gemeu – mas deu licença para Juju comparecer à sua presença:

— Previno que vai ouvir sermão grosso.

Corri para a Farmácia Esperança e de lá desentranhei o major e seus receios. Ainda quis ponderar:

— Coronel, veja lá o que faz.

Cortei a ponderação dele na nascença:

— Deixa de visagem, homem! O padre está rendido.

O major, desde remoto mês, não pisava assoalho de Malaquias, pelo que entrou meio vendido, testa no chão, sem poder da patente, que o vigário não admitia regalias no debaixo do telhado de Nosso Senhor Jesus Cristo:

— Honraria fica lá fora. Na Igreja de Deus todo mundo é igual.

Teve Juju Bezerra de aturar sermão de fogo. Aguentou tudo de cabeça pendida, como menino pegado em delito com cabrita. Acabada a reprimenda, virou Malaquias a língua sermonista contra mim, por ter jogado tropa armada em Santo Amaro, em risco de fazer desgraça:

— Que falta de juízo, que cabeça de vento!

Rebati com as maldades de Jordão Tibiriçá e de novo o reverendo pulou da cadeira. Nem falasse eu em tal pecador perto dele. Era outro que ia conhecer o peso de sua língua. Assim que ganhasse perna, embarcava para São Sebastião, onde morava o desalmado:

— Vou acertar contas com esse tal de Jordão Tibiriçá.

Livre do sermão, Juju correu em busca dos frascos de remédio. Foi num pé, voltou no outro. Malaquias ainda relutou em aceitar o ajutório do major. A rogo meu, sempre em resmungos e gemidos, acabou por engolir uma colherada, mas repeliu a segunda:

— Que beberagem é essa que mais parece fel?

Noite alta, Santo Amaro nos travesseiros, deixei a casa do padre. O luar do lado de fora pedia outras conversas. Cutuquei Bezerra:

— E o povo de saia, seu Juju?

O major, ainda contaminado do sermão, fez negaça:

— Tenha dó, coronel. Agorinha mesmo a gente saiu de recinto bento, coronel.

Gritei com ele:

— Que pensa que é? Frade, santo de altar?

Riu e logo voltou ao seu natural safadoso, sem-vergonhista. E com pouco mais relatava a novidade maior da pastaria, que era o velho Neco Moura de moça nova no sobrado, uma sarará de fogo, ardendo na casa dos vinte anos, senão menos:

— Coisa vistosa, de porte.

Achei graça ao relembrar Neco Moura e sua fama de mulateiro. Mas nunca que soubesse estar ele tão bem montado de rabo de saia. Beirado dos oitenta, já mijando no pé, a moça ia dar bolor no sobrado, sem a menor serventia para os bem repassados anos do velhote. De modo algum Neco aguentava exigência de menina nova. Estipulei:

— Emborca em menos de mês, seu Juju. Não vai virar a folhinha de janeiro.

Relembrança traz relembrança, libertinagem puxa libertinagem. Parado no meio da praça, mão no ombro do major, quis saber como passava dona Bebé de Melo, se tinha voltado a Ponta Grossa dos Fidalgos, perdoada pelo primo:

— Corre um zum-zum de que ela está de amizade renovada com o doutor.

Bezerra disse que sim, que Caetano de Melo, a pedido da parentagem, tinha relevado a afronta e a menina andava de novo no gozo de sua confiança:

— Está que é uma seda, perdeu aquela brabeza de cabrita.

Antes que eu estranhasse a quebra do compromisso do doutor, Bezerra voltou suas espingardas contra mim, assegurando que eu era o mais culpado de dona Bebé não estar no Sobradinho, casada de cartório e igreja:

— Sujeito mais sortista que o coronel nem mandando fazer de encomenda.

Afiançava Juju, com muitas e boas ponderações, que se eu metesse cavalo na estrada e fizesse o corridinho entre a minha casa e a casa do doutor, a moça caía no laço, em vista da esmerada instrução do coronel e sua sabedoria no trato galante:

— É o que eu digo. Caía logo, sem poder passar um dia longe da sua pessoa.

E, no mesmo fôlego, Juju atirou em rosto deste Ponciano o sucedido com dona Isabel Pimenta, ardida de sentimento por mim. Mas o caso é que eu não dava importância a bicho de saia, tratava tudo na ponta da botina, só sabia machucar o coração das pretendentes:

— Isso até é malvadeza, falta de piedade.

Dei ganho de causa ao amigo major:

— É verdade, é verdade. Pelo meu caráter militar, não sou dado a fazer sala, a embonecrar a minha pessoa. Comigo é pão-pão-queijo--queijo, seu Juju.

Bezerra levantou os braços:

— Bem que o coronel reconhece.

Foi tocado a canto de galo que deixei Santo Amaro de volta ao Sobradinho. A madrugada já estalava os matos quando peguei estrada larga, limpa de bichos da noite, desimpedida de caburés e bacuraus. Bom tempo para remoer as ponderações de Juju Bezerra e ver que ele estava forrado de razão. A verdade é que eu era um estabanado, um desensofrido. Lá em Ponta Grossa, na certa, dona Bebé de Melo devia suspirar por mim e lágrimas soltou dona Antônia ao perder o meu casamento. Como muito bem disse Juju Bezerra, eu fazia gato-sapato do povinho de saia. Sujeito duro de coração, Ponciano de Azeredo Furtado!

COMO VEIO, ASSIM MORREU a guerra de Jordão Tibiriçá. Vento trouxe, vento levou. O caso foi que a viração da tarde, vendo tanta pata de cavalo e armas em Santo Amaro, soprou ligeiro o acontecido no comércio de São Sebastião, que cerrou as portas e era quem mais queria escapulir, de não restar carro de boi ou sela vaga. Um cometa, vendedor de rendas, garantiu que a tropa do coronel tinha cortado a linha de ferro para sustar a retirada de Jordão Tibiriçá e seus agregados:

— Vêm mais de cem campeiros de carabina embalada.

A tremedeira em São Sebastião só amainou noite alta, quando um comprador de rês, em jura de mão no alto, garantiu ter escutado o coronel do Sobradinho dar ordem de exterminação contra o pessoal dos dízimos ("Quero ver tudo passado nas armas, que na Justiça eu limpo as culpas"), ordem essa logo desmanchada porque o padre de Santo Amaro, inteirado de tudo, amansou a raiva de Ponciano e até reprovou, na praça da igreja, o proceder dele:

— Foi a valência. Foi a salvação.

Pois sucedeu que Jordão Tibiriçá, em vez de crescer em autoridade, gritar que ia pedir tropa de linha ao governo, abaixou a crista. Nem esperou o mercador de rês dar a última demão ao recado – no raiar do dia era ele entrado em terras de Juca Azeredo, onde foi pedir apadrinhação. Contou ao parente que virei Santo Amaro pelo avesso, a ponto de ser chamado à ordem pelo vigário. Queria, por ser sujeito de paz, que o primo arrumasse meios e modos de acabar com a pendência:

— Sou homem de trabalho, não quero desavença com ninguém.

De posse da fraqueza do taxador dos impostos, no mesmo dia Juca Azeredo bateu no Sobradinho:

— Jordão pediu penico. Trago proposta dele.

Pelo regulamento militar não podia eu, sem ofensa à lei da guerra, desfazer do derrotado. Foi, por essa imposição, que recebi o parente dentro da maior cortesia. Já não estava no Sobradinho o coronel que mês antes quase suspendeu Juca pelos colarinhos e por pouco não varejou com ele porta afora. Como o parente avantajasse as forças da minha comandância, desfiz da tropa que joguei em Santo Amaro:

— Coisa de somenos, seu Juca. Meia dúzia de espingardinhas no mais estourar.

Juca, dentro da missão de apadrinhador, desenrolou uma batelada de ponderações em louvor do sujeitão dos dízimos. Que Tibiriçá era isso e mais aquilo, um bom cristão, homem de andor e água benta como eu, incapaz de exorbitância. Queria viver em paz comigo, sem agravos ou ofensas. Dava o Sobradinho por remido de imposto, rasgava as intimações recaídas sobre a herança do velho Simeão, desde que o coronel passasse uma esponja na demanda. Chegado a esse ponto, Juca bateu no meu joelho:

— O primo mete bons dinheiros no bolso e ganha um amigo.

Não dei pronta resposta. Fui queimar meu Flor de Ouro, ponderar, pois nunca apreciei dar despacho em cima da perna. Deixei que Juca Azeredo afundasse na incerteza, padecesse o seu pedaço. Só no decorrer da terceira baforada, dedo mata-piolho na sovaqueira, é que deliberei:

— Pois muito que bem, muito que bem. Só tem um porém...

Juca ficou na ponta do pé. Logo dei parte de minha imposição. Requeria, ao alcance da palmatória, o tal moleque passarinheiro causador da desavença:

— Vou ensinar a esse descarado a regra do bom viver.

Juca estalou os dedos, como procedia em maré de contentamento. Sim senhor, a medida era justa, a medida era boa. Ia falar a Jordão Tibiriçá, pedir a remessa do linguarudo ao Sobradinho:

— O primo vai ter em mão o sem-vergonha, no mais tardar na semana entrante.

Esperei sentado pelo aparecimento do moleque, que nunca mais ninguém olho nele botou ou viu a cor da sua canela. Jordão, conforme o prometido, virou os ermos no rasto do passarinheiro. A par o safado de que o coronel pedia sua presença no Sobradinho, requereu passaporte e foi purgar o medo no mais afundado sertão de Cacimbas, covil de lobisomem, brejal dos demônios, mãe e pai das febres malinas. Digo que dei graças a Deus não ter o moleque aparecido, que não sou dado a tirar vingança de gente miúda. Jordão Tibiriçá, em bilhete respeitoso, deu conta de que o passarinhista era sumido, pelo que pedia desculpas. Mostrei o escrito dele a Antão Pereira, a braços com uma tarefa de limpar bicheira de cavalo:

— São todos uns mijões, seu Pereira. Na hora de pegar no pau-furado é um corre-corre dos capetas.

De tarde, debruçado na varanda, vi chegar o roxo das quaresmeiras. Peguei um susto. Abril levantava asa.

8

Sucedeu então que o vento soprou de enfiada mês sobre mês, de gente do mais antigamente não relembrar ter existido semelhante despautério. Tratei de chumbar caça, e atrás de uma capivara dobrei noite com o dia. Foi numa dessas arruaças de mato adentro, bem rente aos mourões do major Badejo dos Santos, que encontrei Nicanor do Espírito Santo, o retinto das serventias de Ponta Grossa dos Fidalgos. Desceu do seu calçado, uma peça vistosa, de pata branca – e veio, chapéu lá embaixo, pedir licença para cumprimentar o coronel Ponciano de Azeredo Furtado:

— Com sua permissão, com sua permissão.

Mandei que montasse de novo, uma vez que ia navegar na mesma viagem dele. Já em sela, estrada de barro na frente, falou Nicanor de umas idas e vindas que fez a Mata-Cavalo, onde foi pedir a Juquinha Quintanilha, bom compadre do coronel, receita contra boqueira de égua:

— É de muita praticância nesses serviços.

Gabei Juquinha:

— Em rotina de pasto não há como o compadre.

Ia a viagem nesse pé, o negro recheado de educação, quando, de um verdal protegido do vento, senti presença de inhambu. Larguei o pio e no pio a caça veio sem tardança. Por desgraça, um lagartão, que gozava o seu meio-dia em cama de folha seca, desandou a espadanar o rabo em corrida assustada. Melhor aviso não queria o inhambu, sabido que esses bichos dos matos vivem de compadragem uns com os outros. Lá subiu a caça. No alevante, peguei o inhambu no fofo do peitilho. Foi um tiro só – caiu de pedra, durinho, num carrascal de banhado, recoberto de tabuas, paus-de-mangue e outras vivências das águas malinas. Nicanor ainda quis retirar a caça de lá, no que não consenti, por ser espinheiro de mau caráter, capaz de esconder nos seus entranhados uma surucucu ou maldade de igual porte:

— Fique a cômodo, fique a cômodo.

O protegido de Caetano de Melo, pronto para deixar a sela, acatou minha ponderação:

— Vossa Senhoria é homem de razão, sabe o que faz.

E caiu na louvação da minha pontaria:

— Se mal comparo, o coronel é de tiro do porte do major Badejo dos Santos.

Não repeli a comparação. Não era dos regulamentos desfazer da mestria de um colega de farda, por mais rebaixada que fosse a patente dele. Em verdade, nunca que o gatilho do major chegasse aos pés do meu. Mas disso não fiz alarde junto do retinto Nicanor. E tratei de embicar a palestra em outro rumo. Falei do ventão varredor de pasto:

— Parece uma súcia de lobisomem, seu compadre.

Na citação de tal maldade, o retinto de Ponta Grossa pediu aparte e disse que o povo do Pilar preparava embaixada de mais de vinte cavalos para pedir a ajuda do coronel num desencantamento de lobisomem:

— É o propalado, coronel.

Como costumo fazer, por ser de minha natureza brincalhona, inquiri Nicanor a respeito da cor do empestiado:

— Dos azulões ou dos barrosos?

Pelo coçar da cabeça, vi que era Nicanor sujeito temente de lobisomem. Embarquei no medo dele, de modo a deixar o afilhado de Caetano de Melo de rabo entre as pernas, em estrada sozinha, em hora de sol a pino, que é a mais calhada para visagem e assombração. Demonstrei estar a par de toda qualidade de aparecidos, desde penitenciazinha de menino pagão ao soberbo boitatá de porta de cemitério:

— Que é o pior dos mal-assombrados, seu Nicanor.

Sem preparo para sustentar conversa de alma do outro mundo, o coitado parecia estar sentado em panela de formiga, todo encolhido na sela, já desfeito de toda galhardia. E assim, de medo em medo, cheguei com ele no arremate da estrada aberta. O resto era caminho de calangro, servido por pitangueiras e gravatás. Nicanor mirou o distanciado, tudo areal, muita légua na frente antes da primeira cancela de Caetano de Melo. Aproveitei o desconsolo do retinto para montar nova brincadeira:

— Seu Nicanor, que cor leva mesmo a penitência?

Meio encovado, relatou que a visagem do Pilar ofendia o povo de Juca Azeredo, por saber que o primo não podia desmanchar a maldade em vista de andar de casamento engatilhado com menina de Pires de Melo:

— Na casa do velho, tesoura não tem sossego. Corta pano dia e noite.

Foi como se a língua de uma jararaca picasse minha parte mortal. Estive vai-não-vai por soltar o destampatório contra a falsidade de Juca Azeredo em tomar estado à revelia deste seu parente. Contive o ímpeto, não dando notícia do meu desgosto ao afilhado de Caetano de Melo. Fiz da tripa coração e até engrandeci a providência de Juca Azeredo. O primo obrava bem, já andava maduro, cara de lagartão velho, com uma toalha de boi zebu balançada bem no debaixo do queixal. Não podia ter escolhido peça melhor. A menina de Pires de Melo, de pouca idade mas de muitos bons apetrechos, era roça que dava de um tudo:

— E no mais, seu compadre, cavalo velho pede capim novo.

Dito isso, sem querer mais amamentar conversa, liberei Nicanor do Espírito Santo, com recado de amizade e lembranças ao dr. Caetano de Melo, seu padrinho:

— Qualquer hora dessas vou tomar café com ele.

Chapéu fora da cabeça, atravancado de respeito, o retinto, como é da cortesia dos pastos, esperou que eu levasse distância avantajada.

Risquei a roseta na barriga da minha trafegação – o bichinho subiu nas patas do coice, ganhou asa e lá foi Ponciano de Azeredo Furtado, ardido de raiva, a caminho do Sobradinho. Boa bisca o primo Azeredo. Quando pegava dor de barriga, bem que sabia o caminho do meu sobrado. Era um reforço de pecúnia, um conselho, uma providência disso e daquilo. E até em limpeza de escritura andei dando meu parecer, uma vez que não desaprendi as manhas de meus dias de escrivão. Um vizinho dele, arrotador de rompâncias, ao saber que Juca Azeredo era primo do coronel do Sobradinho, chegou o rabo na chiringa, deu o dito por não dito e arrumou uma barganha de terras que foi de grande lucro para o parente Azeredo. E o pago que eu levava era esse de todo mundo saber do noivado dele, menos eu. Parente feito de bosta. Logo comigo que fazia uma desfeita dessas. Logo comigo! E tudo por medo, no receio de minha lábia de sujeito instruído, palestroso. Pois soubesse Juca Azeredo que não casei na família de Pires de Melo porque bem não quis. Quando dona Bidu, mãe das meninas, cheirou interesse de Ponciano pela mais tenrinha, uma de tranças de boneca, tratou de esconder a moça no fundo das alcovas. Pensava, com essa artimanha, futucar os brios do coronel.

O que dona Bidu queria é que eu forçasse, noite alta, a janela da casa e de lá extraísse a menina em garupa de cavalo. Como não caí na armadilha, desandou, fui sabedor mais tarde, a dizer que a filha dela não casava com o barbaça do Sobradinho nem por ouro, nem por prata:

— Prefiro ver a menina amortalhada do que em poder de Ponciano.

Não repeli a afronta em vista da grande consideração que sempre tive pelo velho Pires de Melo. Ademais, andava eu de jurisprudência firmada em cima de dona Isabel Pimenta, do que não adveio casamento pelos motivos já sabidos, tais como bobajadas e ciumadas da moça. E nunca que ninguém quisesse fazer comparação entre dona Isabel Pimenta e as marias-mijonas de dona Bidu. Nunca! Por essas e outras é que o primo não devia esconder de mim namoro tão de rabo de fora. Melhor que chegasse ao Sobradinho e fosse franco:

— Estou de olho numa das meninas de Pires de Melo. Que acha o primo, que é bicho escolado em rabo de saia?

E mais adiante, em intimidade de parente, ministrava a Juca Azeredo aprendizado de como proceder com a moça donzela no depois das dez da noite etc. e tal, não fosse ele cometer despautérios e cair em vexames. Esses benefícios todos de minha amizade o parente Azeredo relegou, amedrontado de perder para mim a menina de Pires de Melo. Pois que segurasse agora, sem o reforço do meu braço, o lobisomem, que pelo propagado devia ser dos bojudos, fornido de vinganças e malquerenças. Quem come a carne, come o osso. Ficasse Juca Azeredo encarregado do lobisomem. Quando a tal comitiva da invenção dele batesse no Sobradinho, ia receber de mim resposta debochada:

— Qual nada! Sujeito mais capacitado para desmontar um lobisomem como Juca Azeredo ainda vai nascer.

E, dentro desse caçoísmo, despedia os missioneiros:

— Passar bem, passar bem.

E arrematava com um bom par de bananas.

MAL JANTADO, CABEÇA PEJADA de ingratidão, caí na cama. A custo preguei olho. Sei lá se por causa do vento, se pelos remexidos da noite, sonhei que o assombrado do Pilar era Pires de Melo. Caçado de pasto em pasto, apareceu no Sobradinho, onde pediu proteção. Do beiço do perseguido pingava baba de cachorro danado. Saí na defesa do penitente contra a gritaria de cem bocas:

— Mata! Mata!

Acordei empapado em suor. O diabo é que a algazarra continuava fora de portas, uma gritaria que não era mais da peripécia dos travesseiros. Num rojão, escancarei a janela em hora de ver, perto da casa do galo, uma procissão de lamparinas que o dedo do vento espichava e diminuía. De lá um molequinho gritou que Pé de Pilão andava em guerra feia e forte com um bicho do mato. Logo pensei na surucucu que de uma feita picou a perna do raçudinho e da qual ofensa ele nunca mais esqueceu. Digo que não sei como vi o coronel Ponciano de Azeredo Furtado no meio da farreagem das lamparinas, já no comando das ordens:

— Afasta! Afasta!

Tive de mandar arrebanhar lampião capaz de repelir os desmandos da noite e do vento. Isso feito, alumiei a casa do galo. Vermelhinho, tomado de raiva possessa, pulava contra a telha-vã em risco de ralar o bico no adobe. Falei da porta:

— Que macaquice é essa, capitãozinho? Vosmecê virou caxinguelê, lagartixa de parede?

Saía faísca do olhinho miúdo do bicho. Muito era de pensar que toda essa apoquentação fosse causada pela presença de algum gambá, da maior embirração dele. Ia eu entrar no galinheiro, até espevitei a língua do lampião, quando percebi aquele assobio no telhado, pelo que recuei em ocasião de ver, embutidas no vão da parede, duas brasinhas de fogo. Era a mirada da cobra que o clarão das lamparinas atiçava. Em salto ligeiro, dei de mão em Vermelhinho e corri com ele a salvo da peçonha mortal. Mas só vendo a força que o deseducado fez para sair do meu torniquete! Fui obrigado a usar da minha autoridade militar sacudindo o galo:

— Esteja em sossego, tenha tino!

Resguardei da língua da cobra a molecada das lamparinas, uma vez que pé de criança em noite de surucucu é defunto na mesa. Em boa ordem armei a retirada, cada qual em seu devido lugar. Na casa do galo, o serpentão assobiava como se estivesse de aposta ferrada com o vento. Janjão Caramujo, saído de sua toca, ficou de longe – também outros agregados do Sobradinho, ainda tontos do travesseiro, vieram na poeira da algazarra, mas o zunido que a cobra tirava deu para esfriar o ânimo deles. Só Vermelhinho é que continuava desensofrido e outro remédio não achei senão emparedar o mal-agradecido no quarto dos engomados, onde deu de fazer as maiores pirraças e ranzinzices. Tanto barulho acabou sacudindo o dormir de Francisquinha, que não tardou em vir saber, na frente de suas negrinhas, se o fim do mundo era chegado:

— Que desordem é essa que deu na noite escura?

Apontei para a casa do galo:

— Deu surucucu lá embaixo.

Não precisei de voz própria para engrandecer a cobra. Um pardinho mais saído afiançou que a cabeça da traiçoeira regulava o feitio de uma jaca. Outro, que falava engasgado, em cópia de Antão Pereira, foi medir no soalho o tamanhão da surucucu, mais de meio corredor de roliça. No berro, mandei que Janjão fosse na busca de minha espingarda de fogo central:

— Uma pesada, de coronha trabalhada, com que estuporei a onça.

Ia picar a cobra na bala, que todo mundo avivasse as lamparinas. Foi quando Francisquinha, parada no centro da porta, embargou a providência. Seu menino não saía em noite de breu para essas estripulias que até nem era de bom tino fazer em dia claro:

— Do que o menino carece é de dormir.

Em lábia fina rebati a imposição da velha. Andei lá e cá, desfiz da cobra:

— É minhoca à toa, que na luz do dia a gente sucumbe a poder de peteleco.

Queixo duro, Francisquinha firmou seu parecer – o menino não saía por ser de gênio estourado e ainda mais que ninguém podia garantir em juramento que a aparecida da casa do galo não fosse o capeta em pele de surucucu:

— Nenhuma gente, nenhuma gente.

Em reforço de Francisquinha, entrou uma engomadeira que relatou o passado com ela, anos atrás, nos dias em que clareava roupa para uns Vasconcelos, povo abastado do Limão. Muito disfarçado, que o pai dos infernos tem sete manhas e mais duas, fuçou a casa toda, como é da natureza dos bichos amestrados. Na porta do oratório quedou gemente e logo sucedeu aquele estrondo. Da entranha da fumarada pulou um bode preto que desapareceu em fogo e enxofre:

— A catinga dele quedou sem desfalecer mais de ano.

Não consenti que a engomadeira levasse a mentirada mais adentro. Com brusquidão, mandei que recolhesse as falas:

— Cuide de seus engomados e deixe de ser inventeira.

Em socorro da agregada veio Francisquinha. Disso resultou que a minha espingarda de fogo central não teve mais uso. Ficou sem berro no ombro de Janjão Caramujo. Livre do meu tiro mortal, a surucucu ganhou os ermos. Jurei manhãzinha raiada sair no rasto dela, nem que tivesse de remexer a pastaria na raiz:

— Não vai gozar regalia por mais tempo.

O prometido foi cumprido. No cheiro do café, na primeira aragem da manhã, caí na vistoria. De longe, a molecada apreciava as minhas evoluções – era uma gamela que subia na ponta da botina, era um capinzal que eu varava sem medo da surucucu. Tudo remexi, como saúva em dia de correição. E nada da cobra, nem sombra da cobra. Cruzei os braços e dei o Sobradinho como limpo dela:

— Teve juízo a surucucu. O bicho é escolado, sim senhor.

Já batia em retirada quando Saturnino, na companheiragem de Antão Pereira, pediu licença para trazer à minha presença um desgosto. João Ramalho, meu bom marcador de rês do Sobradinho, tinha fugido, no luar da noite, levando num balaio a filha de um tal Antônio Pio, sacristão de missa e ladainha da capela de Tocos:

— O velho saiu na perseguição dos sumidos.

Achei graça, o que desanuviou o bom Saturnino e mais Antão Pereira. Figurei João Ramalho de moça no balaio e no calcanhar dele o devocioneiro pai da menina. Fiz troça do marcador de rês, gabei o seu ladroísmo:

— Roubo de moça, seu Saturnino, não incrimina ninguém.

Do caso de João Ramalho, pulou Saturnino para a surucucu que andou de noite no Sobradinho. Caí derreado – era de muita admiração que ele, morador de pasto longe, soubesse da novidade assim mal saída da casca:

— Pelo visto, vosmecê tem parentesco com o fio do telégrafo.

Saturnino, pedindo licença, clareou o mal-entendido. Sucedeu que a cobra, livre do meu tiro certeiro, fez visita em sua capoeira, de não deixar carne de criação sem picada peçonhenta:

— Praticou uma limpa, meu patrão. Nem uma ninhada de pinto escapou.

Cruzei os braços, balancei a cabeça, cada vez mais aparvalhado. O estirão entre o Sobradinho e as tarefas de Saturnino era de muita légua, estrada demais para uma surucucu só:

— Deve ser outro o causador da estripulia.

Com a ajuda de Antão Pereira, o mulato de novo pediu licença de modo a ponderar em contrário. Era a cobra do Sobradinho, que isso não cabia dúvida e mais de um cristão sabia da existência dela:

— É um pico-de-jaca estradeiro, mais andador que um cometa.

No almoço, outra remessa de novidades chegou ao Sobradinho na bagagem de um mestre de mula. Nos Currais de Fora, onde a minha herança cumprimentava os mourões de Badejo dos Santos, dois garrotes foram mordidos. Um aleijado ficou, outro morreu retinto de carvão, que assim afiançou o muleiro:

— Uma surucucu-pico-de-jaca foi causadora do prejuízo.

Pespeguei dois socos na mesa. Era no que dava seguir gente de ideia fraca. Se Francisquinha não viesse de imposição ("O menino não sai em noite de breu, que isso não tem cabimento"), a cobra pegava no centro da cabeça dois tiros de espirrar miolo de surucucu em altura de nuvem:

— Era bicho liquidado. É o que digo. Era bicho liquidado.

Não segui a minha cabeça. Resultado, perdi dois bezerros e ainda tive, no corpo da semana, de apaziguar a raiva do galo Vermelhinho, todo tomado de trombas pelo motivo de ter o coronel seu padrinho embargado a demanda dele com a surucucu. Nem é bom relembrar sua má-criação. Passava de bico alto, político comigo. E a custo voltou à boa paz de antigamente, ao seu natural de amizade. Não sou, nem nunca vou ser, sujeito de alegar serviços. Mas fiz pelo galo, nessas especiais circunstâncias, o que muito pai não faz por filho ou parente. Meti mestre de obras no poleiro dele. Queria o raçudo livre das picadas dos bichos do mato, o que ficou garantido pelo reforçamento das paredes e mudanças dos caibros da casa do galo. Isso feito, chamei Vermelhinho:

— Veja o casão que o capitãozinho ganhou! Nem tropa de linha, quanto mais surucucu, tem força de tombar uma grandeza assim. Nem tropa de linha.

Tamanha birra tomou o galo pelas roliças dos matos que dessa precisa ocasião para diante foi um matar de cobra sem apelo ou agravo. Estuporou, para desgosto de Saturnino, uma limpa-pasto da especial amizade dele. Deixou a pobre furada de crivo, olho retirado, desmontada da cabeça ao rabo. O que o danadinho queria era pegar em hora baldia a surucucu desaforada. Na cata dessa vingança vasculhava os arredores do Sobradinho e muita vez a estrela papa-ceia foi encontrar Vermelhinho na busca e rebusca da surucucu. Sinhozinho, a par da mania do galo, garantiu que na rixa da cobra ele fazia mais fé no esporão – era Vermelhinho e ainda dava lambuja:

— O pau do galo de Ponciano é madeira que dá em maluco.

FOI NESSE PONTO QUE recebi carta da cidade, onde dona Esmeraldina Nogueira encarecia a presença do coronel numa comemoração de natalício. O convite veio na pouca-vergonha de umas gazetas de imprensa, mandadas por Juju Bezerra do covil da Farmácia Esperança. O major, que nem a nova amizade do padre teve poder de estancar as safadezas, chamava a minha atenção para um Moulin-Rouge chegado do Rio, bem aparelhado de rabo de saia. Por baixo dos nomes das damas, o major fez correr o lápis. Era uma estrangeirada de Zuzus e Mimis de não ter fim. Ri da molecagem de Juju:

— É o pai dos capetas. Não toma emenda.

Revirei a carta de dona Esmeraldina na esperança de encontrar cheiros do vestido dela, uma perfumada de seu especial uso. O resto do dia andei bambo, suspirento, caído da vontade. Não tirava a moça da ideia e até senti sofrimento bom ao pensar nela, no seu cabelo de fogo, nos seus avantajados de cima e de baixo. No impulso dessa relembrança, deliberei:

— Está decidido. Vou vadiar na cidade.

Em verdade, o Sobradinho enferrujava a libertinagem de qualquer cristão. Nazaré, que eu contava para o meu desfastio, presa ao serviço de Mata-Cavalo, cada vez mais afundada na amizade de dona Alvarina, nunca que aparecia de modo a arejar, com o vaivém dos seus inchados, o marasmo do Sobradinho. No mais, as tarefas dos currais andavam em ordem, o mês esfriava, a noite pedia janela cerrada, cobertor reforçado. O que eu tinha a fazer, para esperar o tempo da estiagem, era comprar um gado de fora e cortar madeira em Mata-Cavalo, aproveitando a lua favorável. Tirante isso, nada prendia Ponciano ao Sobradinho, nem beleza de moça, nem compromisso de casamento. Pois estava decidido — ia pegar quarto no Hotel das Famílias, visitar os amigos do Foro e dos cafés, comprar cadeira estofada no tal Moulin-Rouge da recomendação de Juju Bezerra e nas caladas da noite, chapéu desabado no olho, frequentar casa suspeita. Falei sozinho, já adivinhando a farreagem em que ia afundar:

— O coronel vai ter menina nova às ordens, vai gozar de sultão.

Dei conta de minha deliberação a Francisquinha e antes que a velha escumasse resmungo, como era de seu feitio, larguei a responsabilidade do Sobradinho na carcunda dela:

— Vosmecê é quem vai ficar no mando das ordens. Vosmecê e mais ninguém.

E virei as costas, sabedor de que decisão dessa ordem deixava Francisquinha comprada e de lágrima escorrida. Satisfeita a velha, tirei a semana para correr a herança em vistoria de despedida. Ministrei ensinamentos e dei ordem a Saturnino Barba de Gato como devia proceder nas ausências do patrão. Queria, na volta, encontrar o gado limpo, sem berne, sem bicheira ou outros agravos do tempo. Que metesse, caso o tempo ajudasse, obra nos currais, mudasse os caibros de sua casa, pois era sabido que o bom Saturnino, viuvão encruado, tratava de montar família nova com senhora de respeito:

— No que obra bem, seu Saturnino, no que anda de juízo.

Outro feixe de incumbências deixei em poder de Antão Pereira, cujo trabalho de principal era cuidar do galo Vermelhinho:

— Veja que tenho por ele, seu Pereira, estimação de filho.

Conferência maior tive com meu compadre Quintanilha, uma tarde toda, no Sobradinho. Botei Juquinha a par dos meus propósitos. Ia deixar em ombro dele, e mais de Saturnino Barba de Gato, as responsabilidades da herança. Enquanto durasse o vento, eu ficava na cidade, aprimorando meu saber, desenferrujando as ilustrações de sujeito que teve ensino de padre:

— Careço de arejar, compadre.

Juquinha, cara séria, sem mostrar o dente de ouro, aprovou a deliberação. Homem do meu preparo não podia ficar enterrado nos pastos como chifre de boi ou mourão de angico:

— Tem de vadiar, tem de espalhar a perna.

Dois dias andados do meu entendimento com Juquinha Quintanilha, apeava eu na porta da Farmácia Esperança. Juju Bezerra, em manga de camisa, aviava receita. Vendo os dois metros deste coronel, tudo largou e na pressa do abraço quase deitou no assoalho o pilulador e frascos em derredor:

— Que prazer, que honraria.

Agradeci a remessa das gazetas e das safadezas que elas portavam a respeito da pagodeira dos Moulin-Rouge:

— Pelo apregoado, a sem-vergonhice é deslavada, seu compadre.

Juju levantou os braços – nem eu podia conceber a belezada que rolava nas ribaltas de Campos:

— Uma tal de Zuzu já está fazendo devastação no comércio atacadista.

Agarrado no meu bração de jacarandá, Bezerra foi encalhar no quintal da botica, na sombra de um caramanchãozinho de bogari. Estranhei tanta fundura, mas o major falou que em Santo Amaro o ouvido do padre Malaquias era muito comprido. Não queria, por uma bobajada de saia, perder a confiança do reverendo:

— Logo agora que estou por cima da carne-seca.

O caso é que ele, Juju Bezerra de Araújo, andava de interesse incrustado em certa menina do Coliseu dos Recreios. Conhecedor do meu preparo em lidar com esse povo das ribaltas ("O que o coronel não souber ninguém mais sabe"), pedia minhas luzes:

— Careço de umas práticas que só o amigo Ponciano pode dar.

Alisei a barba, suspendi a cabeça. Entre a petição do major e minha resposta andou um bom par de minutos, do que aproveitei para dar meia dúzia de passos até ao fim do quintal. Na volta, disse a Bezerra que lidar com menina de palco requeria certos traquejos. Não fizesse ele o papelão de Pergentino de Araújo, tabelião aposentado, homem de lei, que no levantar moça dos Moulin-Rouge gastava mais flor de jardim que um defunto rico e chorado:

— Tolice, seu Bezerra, bobagem de Pergentino.

Nunca que menina de palco ia apreciar proceder tão cativoso, por ser isso mais para donzela de sofá e casamento. Comigo o trabalho corria diferente, sem muita honraria ou gasto de saliva. Não que o sujeito fosse chegando e pedindo à queima-roupa os estofadinhos delas. O galante, prestasse Juju atenção a essa prática, devia demonstrar certas educações de berço, de modo a não espantar a codorna:

— Mas nada de flor, como o tabelião Pergentino, seu Bezerra. Nada dessas mariquices.

Encurtando, aconselhei o major a fazer a ceata com a menina de suas paixões em recinto de conhaque e beberetes:

— Como no Taco de Ouro, seu compadre. Para esses preparativos não tem como o Taco de Ouro.

Que procurasse o Machadinho, um de costeleta escorrida até perto do queixal, que logo aparecia mesa bem encravada no escurinho:

— Nem o major precisa abrir a boca. Machadinho, vendo a cara pintada da peça, sabe no imediato que é negócio sem-vergonhista.

Escorregava do rosto de Juju Bezerra admiração pela mestria deste Ponciano de Azeredo Furtado no manobrar gente da ribalta. Ponderou que isso é que era falar certo, mostrar o dedo da sabença:

— É o que eu digo. Não há como o coronel para uma demanda no Foro ou uma prática de safadeza.

Mais depois, na companhia do major, fui visitar Malaquias para pedir ao meu confessor umas providências a respeito dos meninos desbatizados do Sobradinho. Desde que contraiu sofrimento no joelho, o padre não soube mais o caminho da minha herança, pelo que deixou os pastos e seus arredores desbeneficiados de água benta e sermão:

— Até parece, seu Juju, que não dou ajutório às piedades dele, que sou herege, corrido de bula de bispo.

Em verdade, minha obtemperação não encontrou ouvido. Tive de deixar a queixa a cargo de Juju Bezerra, uma vez que o reverendo andava longe, sem hora de chegar. E um pedreiro, que trabalhava nos reparos da sacristia, desmanchou de vez minhas esperanças de deitar a vista no padre:

— No menos tardar, volta na boquinha da noite.

Foi nesse ponto, a caminho da Farmácia Esperança, que Juju Bezerra, depois de averiguar se não tinha gente perto, apresentou convite para que eu tomasse parte num batizado no Colégio:

— É uma água benta de muito proveito. Tem moça em penca.

Em garganta sumida, em modos de segredo, Bezerra foi relatando as virtudes das meninas de lá. Era gente prendada, gente dos Nogueira.

As moças só vez por outra é que apareciam nos pastos, pois todas ensinavam letras na cidade:

— Povo de diploma, cada qual mais instruída que a outra.

E mais baixo, quase em fala de tísico:

— É cada pernão, cada compartimento de baixo e de cima!

Aconselhou que eu fosse no gozo da farda, por ser a família dos Nogueira muito achegada a gente militar:

— Vou de major. Já mandei passar os brins.

Concordei, não só pelo pernão das moças como por ter semana vadia na frente. E no Sobradinho, mal cheguei, pedi a Francisquinha que mandasse meter na goma a farda do seu menino:

— Minha velha, vou comandar uma água benta no Colégio.

NO OCO DA SEMANA, estando eu em tarefa de marcação de rês, vejo vir a prometida embaixada do lobisomem. Não sustei o trabalho dos ferros. Era como se não existisse povo nenhum na redondeza. Os postulantes ficaram por fora, sem alento de chegar. Serviço acabado, recolhidos os apetrechos, um mais atrevido, que eu conhecia do engenho de Juca Azeredo, avançou de recado pronto. O falador até parecia da política, tão avantajado de língua era ele. Jogou nas alturas a minha sabedoria em lidar com a raça dos lobisomens, encantação que o coronel Ponciano de Azeredo Furtado conhecia em distância longe, só pelo porte de andar:

— É o que todo mundo apregoa.

Zombei por dentro do falador. Via no sermão dele o dedo amedrontado do primo Juca Azeredo. Deixei que o bichão desse o recado, destroncasse a língua, pois em minha presença, sujeito de patente e letras, todo cristão apreciava mostrar sabedoria. Quando a corda do homenzinho findou, dei meu despacho rendilhado, de mais parecer peça de desembargador da Justiça. Meti a embaixada do lobisomem num chinelo só na citação de leis e regulamentos. Fiz sentir que o caso trazia dificuldades:

— É de muita jurisprudência, sim senhor.

Não contente de falar nos moldes dos doutores do Foro, ainda avivei certo sucedido de lobisomem que acabou nas barras da Justiça em dias recuados dos barões. Jogaram os fundilhos de um suspeitoso no banco dos réus. A demanda do julgamento, é-lobisomem-não-é-lobisomem, afundou pela noite, que era de sexta-feira. Pois foi a lua aparecer na vidraça da casa do Foro e o tal suspeitoso soltar aquele ganido de cachorro acuado, num desrespeito nunca visto em recinto de lei. E sem pedir licença, como é dever em tais ocasiões, o suspeitado largou o dente na peça dos autos e demais papéis adjuntos. Sobreveio então um corre-corre de arruaça. Caiu desembargador, caiu mesa, caiu cadeira e cadeirinha. E o lobisomem, dono da sala, fuçando gavetas e tudo mais que calhou de encontrar no caminho. E no deboche, bebeu a tinta toda dos tinteiros e borrifou com ela portas e paredes:

— Deu que falar, sim senhor. Foi caso muito espantoso, sim senhor.

Por essas e outras, e por ser franco e não gostar de pregar peças a ninguém, é que eu podia garantir ser lobisomem raça de muito recurso de ideia e maldade na cabeça:

— É encantação de grande jurisprudência.

Foi assim, pouco casista, que arrematei minha palestrinha com a embaixada do lobisomem. Logo ficou de todos conhecido o despacho mofino do coronel no caso da assombração. Uns acharam que fiz bem, outros recriminaram o meu proceder, como Sinhozinho Manco. Sumido do Sobradinho por estar a braços com incômodo, lá nele, de bexiga solta, veio em viagem especial para trazer o seu desgosto e reparo. Entrou sem cortesia, já resmungão dos diabos. E sem delongas, apresentou a queixa trazida:

— Ponciano, Ponciano, que desabusamento é esse com malvadez da noite?

Andava eu, debruçado na varanda, já a meio charuto do depois do almoço, quando Sinhozinho estilhaçou o meu sossego. O dedinho dele, que um cigarro de palha não ganhava em magreza, fazia as vezes de chicote. Nessas destemperanças, o melhor era deixar o velho correr até gastar os cascos, por ser ele da natureza do vento brabo do areal, que não obedece a ninguém. Sabedor disso, afundei no gozo do charuto e foi a poder de baforada, rolo sobre rolo, que aguentei o ranzinzismo de Sinhozinho. Sua vozinha de menino virou e desvirou o lobisomem pelas sete partes para afiançar que mais dia menos dia o encantado ia mostrar sua vingança. Relembrasse eu que por caçoísmo de menor valia o capitão Jonjoca do Queimado ficou de quarto duro, estropiado de não ter mais fundilho para sela:

— Finou carcomido de cancro pertinaz.

O mais curto atalho para chegar às partes moles de Sinhozinho era mostrar arrependimento. Partista como ninguém, pendi a testa, alisei o cabelão de fogo, agradeci o zelo dele e suas boas ponderações:

— Andei em erro, andei em erro.

E no entremeio desse fingimento, em modo subalternista, botei em mão do velho ("Para vosmecê julgar as partes, seu Sinhozinho Carneiro") o caso do lobisomem e dos proveitos que dele queria tirar, em prejuízo meu, o primo Juca Azeredo:

— Mas o que Sinhozinho resolver eu dou como decisão da Justiça.

Não precisei de atacar mais forte e firme. O velho, todo rendido, amoleceu até no tutano e logo pendeu a meu favor, já contra o lobisomem, achando que tive proceder brioso:

— Agiu no conforme, dentro da regra.

No orvalho da manhã, bem municiado de remédios e apetrechos de boca, o velhote voltou ao seu pastinho vasqueiro e aos incômodos de sua bexiga. Era sexta-feira, dia do compromisso no Colégio. Dei a Antão Pereira ordem para não submeter ao meu tirocínio nenhuma rotina de curral:

— Não estou no Sobradinho nem para o rei, nem para os graúdos da política.

Mula escovada, farda brilhosa, sela apurada, parti na corcova da tarde em demanda das terras do Colégio. Juju, pelo ajustado, esperava por mim dentro de casa, no convívio dos Nogueira. Em duas horas de sela vadia o coronel Ponciano de Azeredo Furtado, tinindo nos arreios de prata, devia ser chegado no Colégio para o beija-mão das meninas, que pelo falado de Juju Bezerra andavam roxas por largar no casamento as suas solteirices. Ia mostrar a todas elas a minha prosopopeia, o meu educativismo. Uma taquara em dia de vento não vergava mais do que eu nessas cortesias:

— Ponciano de Azeredo Furtado, para servir Vossas Mercês.

Assim, com as moças na garupa, fui ganhando estrada. Descaía a tarde e do lado do mar soprava um vento invernoso, que limpava o céu de tudo que era passarinho. Gente parava para ver o coronel em sua mulinha de batizado. Quando estou no uso da patente, em regalias de farda e galão, fecho a cara como nas noites de puxar andor, pois em tais ocasiões não admito discrepância, nem abro mão da minha compostura militar. Digo que só por isso não parei, como pede o meu natural, em conversa de boa-tarde com um e outro. Na mulinha viajava o coronel Ponciano de Azeredo Furtado e não o dono de rês do Sobradinho. E foi como coronel Ponciano de Azeredo Furtado que pisei o primeiro chão dos Nogueira. A bem dizer, eu suspirava por descer no Colégio e passar vistoria nas moças e dizer, enrolando a barba, em conversas de canto de boca, só do coronel para o coronel:

— Esta serve por ter tudo de donzela a olho nu e aquela não serve por aparentar ser despossuída do seu etc. e tal de nascença.

Das meninas do Colégio eu só conhecia suas famas de boniteza, que vista nelas nunca botei, nem de longe nem de perto. Sabia ser gente de grandes leituras e Juju garantia, de boca cheia, que quem casasse com elas levava moça de quarto e livro:

— Fora as herdanças, seu Ponciano, que isso vai para o além dos muitos contos de réis.

Já havia este coronel cruzado a segunda porteira do Colégio quando a lua brotou de um taquaral, do que aproveitei para dar uma vista na farda, correr o lenço no pescoço e atiçar a água de cheiro que ele trazia. Feito isso, de novo em sela, deixei que a mulinha seguisse sua rotina. Era de pata educada e boca tão macia que logo senti certa moleza, coisa assim aparentada do sono. Não aguentei o cortinado das pestanas, mais pesado que arroba. Repeli, a safanão, essas molezas:

— O coronel deu de dormir em sela?

Em vão tentei retirar de mim tais quebrantos. Por dentro do luar, de rédea perdida, viajei tempo sem conta. Ao dar acordo de Ponciano, já o ventão da costa andava longe e um jeito de alma penada imperava nos ermos. Nesse entrementes, tive a atenção chamada para uns pés de cuité, onde um vulto parecia escondido. Freei no supetão, não fosse uma tocaia armada contra a minha pessoa. Cocei as armas, pronto a limpar a estrada a fogo de garrucha. Mas o luar pulou na frente e desbaratou o vulto da cuitezeira, que não passava de um mal-entendido da noite. Aliviado, catuquei a mula de sobre-leve. Não acusou roseta. Piquei de novo, e quem disse que ela arredava casco da estrada? Orelha em pé, como bicho em presença de perigo, a teimosa fincou as patas no calhau. Mais uma vez risquei a espora na barriga dela e de novo a bichinha rejeitou as ordens. Conhecedor das manhas dos escuros, não quis fazer prevalecer a vontade do coronel, embora tivesse poder para tanto. Deixei de lado esse direito e procurei entrar em entendimento com a birrenta:

— Que faniquito é esse? Respeite a patente e deixe de ficar sestrosa.

Foi quando, sem mais nem menos, deu entrada no meu ouvido aquele assobio fininho, vindo não atinei de onde. Podia ser cobra em vadiagem de luar. Se tal fosse, a mula andava recoberta de razão. Por isso, dei prazo de espera para que a peçonha da cobra saísse no claro. Nisso, outro assobio passou rentoso de minha barba, com tanta maldade que a mula estremeceu da anca ao casco, ao tempo em que sobrevinha do mato um barulho de folha pisada. Inquiri dentro do regulamento militar:

— Quem vem lá?

De resposta tive novo assobio. Num repente, relembrei estar em noite de lobisomem – era sexta-feira. Tanto caçoei do povo de Juca Azeredo que o assombrado tomou a peito tirar vingança de mim, como avisou Sinhozinho. Pois muito pesar levava eu em não poder, em tal estado, dar provimento ao caso dele. Sujeito de patente, militar em serviço de água benta, carecia de consentimento para travar demanda com lobisomem ou outra qualquer penitência dos pastos, mesmo que fosse uma visagenzinha de menino pagão. Sempre fui cioso da lei e não ia em noite de batizado manchar, na briga de estrada, galão e patente:

— Nunca!

A mulinha, a par de tamanha responsabilidade, que mula sempre foi bicho de grande entendimento, largou o casco na poeira. Para a frente a montaria não andava, mas na direção do Sobradinho corria de vento em popa. Já um estirão era andado quando, numa roça de mandioca, adveio aquele figurão de cachorro, uma peça de vinte palmos de pelo e raiva. Na frente de ostentação tão provida de ódio, a mulinha de Ponciano debandou sem minha licença por terra de dormideira e cipó, onde imperava toda raça de espinho, caruru-de-sapo e roseta-de-frade. O luar era tão limpo que não existia matinho desimportante para suas claridades – tudo vinha à tona, de quase aparecer a raiz. Aprovei a manobra da mula na certeza de que lobisomem algum arriscava sua pessoa em tamanho carrascal. Enganado estava eu. Atrás, abrindo caminho e destorcendo mato, vinha o vingancista do lobisomem. Roncava como porco cevado. Assim acuada, a mulinha avivou carreira, mas tão desinfeliz que embaralhou a pata do coice numas embiras-de-corda. Não tive mais governo de sela e rédea. Caí como sei cair, em posição militar, pronto a repelir qualquer ofendimento. Digo, sem alarde, que o lobisomem bem podia ter saído da demanda sem avaria ou agravo, caso não fosse um saco de malquerença. Estando eu em retirada, pelo motivo já sabido de ser portador de galão e patente, não cabia a mim entrar em arruaça desguarnecido de licença superior. Disso não dei conta ao enfeitiçado, do que resultou a perdição dele. Como disse, rolava eu no capim, pronto a dar ao caso solução briosa, na hora em que o querelante apresentou aquela risada de pouco-caso e deboche:

— Quá-quá-quá...

Não precisou de mais nada para que o gênio dos Azeredos e demais Furtados viesse de vela solta. Dei um pulo de cabrito e preparado estava para a guerra do lobisomem. Por descargo de consciência, do que nem carecia, chamei os santos de que sou devocioneiro:

— São Jorge, Santo Onofre, São José!

Em presença de tal apelação, mais brabento apareceu a peste. Ciscava o chão de soltar terra e macega no longe de dez braças ou mais. Era trabalho de gelar qualquer cristão que não levasse o nome de Ponciano de Azeredo Furtado. Dos olhos do lobisomem pingava labareda, em risco de contaminar de fogo o verdal adjacente. Tanta chispa largava o penitente que um caçador de paca, estando em distância de bom respeito, cuidou que o mato estivesse ardendo. Já nessa altura eu tinha pegado a segurança de uma figueira e lá de cima, no galho mais firme, aguardava a deliberação do lobisomem. Garrucha engatilhada, só pedia que o assombrado desse franquia de tiro. Sabidão, cheio de voltas e negaças, deu ele de executar macaquice que nunca cuidei que um lobisomem pudesse fazer. Aquele par de brasas espiava aqui e lá na esperança de que eu pensasse ser uma súcia deles e não uma pessoa sozinha. O que o galhofista queria é que eu, coronel de ânimo desenfreado, fosse para o barro denegrir a farda e deslustrar a patente. Sujeito especial em lobisomem como eu não ia cair em armadilha de pouco pau. No alto da figueira estava, no alto da figueira fiquei. Diante de tão firme deliberação, o vingativo mudou o rumo da guerra. Caiu de dente no pé de pau, na parte mais afunilada, como se serrote fosse:

— Raque-raque-raque.

Não conversei – pronto dois tiros levantaram asa da minha garrucha. Foi o mesmo que espalhar arruaça no mato todo. Subiu asa de tudo que era bicho da noite e uma sociedade de morcegos escureceu o luar. No meio da algazarra, já de fugida, vi o lobisomem pulando coxo, de pernil avariado, língua sobressaída na boca. Na primeira gota de sangue a maldição desencantava, como é de lei e dos regulamentos dessa raça de penitentes. No raiar do dia, sujeito que fosse visto de perna trespassada, ainda ferida verde, podia contar, era o lobisomem. Mas com todas essas vantagens da guerra, o encapetado já em retirada, ainda dilatei minha estada no galho da figueira. No alto o luar vigorava com toda a força e foi na claridade dele, passado um quarto de hora, que deixei a segurança do pé de pau. Pois bem não tinha firmado botina no barro, pulou aquele bichão despropositado diante de mim. Veio talqualmente um trem de ferro, bufando e roncando. Só tive tempo de largar o corpo de lado enquanto aquele montão de malvadez passava em vento de raiva, de fazer um veredal na mataria. De tanta vingança cega era movido que na marrada embaraçou o pé na tal armadilha de embira-de-corda, do que adveio aquela ofensa:

— Vai embargar a mãe!

Lesto de perna, maneiro de junta, aproveitei o desentendimento dele com o cipó para ganhar o limpo da estrada. Pouco gozei desse proveito. De novo o cachorrão, livre do embaraço, correu atrás de minha poeira. Por desgraça, um sujo de nuvem emporcalhou o luar em sua nascença. Foi quando senti nas partes subalternas aquele focinho nojento. Era demais – nunca um Azeredo Furtado recebeu tamanha afronta. Em pronta ocasião, rasguei o regulamento militar e entrei de safanão e berro em cima do abusado:

— Toma! Toma!

A primeira braçadeira largada pelo coronel fez o maior desatino na pessoa do demandista. Desarmou o bocal do lobisomem, de espirrar dente e gengiva. Na força do repuxão, o penitente foi varejado longe, em distância de vinte braças, no barato. Bateu de costal numa cerca de angico e voltou sortido de deliberações. Liberei de novo a mão de pilão no fofo da barriga lá dele – a munheca de Ponciano, não encontrando resistência de osso, só parou na raiz das costelas. Foi nesse entrementes que o lobisomem soltou aquele berro agoniado e no fim do berro já meus dedos de torniquete seguravam o cativo onde gosto de segurar: na gargantilha. Aí até achei graça da discórdia, uma vez que a comandância da rixa estava comigo. Vendo a demanda finada, gritei:

— Estais em poder da munheca do coronel Ponciano de Azeredo Furtado e dela não saireis, a não ser pela graça de Nosso Senhor Jesus Cristo, que é pai de todos os viventes deste mundo.

Como no caso da sereia, tratei a encantação em termos de cerimônia, sois-isso, sois-aquilo, dentro dos conformes por mim aprendidos em colégio de frade a dez tostões ao mês. Desse modo, ficava logo estipulado que o cativo não andava em mão de um coronelão do mato, despido de letras e aprendizados, uma vez que vadiagem das trevas leva muito em conta a instrução dos demandistas. No presente caso do lobisomem, nem careci de empregar outras sabedorias. Mal dei a conhecer a sentença ("Do meu poder não saireis"), escutei, vinda de longe, saída das profundas, uma vozinha implorar mais ou menos assim:

— Tenha pena de mim, coronel Ponciano de Azeredo Furtado. Sou um lobisomem amedrontado, corrido de cachorro, mordido de cobra. Na lua que vem, tiro meu tempo de penitência e já estou de emprego apalavrado com o povo do governo.

Em presença de petição tão dorida, de penitente cansado, fiquei sem saber que partido tomar: do torniquete ou do lobisomem. Mas, de pronto, meu coração molenga resolveu derrogar a sentença firmada. Concedi passaporte ao condenado:

— Estais livre!

Afrouxei o torniquete e aquela goela peluda sem tardança deixou o aro dos meus dedos. Cabeça derreada, olhar já sem brasa de lamparina, mergulhou o penitente na noite dos pastos. A lua, de novo descompromissada de nuvem, voltou ao clareado de antes. E de toda essa labuta ficou um resto de enxofre no recinto da desavença. Sei lá se de minha garrucha, sei lá se do lobisomem.

NOVA REMESSA DE FAMA varreu a pastaria – e eu na garupa. O Sobradinho, digo sem soberba, que desse pecado não sou contraído, foi assoalho pouco para tanta admiração junta. Ninguém tinha outra fala que não a lição do coronel em cima do lobisomem. Em tais alturas correu muita mentira, como é da rotina dos currais. Tive de embargar, por falsas, meia dúzia de propaladas invenções que davam as maiores vantagens a mim em descrédito do lobisomem. Fui justo, cortei no sabugo o que não era do coronel:

— Ao homem o que é do homem.

No particular, em conversa de amigos, até gabei o assombrado, que pelo modo de falar devia ser pessoa de boa instrução:

— Capaz que seja até um guarda-livros ou coisa mais para cima.

Pois andava este coronel no quinto dia da dita desavença quando, ao chegar de uma tarefa de parição, vi ajuntamento desusado no debaixo das casuarinas. Um meganha de Santo Amaro, ainda em sela, relatava coisa de muito respeito em vista da cara fechada de Antão Pereira e Janjão Caramujo. Talvez que estivesse em missão de saber onde andava João Ramalho, bem como a sua moça roubada. Mas se esse fosse o caso, Juju Bezerra vinha pessoalmente, não só por deferência de amizade como pela imposição da patente. Por isso, por conhecer o íntimo pacato de Juju, não dei importância ao meganha e ao comício que ele fazia na sombra das casuarinas. Fui apear longe e até espantei uma criançada que pulava carniça perto da escada do Sobradinho, com ordem para que Antão desse fim a tamanha vadiagem:

— Solte os codorneiros na canela dos safados, seu Pereira.

Já ganhava eu o primeiro lance da escada, na ocasião em que o meganha de Santo Amaro, descido de sela, veio pedir consentimento para deixar em meu poder notícia de luto – o major Juju Bezerra tinha morrido no depois do almoço:

212

— Vim em viagem especial, a rogo do vigário.

Pulei como tocado pelo raio:

— Que diz, que diz?

O meganha, já rodeado do povo do Sobradinho, repetiu o recado, disse como acabou Juju Bezerra e o desgosto que isso trouxe a Santo Amaro:

— É uma romaria de cortar o coração.

A custo, tomado de afrontação, ganhei a varanda. Atirei meus dois metros de Ponciano na espreguiçadeira, ainda meio apalermado pela notícia nefasta. E mais apalermado quedei ao saber, num particular do recadeiro, que Juju tinha morrido de morte safada:

— No detrás de porta fechada, meu coronel, em braço de moça.

A velha Francisquinha, inteirada do meu pesar, abriu o oratório e acendeu uma fieira de velas para alumiar o caminho de Juju. Dormi tarde, com o morto no travesseiro, na relembragem de suas travessuras. Acabou como queria, em intimidades de lençol, afundado nos divertidos de moça:

— Felizão!

De manhã, ao dar entrada em Santo Amaro, encontrei a praça da igreja pejada de gente, era cabeça e mais cabeça, de não haver vaga para um alfinete. A desgraça de Juju teve o condão de misturar pé descalço com espora de prata. Nunca tanta légua de pasto viu defunto mais engrandecido. Brotavam em flor, dos descampados, todas as sementes de bondade que Bezerra espalhou em anos de poção e autoridade. Veio embaixada de lugar deslembrado, todo mundo no desejo de prestar vassalagem ao falecido. Estimação assim estou eu que não vai haver segunda. Foi como muito bem asseverou um caixeiro do Bazar Almeida dentro da maior admiração:

— Enterro de fechar o comércio!

Ao lado de Caetano de Melo, que veio de luto, segurei a alça do caixão. Na boca da cova, na hora da encomendação, o reverendo Malaquias aprontou sermão relembrativo dos préstimos de Juju ao mesmo tempo que enxotava dele, como nunca existidos, todos os pecados dos seus anos de vida. Com fala embargada, o bom vigário garantiu que o major deixava este mundo limpo de culpa, lavado de mancha:

— Os benefícios que espalhou vão ser contados e pesados por Deus.

E de dedo feroz, em modos de apontar os culpados, o sermonista disse que Juju Bezerra não enricou, como tantos outros dos currais, por ser de nascença caridoso. Ninguém, fosse o mais pobre dos viventes, bateu em seu balcão que não saísse de receita aviada. Debaixo de vento ou na entranha do temporal o major corria a debelar uma febre, um embaraço qualquer, não tendo em conta se o padecente era rico ou pobre de Jó. E com a mão no peito:

— Seu coração bem formado misturava tudo na mesma bondade.

Outras belezas do falecido mostrou o padre, a ponto de arrancar suspiro de mais de um peito e lágrima de mais de um par de olhos. Eu mesmo, que sou duro de envergar, senti meu nó de garganta. Juquinha Quintanilha, junto de mim, não aguentou o rojão da tristeza – foi esconder seu abatimento na capela do cemitério. Outro que desertou, gogó em soluço, foi Dioguinho do Poço:

— Não posso mais, coronel, vou arejar.

Aguentei firme, aparentando dureza, embora na beira da lágrima. Se não estivesse com responsabilidade de galão, no uso da patente, era muito coronel de rebater o sermão do padre na frente de outro ainda mais ostentoso em favor de Juju. Mas dei graças quando o reverendo, apontando o céu, liberou o finado para a viagem dos sete-palmos:

— Agora o major Juju Bezerra descansa em Deus.

Logo baixaram o falecido à sepultura – aquela boca de barro pronto engoliu o corpinho todo do major. Atirei a primeira terra em cima dele e Caetano de Melo, depois do mesmo proceder, falou da estimação de Juju por mim:

— Era Deus no céu e o coronel na terra.

Não quis saber de mais nada. Um afrontamento começou de novo a engordar meu peito, pelo que senti precisão de arejar. Saí por entre os paus das cruzes sem dar despedida a ninguém. Atrás ficou aquele arremate de fim de enterro – o bater da terra nas tábuas do caixão do major. Correndo dessa tristeza, ganhei vereda recoberta de trepadeiras que brigavam contra os mil dedos das ervas daninhas, numa guerra de nunca ninguém saber qual verde levava vantagem. Já adiante de umas cem braças, larguei as folhagens para um olhar de despedida. Não vi nada – as sepulturas não davam trafegação livre à minha vistoria. Só chegava junto de mim o barulho agourento das pás dos coveiros. Enterravam as safadezas de Juju.

9

A morte do major deu comigo na cidade. Fui desimpedir os deixados dele, atravancados de dívidas e gravames. Chamei o dr. Pernambuco Nogueira e na sua mão perita joguei a limpeza do trabalho:

— Doutor, é como se fosse para mim.

Essa tarefa de Foro prendeu meus passos em Campos mais de uma quinzena. Tomei quarto no Hotel das Famílias, pois não cabia abrir a casa da rua da Jaca por tempo tão nanico. Fui morar em compartimento que dava para a beira-rio, uma teteia de onde eu podia, em regalo, apreciar a chegada e saída das navegações. O dono, capitão Totonho Monteiro, não sabia o que inventar para o meu contentamento. A mulher dele, professora jubilada mas ainda no gozo de um bom par de platibandas, apreciava conversar comigo, e mais de uma vez meteu livro no meu sovaco:

— O coronel vai gostar. É leitura de proveito.

Monteiro desfazia do oferecimento:

— Ora, Estefânia, deixe de apoquentar o coronel, que é homem de responsabilidade e de muita instrução.

Tomei gosto pelas vadiagens da rua Direita, pelas visitas ao escritório do dr. Pernambuco Nogueira. Aos domingos, almoçava no chalé de sua moradia, na intimidade de dona Esmeraldina, que sempre guardava prato especial para mim. Nesse bem-bom, visita um, visita outro, fui espichando o prazo de volta ao Sobradinho. Quando a limpeza da herança de Juju Bezerra foi dada como arrematada, maquinei outras incumbências na cidade. Ia aos pastos em pulo de doutor, nem bem demorava dois dias e logo estava de novo no Hotel das Famílias. Francisquinha resmungava. Que fazia o seu menino na cidade que tanto espaçava suas vindas ao Sobradinho? Tapava os resmungos da velha com os meus cuidados de sujeito religioso:

— Estou na frente das obras da Irmandade de São Benedito e vosmecê sabe como é obra de padre.

A velha concordava por ser muito devocioneira. Mas em definitivo cativei o favor dela na tarde em que apareci no Sobradinho munido de uma santa toda dourada, olhinho de conta e manto de seda. Mandei que abrisse a caixa:

— Mire que riqueza. É lembrança da Irmandade para vosmecê.

Assim alforriado, o Sobradinho e Mata-Cavalo no mando de Saturnino Barba de Gato e Juquinha Quintanilha, dilatei ainda mais minhas ausências. Virei fruta rara e mais de um caso de curral Juquinha teve de resolver no Hotel das Famílias. O compadre, nessas vindas e idas, perguntava sempre pelo andamento da obra da Irmandade:

— Quando é que o coronel arremata o compromisso?

Sossegava o mulato:

— Antes do ventão de agosto, no mais tardar, dou a incumbência por acabada.

Mas agosto veio e foi – e eu cada vez mais adentrado no bem viver dos cafés, nos ajantarados da rua dos Frades. Reforcei, de outra banda, a amizade de Pergentino de Araújo e na companhia dele armava convescote no Taco de Ouro, corria os bilhares e as diversões dos teatros. É bem verdade que vez por outra puxava minha procissão. Dentro da farda, como é da pragmática militar, lá ia eu embaixo dos andores – a barba de fogo do coronel do Sobradinho arrancava admiração, impunha respeito. Apontavam para mim:

— Aquele graudão é Ponciano de Azeredo Furtado.

Sem ofensa aos santos, do que eu mais gostava era do chalé da rua dos Frades, onde eu tinha cadeira especial e talher certo. Nogueira, como era do uso antigo dele, caía no sofá, no gozo da digestão:

— Vou tirar uma soneca.

Em ponta de pé, atrás de dona Esmeraldina, eu ganhava o jardim. Pelos corredores, sem testemunha de acusação, eu podia apreciar o vaivém que os por-baixos da moça faziam nos panos. Era um tremido de chamar safadeza, de levantar o ânimo mais desgastado. O falecido Juju, que viu a mulher de Nogueira um par de vezes, garantia que só de mirar tanta beleza o cristão virava menino novo:

— Vale por cem garrafadas de catuaba e outros tantos cem revigorativos.

Em cadeirinha de ferro, junto de um tanque onde bojudo sapo de louça esguichava água, gozava as minhas tardes da rua dos Frades, enquanto dona Esmeraldina abria a caixa de bordados e dava andamento ao trabalho de agulha. Pernão cruzado, eu avivava esses sossegos a poder de acontecidos dos pastos. Caía no relato das brigas, desavenças com os vizinhos, mortes de cobra, casos de lobisomem, rixas de galo e outros sucedidos de igual peso. Mais das vezes eu perdia as rédeas da conversa e exagerava uma verdade ou outra:

— Já vi a tal da serpente do mar, dona Esmeraldina, que é coisa de um vivente não querer presenciar duas vezes. Media cem braças ou mais que além dessa metragem.

A mulher de Pernambuco Nogueira, sem tirar a atenção do trabalho de linha, mal eu acabava um caso pedia outro:

— Aquele da sereia do mar, coronel.

Assim eram meus domingos da rua dos Frades. E essa amizade entre os Nogueira e Ponciano de Azeredo Furtado criou mais raiz quando, numa apertura, passei ao bolso do amigo doutor cinco pacotes de conto de réis e uma garantia de banco de mais cinco. A bem da verdade, devo declarar que a custo consentiu Nogueira em receber o ajutório. Rejeitou, por não querer sobrecarregar os amigos.

— Não é direito, coronel. Não fica bem.

Tive de arrastar o doutor para um robalo no Taco de Ouro, no fim do que resolveu aceitar meu oferecimento:

— Já que o coronel quer, não vou fazer desfeita.

Sobre esses cinco, quinzena adiante joguei mais dez. E não ficou nisso. Uma tarde, quase de lábio no meu ouvido, dona Esmeraldina relatou que Nogueira havia levado rombo dos demônios. Foi montar negócio de atacado em benefício de um primo de Niterói e o parente largou nos ombros dele prejuízo na vizinhança de vinte contos de réis. E chupando uma lágrima no lenço:

— Nogueira não come, Nogueira não dorme, coronel. Só pensa na responsabilidade.

Debruçado na varanda, consolei a moça. Por descuido, meu cotovelo calhou de empacar junto do braço dela. Como não rejeitasse a vizinhança, fiquei em sossego, no aproveitamento da quenturinha que vinha do encostado. E prometia ficar assim o resto da tarde se o dr. Nogueira, acabada a soneca da digestão, não viesse procurar o coronel. Dona Esmeraldina, de pronto, deixou a janela. E, antes que o marido entrasse na sala, pediu que eu, nem por sonho, contasse nada a Nogueira:

— Pelo amor de Deus, coronel.

Sou ardiloso como gato-do-mato. No outro dia, antes do almoço, depois de uma visita ao Banco Hipotecário, entrei no escritório de Nogueira. Lá estava o doutor em recinto de tristeza, olho encovado de quem não via travesseiro. Dei parte de desentendido, no que sei manobrar como gente das ribaltas. Ofereci um par de Flor de Ouro ao doutor – sua boca de peixe recusou em fala despossuída de sustância, de sujeito assoberbado por fundo desgosto:

— Não gaste sua boa vela com ruim defunto.

Avivando o charuto, como quem não sabia de nada, pedi a Nogueira o especial favor de abrigar, na caixa-forte do escritório, uma certa quantia de que eu andava desprecisado:

— Dinheiro vadio, doutor, de que não vou carecer de pronto.

Relutou Nogueira em dar agasalho à minha pecúnia, por não possuir burra de segurança, pelo que aconselhava o coronel a procurar cofre de maior valia:

— Não posso arcar com tanto risco.

Jogando a bolada de vinte contos de réis na tábua da escrivaninha, obtemperei que confiava na caixa-forte dele:

— É burra de segurança, doutor. É peça de inglês.

Respondeu que só pegava a responsabilidade se eu deixasse o cobre na qualidade de empréstimo, com garantia e juro de lei:

— Como em transação de banco, amigo Ponciano.

Lá empurrei a pecúnia na direção do doutor. Nogueira quis meter a dívida no papel e no selo, providência que repeli zangado:

— Sou lá homem de papelada, seu compadre.

Ao saber dessa minha artimanha, dona Esmeraldina disse que eu era levado da breca, que ninguém podia comigo. Ficava muito agradecida, mas nunca que ia relatar mais segredo a mim:

— Foi o primeiro e último.

Nessa tarde, que era domingo de chuva, a soneca de Nogueira entrou pela noite. Fiquei com dona Esmeraldina na sala de costura, no quentinho do sofá. Tive de recontar, pela quinta vez, o caso do lobisomem e de todos os seus acompanhamentos. No entremeio do acontecido, relembrei o grande desgosto que sofri com a morte de Juju Bezerra. E já engatilhava uma liberdade mais funda no instante em que Nogueira, na sala da frente, deu sinal de acordado. Varejei longe Juju Bezerra e suas mulatas. E afundei em palestra de família.

FOI POR IMPOSIÇÃO DE dona Esmeraldina que mandei cortar roupa na mesma tesoura do dr. Pernambuco Nogueira, um sujeitinho cheio de carretéis e donzelismos, alfaiate de comércio aberto na praça do Mercado. Semana e pouco depois das medidas, estreava eu a peça, um ternão preto, bem caído nos meus dois metros de tamanho. Montado em botina nova, barba penteada, corri a mostrar a obra na rua dos Frades. Dona Esmeraldina bateu palmas, chamou o marido:

— Nogueira, venha ver quem está chegando!

O doutor, gazeta de imprensa no sovaco, mirou e remirou o terno, deu uma volta ao derredor do coronel, no fim do que apresentou seu parecer abalizado:

— Bom corte, assenta bem.

De noite, como fosse tempo de religião, semana de Quaresma, levei os Nogueira ao Teatro São Salvador, onde Nosso Senhor Jesus Cristo era judiado pelos hereges. Tirei cadeira no detrás de dona Esmeraldina, que vez por outra destorcia o pescoço e pedia minhas atenções para uma coisa e outra:

— Que sentimento, que representação, não acha, coronel?

Balançando a cabeça, como boi de presépio, eu concordava com tudo. Nessa postura, a um suspiro da moça, eu recebia os benefícios de suas águas de cheiro e podia contar até as penugens do cangote de leite que eu tinha na minha frente. Mas pouco durou esse bem-bom. Nogueira, carcomido de sono, não aguentou as encenações do palco. Foi fechando o olho, pendendo a cabeça, e mais de uma vez teve de ser espevitado por dona Esmeraldina na força do beliscão:

— Tenha modo, Nogueira. Os outros estão reparando.

O doutor passava a mão na boca, avivava as vistas, mas recaía na sonolência. E lá numa representação de temporal, luzes desmaiadas e Judas já em galho de figueira, o doutor aproveitou para levantar assento:

— Vou chegando. A devoção foi cumprida, amigo Ponciano.

Fui levar, em carruagem fechada, os Nogueira na rua dos Frades. Não entrei, por ser noite avançada. Mas recebi de dona Esmeraldina aperto de mão todo especial, demorado, de promessa graúda:

— Espero o coronel domingo, para o ajantarado.

Com esse novo viver, tive de apurar os modos. Inaugurei camisa de peito duro e botão de ouro. Outros panos mandei cortar no mestre da praça do Mercado. Dona Esmeraldina escolhia os tecidos, esse-serve, esse-não-serve:

— Terno escuro condiz muito bem com a pessoa do coronel.

Meu compadre Juquinha Quintanilha, sem saber dessas melhorias, parou espantado na frente do meu figurão, certa manhã em que veio pedir licença para uma venda de rês. Mostrou o dente de ouro e disse:

— Coronel, que educação, que esmero!

Saiu dentro da maior admiração e foi espalhar nos currais que seu compadre andava tirando cartucho de doutor. O vento levou a invencionice e mais de um boiadeiro veio tirar consulta comigo no Hotel das Famílias sobre demanda de gado, fincamento de mourões e até um caso de moça donzela, que perdeu seus protocolos na lábia de um sujeito casado, tive de despachar.

— Perdeu, está perdido, que isso de donzelismo é como bananeira. Só dá uma vez.

Por causa desse meu modo demandista, de estar a par das leis e regulamentos do Foro, foi que conheci João Fonseca, do comércio de compra e venda de açúcar. Todo lambuzado de constipação, pescocinho envolvido em agasalho, pediu minha opinião no concernente a uma pendência de herança. O capitão Totonho Monteiro, compadre dele, meteu empenho para que eu desse meu parecer abalizado:

— O coronel pode dar uma penada a favor do compadre Fonseca.

A um canto do Hotel das Famílias escutei o postulante na maior atenção, como manda o figurino. Obtemperei num ponto e noutro para melhor limpar a questão. E foi com uma palmada nos costados de Fonseca que garanti ser causa de ganho fácil:

— É macuco no embornal. Vosmecê pode dar entrada nos papéis que vence em toda a instância.

Monteiro, fiador do compadre junto de mim, gabou meu tipo:

— Não há como o coronel para desembaraçar uma lei.

Com um par de conselhos ("Faça vosmecê isso, faça vosmecê aquilo") e nova batida de amizade nas costas ("Foi uma honra, seu Fonseca, foi uma honra"), mandei o postulante embora. E digo que nem pensava mais na pendência, quando, mês e tanto distanciado do conselho, dei com a pessoa de João Fonseca em mesa de sete e meio no Hotel das Famílias. Jogava cartas na companhia de Totonho Monteiro, na espera do coronel. Pedi desculpas pelo atraso. Se soubesse da presença dele, deixava os compromissos de lado e vinha tomar parte no sete e meio:

— É vadiagem que muito aprecio.

Todo desfeito em intimidade, o capitão Totonho Monteiro afiançou que eu era o homem mais requerido pelo povo de saia da cidade:

— O coronel é que sabe gozar a vida. Tem dama assim atrás do coronel.

Achei graça. De fato, nessa noite jantei em casa de moças desencaminhadas, num chalezinho escondido em chácara do Beco das Corujas. Era despedida do tabelião Pergentino, de mala pronta para uma temporada de águas, a mando dos médicos, de modo a limpar a entranha e lavar outras miudezas. Não relatei a Totonho Monteiro a libertinagem da despedida, os cafunés que as meninas tiraram da minha barba. Tido e havido no Hotel das Famílias como homem recatoso, puxador de procissão, não podia, por vaidade, desmerecer de tão boa fama. Por isso, tratei de desmanchar a brincadeira de Totonho:

— O capitão é um exagerado, seu Fonseca. É dado à pilheriação.

Como o ponteiro do relógio abeirasse das onze, chamei os amigos para uma vadiagem de beira-rio. A noite era benigna, céu limpo, com uma aragenzinha que até desinfetava os peitos. João Fonseca, sempre repuxando os agasalhos, agradeceu o conselho que levou de mim no caso da herança. Foi demanda que nem teve graça – morreu, com proveito para ele, na primeira sentença da Justiça:

— Como o coronel afiançou.

Teimava em jogar no meu crédito o bom desfecho da pendenga:

— Foi de muita valia o parecer do coronel.

Apresentei modéstia:

— Nada disso, seu Fonseca. Vosmecê é que obrou com acerto.

Ficou a gente nesse jogo de empurra até que Totonho Monteiro, de relógio no luar, lembrou que era hora dos gatos e ele tinha de acordar cedo, de modo a botar uns viajantes no trem das cinco:

— Ademais, essa viração não faz bem ao sofrimento do compadre.

Na porta do Hotel das Famílias, na despedida, sempre ajeitando os agasalhos, Fonseca largou em meu poder proposta de partilhar comigo os ganhos de compra e venda:

— Estou entranhado no mercado de açúcar desde menino.

Agradeci, mas atirei no barro a ideia dele:

— Sou homem de pasto, sem preparo de comércio, seu Fonseca.

De manhã, antes do café, o capitão Monteiro avivou meus interesses pela proposta do compadre. Relutei – que sabia eu de compra e venda de mascavo ou açúcar cristal? No mais, a qualquer hora voltava aos pastos e não queria deixar responsabilidade nas costas dos outros:

— Nada de embaraços, seu compadre.

Totonho garantiu que uma coisa não atrapalhava a outra, pois João Fonseca era homem de grande honradeza:

— Bote ouro na mão dele, que presta conta do menor grão.

Simpatizei com Fonseca, sempre recoberto de agasalhos, de peitinho murcho e tossido. Nasceu desse meu pendor por ele a entrada do coronel no comércio de compra e venda de açúcar. Chamei Totonho Monteiro:

— Traga lá o compadre para firmar compromisso.

Fonseca levou cinco contos de réis para as especulações da praça. Tive, nesse meio-tempo, de dar um pulo de semana no Sobradinho, onde Saturnino Barba de Gato pedia minha presença por causa de obras e melhoramentos. Matei saudades de Francisquinha e do galo. Na volta, de novo no Hotel das Famílias, nem pensava em João Fonseca, logo cedo apareceu ele encovado nos cobertores. Vinha prestar contas da primeira transação. Tomei espanto quando o sócio largou na mesa dois contos e uns quebrados:

— Foi resultado de uma compra de mascavo.

Começou daí aquela penitência – todo sábado, apetrechado de caderninho, João Fonseca trazia os benefícios do seu comércio. A pedido dele, dobrei o dinheiro da especulação. Totonho Monteiro não perdia vaza de engrandecer o compadre:

— Pena que seja tão empalamado. É um ovo que pode partir de uma hora para outra.

De fato, sujeito de confiança era João Fonseca. Prestava contas de tudo, sempre no documento do caderninho. De uma feita, em compra mais graúda, andei ganhando na vizinhança de meia dúzia de contos de réis. Como comemoração, almocei na casa da sua teúda e manteúda, num retiro sossegado da rua do Gás. Muito contentamento tive em conhecer dona Celeste, que cuidava de Fonseca dentro do maior desvelo. A casa do sócio, da varanda ao fundo da chácara, era passarinho só. A criação de gaiola era o orgulho dele. Nem por nada consentia que alguém tocasse nessas belezinhas de asa. Muito ciumento delas, dava nome de namorado aos canários e bicos-de-lacre. Afundado em agasalhos, Fonseca de mão própria fazia o serviço do alpiste e mudança de água. Só sabia acordar na algazarra da passarada:

— Um laranjeira que veio de Cabiúnas é o meu despertador.

Aprendi o caminho da casa de Fonseca, que a teúda e manteúda trazia em brilho de espelho. Era moça de encantos escondidos, de palavra doce e modos de paina. Andava como se tivesse asa, talqualmente um passarinho. Mas digo, sem maldade, que puxava pelos apetites de cama e devia ser de largos pormenores nas brigas de noite adentro. Vivia na aba do paletó de Fonseca com recomendações e cuidados:

— Olha esse vento encanado, homem de Deus. Saia do corredor.

Era Fonseca para cá, Fonseca para lá. Da minha parte, admirava esses desvelos dela e por mais de uma ocasião gabei a moça junto do sócio:

— É caprichosa, dama de respeito.

Com o rolar dos meses, a amizade entre o coronel e João Fonseca mais fincou estaca. Acostumei o ouvido naquela penitência de tosse e sentia falta nas ausências dele. Só um cisco arranhava tanta estimação – a birra de Fonseca por tudo que cheirasse a Pernambuco Nogueira. Não que levantasse a voz em condenação ou pouco-caso. Mas eu sentia os embaraços dele na presença do doutor. Murchava nos agasalhos e não era homem de mais palavra. Logo desimpedia o recinto de sua pessoa. Tanto esse proceder de Fonseca deu na vista que o próprio Nogueira quis saber, certa feita, dos porquês da malquerença:

— Esse sujeito é pancado da cabeça. Nunca troquei palavra com ele.

Desculpei o sócio, falei dos seus achaques, da sua tosse de cemitério:

— É boa pessoa, doutor. Esquisitão, mas boa pessoa.

Até que uma tarde, na porta do Café Lord, Nogueira estourou. Foi ele aparecer e Fonseca sair no seu passinho de doente. Nunca vi tanto veneno em raiva de homem. Pernambuco Nogueira, que trazia uma peça da Justiça na cava do braço, esparramou o papelame no assoalho e saiu no rasto de João Fonseca. Estiquei o bração e na ponta dele veio o doutor arrastando sua vingança. Ainda esperneou, mas em vão proveito, que munheca de Ponciano sempre foi cadeia de sete chaves. A poder de conselhos domei o destempero dele:

— Que vai dizer o povo do Foro, doutor?

Limpando a testa, Nogueira voltou ao seu natural ajuizado. E já no caminho do escritório, desembuchado de ódios e vinganças, agradeceu minhas boas ponderações:

— O coronel teve cabeça. Eu podia fazer uma asneira.

Pelo mesmo motivo, dias depois, tive desentendimento com o velho Setembrino Machado, do Banco Hipotecário, muito achegado ao Sobradinho pela amizade de meu avô. Numa retirada de maior sustância, teve a ousadia de apresentar conselho em desfavor de Pernambuco Nogueira:

— O coronel conhece bem esse doutor?

Fiquei quieto, conferi a pecúnia como gosto de fazer, molhando o dedão no beiço. Isso acabado, dinheiros recolhidos, larguei na mesa do velho uma pelega de cem mil-réis:

— É a paga do conselho, seu Setembrino.

Sabedor da desavença, o Banco da Província, em carta respeitosa, mandou perguntar se o "coronel Ponciano de Azeredo Furtado não queria honrar o estabelecimento com a sua preferência". Revirei o papel – lá sobressaía o jamegão de Selatiel de Castro, o Castrão que vassourava rabo de saia nas portas dos teatros. Na lembrança disso, deneguei o pedido:

— Dinheiro meu não cabe em banco. É coisa pouca, que até levo no bolso.

E bati forte na perna. O portador da encomenda, todo falante, cabelinho avaselinado, agradeceu. De qualquer modo a diretoria do Banco da Província ficava às ordens do coronel. E já na porta do Hotel das Famílias, chapéu lá embaixo, o magricela arrematou:

— Fontainha, às ordens. Artur Fontainha para servir Vossa Senhoria.

De tão recurvado parecia um cabo de guarda-chuva, feitio que devia ter contraído em anos e anos de subalternismo. Por mais de uma vez, no entrar dos meses, encontrei o engomadinho do Banco da Província nas ruas e na porta dos bilhares. Abaixava o cangote, retirava o chapéu e quase espanava o chão da minha passagem:

— Prazer em cumprimentar Vossa Senhoria.

De novo, um domingo, apareceu Fontainha no Hotel das Famílias, portador de proposta vantajosa. O Banco da Província dava taxa especial ao dinheiro do coronel, "só – estipulava a carta – pela honra de ver Vossa Senhoria entre os nossos mais distintos depositantes". Rolando a barba, prometi resposta sem pressa:

— Vou pensar, vou consultar o dr. Nogueira.

Desde esse dia, toda semana, o engomadinho aparecia no Hotel das Famílias. Era aquele espalhafato:

— Como vai o coronel? Dormiu bem? Vossa Senhoria já tem alguma ordem a dar a este seu criado?

No começo, achei ruim e estive por desmantelar o arrumadinho à moda dos Azeredões dos currais. Mas uma ocasião, em que acordei tarde, vi Fontainha alvoroçado, num desassossego dos capetas, preso nos braços de Totonho Monteiro. É que um cometa vendedor de panos, para mostrar grandeza, indagou quem era esse tal de Ponciano e que instrumento tocava:

— Um barbadão que queima charuto a torto e a direito.

Antes que o capitão Monteiro desse resposta, Fontainha avançou aos berros contra o viajante. Queria que ele, antes de mais nada, honrasse a patente dos outros:

— Vire a língua! Vire a língua!

A alteração foi curta – o cometa, tomado de espanto, encovou, pediu desculpa por não conhecer os regulamentos e honrarias da gente militar:

— Não sou homem de ofender paisano, quanto mais gente de espada.

Achei graça e contei o sucedido a Pernambuco Nogueira. Garantiu o doutor que Fontainha era rapaz de brio:

— Conheço Fontainha. Prestativo como ele só.

Fiz a vontade ao Banco da Província. Acompanhado de Nogueira, fui abrir conta em seus livros. Selatiel de Castro, no terminal das formalidades, bateu no meu ombro:

— A casa é sua. É favor mandar as ordens.

Veio de braço dado comigo na porta da rua. E enquanto Nogueira, num retirado de balcão, falava no particular com Artur Fontainha, o financeiro relembrou, batendo na minha barriga, que não tinha ninguém como eu para arrebanhar menina de palco. E trocista, de olho piscado:

— Quero a receita, coronel.

Sujeito fino Selatiel de Castro.

MÊS DE CIDADE TEM mil pés, corre ligeiro, de parelha com o vento. Quando dei por mim, um ano havia morrido e outro entrava na folhinha desde que enterrei Juju Bezerra e vim tomar compartimento no Hotel das Famílias. Fui reclamar do capitão Totonho Monteiro:

— Seu compadre, como o tempo corre! Careço de voltar ao Sobradinho.

No ajantarado de domingo, na casa dos Nogueira, participei minha intenção de voltar aos currais:

— Doutor, estou fora dos pastos mais de ano. Já é hora de acabar a vadiagem.

Nogueira deu um safanão no talher. Protestou. Bobagem maior não podia eu fazer, logo agora que estava metido no negócio de compra e venda, dono do mercado, homem de largos créditos e nome firmado na praça:

— Loucura, coronel. Não faça isso.

Dona Esmeraldina, sem nada ponderar, recaiu em tristeza. E em tristeza, como se eu desse notícia de morte ou de doença, o ajantarado acabou. Na parte da noite, a braços com um arrazoado do Foro, mergulhou Nogueira na papelada da Justiça. Longe do marido, a moça desabafou. De cara amarrada, em jeito de fundo desgosto, disse que eu não podia ter procedimento mais descabido:

— O coronel apanha a estima da gente e vai embora.

Deixei a rua dos Frades nos cascos da alegria. A mulher de Nogueira era peça domada, caída de sentimento, de quase verter lágrima no meu brim. Que pena que Juju Bezerra não estivesse vivo! Ia babar de contentamento ao saber que o coronel do Sobradinho, seu amigo, andava em altas cavalariças. Figurava o major, todo clareado em riso, de brincadeira comigo:

— Sim senhor! Mulherista como Ponciano nem no estrangeiro tem igual.

Dormi noite de anjo. Acordei tarde, já o dia bem crescido e amamentado. Fonseca, que esperava por mim na palhinha do capitão Totonho Monteiro, parece que adivinhou meu íntimo. Apresentou proposta para aumentar o negócio de especulação, na ordem de mais alguns contos de réis:

— A hora é boa, o mercado está aberto.

Com um abraço nele, aceitei sem mais indagação:

— O sócio manda, o sócio dá as ordens.

Foi tempo de grande proveito. Na rua dos Frades eu cada vez mais afundava no bem-querer de dona Esmeraldina. No comércio de compra e venda a firma navegava de vento em popa. Em mesa reservada, no Taco de Ouro, eu tramava com o sócio as manobras dos ganhos. Fiquei conhecido no atacado do açúcar e era quem mais vinha negociar comigo. Fonseca, de natureza sumítica, é que amarrava a firma. Não apreciava os arrojos das compras graúdas. Era da miudagem, do ganha-pouco. Vivia munido de conselhos:

— Açúcar é comércio manhoso. Tem mais volta que carretel.

Devia ter paciência quem fosse sócio de João Fonseca. Fazia conta de tudo, vintém por vintém. Num ganho de maior porte, relembrei que era hora da firma procurar saleta, com escrivaninha e cadeira. Não ficava bem viver a gente em mesa de café, como mercador de chita ou rendas:

— Há que assentar os fundilhos, mostrar abastança.

Fonseca desconversou e a ideia da sala e escrivaninha caiu de lado. No princípio ainda admirei suas honestidades. No passar dos meses, cansei de tanta continha, de tanta poupança miúda:

— Seu Fonseca, a firma não pode ficar nas rotinas. Tem de crescer.

Não adiantava sacudir o sócio. Ele escondia as respostas dentro da tosse, nos seus agasalhos de doente. Fontainha, que pegou agarramento comigo, não cansava de dizer que o homem dava urucubaca da graúda:

— Já naufragou mais de cinco firmas só nesta praça.

Quando, todo de preto, enrolado em agasalho, Fonseca despontava na rua, Fontainha fazia figa, entrava no primeiro café ou porta desprevenida:

— Desconjuro! Mangalô três vezes. Lá vem o urubu.

Outras implicâncias tive de demover de sobre João Fonseca. Selatiel de Castro, uma noite, na porta do Coliseu dos Recreios, enquanto vistoriava as damas que saíam, aconselhou a que eu deixasse o sócio de lado:

— É homem rotineiro, que não pode chegar aos pés do coronel.

Sou duro de dobrar – aguentei, de pé, o comércio de compra e venda com Fonseca. Mas, passado um par de meses, tive de chegar o rabo na chiringa. O sócio aparecia cada vez mais sumítico, cismático da cabeça. Deu de encurtar os negócios. Semana sobre semana e eu sem ter o gosto de um lucro. Reclamei dele, mostrei o que a gente andava desganhando:

— Um dinheirão, um dinheirão, seu Fonseca.

Ajeitou os agasalhos, alisou o chapéu e disse que não queria atrapalhar ninguém:

— Coronel, dou a firma por acabada.

Era a precisa hora de pegar a palavra dele pelo cangote e sacudir de minha presença tanto incômodo e prejuízo. No justo momento de agir ("Sim senhor, aceito a proposta, seu Fonseca"), o danado do coração dos Azeredos negaceou, mastigou o tiro. Acabei na casa da sua teúda e manteúda em mesa bem apetrechada de galinha. No café da digestão ainda tentei convencer Fonseca de que a gente devia entrar forte no mercado de compra:

— Dinheiro não falta, seu compadre. Castrão garante a retaguarda.

Não demovi o sócio do seu voo de cambaxirra. Saí da rua do Gás como entrei: de mão atada. A conselho de Pernambuco Nogueira comecei a manobrar fora das vistas de João Fonseca. Fiz minhas compras, ganhei meus dinheiros. De uma feita, açambarquei uma partida de mascavo que rendeu gorda pecúnia. A coisa vinha a calhar, uma vez que o sócio, contaminado de uns leicenços, caiu de cama, do que aproveitei para largar Artur Fontainha na praça. O raio do engomadinho, pior do que codorneiro, fuçava negócio de todo lado. Selatiel de Castro aprovou a medida:

— Agora sim, o coronel está no bom caminho.

De fato, em duas semanas na frente das especulações, tive lucro de encher arca e meia. Numa alta de mascavo, na qual transação empatei cinquenta contos de réis, ganhou a firma quase outro tanto. Com essa mercancia firmei nome na praça, como sujeito atilado, que não temia responsabilidade. Nogueira bateu palmas:

— O coronel é dos meus, é dos arrojados.

Fonseca, às voltas com os leicenços, só teve notícia dos ganhos quando, livre das cabeças de prego, apareceu no Café Lord. Relatei o sucedido, apresentei ao sócio a nota dos lucros:

— Mais de cinquenta contos limpinhos, seu compadre.

Não disse nada, não teve reação de entusiasmo. Fui atender a um meirinho, meu conhecido das labutas do Foro. Nesse ir e vir, Fonseca sumiu. De noite, em poder do capitão Monteiro, seu compadre, encontrei recado dele. Recusava o ganho do mascavo e pedia licença de modo a dar a sociedade por acabada:

— Só tem uma imposição, coronel. O compadre quer continuar nas suas boas amizades.

Senti um fofo por dentro. Era sexta-feira. A firma Ponciano e Fonseca morria em noite de lobisomem.

LIMPO DO SÓCIO, LIVRE do seu carrancismo, atirei meus arrojos no perde-ganha da praça. Pedi a Selatiel de Castro que liberasse Fontainha dos afazeres do Banco da Província, no que fui sem demora atendido. Era de grande presteza o moço engomadinho. Num abrir e fechar de olho arranjou sala e saleta no alto do Livro Verde, na praça da Quitanda. Da sacada a gente via o povinho passar e ainda pegava um naco de beira-rio. Dei franquia a Fontainha para embonecrar o escritório de todos os pertences necessários. Nem precisei de fazer nova recomendação. Uma segunda-feira, depois de um pulo de dia e meio no Sobradinho, encontrei tudo montado. Era escrivaninha de vinhático de um lado, cadeirinha estofada de outro, a sala e saleta nos maiores esmeros. Por baixo, um tapetão todo em ramagens abafava o rangido das botinas. Da parede, em caixilho dourado, pendia quadro de pintor figurando o mar salgado e suas marolas, que Fontainha garantia não ter outro de igual grandeza nem na Bahia:

— Trabalho fino, comprado a preço de enforcado.

Digo que peguei certo acanhamento diante de tamanha ostentação, mas no andar da semana acostumei os sapatos e o assento aos confortos do escritório. E era assim de lorde que eu recebia as partes, manobrava os postulantes. Na saleta da frente ficava a mesa de Fontainha, engrandecida de jarro de flor e tinteiro de prata. Quem quisesse falar comigo devia antes passar pelo coador do magricela. Despedia um, despedia outro:

— O coronel não pode atender. Está em conferência reservada.

Lá dentro, refestelado na cadeira, eu peneirava os negócios. Não perdia hora, como nos dias de João Fonseca, em transação de pouca monta. Quando eu alisava a barba era sinal de que a operação estava fechada. Sujeito que viesse trazer proposta rotineira nem passava da jarra de Fontainha. De pronto era despachado:

— Não interessa. Tempo de João Fonseca já passou.

Pergentino de Araújo, que andou mais de ano longe, em tratamento de águas, subiu certa tarde, bengala debaixo do braço, as escadinhas do Livro Verde para o abraço de chegada. Nunca podia eu figurar tal descabimento, uma vez que o tabelião, na notícia das cartas, estipulava regressar nas chuvas de outubro, a bem dizer no rabo do ano. Por isso, foi na surpresa que escutei a fala dele e antes que Fontainha armasse uma de suas deseducações ("O coronel não pode atender, o coronel está ocupado"), avancei sala afora, já de braço engatilhado:

— Pergentino, que prazer. Que prazer, seu compadre.

Arrochei o amigo contra o peito, de estalar o cavername dele no meu abração. Fontainha, vendo tanta amizade junta, correu a puxar cadeira:

— Tenha a bondade, tenha a bondade.

Pergentino, antes de tomar assento, foi apreciar as belezas do escritório. Parado rente do quadro que figurava o mar salgado, limpou os óculos, como era de seu costume. E, na ponta do sapato, de modo a ficar mais crescido, mirou e remirou a obra. Feita a vistoria, não regateou admiração:

— Muito bonito. O coronel soube escolher.

Apontei Fontainha – não sou dado a esconder glória de ninguém. Além do mais, não calhava a um militar, no vigor da patente, tratar desses embonecramentos de sala e saleta. Reclamei de Pergentino:

— Tenho lá natureza para essas teteias, seu compadre!

Sem responder, sempre ajeitando os óculos, especulou o escritório de ponta a ponta. Pediu os preços das benfeitorias, apalpou os estofados e mostrou dedo entendido ao aquilatar a macieza das cortinas:

— Veludo fino, coisa rica.

Fontainha é que não cabia dentro de tanto orgulho. Recurvado, retorcia os dedos, amaciava o caminho do tabelião:

— Tenha cuidado Vossa Senhoria, que pode tropeçar.

E ia retirar um traste, demover uma escarradeira para deixar caminho aberto aos seus passos. Numa hora lá em que Fontainha virou as costas, Pergentino garantiu que eu tive sorte na escolha do ajudante:

— Esse Fontainha é expedito, esse Fontainha vai longe.

De noite, no Taco de Ouro, ofertei jantar ao aposentado, um frango de minha particular invenção, preparado em fogo de grelha. Fontainha, por deliberação própria, foi fiscalizar a obra. Na cozinha, manga arregaçada, ministrava ordens. Que o mestre não carregasse nos vinagres, por estar o coronel em receita de médico. Da cozinha vinham os resmungos do magricela:

— Nada de colorais e engordurados, que o doutor não quer.

De fato, tive uma carregação de nascidas e corri ao dr. Coelho dos Santos, o debelador de minha terça. Desde então Fontainha açambarcou todos os cuidados da mazela. Era eu entrar no escritório e receber inquirição dele:

— O coronel já tomou os medicamentos do dr. Coelho dos Santos?

Limpando os óculos, Pergentino aprovou os desvelos do escriturário:

— Fontainha procede bem. É amigo do coronel, é rapaz prestimoso.

Pouco adiante, chegada a encomenda da cozinha, como eu avançasse no tempero, um molho grosso curtido na mostarda, Fontainha quase atirou fora essa serventia. Ainda tentei segurar o bracinho dele:

— Uma pitada não leva ninguém ao cemitério, seu Fontainha.

Esbravejou, exagerou os desvelos, ameaçou derramar o molho no assoalho:

— Não consinto, não consinto. Tenha juízo.

Noite feita, bem jantado e conversado, sem a presença de Fontainha, que no depois da sobremesa saiu para um compromisso de natalício, levei Pergentino a passeio dilatado. De passagem, no Café Lord, abasteci o bolso de Flor de Ouro. Era a hora dos teatros e as carruagens cortavam as ruas. Numa delas, bem repimpado, vinha Selatiel de Castro entre duas moças de cara pintada e cigarro na boca. Do meio de tanto vestido, o financeiro tirou o chapéu em cortesia alegre:

— Boa noite, coronel.

Rebati no mesmo tom:

— Boas noites, boas noites.

Pergentino, às voltas com a limpeza dos óculos, depressinha meteu as cangalhas no lombo do nariz para ver se reconhecia os rabos de saia de Selatiel de Castro:

— Não conheço nenhuma. Mas pelo feitio estabanado dos chapéus deve ser povo das ribaltas.

Reprovei a libertinagem de Castrão, seu caradurismo em rolar no centro da cidade em carruagem de moças do Coliseu dos Recreios:

— Passou da conta. Devia ser mais resguardado.

Pergentino concordou. O proceder de Selatiel de Castro não tinha cabimento, logo ele que lidava com dinheiro, ofício que requeria severidão e bom nome na praça:

— Assim o Castro vai mal, mal.

E dando um repuxão no meu braço:

— Selatiel precisa de tirar curso com um certo coronel que eu conheço.

Como manda a boa educação da sociedade, fiz que não entendi, embora sabendo onde Araújo queria amarrar o seu cavalo, que era na porta dos Nogueira. Pela picardia do falar, o aposentado já devia estar senhor do acontecido, talvez até confessado por dona Esmeraldina num desabafo de paixão, uma vez que Pergentino entrava e saía do chalé em passo livre, por ser aparentado dela em sangue distante. A verdade é que eu não podia, nem ficava bem, esconder do amigo meus interesses pela prima dele, mesmo que isso custasse um amolecimento de amizade. Se Pergentino apertasse o carnegão, eu desembuchava de uma vez. Dizia do meu pendor por dona Esmeraldina e que estava disposto a arcar com a responsabilidade do que desse e viesse. Era homem de torrar a herança de Simeão e no cangote do apurado, na ordem de meus muitos contos de réis, montar casa em Niterói e acabar meus dias no colo da mulher de Nogueira. E já preparava confissão completa e bem costurada quando Pergentino, parado do meio da rua, dedo apontado para mim, disse com ar alcoviteiro:

— Não há como uma casinha cheia de canários da rua do Gás.

Caí de quatro no atolado. Esperava que o tabelião trouxesse a furo o caso da prima dele ("Sei de tudo, Esmeraldina relatou") e vinha Pergentino com uma bobagem:

— O amigo Ponciano é canarista da rua do Gás, não é?

Torci a barba e nesse torcer tive um estalo. Capaz que a prima dele, mordida de ciúme, quisesse tirar a limpo os meus giros pela rua do Gás e desse ao primo, seu íntimo, incumbência de aclarar a verdade. Macaco velho não cai em armadilha de pouca banana – tratei, em pronto momento, de desmantelar, perante o amigo, o mal-entendido. Fingi desgosto, o que deixou o aposentado meio aturdido, de ânimo caído. Que ele tivesse paciência, mas não podia permitir eu, um militar, que alguém pensasse em denegrir a reputação do amigo João Fonseca, meu sócio dos primeiros tempos de compra e venda:

— É um falso, é um despautério.

Tanta obtemperação espantou Pergentino, que procurou debelar meu agastamento. Havia sabido, por um amigo da rua do Gás, das minhas noites altas, das minhas idas e saídas de uma casinha de canários que ficava em recanto escondido. Sendo eu mulherista, sujeito de não dar ponto sem nó, logo figurou perna de moça nesses bordejos do coronel:

— Mas fica o dito por não dito, amigo Ponciano. Dou como boa a sua ponderação.

Apreciei o desfecho da pendenga, que ia reforçar meus créditos junto de dona Esmeraldina. E satisfeito, beiço pesado de charuto, aceitei convite de Pergentino para uma vadiagem pela rua do Mafra, onde morava seu bem-querer encravado, sentimento das infâncias. A mesma penitência ano sobre ano – toda noite o aposentado levava a obrigação de raspar a janela dos seus sofrimentos, soltar suspiro e voltar de crista caída para o travesseiro. Mexi com o amigo:

— Vosmecê é das paixões recolhidas, de meter um cristão na cova do cemitério.

Encovou sem resposta. Foi como se perdesse a graça da fala. Sou piedoso – não escamei a ferida dele, pois sei acatar o desgosto dos outros. De garganta murcha segui o aposentado até o casarão da rua do Mafra. Uma luz debochada, que parecia advir das alcovas, escapulia pela janela. Naquela hora bem crescida da noite era muito capaz que o marido da dama estivesse nos proveitos de casado, enquanto Pergentino, do lado de fora, pegava aragem e sereno. Um apito de trem, no lonjal, revirou ainda mais os doídos de Pergentino. Para sacudir o tabelião, inventei uma pândega que tive na entrada da semana, quando enfrentei, sem deslustrar a patente, o fogo cerrado de mulata nova:

— Seu compadre, foi uma refrega de escadeirar o litigante.

Pergentino, no poço do seu quebranto, nem veio à tona, nem deu atenção à minha invencionice, ele que sempre foi perdido por uma libertinagem, de pedir, em boca babada, pormenores e minudências – como foi, como não foi, se a militante era de todos os deveres ou recatada de primeira viagem. Sempre, nos fins desses relatos, o tabelião requeria notícia do cangote das moças, do que era muito atraído:

— E o cangote, seu Ponciano? Como era o cangote?

Nessa noite nem vinte cangotes, com os acompanhamentos sem-vergonhistas que em seguida apresentei, tiveram o condão de demover Pergentino de Araújo do seu triste cismar. Bati no ombro dele:

— Acorda, homem de Deus, que lugar de dormir é na cama.

Foi a custo, quase a martelo, que arrastei o aposentado da Justiça rua do Mafra abaixo, braço meu no dele. Por desgraça, num chalé de esquina, servido de jardim e repuxo, um piano gemia no dedo de certa mocinha de tranças. Tomado de nova remessa de quebranto, Pergentino parou rente do gradil. Tive pena do seu todo decaído e embezerrado. E para não deixar o bom amigo sozinho nessa recordativa, chamei à minha presença a miragem de dona Esmeraldina. E já estava no proveito dela, de novo em conversa de caramanchão, quando escapuliu do chalé, em pulo de bode, aquele dó de peito que chegou a balangar o trançado das trepadeiras e sacudir a noite. Estirei a vista para o lado de onde vinha tal disparate. Dentro da sala, apoiado no piano, vigorava o vozeirão de Peixotinho do Cartório, um varapau meu conhecido das brigas do Foro. O cantorista tirava da goela modinha sem jeito, coisa em que ele fazia as partes de um beija-flor maluco do juízo por uma estrela do céu. Achei tudo isso um descabimento, uma falta de respeito. Era só o que faltava! Um escrivão de cartório, oficial juramentado, figurando bobagem, abusando das avezinhas de Nosso Senhor Jesus Cristo. Era só o que faltava!

10

Subi demais. No dobrar do primeiro ano de compra e venda eu tinha sacudido pela orelha as rotinas do comércio. Era quem mais queria falar comigo e muito nababo do açúcar tomou suadouro de cadeira na saleta de Fontainha. O escriturário, cada vez mais engomado, marcava os tratos, atendia o grosso dos postulantes. Selatiel de Castro, em jantar no Taco de Ouro, gabou meu faro ladino, meus arrojos no jogo da especulação:

— Nesse andar o coronel acaba dono de usina.

Na verdade, os ganhos da firma inchavam nas burras do Banco da Província. Dos pastos e labutas de rês eu nem queria ouvir falar. Quem quisesse presenciar este coronel mordido de cobra era relembrar tarefa de curral. De uma feita, mandei Antão Pereira de volta, pelo desplante que o gago teve em trazer ao Hotel das Famílias um caso de surucucu. Intimei que mirasse o patrão:

— Veja, seu Pereira, se tenho feitio de Tutu Militão.

Para evitar focinho do meu povo na cidade, dei carta branca a Juquinha Quintanilha:

— O que o compadre escrever eu assino em cruz.

Todo rabo de mês vinha ele prestar contas, pedir providências, comprar munição de boca ou ferragens. Era desajeitado, sem gosto, que eu escutava os trazidos do compadre, as peripécias do gado fugido, praga de berne, o estado deste ou daquele campo de engorda. Juquinha Quintanilha tinha toda a herança de Simeão na ponta da língua – era perguntar e ele responder. Não escapulia do seu olho mateiro o pé de pau mais escondido, fosse de beira de estrada ou de capoeirão adentro. O compadre botava orgulho particular nas reservas de Mata-Cavalo:

— Tem madeira para montar duas serrarias ou mais.

Nas primeiras vindas dele ao Hotel das Famílias ainda mostrei interesse numa coisa e noutra. Inquiria Juquinha no avulso, a respeito do andamento das obras dos currais, se os angicos do lado do major Badejo dos Santos tinham sido bem fincados, como ia a extração de madeiras, que ele tivesse em mira os prazos da lua e do ano:

— Mês que tem letra *r* não dá bom corte.

Quintanilha, naquele seu modo tardoso, a tudo respondia, sempre dentro das minúcias, talqualmente fazia João Fonseca nos tempos de compra e venda. Com o passar dos meses, deixei de lado esses fingimentos. E era sempre em pressa ("Compadre, estou de trato marcado no escritório, tenho de arredondar uma compra graúda") que eu recebia o bom Juquinha Quintanilha. E mal ele apresentava um caso, eu dizia, em imitação dos desembargadores da Justiça, que o feito era da exclusiva alçada dele:

— Para isso é que dei carta branca ao compadre.

Orgulhoso da confiança, Juquinha mostrava o dente de ouro, coçava o cabelo de mola e entrava na parte dos recados. Sinhozinho andava de mala feita por causa do emprego do governo. Antão Pereira pedia licença de barganhar dois codorneiros por um cachorro levantador de paca, dona Francisquinha remetia garrafada de beberagem, fora pedidos de ajutório do padre Malaquias para a pobreza de Santo Amaro. O compadre sempre acabava os seus trazidos com notícia que muito alegrava o meu coração:

— A pessoinha do galo manda lembrança.

Na largada, eu garantia a Juquinha Quintanilha visita no morrer do mês. Mandava que preparasse leitão, arrebanhasse os amigos:

— Diga a minha boa comadre Alvarina que vou levar prenda rica para ela.

Cumpria sempre a metade do prometido – a prenda seguia, o compadre ficava. Digo que meu mês era tempo curto para caber tanto proveito. Além do mais, esquentava o quebranto de dona Esmeraldina por mim. Fontainha servia de leva e traz entre o escritório e a rua dos Frades. E era recadinho ("O coronel vai ter surpresa no domingo"), e era ramo de flor para enfeite de minha mesa, fora remessa de compota e queijadinha, gulodices de que sempre fui muito inclinado. Triste de Ponciano se saltasse um ajantarado de sábado ou domingo! Recebia reprimenda de Nogueira e de dona Esmeraldina:

— Não faça isso, não repita o abuso.

De artimanha, no que sou especial, eu pulava um ou outro compromisso e caía na mesa do capitão Totonho Monteiro, no Hotel das Famílias. Dona Estefânia logo aparecia de vestido negro, apertada nas partes, de modo a tornar o seu amassador de sofá mais vistoso. Mas era raro eu rejeitar o ajantarado da rua dos Frades. Vez por outra, Nogueira trazia convidados, Pergentino de Araújo, Castrão do Banco da Província ou algum desembargador da Justiça, chegado de Niterói. Quem não apreciava essas visitas era a dona da casa e disso não fazia segredo. Reprovava o marido:

— É melhor botar placa na porta, como nas casas de hospedagem.

Uma tarde, em que ajudava a mulher de Nogueira a desembaraçar um novelo de lã, segredou que desde que passei a frequentar o chalé não achava mais graça em ninguém, mesmo o primo Pergentino, por muito que gostasse dele:

— Sei lá! Perdi a paciência.

Estando eu em tais alturas, de dama quase submetida, não tinha cabimento perder sábado ou domingo em terra de boi, no Sobradinho ou em Mata-Cavalo, conforme prometi a Francisquinha. Falei franco a Quintanilha, que num fim de mês requereu minha presença em festa de Santo Amaro, numa cavalhada onde eu sempre aparecia na melhor pata e na sela mais ostentosa. Puxei Juquinha para junto de mim e tirei do bolso a caderneta do Banco da Província. Que ele visse, em segredo, os meus ganhos em pouco mais de ano no comércio de compra e venda:

— Duzentos e tantos pacotes, seu compadre! Duzentos e tantos contos de réis sem carecer de aturar chifre de boi, seu Quintanilha!

O mesmo proceder tive com Sinhozinho Manco. Francisquinha não cansava de chorar as ausências do seu menino. Tanta lamúria, lá uma ocasião, fez o velho subir as escadas do Livro Verde, em viagem especial, para demover o coronel. E foi ainda na poeira do trem de ferro que apareceu ele na saleta de Fontainha. O escriturário, como era de seu costume, já de dedo estendido, pediu contas a Sinhozinho:

— Que deseja, que deseja? Diga logo, que não tenho tempo a perder.

A falinha do viajante encorajou Fontainha a largar na sala nova encomenda de gritos e estipulações, do que bem depressa recuou em vista da gurungumba apresentada por Sinhozinho. Já o cipó assobiava no vento quando apareci no entre os dois. Na raiva, o velho ciscava o assoalho como um touro pagão. Queria exemplar o engomadinho, custasse o que custasse:

— Ensino a esse cachorro a regra do bom viver, seu Ponciano.

Branco de cera, ligeirinho como se estivesse em terra de peste, o escriturário trancou o medo no quarto das necessidades. Como providência sanadora, saí de Sinhozinho no braço em busca de compartimento no Hotel das Famílias, onde ficou aos cuidados do capitão Monteiro:

— É povo meu. É Sinhozinho Carneiro, um mandachuva dos pastos.

Dormiu o velho em cama fofa e tanto gostou desse manso viver que passou duas semanas comigo. No Hotel das Famílias tinha ele importância de lorde, consideração da maior. Era major-veja-isso, major-veja--aquilo. Desacostumado a receber tanta cortesia, acabou resmungando que não era homem de patente nem de outra qualquer regalia:

— Sou Sinhozinho. Sinhozinho Carneiro, nascido e criado em Ponta Grossa dos Fidalgos.

Totonho logo retirou a patente dos ombros dele, mas o resto do Hotel das Famílias, dos viajantes ao pessoal da cozinha, continuou a dar a Sinhozinho a regalia renegada. Desse modo, sem ele querer, virou major Carneiro. Achei graça e fui o primeiro a troçar da patente do amigo. De cara fingida, como se eu fosse um estranho, perguntava pelo major Sinhozinho Carneiro:

— Um graudão, de barba rala, que tem mais de mil cabeças de rês.

Senti pesar quando o velhote arrumou os trastes. Até já tinha acostumado a orelha ao seu andar manco. Vinha toda madrugada bater na minha porta, por conta do canto do galo. Chegou ao Hotel das Famílias em missão de dobrar o coronel, de levar Ponciano de volta. Diante de tanta grandeza, deu razão ao meu proceder. Ele também andava de mala pronta. Ia receber encargo do governo, serviço leve, de ganho certo. O primo da política, Sebastião Carneiro, já havia engatilhado tudo para o rabo das eleições:

— Trabalhinho manso, coisa do governo.

Sacudi o ombrinho dele, meti alento na sua esperança:

— Muito que bem, seu major. Pasto não dá mesmo mais nada.

Foi embora num sábado de chuva plantadeira, dessas de dar raiz em sola de botina. Deixou bom nome no Hotel das Famílias, apesar de madrugador e resmungão. Levei Sinhozinho em roda de tílburi ao bota-fora. No apito da máquina, quis enfiar no bolso dele dois contos de réis. Rejeitou de cara enfarruscada:

— Não sou homem de pegar favor, não estou nas falências.

Quando o trem sumiu, tragado na primeira curva, senti um vazio por dentro. Um nó de mágoa depressa cresceu na garganta do coronel Ponciano de Azeredo Furtado.

MINHA DATA DE ANOS foi passada em jantar de amizade, na casa dos Nogueira. Fontainha, de parceirada com dona Esmeraldina, trabalhou a semana toda nos arranjos e pormenores do natalício. Fazia segredo, cochichava nos cantos. De noite, na rua dos Frades, encontrei o chalé quieto de dormir. Pois mal pisei a soleira do portão, tudo que era luz abriu em claridade e um comício de gente correu em vivas e abraços. Fontainha, em roupa de cerimônia, comandava a algazarra, era quem mais espevitava a animação. Em presença de tão farta amizade, caí nos braços de Pernambuco Nogueira. Era bondade muita para um coronel só. Falei embargado de comoção:

— Muito agradecido, muito agradecido de tudo.

Andei de braço em braço talqualmente os graúdos da política. Gente que eu nem conhecia veio ao come e bebe da rua dos Frades. Só senti uma ponta de tristeza ao ver Selatiel de Castro amarrado no vestido de dona Esmeraldina e de atenção posta em suas partes desguarnecidas. De longe, o financeiro acenou para mim. Respondi severoso, condizente com as boas práticas da educação:

— Muito boas noites, muito boas noites.

Acabados os cumprimentos de um e de outro, fui ancorar na vizinhança de Pergentino, que animava uma alegria de moças em canto de varanda. Desse mirante, eu podia vigiar as evoluções de Selatiel em derredor de dona Esmeraldina. E meu coração quase teve um desfalecimento ao ver o financeiro sumir, ao lado da dona da casa, para os escondidos do jardim. Não fui mais Ponciano de nada – era só olho aberto nas folhagens. Por sorte, um luar de curral, desses de clarear todas as miudezas, vigorava por cima do chalé. E não demorou que dona Esmeraldina voltasse, toda desajeitada, arrumando o cabelo, como saída de um par de abraços, de um plantão de segura-embaixo-e-aperta-em-cima. Atrás, de flor no paletó, vinha Castrão, feliz da vida, mão no bolso, como segurando grossos dinheiros. Cuidei que a moça estivesse aborrecida dele por alguma confiança tomada. De pronto percebi o engano – foi ela, de vontade própria, que pediu a ajuda de Selatiel para ganhar os degraus da varanda. E de braço encurvado:

— Castro, tenha a bondade.

E entrou na sala de riso aberto, fazendo covinha no rosto. Virei de lado, para não presenciar a ostentação de Selatiel de Castro. Fingi interesse pelo que as meninas tagarelavam ao lado de Pergentino, no comando de um jogo de adivinhação. Cada uma, a pedido do aposentado, relatava a cor do seu gosto – o vermelho representava o sentimento da paixão, o amarelo, o desprezo e o branco, a inocência. Sujeito mais fora de moda do que Pergentino não podia haver. Enquanto o aposentado tirava brincadeira boba no entre as moças, Castrão do Banco da Província escamava, nos escurinhos, as partes expostas da prima Esmeraldina. E ele, na varanda, feito um boitatá, de pergunta em pergunta:

— Qual a cor de dona Julinha Rocha? A menina Alice é cativa do azul?

Quando a inquirição chegou a mim, recusei tomar parte na brincadeira:

— Não sou preparado para essas vadiagens de salão.

As meninas protestaram, bateram palmas. Queriam que eu entrasse na roda, desse a cor do meu encanto. Uma delas, Julinha Rocha, não teve pejo de segurar a manga do meu paletó. E estava a coisa nesse pé, entra-não-entra, na hora em que dona Esmeraldina, amarrada no braço de Selatiel de Castro, veio pedir licença para roubar o coronel:

— É um instantinho de nada.

Pergentino, ajudado pelas moças, denegou o pedido dela. Bateu pé, firmou parecer. Não era fino retirar o aniversariante Ponciano de Azeredo Furtado de recinto tão seleto:

— Não fica bem, senhora minha prima.

Fui rodeado em cordão de saias e nesse miolo, como um palmeirão entre flores de jardim, quedei a cômodo. Sem fazer caso dos protestos, a mulher de Nogueira, rompendo cetins e rendas, retirou o coronel da sua prisão de filó:

— Meninas, é um instantinho só.

Selatiel, em curvatura educada, deixou vago o braço de dona Esmeraldina. Enganchado nele, ganhei o corredor e entrei no quarto dos hóspedes, onde surpresa de natalício esperava por mim. Da entranha de uma gaveta retirou a moça embrulho forrado de papel de seda:

— Tenha a bondade, coronel.

Ponciano, homem de curral, possuía dedo demais para abrir caixa tão pequena. Mexi, virei e quase a prenda transbordou no assoalho. Diante de tal despreparo, pediu dona Esmeraldina licença e com mão de bordado descascou o presente. Era um par de abotoaduras, de fino lavor, aparelhadas de um *P* grande, encastoado em ouro. Confesso que a lembrança tocou forte o meu sentimento. Embaraçado, disse que prenda tão rica não calhava em mim, era mais para um doutor formado:

— Não mereço tanto, dona Esmeraldina.

Bem rente da barba, cabeça nos brins do meu ombro, aquela boca de flor falou mansinho:

— O coronel merece muito mais.

Por mal dos meus pecados, tive de cortar essa boa intimidade porque Fontainha, na frente de uma sarabanda de moças, veio dizer que o jantar ia entrar em mesa:

— Coronel, dona Esmeraldina.

Foi em onda de renda e cheiro de sabonete que entrei na sala dos festejos, alumiada de velas, como manda o regulamento dos natalícios. Peguei cadeira de honra, entre a dona da casa e o tabelião Pergentino de Araújo. Bem recuado, Selatiel de Castro conversava com Pernambuco Nogueira, que ocupava a cabeceira da mesa. Em frente, avultava a cara terrosa do velho Gastão Palhares. Era cismático de doença e onde estivesse logo puxava conversa de remédios, receitas e conselhos. Quis saber de Pergentino se as águas limparam de verdade as impurezas do seu baço:

— Pelo visto, o amigo teve muitos benefícios.

Desviei a atenção para dona Esmeraldina, que ria de um segredo contado pela menina Julinha Rocha. Os cabelos dela, no alumiado da vela, sobressaíam em marolas de fogo – uma beleza de ninguém esquecer. Devagarinho, no meu melhor cetim, gabei o esmero da festa e para espicaçar ciúme joguei meus interesses na moça sentada às direitas do doutor marido dela:

— Muito recatada, de esmerado trato.

Dona Esmeraldina mostrou sua educação de berço. Concordou comigo – Mocinha Cerqueira era menina de muitas prendas, de fina beleza, boa no piano e melhor nos enfeites de casa. E mais achegada a mim:

— Bom partido para o coronel.

Ia rebater a troça, mas a criadagem, puxada por Artur Fontainha, avançou sala adentro com terrinas e bandejas.

O escriturário era de grande valimento em tais comemorativos, de muita ideia no armar um recinto de aniversário ou batizado. Mandou que primeiro fosse servida a dona da casa. E na concha da minha orelha:

— O coronel não pode abusar, tem de ter temperança.

Pois nem bem havia eu cheirado a comida, já Pergentino de Araújo levantava voo. Cadeira afastada, de pé, raspou o assoalho da garganta e pediu a palavra:

— Minhas senhoras, meus senhores.

Larguei o talher, todo tomado de encabulamento. Então, rolando o copo no alto, Pergentino fez o diabo com a pessoa deste coronel, que ele só faltou munir de asas e soltar no céu dos passarinhos. Jogou na mesa todas as minhas virtudes de nascença e outras mais que eu não carregava. E fechou a rosca das gabações levando ao conhecimento dos presentes uma peripécia que eu nem mais relembrava, o caso de um pobre burro de carroça que defendi e desagravei das judiarias do dono. E de copo a um palmo da minha barba:

— Aos muitos e bons anos que o amigo Ponciano de Azeredo Furtado ainda vai festejar.

Fontainha, na fúria de agradar, por um triz não estilhaçou o copo da menina Julinha Rocha. Sossegados os vidros, Nogueira, no após limpar o beiço no guardanapo, tossiu e elevou a voz. Foi outro gabamento sem fim. Recaí no enrolar de barba, como é do meu feitio quando sou atingido no meu íntimo modestoso. Nogueira, que falava como se estivesse no Foro, apresentou umas ponderações a respeito do meu tino de demandista e arrematou a louvaminha levantando o copo em benefício de minha saúde:

— Pela felicidade do coronel.

Palavra puxa palavra, é como já-começa ou alastrim. Na esteira do doutor veio Fontainha. Endireitou os engomados, ajeitou o cabelo, pousou as mãos na mesa como arrumando as ideias. E de repente, sem ninguém esperar, avançou aos berros contra os inimigos do coronel Ponciano de Azeredo Furtado, uma comandita de invejosos que queriam solapar os progressos da firma de compra e venda. E subalternista:

— Firma da qual sou o mais humilde servidor.

Do outro lado da mesa, alisando o bigodinho de alfinete, Castrão protestou:

— Não apoiado, não apoiado!

Fontainha rebaixou a cabeça e agradeceu o reforço recebido de Selatiel de Castro. E cada vez mais curtido em veneno, socou a armação dos peitos, com promessa de defender o coronel mesmo em risco da própria vida:

— Não, ninguém, em minha presença, desautoriza Vossa Senhoria.

E mais não disse porque nessa justa ocasião, instrumento em punho, apareceu na varanda Peixotinho do Cartório, vindo sem ser chamado ou convidado:

— Rogo a especial licença de homenagear o aniversariante desta casa.

E sem esperar pelos trocos, violão em cima, quase na ponta do queixo, liberou a primeira cantoria. Foi um rebuliço, um arrasta-cadeira por todo lado. Estava desmanchado o jantar de natalício e cada qual, munido de prato e talher, tratou de suas comodidades. As meninas, baratas em véspera de trovoada, rodearam Peixotinho, feliz de ter tanta renda por vizinhança. Um carinha de bem-te-vi, que tratava de papéis no escritório de Pernambuco Nogueira, pediu para Peixotinho atacar modinha amorosa:

— Aquela do conde e da princesa.

A mando de Fontainha, já esquecido dos impropérios e ameaças, os convidados espalharam o assento nas cadeirinhas de ferro e bancos do jardim, o que era bem providenciado, uma vez que a noite navegava em claridade. Foi nessa algazarra, no corre-corre das meninas, que dona Esmeraldina trouxe Mocinha Cerqueira à minha presença:

— É ou não é uma beleza, coronel?

O resto da noite passei rente dela, que era, de fato, de variados encantos, cabelo escorrido nos ombros e boca que ria à toa. Na varanda, o vozeirão de Peixotinho sacudia a noite pelas tranças, a ponto de tilintar os vidros e vidrinhos dos armários. O pior é que o sujeitão só trabalhava modinha triste, de fim de vida desgraçado. Fiz meu reparo:

— Esse Peixotinho é defunteiro, não acha, dona Mocinha?

A menina encontrou muita graça na minha ponderação, mas disse que eu não devia ser maldoso com ele:

— Coitado, coronel, veio em seu louvor.

Dei graças a Deus por ter, mais adiante, a moça inventado de colher cravos na outra banda do jardim. E foi pisando alegria que adentrei meus passos pelas alamedas e, caminhos de planta, enquanto a menina Cerqueira gabava a bonitura das folhagens. Queria que eu reparasse no caramanchão de amor-agarradinho e no canteiro das dálias:

— Veja que mimo, coronel.

Da minha parte, reforçava a admiração dela:

— É planta de muita valia, sim senhora.

Foi assim a gente nessa vadiagem até o canteiro dos cravos, uma rocinha de fazer gosto. De volta, perto da varanda, a menina parou de modo a apreciar uns brincos-de-princesa que pendiam da folhagem. Nisso, de uma touceira de sambambaia, pulou na ponta do sapatinho dela uma pererreca-tinhorão. No susto, a moça recuou seus atrasados bem rente das minhas intimidades, na justa parte central do coronel. Foi um nadinha, o tempo de um estalo, mas que serviu para aquilatar os benefícios de que a menina Cerqueira era portadora. Vista assim a olho nu, forrada de panos e rendados, não parecia muito sortida, por ser de porte enganador – magra por fora e avantajada por dentro. No respeitante a essas enganações das damas, o pranteado Juju Bezerra é que tinha razão:

— Seu Ponciano, seu Ponciano, quem vê roupa não vê miolo.

E assim morreu, noite funda, a festa do meu natalício. Saí de flor na botoeira, lembrança da moça dos cravos. Já o cheiro da madrugada subia das chácaras e quintais da rua dos Frades.

DUROU UM NADA A alegria do aniversário. Da pastaria, no fim da semana, trouxe o compadre Juquinha notícia nefasta. O galo Vermelhinho, prenda do major Lorena, tinha sumido de não ser presenciado em vinte léguas no derredor da herança de Simeão. O caso foi que a tal surucucu, que uma vez picou o mestiço em lugar carnoso, cismou de fazer serenata e vadiagem na frente da casa do galo. Noite de lua, a cobra montava rodela por cima de rodela, de modo a formar aquela trouxa peçonhenta aparelhada de dois olhinhos de fogo. Desplante assim devia ser cortado a ferro e pólvora. Morto o dia, ninguém no Sobradinho arriscava pé fora de porta. Para dar fim a tamanho despautério, Antão Pereira, de língua presa mas de boa mira, armou tocaia sem resultância, visto ser a surucucu visitante possuída de tino matreiro. A bem dizer, mandava e desmandava nas noites dos pastos. Foi Antão Pereira rendido por Saturnino Barba de Gato, que no corpo de uma quinzena não fez outra coisa – dedo no gatilho e olho na estrada da cobra. No arredondar da segunda semana, sem ver sombra de bicho, deu Saturnino o Sobradinho como sanado de surucucu:

— Nanicou, correu do meu pau de fogo.

Juquinha Quintanilha, de boca própria, mandou que ele sustasse a vigília das armas:

— Não vem mais, seu Saturnino. Foi fazer arruaça em outra freguesia.

Pois foi Saturnino recolher o instrumental de fogo e o minhocão voltar fagueiro e mais sortido de veneno. Picou, por desfastio, um leitão que esperava faca de batizado e não contente do estrago, encontrando porta facilitada, rolou o seu roliço da cozinha à sala de visitas. Como bem disse a velha Francisquinha, só faltou pernoitar na cama do coronel e pedir charuto. Foi então que Vermelhinho, nunca deslembrado da picada da cobra, resolveu tomar em ombro a defesa do Sobradinho. De manhã, enquanto o moleque da lavagem mudava a água da casa do galo, minha prenda caiu de perna solta no mundo. Sumiu de não ser presenciado, por muito que o povo virasse e revirasse matos e touceira de capim. Medroso de minha raiva, o moleque tomador de conta pediu asilo nos currais de Caetano de Melo. Na asa do vento foram chamar Juquinha Quintanilha em Mata-Cavalo. Que fazer, que não fazer? O compadre, a par do acontecido, coçou a cabeça e deu sua sentença:

— A gente tem de encontrar o galo nem que seja com ajutório dos meganhas do governo.

Deram buscas e rebuscas em chão nunca pisado por gente do Sobradinho – os pés dos meus boiadeiros afundaram carrascal adentro num espichado de vinte léguas. De noite, munido de tochas, o pessoal vasculhou os ermos, tarefa que só acabou nas areias do mar, já madrugada subindo. E nada de Vermelhinho, nem rasto dele. Ninguém viu, ninguém acertou olho no sumido. A velha Francisquinha prometeu novena e Antão Pereira um galo de cera ao milagroso Santo Antônio, caso o bichinho voltasse são e salvo. No quinto dia de busca o céu de Deus enfarruscou e sobreveio aquele lençol de água que tudo afogou. Ninguém era doido de andar nesses escorregados de sabonete. Juquinha, no mando da guerra, sustou a operação militar:

— Chuva amainada, a gente recai nas procuras.

Na mesma noite, ancorou no Sobradinho, debaixo de água, um mercador de aguardente de nome Quirino Dias. Veio molhado de bater queixal. Francisquinha suspendeu as forças dele a poder de alcatrão cruzado com salsaparrilha. Retemperado, roupa seca no corpo, o aguardenteiro contou que vinha vindo de um comércio em Ponta Grossa dos Fidalgos quando na redondeza do mar, em terreno de pitanga e guriri, num areal desimpedido, deu com aquela figuração que nenhum olho de homem mortal ainda tinha presenciado: um galinho cor de fogo em guerra contra uma surucucu-pico-de-jaca. A tarde perdia as forças no debaixo da chuva. Sujeito de religião, Quirino Dias pensou que tudo fosse mais uma capetagem de Belzebu, que sempre escolhe a hora do escurecer para apresentar esses padecimentos e abusões. Sem sair da sela, praticou sua devoção, uma reza de grande proveito e presteza em tais aflições. Posto assim, pelo poder dos santos, a salvo das armadilhas do Chifrudo, o mercador de aguardente tratou de deixar areal tão distanciado de socorro e testemunhas. Nesse entrementes, uma força de pesadelo sustou Quirino e seu cavalo, de não ter mais o aguardenteiro notícia de sua pessoa, nem poder para retirar as vistas do galo e da surucucu. A cobra atraía o mestiço como se fosse rã, enquanto o galinho quebrava esses encantos na força do esporão. O pau do raçudo cantava de estalar nos roliços da surucucu. A briga de exterminação foi assim adentrando pela roça de pitangueira e guriri. O galo sempre tomado de grande raiva e a surucucu nas defesas, montada na sua trouxa de rodelas, de onde desferia bote sobre bote. Quirino Dias, bem pregado na sela, foi acompanhando em passo curto o desenrolar da peripécia, no que andou um estirão bem puxado. Já em tais alturas a demanda pendia mais para o galo, uma vez que a surucucu mostrava estar ofendida, de cabeça avariada e desguarnecida de um olho. A bem falar, a língua mortal da surucucu só trabalhava por honra da firma. Bichão valentão! Esfrangalhada pelo galo, que sabia bater nas partes moles, a surucucu não ensarilhava as armas. Morria no pau, sem pedir refresco. E assim, a ferro e fogo, galo e cobra levaram a guerra até no beiçal do mar. E sem medo de boto ou sereia, como guerreiros destemidos, foram de água adentro, um embaralhado no outro, em abraço final:

— Foi quando dei acordamento de minha pessoa.

Mesmo assim, descompromissado dos encantos, Quirino Dias quis aquilatar das verdades que viu, tudo não fosse mais uma traquinada do Demônio ou algum mal-entendido da tarde chuventa, por não acreditar, mais que arregalasse os olhos, em tamanha invencionice. Com a faca de cortar cipó, de que sempre andava aparelhado, o aguardenteiro catucou o arco da costela, de modo a sentir se estava morrido ou sonhado. Na primeira picada do aço, ele ponderou em voz de igreja, bem sumida:

— Salve Deus! Ainda sou Quirino Dias, do comercinho de cachaça de Macaé.

Isso comprovado, de reza no beiço, navegação em disparada, deu graças quando reparou luz de lamparina em porta de venda. Parou para um revigorativo de cachaça e nesse parar soube que o povo do Sobradinho andava no calcanhar de um mestiço da maior estimação do coronel Ponciano de Azeredo Furtado:

— Sumiu faz um par de dias.

Perguntou de que cor era ele:

— É um brasino de perna fina e crista em bandeira?

Sabedor de que tinha dado com o galo do coronel, o aguardenteiro nem chegou ao assoalho do copo – correu por dentro da chuva e foi levar o sucedido ao Sobradinho, com o que todo mundo quedou de queixo tombado, como se visse o tal sujeito de pé de cabra. Acabado o estupor, a campeirada, com Juquinha Quintanilha na garupa, caiu na noite cerrada. Com a madrugada, chegou meu povo na referida nação de dormideira e gravatá, do conhecimento do mercador de aguardente. Tudo foi vassourado, cheirado e medido. Não ficou unha de praia que não recebesse a vistoria dos meus agregados. Só encontraram peças avulsas da rixa – escamas de surucucu e a marca do galo nos perdidos do areal. Mas a pessoa de Vermelhinho nunca mais ninguém viu nem deu notícia.

PERDI O GALO, PERDI em seguimento os préstimos de Juquinha Quinta-nilha, que uma desgraça nunca vem solteira. Aconteceu que o compadre, tendo bebido umas águas de miasmas, esteve vai-não-vai, falece-não--falece. Mandei buscar Juquinha em Mata-Cavalo e na cabeceira dele, em noites desdormidas, velei seu padecimento. Ficou na Santa Casa das Misericórdias em compartimento especial, bem servido de atenções, com sua doença a cargo de um certo e bom Pereira Nunes, visto o dr. Coelho dos Santos estar em gozo de recreio, de consultório fechado. A comadre Alvarina, passado o perigo, relatou que depois de Nosso Senhor Jesus Cristo foi o coronel o salvador de Juquinha:

— Teve de um tudo, de um tudo.

De coração partido, vi o compadre deixar o mando dos meus currais, onde governou com perícia e mestria chifre de boi e verde de pasto. O próprio dr. Pereira Nunes aconselhou Juquinha a mudar de ofício, no que o mulato relutou. Não ficava bem deixar o coronel de braço partido:

— O compadre não merece, é uma imensidão de bondade.

Fui severo:

— Não senhor. O doutor estipulou e está acabado.

Comprou o compadre, com os guardados que ajuntou em anos de trabalheira, meio alqueire de mato nos afastados da cidade, na estrada do Capão. Gostei do negócio – Juquinha sabia escolher. Só de olhar dava força às terras, desencabulava raiz. A chácara era de boa presença, possuída de água corrente, bem plantada de mangueiras e abricós. Na casa da residência, no beiço da estrada, o compadre montou varejo. Ajudei o amigo em cinco contos de réis desagravados de qualquer compromisso e crédito a perder de vista no comércio de atacado. Expedi ordem para o povo dos secos e molhados da rua do Rosário:

— É como se fosse para mim.

Dentro do meu viver sem hora, cada vez mais embrenhado no jogo da especulação, nunca botava o pé na chácara do compadre. A bondade muito comprida de dona Alvarina é que chegava todo fim de semana ao Hotel das Famílias, em forma de doce ou em jeito de samburá de fruta. Nem desembrulhava os remetidos – assim como vinham viajavam para a rua dos Frades. Juquinha, vez por outra, aparecia no escritório. Dava conta dos negócios ("Coronel, paguei o charque, limpei os créditos na praça"), pedia um ou outro conselho. Na saída, chapéu respeitoso no peito, como no tempo de Mata-Cavalo, mandava que desse as ordens:

— Vou chegando, com a licença do coronel.

A rogo de dona Esmeraldina, entreguei o bastão deixado por Juquinha a um primo dela, moço formado na engenharia, que andava sem préstimos no Rio. Nem nunca vi a cara dele, nem disso quis saber. Sem delonga, despachei o pedido da moça:

— Dona Esmeraldina não pede, dona Esmeraldina manda.

O doutor engenheiro demorou a pegar o compromisso. Era carta atrás de carta – e ele, nada. Até que um sábado, ao chegar para o ajantarado costumeiro, encontrei na rua dos Frades cara nova. Era o primo dos Nogueira, todo enfeitado e aromado. Parecia saído do engomador. Bigodinho de ponta de alfinete, em feitio de Selatiel de Castro, mais calhava para galante das ribaltas do que para tarefa de mato. De grande soberba era forrado o doutor engenheiro, tanto que nem deixou o sofá quando entrei. Sentado estava, sentado quedou. A dona da casa correu cheia de panos quentes:

— Coronel, esse é o primo Baltasar da Cunha.

Do sofá subiu aquela mãozinha que apertei de leve, no receio de amassar:

— Muito prazer, doutor.

Não rebateu a cortesia, por mais que dona Esmeraldina, no derretimento de prima, forçasse os seus bons modos. Dei de ombros, tratei de enrolar conversa com Pernambuco Nogueira, que atendia na sala de visitas a uns postulantes do Foro. E no gozo do charuto, enquanto esperava o doutor, ri sozinho ao figurar os desmandos que o ventão dos ermos ia fazer na cabeleira encaracolada do sujeitinho. No primeiro safanão do inverno, o primo Baltasar saltava mais desinfeliz que pereca em pata de boi. Era pessoa desnascida para labuta de curral e essa verdade pulava em rosto. Limpando o morrão do charuto, falei para dentro, como é muito do meu uso falar:

— O sacana vai perder a soberba, de ficar mais manso que cavalo de procissão.

No pé do ajantarado, já no café da sobremesa, fiz ver a Pernambuco Nogueira que o parente deles era muito fino para montar lombo de pasto:

— O mocinho pode estranhar, doutor. Mata-Cavalo é bicho redomão, deseducado de sela. É nação de vento brabo.

Nogueira acalmou meus cuidados. O primo Baltasar era entendido em sertão e grandes benefícios podia carrear para a herança. E abrindo o colete, já no preparo da soneca da digestão:

— Aposto que o amigo Ponciano vai fazer bom negócio.

De posse de tanta segurança, despachei o parente dos Nogueira munido de todos os poderes que dava a Juquinha Quintanilha. Em dinheiro contado, como auxílio de mudança, levou perto de cinco contos, fora adiantados de meio ano que paguei a rogo de dona Esmeraldina. Mesmo assim, uma quinzena não era passada, subia o doutor engenheiro as escadinhas do Livro Verde com pedido de novo estipêndio:

— Conto fazer reservatório e reparos na casa da residência.

Falava como se fosse dono, do alto, em termos de imposição. Sentava de rei, perna cruzada, dedo na cava do colete e cabelo encaracolado caído na testa. Se tivesse um vintém de respeito, não vivia tão embonecrado, com sapato de lustro e unha de moça. Que ia dizer o povo da ventania sabendo no mando de Mata-Cavalo um sujeitinho tão engomado e lustrado? Já escutava o zum-zum correr as cancelas:

— Tem mariquinha, tem donzela em Mata-Cavalo.

Fontainha, feito do mesmo bagaço, desde a primeira vista firmou amizade com o parente dos Nogueira. Nunca Baltasar da Cunha vinha ao escritório que não arrebanhasse o escriturário para os cafés e bilhares, onde conversavam miudinho. E mais miudinho ainda caso eu passasse em distância curta. O pior é que Fontainha deu de copiar os modos do doutor engenheiro e lançou no por-cima do beiço bigodinho de minhoca. Chamei o bichão às falas:

— Acha vosmecê direito andar um agregado meu com essa safadeza na cara?

Curvou o espinhaço, todo desculpento, pronto a dar fim ao despautério:

— Limpo o rosto. O que não quero é trazer desgosto, contrariar o coronel.

Diante de tanto devotamento e submissão, dei o dito por não dito. Que ele andasse do modo que entendesse. E já em tom amigo:

— Faça o que quiser da cara, que é sua.

As imposições do primo Baltasar, com o rolar dos meses, cresceram em arrogância. Uma ocasião, bem alicerçado de recibos e contas, fui ao ajantarado dos Nogueira disposto a botar tudo no limpo. Armei sermão do mais fino e entrei no chalé com o propósito de dar cobro às exorbitâncias de Baltasar da Cunha. Mas logo tive de recolher a reprimenda. Nunca vi dona Esmeraldina tão esfogueteada pelo primo. Apoiada no meu braço, cabeça meio pendida em favor do meu peito, saiu em busca do marido, que lia na sala dos livros uma jurisprudência da Justiça. Rindo, fazendo covinha no rosto, pediu que ele desse a notícia:

— Nogueira, diga ao coronel, faça o relato.

O doutor, marcando a página de sua leitura, garantiu que eu era um sujeito de sorte:

— O coronel nasceu de estrela grande. É um felizão.

E, sem tardança, mandou que dona Esmeraldina fosse apanhar, na sala da frente, a papelada do primo Baltasar:

— Um amarrado em cima do piano.

Submetia o doutor engenheiro ao meu consentimento um rol de obras, desde as cacimbas a encanamentos d'água. Rolei as vistas pelo emaranhado de rabiscos, cocei a barba, avivei o charuto. Não consenti, nem desconsenti. Que o moço de pessoalmente trocasse em miúdos aquela engenharia:

— Pelo visto é obra puxada, coisa de monta, que requer ponderação.

Nogueira pediu charuto, concordou.

— É justo. Foi o que eu disse a Cunha.

Recolhi o sermão e esperei, no escritório, que o moço engenheiro aparecesse. De fato, não tardou Baltasar da Cunha a subir as escadinhas do Livro Verde. Fontainha, ao sentir a pisada dele, correu a arrumar cadeira, ajeitar o conforto do doutor perto de mim. Refestelado no assento, dedão no sovaco do colete, sem boa-tarde ou qualquer outra cortesia, o primo dos Nogueira foi logo avisando:

— Estive na rua dos Frades. Estou a par de tudo. O que não posso é perder tempo.

E sacou do bolso as invenções todas dele para as tarefas de Mata--Cavalo, uns rabiscos que nem o Diabo entendia. Seu dedinho embonecado apontou as melhorias que ia fazer e não fazer na herança de Simeão. Falou em represamentos dos corgos, sangria dos banhados, dois paióis e mais água corrente dentro de casa. Levantava toda essa grandeza dentro da maior pechincha, num desembolso de pecúnia que dava até graça em dizer:

— Quando muito, duzentos contos de réis.

Fontainha, admirado de tanta obra, bateu palmas, aprovou os riscados do moço engenheiro:

— Bom trabalho, bom trabalho.

Rejeitei:

— É salgado, doutor. Não é para as minhas posses.

Foi como se eu ofendesse a parentagem toda dele, como se eu destratasse sua pessoa. Num arranco, pegou o chapéu e recolheu os rabiscos. Não tinha outro quefazer no escritório, pelo que dava o contrato de Mata-Cavalo como quebrado:

— O resto fica a cargo do primo Nogueira.

E sem mais, soberbão, orgulhosão, empurrou a porta de vaivém em risco de desconjuntar molas e parafusos. Vi que ia perder as vantagens da rua dos Frades e isso levantou a minha voz:

— Dr. Baltasar, dr. Baltasar.

Fontainha correu a embargar, na escada, os passos do enraivado. Braço encafuado no dele, falou, ponderou, fez a defesa cerrada do coronel, a ponto de demover o doutor engenheiro de largar as responsabilidades de Mata-Cavalo:

— Não tem cabimento, não faça uma afronta dessas.

Já domado, outra vez de dedo na cava do colete, Baltasar da Cunha deixou a boca da escada para vir de novo esquentar o assento da cadeira. Apresentei desculpas, sempre ajudado pelo escriturário. A firma andava afundada em compra de vulto, meia safra ou mais de usina. Uma vez solvido o compromisso, a obra podia ser levantada:

— Embaraço passageiro, dr. Cunha, coisa de pouca tardança.

Batendo os dedos no jacarandá da escrivaninha, Baltasar da Cunha obtemperou que pela muita amizade que tinha por Fontainha, e a rogo dele, dava mês de prazo para o coronel pegar ou largar a obra:

— Não espero mais.

Achei um desaforo tanta imposição e por um triz não quebrei o orgulho do atrevido a safanão e pontapé. Engoli mais esse sapo, pedi a Baltasar da Cunha que voltasse dentro do prazo estipulado:

— Conto já estar prevenido do numerário para as primeiras manobras.

E foi assim que teve início, em setembro, a tal engenharia de Mata-Cavalo, melhoramento de sair nas gazetas de imprensa. Nessas folhas, que Fontainha não esquecia de demarcar a lápis vermelho, o coronel figurava em relevo, como sujeito atilado, que devia servir de exemplo ao povo rotineiro dos currais. Li e reli o proseado e em gaveta segura guardei o louvor. E tive gosto em saber, por trazido de Fontainha, que dona Esmeraldina havia apreciado a peça:

— Mandou parabéns, coronel.

Para essas grandezas de que falavam as folhas, desembolsei eu, de saída, cinquenta contos de réis, tirante um crédito de igual porte que deixei em aberto no Banco da Província, ao dispor de Baltasar da Cunha. Digo que bem depressa o embonecadinho de Mata-Cavalo aprendeu o caminho do dinheiro. Volta e meia inventava coisas – um aramado novo, gastos de ida e vinda ao Rio, um cavalo de raça que queria em sela, fora outras sangrias. Nas costas dele, eu esbravejava:

— Seu Fontainha, isso carece de ter cobro.

O povo do Sobradinho, que aparecia em Mata-Cavalo por imposição de serviço, voltava atoleimado. A herança em rebuliço, revirada de cima para baixo. O casarão andava em tinta fresca, o assoalho brilhava nos polimentos e as janelas espelhavam vidro novo. Um sujeito especial em folhagens veio plantar pé de flor em derredor da varanda. Cuidaram até que o doutor da engenharia ia trazer moça donzela, tal a mimosura das obras. Sinhozinho, em recado aborrecido, mandou dizer que cavalo no trato do doutor vivia em melhor passadio que o restante povo dos currais. E tanto a coisa cresceu que Juquinha Quintanilha, já além de meses descompromissado dos ermos, veio ao Hotel das Famílias trazer sua ponderação:

— Meu compadre precisa ver, meu compadre precisa botar rédea curta no doutorzinho.

O que o bom Quintanilha não sabia é que a desgraça do compadre dele era a dama da rua dos Frades, as belezas dela, o seu todo especial de amansar meus rompantes. Em mais de uma ocasião lá cheguei intencionado de rasgar o compromisso de Mata-Cavalo. Levava todas as recriminações até na porta do chalé. Mal entrava, logo os olhos cor de planta de dona Esmeraldina, ajudados pelas covinhas de seu rosto, esvaziavam meu saco de zanga. Caía no bem-bom, nas intimidades do caramanchão, deslembrado das exorbitâncias do primo. Mais das vezes eu mesmo gabava o moço:

— Tem muito invento, muito tino na cabeça.

Só perdi as estribeiras quando dei na papelada das contas com aquele disparate de tapete e almofadas que o doutor comprou para regalo do seu sertão. Bati pé, torci a barba:

— Seu Fontainha, esse sujeito perdeu a governança. Endoidou, seu Fontainha.

Papelada em punho, como se fosse gurungumba, investi contra o atrevimento dele na pessoa do escriturário. E foi sapecando a conta na mesa de Fontainha que garanti de escuma no beiço:

— Não pago nada! Acabou, fechou a rosca.

De gênio solto, saía e entrava na saleta do escritório de fazer das portas de vaivém ventarola. Soubesse ele que Baltasar da Cunha andava enganado se cuidava que eu ia sustentar tanta invenção o resto da vida. Sem sair do Livro Verde ("Desta saleta onde vosmecê, seu Fontainha, tem o rabo"), eu andava no concernente de todos os tidos e havidos em Mata-Cavalo como se de meus olhos próprios visse:

— De nenhum sucedido de lá, por mais nanico, eu estou ausente.

Quanto mais falava, mais a língua dos Azeredos Furtados ganhava força, assobiava de chicote. Desaforo, saliência de Baltasar da Cunha! Fazer gasto de mobília nova para conforto dos seus fundilhos como se eu fosse nababo do governo ou tivesse fabrico de dinheiro. Pois que pagasse ele, do bolso próprio, o que gastou sem o devido consentimento. De meu é que não via mais tostão:

— Acabou a safadeza, seu Fontainha.

O escriturário, cangotinho recaído nos papéis, deixou que o temporal de Ponciano de Azeredo Furtado desabasse lá fora. Parecia um rato, um camundongo enfeitado.

MAS VEIO O NATALÍCIO de dona Esmeraldina, o dr. Pernambuco Nogueira embarcou na política, tive uns ganhos alentados na especulação da praça. Reformei a sentença em relação às maluquices de Baltasar da Cunha – paguei os gastos dos estofados. Como a mulher de Nogueira achasse de reformar as cortinas do chalé, pedi licença e dependurei veludo e veludinho nas portas e janelas da rua dos Frades:

— Releve dona Esmeraldina a desimportância da prenda.

Pagou a pena. Tive, sem esperar, agradecimento que muito tocou meu coração. Uma tarde, enquanto fazia trabalho de agulha, a moça prometeu passar uns dias em Mata-Cavalo:

— Desde que seja do gosto do coronel.

Como pede a regra da boa educação, não demonstrei estar desensofrido, embora por dentro eu desse cambalhota de moleque, plantasse bananeira no contentamento da notícia. Sujeito de tirocínio, manobrei na prudência. Fiz ver a dona Esmeraldina, para que ela pegasse mais confiança, que Mata-Cavalo requeria ainda uns reparos e confortos de modo a agasalhar dama de seu porte:

— Conto ver a obra acabada ainda neste corrente mês.

Não perdi tempo. Logo mandei chamar Baltasar da Cunha em carta de Fontainha, por estar ele meio político comigo, de relações estremecidas. Mas foi o moço aparecer e levar incumbência pela proa. Que ele, sem delonga, metesse Mata-Cavalo no figurino mais adiantado:

— Quero tudo do bom e do melhor, sem precisão de regatear preço.

O primo dos Nogueira, desacostumado com tanta franquia, mostrou espanto, perdeu a soberba. Fontainha, por sua vez, testemunha das minhas arruaças por causa dos gastos do doutor engenheiro, caiu das nuvens. Mas ligeiro pegou chão firme. Abriu os bracinhos de linha, apertou neles Baltasar da Cunha. Visse o doutor que por essas e por outras galhardias é que ele não desgrudava do coronel, sujeito avantajado de tino, homem de arrojo, que sempre corria na frente dos progressos. E parado diante de Cunha, que limpava a testa em lenço cheiroso:

— É o que eu digo, seu doutor. Sujeito atilado é o coronel.

Mão enroscada na barba, falei que era do natural dos Azeredos Furtados esse jeito demoroso de andar em passo de boi e de muito ponderar antes do despacho final:

— Dou uma rês para não entrar na guerra e um curral para não sair.

Na sustentação dessa grandeza, tive de abrir as burras do Banco da Província, raspar meus guardados em dinheiro. Baltasar da Cunha levou vinte contos de réis e o dobro queimei na política de Pernambuco Nogueira, fora o brilhantão de ovo com que municiei o dedo de dona Esmeraldina na data do seu natalício. O diabo é que o primo dela, sabedor da minha sofreguidão no embelezar Mata-Cavalo, deu de espichar as necessidades. Não sabia mariquice mais que inventar e até quadro de parede, uma peça de metro e meio, comprou para guarnecer a sala da herança. Não sendo eu entendido nas artes da borração, pouco apreciei o tingido que representava um lacrimal onde um par de gansos, retorcidos de pescoço, refrescavam seus por-baixos no azulinho da água, enquanto certa moça de cabelo empolvilhado, num banco de jardim, abanava o leque na companheiragem de um galante enfeitadinho de rendas e penduricalhos. A dama parecia estar dentro de um repolho, tão grande era o avantajado dos seus panos. Olhei e não gostei:

— Muita roupa, muita roupa.

Por ser de fino lavor, a obra ficou no escritório aguardando condução segura, do que aproveitou Pergentino de Araújo para vistoriar a compra. Com ele, veio Pernambuco Nogueira, interessado em aquilatar o gosto do primo. Franqueei a peça. Pergentino e Nogueira miraram e remiraram os seus pormenores. O aposentado da Justiça ficou mais cativo do anilado do céu:

— É vistoso, calha bem.

Nogueira disse que não, que bonita era a dama:

— Veja o porte, veja o afunilado da cintura!

A pedido deles, dei meu parecer. De modo a não descontentar nem um, nem outro, retorci a resposta para o lado mulherista. O libertino que fosse trabalhar dama assim, tão vestida e revestida, ia perder mais de hora no descascamento dela:

— É roupa demais, seu compadre. Tem jeito de armarinho.

Nogueira mirou Pergentino espantado. E em seguimento, como um possesso, largou gargalhada estrondosa, a ponto do charuto escapulir do beiço e rolar no tapete. Meio adernado sobre a escrivaninha, pediu o doutor que eu repetisse o parecer:

— Como é mesmo, como é mesmo?

Em verdade, se não sou sortista, bem que esse meu vistoso viver e mais os gastos da política davam comigo de rabo no barro. Mas dinheiro saía por uma porta e entrava em dobro pela janela. Nunca os negócios de compra e venda deixavam enfraquecidos meus créditos no Banco da Província. O bolso do coronel sangrava de todo o lado. Fontainha, que na nascença do escritório nem queria ouvir falar em paga ("Trabalho por gosto, pela amizade do coronel"), começou a encarecer. Tive de socorrer suas aperturas uma dúzia de vezes. Dava os estipêndios e aconselhava:

— Seu Fontainha, seu Fontainha! Tenha pulso nos gastos.

Era afeiçoado a mim a mais não poder. Comprava as desavenças do coronel, copiava meus rompantes, o costume natural que eu sempre tive de medir sala em passo militar. Respeitoso era ele que nem fumava na sala ou saleta em que eu respirasse. Cuidava em exagero do meu bem-estar e quase avariou a cara de um vendedor de charuto por não ter o cigarrista a marca do meu agrado. Se no Taco de Ouro o frango não vinha a gosto, lá soprava Fontainha sua ventania. Nogueira não cansava de gabar os cuidados dele:

— É capaz de matar pelo coronel.

É bem verdade que andou uns meses adernado para o lado de Baltasar da Cunha, inclinação que cortei com dois berros dos que sei dar. Voltou depressinha o escriturário e quis, como prova de devoção, cortar a amizade do moço engenheiro:

— Largo uma batelada de desaforos agora mesmo em rosto dele.

Fui obrigado a segurar a raiva de Fontainha pela gola, já todo galo de briga, querendo destratar o primo dos Nogueira:

— Tenha modos, tenha modos.

Recompensei o zelo dele com uns adiantados de dois meses. E foi ainda em sua consideração que deixei o Hotel das Famílias. Não que tivesse queixa de Totonho Monteiro, sempre cuidadoso do meu passadio. O caso é que o major não cansava de atirar nos costados de Fontainha a culpa pelo falecimento da firma que tive com João Fonseca:

— Uma pena, uma pena. Logo o compadre, homem direito, homem de bem.

A par das péssimas ausências que o major fazia dele, tratou Fontainha de tirar pergunta na porta do Hotel das Famílias. Palavra vai, palavra vem – Totonho coçou a virilha em menção de tirar seus metais, faca ou garrucha. Fontainha fez o mesmo. E nesse fazer o mesmo, um correu assombrado do outro. O escriturário desabou rua abaixo e Totonho foi achado no sótão do Hotel das Famílias, mais amedrontado do que um gato na água. Fui obrigado a dar ganho de causa a Fontainha, mas com tal mestria manobrei que Totonho Monteiro ficou de dar ajantarado em minha honra:

— Vai ser coisa grande, de sair nas folhas. De peru para cima.

Não levei arrependimento por deixar o major. Já de muito andava de namoro com outros recintos, amadurando a ideia de levar as malas para estabelecimento mais condizente ou mesmo abrir a casa da rua da Jaca. Fontainha berrava que o Hotel das Famílias não era capacitado para um sujeito de nome na praça, de um militar de minhas posses:

— Aquilo não passava de uma espelunca de cometa, albergue de caixeiro-viajante.

A desavença veio assim na medida. Lancei ferros no Hotel dos Estrangeiros, casa de luxo, uma exorbitância de fazer orgulho, toda de veludinhos e berloques nos cortinados. O tapetão do assoalho corria na frente da botina, entrava num compartimento e saía no outro. Gabei a escolha:

— Sim senhor. Coisa de lorde, moradia de doutor.

Fontainha, orgulhosão do meu apoio na pendenga do Hotel das Famílias, esmerou nos confortos do patrão. Discutiu o pagamento, a arrumação dos trastes e fez sentir que o coronel Ponciano de Azeredo Furtado não abria mão de arrumadeira descompromissada, de porte garboso:

— É militar de respeito, quer tudo nos escondidos.

Quando apareci no Hotel dos Estrangeiros, o dono, um barrilote de cabelo repartido no meio, quase beijou meus pés:

— Padilha, um criado de Vossa Senhoria.

Como eu fosse militar, apreciava o pançudinho falar comigo batendo os calcanhares. De manhã, corria a saber do meu conforto, se passei a noite a gosto, se estava a contento. Esfregava as mãos, ria por qualquer invenção que eu fizesse:

— Vossa Senhoria tem muita graça. O amigo Fontainha tem razão. Vossa Senhoria tem muita graça.

Gostei do Hotel dos Estrangeiros e esse gostar aumentou no decorrer dos dias. E não demorou que aparecesse, dentro do combinado, moça arrumadeira mais para branca do que mulata. Abriu a porta do quarto e na frente dela veio aquele bom cheiro de cabrita nova. Olho a meio pau, devassei os recurvados da arrumadeira e só sustei a correição no rodapé dos torneados do mocotó. Achando tudo de conforme, aprovei os préstimos dela:

— A menina pode vir todo dia no depois das sete.

Nem esperou que eu pedisse sua graça. Foi relatando, muito desembaraçada de modos e de boca, que tinha o nome batismal de Ritinha Guedes, mas que disso ninguém fazia uso:

— Sou apelidada de Titinha.

Saiu montada em andar de cobra, num vai-lá-e-vem-cá de balançar as repartições todas dela. Felizão, alisei a barba. A bem dizer, o coronel estava garantido. O Hotel dos Estrangeiros velava pelo meu bem-estar.

A ROGO DE DONA Esmeraldina, cada vez mais embeiçada, amparei empréstimo do marido no Banco da Província. Nogueira, afundado na labuta das eleições, requeria fortes dinheiros. Assinei a papelada na parolagem do caramanchão, um sábado, longe do doutor, tomado que ficou de encabulamento pelo incômodo que dava ao coronel. A dona da casa, antes que eu pespegasse o jamegão na garantia do empréstimo, disse que só deixava o marido viajar em comitiva política se o coronel viesse, toda noite, fazer companhia a ela na rua dos Frades:

— Já preveni Nogueira. Não fico sozinha neste chalé.

Não precisei levantar indagação – os olhos de água de dona Esmeraldina limparam todas as impurezas e dúvidas. Era mulher sucumbida, domada pela minha lábia. Ponciano ia ter em mão o mais vistoso rabo de saia já trabalhado por um Azeredo Furtado de cem anos atrás ou de todos os antigamentes. Pena que Juju não estivesse vivo para ver em que altura andava eu. Até figurava a voz do falecido:

— Sim senhor, seu Ponciano. Isso é que é saber escolher!

Outra tristeza que minava meu viver da cidade era não ter ao lado o parente Juca Azeredo, de amizade estremecida comigo desde que lançou âncora, por motivo de tomar estado na família de Pires de Melo. Ia gabar meu gosto:

— O primo é morosão nas escolhas, mas quando levanta moça é coisa de grande ostentação.

Deixei a rua dos Frades feliz de não caber nas botinas. A poder de charuto esfumacei a praça da Quitanda, onde comprei carregamento de sabonete e água de cabelo. Estipulei:

— Quero do mais caro, mercadoria de aromar na distância.

Feita a compra, ganhei a rua do Rosário com o sovaco sobrecarregado de sabonetes e frascos de cheiro. Foi quando esbarrei no velho Gastão Palhares, que navegava de cabeça decaída e guarda-chuva arrastado. Se não estivesse em maré de alegria, era homem de mudar de calçada e deixar o velhote seguir em passo de procissão. Como uma pilastra, plantei meus dois metros diante dele:

— Em calçada militar paisano não passa.

Palhares, ao dar comigo, abriu os braços e gabou meu viço, meu todo coradão:

— Venha de lá a receita, venha de lá o remédio.

Já dependurado no meu paletó, pediu, como era de sua mania, conselho sobre uma pontada que desde mês afetava o seu vazio. E, como reforço, mostrou o sarro da língua e os amarelões das bochechas:

— O coronel não sabe receita para essas mazelas?

Desenganei o velho:

— Sou lá homem de receita! Curo os meus sofrimentos em perna de moça, seu Palhares.

Desacostumado com esse meu proceder libertino, Palhares, sujeito todo forrado de ipsilones e nove-horas, recuou como se tivesse levado um coice de mula:

— Veja lá como fala! Sou homem de respeito.

Sem outros encargos, deixei o velhote no meio da rua, tomado de afrontamento, atingido em sua severidão, e fui jantar cabrito especial no Taco de Ouro, na boa camaradagem de Pergentino de Araújo. O tabelião riu de estourar as braguilhas ao saber da tratantagem que armei à custa de Palhares, crente de igreja, homem de andor, pai de meninas devocioneiras:

— O amigo teve graça. Só queria ver a cara de boi-pintadinho do Palhares.

Noite alta, bem andado e conversado, recolhi meu cansaço ao Hotel dos Estrangeiros sem relatar a Pergentino meus avançados dentro do coração da prima Nogueira. E no balancinho dessa esperança, dormi leve e foi ainda leve que subi, no dia seguinte, no ponteiro das oito, as escadas do Livro Verde, para dar nó de arremate em transação de vulto, uma compra de cristal e mascavo. Andava eu nesse serviço, preparado para enfrentar os negociantes da rua do Rosário, quando vi subir Pernambuco Nogueira em meio de suas amizades da política, uma gente que eu conhecia dos cafés e cochilos de esquina. Veio o doutor trazer suas gratidões pela garantia que dei ao empréstimo do Banco da Província:

— Não sei como agradecer ao amigo Ponciano.

Desconversei, apertei a mão das amizades dele. Fontainha, aparecido na crista da embaixada, era o mais acendido de todos. Atendia um e outro, acomodava as visitas nos sofás e cadeirinhas. Um macilento, de pescoço de linha e óculos de vidro esfumarado, pulou na minha frente de lápis em punho. Fontainha, mais que depressa, apresentou a pessoa dele:

— É o amigo Nonô Portela, que escreve nas folhas.

Como nunca apreciei, nem nunca vou apreciar, os bisbilhoteiros da imprensa, armei cara de réu e na segunda volta da barba o macilento já estava fora do meu bafo, em recanto de saleta, trocando miúdos com Fontainha. Disso resultou, passada uma semana, uma batelada de louvaminhas a meu favor. Padilha, logo que desci para o café das sete, avisou que andava nas folhas. E aos berros, todo alvoroçado, mandou buscar a tal gazeta que falava do coronel:

— Está emprestada ao hóspede do quarto 23.

De pé atrás, li o relato no receio de que o macilento, destratado por mim, tirasse vingança nas entrelinhas, como é da natureza do povinho das gazetas. Digo que achei tudo dentro da verdade, tirante um certo exagero no dizer que verti sangue na defesa dos espoliados dos impostos e que mais de um trabalhador da roça retirei das garras do governo:

— Exageração, inventoria do gazeteiro.

No escritório, quando Fontainha chegou, passei ao conhecimento dele o fraseado de Portela:

— Veja esse dislate, esse engrossamento, homem de Deus!

O escriturário, repimpado na cadeira, leu alto o que a folha afiançava. Metido na rebusca de um papel, fingi não ter ouvidos para essas letras de forma e até recriminei a invenção dele em gabar meus arrojos na briga dos impostos:

— Bobagem, coisa de somenos.

Acabada a leitura, Fontainha engrandeceu as artes de Portela, a sua mestria em deitar o preto no branco:

— É um danado, um bichão, esse Portela.

De noite, ao dar entrada no Hotel dos Estrangeiros, encontrei Padilha de espinha embodocada, portador de encomenda para mim. Bateu os calcanhares em continência militar e disse que era coisa da rua dos Frades:

— Da parte do dr. Pernambuco Nogueira.

Era bilhete cheiroso de dona Esmeraldina, com parabéns pelo que diziam de mim as gazetas. Também de Fonseca, que encontrei na rua dia depois, recebi cumprimentos:

— Sim senhor! O coronel anda por cima da carne-seca. Não sai das folhas.

Abraçado ao amigo, que não via desde o falecimento da firma de compra e venda, reclamei do sumiço:

— Onde anda essa bizarria que a gente não deita mais olho?

Peitinho afrontado, mil chiados de gato por dentro, Fonseca jogou a culpa das ausências na conta da asma. Era puxamento de ninguém fazer ideia. De noite, a mazela criava força de não ser ele homem de levantar uma pena. E desalentado:

— É uma sufocação, um mal-estar que o padecente pensa que vai morrer.

Tratei de levantar o ânimo dele. Que não era nada, que fosse passar temporada nos pastos. Vinha de lá remoçado na segunda garrafada da velha Francisquinha:

— Prepara uma beberagem com perna de rã e erva-de-bugre, que é tiro e queda em puxamento.

Encolheu os ombrinhos, riu murcho, sempre ajeitando os agasalhos no pescoço. De braço dado, em passeio de amizade, desci com Fonseca a caminho do Banco da Província, onde uma papelada esperava meu jamegão. Antes da despedida, quis notícias de dona Celeste e da passarada:

— Como vai a moça? O laranjeira ainda está de canto aberto?

Firmei compromisso de jantar na rua do Gás lá um domingo vadio. De dentro dos agasalhos, a vozinha afrontada de Fonseca recomendou:

— Não precisa avisar. É aparecer, que a casa é sua.

NÃO FICOU BARATO A louvação de Portela. Fui sangrado em duzentos mil-réis e jantar no Taco de Ouro, que o magricela não era parco pedir. Desabafei no cangote de Fontainha:

— Seu compadre, é mais em conta sustentar um burro a pão de ló do que esse povo de imprensa a capim.

Fontainha, todo cheio de dedos, obtemperou que o amigo Portela sabia trabalhar a caneta e não era qualquer um que pegava rapapé dele. Quando não gostava, triste do cristão:

— É cada desaforo! Até intimidade de família vem a furo.

Repeli a indireta, de jeito a que Fontainha não cuidasse que levava eu medo de letra de forma:

— Quebro o chifre do calhorda que desabonar meu viver civil ou militar, seu Fontainha!

Na asa do Foro, onde apareci por causa de uns saldos de demanda, esbarrei no dr. Secundino Peralva, um velhote seco, devastado de cabelo, que nunca dirigia palavra a ninguém. Nogueira falava dele recheado de raiva. Que era juiz birrento, cismático. Pois foi dar comigo num cotovelo de corredor e abrir as intimidades:

— Meus parabéns. Li o artigo. O coronel é dos meus.

E sem mais aquela, em canto retirado, contou que nos outroras da mocidade também tinha pegado no pau-furado por causa do imposto da farinha, quando, em baderna de rapaziada, estilhaçou lampiões e portas, o que deu em resultado a vinda para a rua das tropas de linha:

— Quase que o governo vem abaixo. Andou por um triz.

Não dormiu nisso minha fama de brabeza, de coronel que enfrentou o poder dos impostos. Indo eu, dias mais além, a um almoço em louvor de Pernambuco Nogueira, em véspera de sair em comitiva política, a páginas tantas saltou, de palavra em riste, o bigode de um certo Janjão Pereira para dizer que aquele recinto de tanta amizade era honrado com a presença de um militar que em mais de uma dúzia de vezes jogou a vida em defesa dos necessitados, contra os desmandos do governo. E de dedo na minha direção:

— Esse militar é o coronel Ponciano de Azeredo Furtado.

Mastigava eu, sem saber de nada, asa de galinha, quando recaiu em minha cabeça a honraria de Janjão Pereira. Pegado assim pela gola, nem tive tempo de limpar o beiço. E foi besuntado que recebi chuva de palmas de todos os circunstantes, com Fontainha na proa:

— Muito bem! Muito bem!

De manhã, estando eu no sono das seis, o escriturário investiu pelo quarto munido de gazeta:

— Veja que beleza, que coisa imponente!

Deitado, barba escorrida no peitilho, li o escrito da lavra de Portela. Em língua floreada, falava do banquete, das peças servidas, da grande amizade que imperou entre todos, dos delicados discursos, bem como da honra que deu o coronel Ponciano de Azeredo Furtado comparecendo aos festejos do dr. Pernambuco Nogueira. Em seguimento, discriminava, em meu louvor, os serviços e ajutórios que prestei ao povo oprimido no torniquete dos impostos e taxações descabidas. E fechando a rosca das louvações: *"Nessa batalha contra os desmandos e desmazelos estaremos sempre ao lado da figura altaneira de Ponciano de Azeredo Furtado."* Não pude, por ser justiceiro de nascença, deixar de reconhecer o preparo do magricela:

— Seu Fontainha, esse Portela é um corisco. Pega tudo no ar, seu Fontainha.

Nova remessa de pecúnia mandei para o bolso do gazeteiro, na ordem de duzentos mil-réis. Portela ainda relutou em receber o levado, não por honradeza, mas por achar curtos os dinheiros:

— Sou lá homem de duzentos mil-réis, seu Fontainha!

Rebati o atrevimento dele com aviso destemperado:

— Seu Fontainha, diga a esse filhote de lobisomem que não dou mais. Não encomendei sermão.

Em vista da minha jurisprudência, Portela empalmou os duzentos e pediu a Fontainha, em termos de amizade, que arranjasse com o coronel um adiantado de mais cem. Concordei:

— Isso é outro falar, seu compadre. Imposição é que não aceito.

Com essas macacagens de imprensa, o coronel-fez-isso, o coronel-fez-aquilo, o escritório de compra e venda apanhou enchente de povo. Era gente que mais queria falar comigo. Muitos pensavam que eu estivesse em véspera de entrar na guerra da política:

— Pelo visto, o coronel tem em mira coisa mais alta...

Desiludia os postulantes:

— Coisa nenhuma. Essa história de eleição é com Nogueira, o dr. Pernambuco Nogueira.

Não era mais homem de pisar a rua sem receber cumprimentos e parabéns. Muito faladinho miúdo ouvi em passagem de esquina:

— Aquele barbadão é o tal Ponciano.

Fingia não perceber, pois não dava como ofensa ser tratado de barbudo ou grandalhão. O que não admitia era deboche, risinho de pouco-caso. Se o sujeito faltasse ao devido respeito, levava logo meu pé de pilão pelas platibandas que era uma beleza presenciar o desabusado desfalecer na pedra da calçada. Além do coice, levava reprimenda:

— De outra feita, quebro o chifre do pai por ter cuspido no mundo filho tão deseducado.

Ia dizendo que não podia botar a cara de fora sem que não juntasse povo em meu derredor. Com tanto embaraço, tive de alugar carruagem, gastei roda de tílburi mesmo nas pequenas trafegações. Fontainha apoiava meu novo proceder:

— O coronel não pode perder minuto em conversa de esquina. É homem de negócio, militar graduado.

O que o coronel andava era felizão, contente de ter nascido. Nogueira, todo da política, estava de malas prontas. Assim que virasse as costas, entrava Ponciano velho no uso e gozo de dona Esmeraldina, dama de muita dificuldade em conceder benefícios. O primo Baltasar, que nem no natalício dela apareceu, era todo de Mata-Cavalo, das engenharias e obras. E ainda por sorte, Pergentino de Araújo, que vez por outra vinha ao chalé, atacado de nova plantação de nascidas, não fazia outro serviço que não espremer suas cabeças de prego. A bem dizer, eu corria de pata livre em vereda limpa. Ponciano, esfregando as mãos, dizia de um ouvido para outro:

— Vai ser uma tarefa de safadeza de grande monta.

Nesse entrementes, pedi a Portela, sem interferência de Fontainha, que floreasse uns rabiscos na sua gazeta a meu respeito, coisa leve, onde eu figurasse como sujeito galante, homem de saber entrar e sair em qualquer salão:

— Assim nesse teor, seu Portela.

Avivei as ideias dele com duzentos mil-réis e mais cem para guardar segredo, que ninguém fosse sabedor dessa patuscada, nem Fontainha, nem o dr. Pernambuco Nogueira, nem Castrão do Banco da Província:

— Ninguém, seu Portela.

Não tive de esperar para ver o meu pedido em letra de imprensa. De fato, o magricela fez melhor do que a encomenda. Inventou que eu andava de mala pronta, com passagem comprada. Ia apadrinhar, na Bahia, linda moça por motivo de formatura. E nas entrelinhas levantava suspeita de que o coronel Ponciano de Azeredo Furtado talvez fosse pedir a mão da dita moça para com ela tomar estado. Ao acabar a leitura do floreado, que fechava desejando feliz viagem ao ilustre militar, não pude deixar de tirar o chapéu em louvor do sujeitinho:

— Vai ter ideia assim nos infernos!

E foi nos maiores cheiros de sabonete, barba penteada e cabelo encharcado de loção, que apareci na rua dos Frades para o ajantarado de rotina. Pelo visto, a artimanha tinha atingido o coração de dona Esmeraldina, que falou comigo do alto, um boa-tarde sem graça, sem dedo apertado. Nogueira, chegado em seguida, de chapéu ainda na cabeça, felicitou o coronel:

— Sim senhor. Li a novidade. E o amigo sem dizer nada, sem avisar a gente.

Desmenti, meio mofino, o propalado das folhas:

— Rebate falso, seu doutor, invenção das gazetas.

O ajantarado foi todo brincadeira sobre brincadeira, o doutor querendo saber o nome da moça e eu nas encolhas, como caracol em sua casca. E a vadiagem só teve acabamento por ter chegado na rua dos Frades embaixada de gente política. Nogueira correu ao portão, no alvoroço de fazer todo mundo entrar. Apreciei os intrometidos que deixavam em meu poder, de sozinho e à vontade, dona Esmeraldina e seus ciúmes. Se não sou servido de tirocínio, sujeito passado e repassado em rabo de saia, bem que não demovia as desconfianças da mulher de Nogueira.

A custo pegou convencimento de que era falsidade o propalado pelas folhas. Jurei quebrar os chifres do escrevinhador de tal despautério:

— Isso não fica assim, dona Esmeraldina. Arrombo a cara do sem-vergonha que botou esse disparate em letra de forma.

Debelada a ciumeira, de novo nas boas graças de dona Esmeraldina, fui dormir em paz. E no decorrer da semana não fiz outro trabalho que não apurar o coronel. Não havia vidro de cheiro que chegasse, brilhantina que desse conta do meu cabelo. E foi em casca nova, um ternão de pano caro, que lá numa tarde de sábado levei o dr. Pernambuco ao bota-fora. Inaugurava o amigo sua trafegagem pela política. Ia correr longe, em comitiva de eleição. Deixei, a rogo do doutor, que Fontainha engordasse a embaixada, na tarefa de preparar as homenagens e comandar os foguetes. Na estação, mais alto do que todo mundo, eu via o apressadinho do embarque. Abracei Nogueira, dei conselho a Fontainha, fui mordido em vinte mil-réis por Portela e só sosseguei quando o chefe do trem, de boné vermelho, liberou as ferragens. A máquina ainda gemia no arranco da saída e eu já estava de tílburi tomado, mandando o cocheiro tocar para o chalé:

— Rua dos Frades, ligeirinho que tenho pressa.

Antes de chegar, passei revista na roupa que tinia nos engomados. Espichei, no portão dos Nogueira, o lenço de cheiro. Ponciano era um aromal de ser admirado em distância de algumas braças, mesmo em vento desfavorável. No primeiro repuxão da campainha, apareceu na varanda, bonita de cegar, a dona dos meus quebrantos. Senti um vazio, um afrontamento no peito, pelo que avancei degraus acima em passo medroso. Dona Esmeraldina, vendo meu acanhamento, brincou comigo:

— Pode entrar, não tem cachorro.

E para dentro da sala:

— Mocinha, venha ver quem está chegando.

Fui recebido em onda de pó de arroz, o que rebateu meus cheiros de cabelo e lenço. A dona da casa, toda agitada, pediu desculpas. Ela e

Mocinha estavam de saída, em visita a uns parentes de Nogueira que moravam em chácara afastada:

— Estou por saldar esse compromisso desde o ano retrasado.

Outro que não tivesse a minha educação de berço era capaz de sair no destampatório, na cobrança do prometido. Como sou cachaça de outros alambiques, menino educado em tabuada de frade, fiz o galante:

— Ora, dona Esmeraldina, não tome preocupação.

Nisso, pelo corredor, endireitando o cabelo, despontou a menina Cerqueira dentro de um vestido da brancura das garças. Ganhei dela a cortesia mais fina – ao chegar perto de mim abaixou a cabeça e deu um passinho atrás como era do uso das damas dos rococós:

— Coronel, que prazer.

Fiquei cativado dela, enquanto a dona da casa ("Estou atrasada, estou atrasada") corria na caça do leque esquecido nos confins do quarto. Digo que não saí da rua dos Frades de olho abanando. Foi dona Esmeraldina sumir no corredor e eu firmar jurisprudência num certo estofado da menina Cerqueira. De cima dos meus dois metros eu levava todas as vantagens. Era deixar escorrer a vista pela folga das rendas e disso tirar proveito. Como jacaré velho, choquei as partes expostas, a ponto da moça, tomada de encabulamento, retirar da brasa de Ponciano o naco infestado. Para que não pensassem maldade de mim, gabei a riqueza do vestido:

— A menina tem gosto. O branco calha bem, é a cor que mais estimo.

Sem outros quefazeres, deixei a casa dos Nogueira com promessa de voltar no dia seguinte:

— Sem falta, sem falta.

Mas estava escrito e estipulado que o neto de Simeão do Sobradinho não ia aproveitar as ausências do doutor. Certo incômodo de caxumba jogou comigo, por duas semanas, nos lençóis do Hotel dos Estrangeiros. Quase mandei chamar, no Capão, a comadre Alvarina, o que foi impedido pelo tratamento que recebi da arrumadeira Titinha. Desvelou, noite e dia, na cabeceira do padecente. Ordenei que ninguém, que não tivesse tido caxumba, viesse ao Hotel dos Estrangeiros em visita de cortesia. Com isso, liberei Pergentino, já amedrontado de contrair a maldade e da inchação descer aos compartimentos de baixo, como sempre foi costume e gosto das caxumbas recolhidas.

— Seu compadre, pode até botar o sujeito roncolho ou na adjacência disso.

Amarrado no pau da cama, preso em receita de doutor, vi o tempo de Nogueira passar e eu sem o uso de dona Esmeraldina. E danei, já no resguardo, ao saber que Selatiel de Castro, a convite do primo Baltasar, fez passeata na rua dos Frades, enquanto eu curtia o sofrimento da caxumba. O relato veio do próprio Nogueira, em reclamação por não ter o coronel aparecido no chalé:

— A patroa diz que foi uma desconsideração, que estava pronta para cuidar da sua mazela.

Quase arranquei as barbas de raiva. Além de cara inchada, mais parecendo um boi de presépio, ainda levava fama de amigo sem préstimo. Mas sou sujeito ladino e aproveitei para dizer a Nogueira que não era do meu feitio comparecer em casa dos amigos estando o dono fora:

— No mais, doutor, estava amarrado na caxumba.

Nogueira rebateu meus escrúpulos. Se havia sujeito com franquia no chalé, era eu, amigo da família, muito apreciado de Esmeraldina:

— Bobagem, Ponciano. Prepare o ânimo para levar pito da patroa.

Compareci à presença de dona Esmeraldina para lavar a testada. E afianço que pagou a pena ficar encaxumbado. A mulher de Nogueira quase botou este Azeredo Furtado no colo. Foi derretimento sobre derretimento. Tive de dar segurança de que na primeira mazela corria para a rua dos Frades, ao que ela ponderou em modo acetinado:

— Tenho muito gosto em cuidar do coronel.

Entre outras provas de consideração, falou que muito sentiu a minha falta e que no desespero de saber notícias minhas, lá uma tarde, chegou a mudar de roupa para uma fugida ao Hotel dos Estrangeiros:

— Nunca cuidei que tivesse tanta estima pelo coronel.

Amolenguei – e nesse amolengar eu já achava engraçado o papelão de boitatá que Selatiel de Castro representou na rua dos Frades. Contou a moça que o financeiro ficou encabulado de tanto ser chamado de Ponciano:

— Coitado de Castro. Vou mandar Nogueira pedir desculpas a ele.

De novo fui dono da rua dos Frades. A menina Mocinha Cerqueira, que não saía do chalé, começou a abrir suas facilidades a meu favor – era um olhar, uma roupa mais sem-vergonha, um pedido para colher cravo no escurinho do jardim, bem como outras liberdades de rabo de saia mal-intencionado. Em mais de uma ocasião, tive de dar provimento a esses desejos dela, de afundar por veredas e nação de trepadeiras. Numa dessas viagens, enquanto dona Mocinha, meio recurvada, labutava em tirar uns beijos-de-frade do seu covil, vislumbrei, pelos folgados da blusa, dormindo em bercinhos de renda e fofinhos de pano, aqueles dois mimosos particulares dela arrematados em feitio de botão de rosa. Pelo visto, ninguém, nem dedo de homem ou beicinho de criança, havia ainda trabalhado esses compartimentos que só tinham a crescer com o uso e os abusos. Em presença de tão lindos encontrados, limpando a testa com lenço infestado de água de cheiro, ponderei em conversinha que só eu sei escutar:

— Se o coronel cai no entre esse par de murundus, nem com reza ou busca do governo, ninguém vai mais achar o coronel. Ninguém!

Passei de largo por todas essas belezuras em flor apresentadas pela menina. Tratei de botar as barbas de molho, antes que dona Esmeraldina apanhasse nova remessa de ciúme. Por sorte, um Cerqueira, tio de dona Mocinha, com engenho em Macaé, pediu o desvelo dela para coisa de doença e lá foi a moça, muito em desgosto, cumprir as obrigações da parentagem. Deixou despedida especial para mim:

— Diga ao coronel que levo muitas lembranças dele.

Respirei aliviado, queimei charuto em comemoração ao embaraço do velho. Montada na mazela do tio Cerqueira, a menina deixava Ponciano de mão livre na rua dos Frades. O coronel podia dar trabalho a seu olho alcoviteiro, fazer suas navegações de alto bordo. Por outro lado, o doutor de minhas causas era como não existido. Vivia no redemoinho da política, no corre-corre dos comícios, de reunião em reunião. Com o chalé cheio de povo, um entra e sai de formiga carregadeira, Nogueira não arranjava nem hora para a soneca da digestão. Dona Esmeraldina reclamava:

— Isso não é vida, Nogueira. Isso é uma penitência.

Contava eu, esfriado o caldeirão da política, levar dona Esmeraldina a um passadio de semana ou mais em Mata-Cavalo, como era do prometido dela. O embargo era Baltasar da Cunha. Mal aprontava uma tarefa, outra já nascia adiante. Era um nunca acabar de obras e gastos. Em jeito macio, de modo a não melindrar as partes, chamei a atenção de Nogueira, num ajantarado, para o arrastamento da engenharia do primo:

— O doutorzinho está custando a dar cabo da empreitada.

Antes não apresentasse tal embargo. Nem uma quinzena era passada, mordido de jararaca, subiu Baltasar da Cunha as escadas do Livro Verde. Varejou na tábua da escrivaninha a papelada de sua engenharia, com intimação para que eu visse o andamento das obras:

— Não estou lá coçando os bagos como cuida muita gente, ouviu?

Parei meio atordoado diante de tanto rabisco e má-criação. Não era de meu propósito ofender o moço, pelo que deixei sua raiva minar por baixo e por cima. Em passo de zanga, medindo a sala de lado a lado, dedo na cava do colete, penteadinho como quem vai para festa, Cunha avisou que de outra feita que eu levasse reclamação para a rua dos Frades, largava ele o compromisso de Mata-Cavalo:

— Pego no chapéu e vou embora. Não sou moleque de ninguém.

E sem outras indagações, soberboso como entrou, desceu em redemoinho as escadas do Livro Verde, com Fontainha na rabeira. Parecia um pé de vento.

* * *

NÃO MUDEI OS MODOS, não dei o braço a torcer. A má-criação de Baltasar da Cunha nem chegou na rua dos Frades. Caiu de lado e assim morreu. E quando, tempos mais tarde, o doutor engenheiro voltou ao escritório, viu Ponciano de braços abertos, sem queixas ou desgostos. Mão no ombro dele, requeri notícias dos pastos, como andavam os encanamentos e as melhorias:

— Sou sabedor de que vai por lá uma grandeza, seu doutor.

Outras demonstrações de fino trato dei a conhecer ao deseducado no decorrer dos dias. Torcia eu, a mais não poder, a minha natureza. Enquanto eu trabalhava no mimoso, Baltasar da Cunha rebatia com afrontas e agravos. E teve o topete de desconhecer minha patente. Era Ponciano só, despido das regalias do posto militar. Falava seco:

— Ponciano, vou montar uma olaria em Mata-Cavalo.

Com o andar dos meses, nem mais consentimento pedia para suas inventimanhas e gastos. Como um criado dele, a mim competia pagar as despesas, sem chiado ou obtemperação:

— Passe o cobre que o recibo vem depois.

Tanta exorbitância acabou por contaminar Artur Fontainha, que passou a tratar as tarefas da praça, as transações de compra e venda, como rotina subalterna. E não tardou que aparecesse com imposições e rompantes. Deu de tratar comigo, talqualmente o primo dos Nogueira, de igual para igual:

— Não conte com meus préstimos no restante da semana, seu Ponciano.

Entranhado na briga da política, carrapato do paletó de Nogueira, passava dias sem vir ao escritório, deslembrado das contas e letras de carta. Relaxava a guarda dos papéis e a escrivaninha de seu uso criou poeira, como traste de belchior. Quem quisesse encontrar o focinho dele era nos cafés, nas altas-rodas do povo endinheirado. Atrás do engomadinho, por motivo de saber deste ou daquele papel, fui de perna própria dúzias de vezes vasculhar os bilhares e ajuntamento da política. Bem que eu reclamava:

— Seu Fontainha, que sumiço é esse, seu Fontainha?

Resmungava. E resmungando despejava a culpa na trabalheira da eleição:

— Apresente queixa ao dr. Nogueira, fale com dona Esmeraldina.

Conhecedor de minha banda fraca, o escriturário novas confianças tomou. Nem para receber os estipêndios do mês ele aparecia no Livro Verde – mandava um estafeta com bilhete atrevido. E não contente, vez por outra, na rua ou nos cafés, ainda sangrava o bolso do patrão em cem e duzentos mil-réis:

— Bote na caderneta dos adiantados.

Era comendo sapo que eu aguentava tanto desaforo. E desaforo maior tive de engolir quando Baltasar da Cunha, com parte de ajudar o primo na guerra da política, largou Mata-Cavalo na desgovernança, entregue ao vento e ao agouro das corujas. Veio morar na rua dos Frades e lustrar os fundilhos nas conversas de café, ao lado de Fontainha, cada dia mais achegado a ele, não só na roupa como nos jeitos e tremeliques. Pulei num pé só:

— Não, isso não vai ficar assim!

De novo dona Esmeraldina, com as suas covinhas no rosto, correu em socorro do parente. Pediu que eu tivesse paciência – abrandada a fervura da política o primo voltava para o arremate do compromisso:

— Também falta pouco para essa barafunda ter um paradeiro.

E de dedinho cheiroso bem no meu beiço mamador de charuto:

— O coronel sabe que não perde por esperar.

Não fui mais homem de gozar o caramanchão da rua dos Frades. Com a presença de Baltasar da Cunha no chalé, dona Esmeraldina ficou arredia, vendida de não ser mais a mesma. Sustei meus sábados e domingos de visita e ajantarado. De forma a não embaraçar a moça, inventei viagem ao Sobradinho, onde meus préstimos eram pedidos:

— Vou aproveitar os rabos da semana para meter em dia umas tarefas de curral.

Mentira, o Sobradinho mesmo é que não via o coronel. Ficava no Hotel dos Estrangeiros e nem da convivência de Pergentino eu podia gozar. O tabelião, chamado em carta, teve de fazer viagem apressada a São Fidélis, na defesa de uns seus interesses em terras e pecúnia. Num desses domingos vagos, acabei no Capão, na boa intimidade de Juquinha Quintanilha. Foi hora de festa para a comadre Alvarina, que tirou da gaveta a toalha mais rica e serviu o frango mais tenro. Comi por sete bocas e dormi meu depois-do-almoço nas sombras das cajazeiras. Na boquinha da noite, voltei ao Hotel dos Estrangeiros, deixando em poder da comadre promessa de nova visita:

— Prepare outra batelada de frango, dona Alvarina.

O pior é que essas minhas ausências da rua dos Frades não melhoravam o ânimo de Baltasar da Cunha. Entrou o moço engenheiro pelo terreno do deboche. Uma tarde, na porta do Taco de Ouro, no meio de uma miuçalha de povo, onde imperava gente das gazetas, o primo dos Nogueira, de longe, estalando os dedos, pediu charuto:

— Venha de lá o mata-rato.

Dentro do neto de Simeão fervilharam todas as borbulhas das raivas dos Azeredos e Furtados. Andei vai-não-vai para abotoar o atrevido e dar com os abusos dele na calçada, como pedia tamanha falta de respeito. Teve sorte o doutorzinho. Do fundo do Taco de Ouro despontou Pergentino de Araújo, todo de tamanduá, braços abertos para o quebra-osso da amizade:

— Coronel, foi Deus que armou este encontro.

Mas vendo a mão de Baltasar da Cunha estendida na busca do charuto, o aposentado recuou como se o punho do doutor fosse cabeça de surucucu. O outro teve igual proceder. Fiquei entre as duas malquerenças sem atinar com os motivos. Só mais adiante, na porta do Café Lord, longe do moço engenheiro, é que Pergentino soltou a fala num bafo de ódio:

— Filho de uma égua!

Parei na indagação do sucedido:

— Que é isso, Pergentino? O que aconteceu, homem?

Foi montado em ódio, ainda contaminado pela presença de Baltasar, que o tabelião deu a notícia funesta:

— Saiba que rompi com os Nogueira.

Quase desabei do alto dos meus dois metros, sem querer dar agasalho ao que ouvia:

— Diga de novo, homem, diga de novo.

Rilhando os dentes, em chocalho de cobra na desova, o aposentado da Justiça tirou os óculos e confirmou o barulho entre ele e os Nogueira:

— Foi ontem de tardinha, por causa do Selatiel de Castro.

Carreguei o amigo para o escritório do Livro Verde, que peripécia de tal penacho não podia ser tratada na rua, perto dos gazeteiros e abelhudos. Na ponta da cadeira, cabeça pendida na limpeza dos óculos, desamarrou Pergentino o seu embrulho de mágoas e ofensas. Sucedeu que de passagem pela rua dos Frades teve a desinfeliz ideia de levar seu abraço de cortesia à prima Nogueira, em quem não deitava vista para além de um mês, atarefado em São Fidélis no desembaraço de uns dinheiros e terras. Como era do uso, nem puxou a sineta do portão. Foi entrando na franquia de amigo e parente. Quando reparou já estava bem afundado no corredor, nos confins do chalé. Ia bater palmas, mas nisso percebeu barulho de brincadeira e risinho na saleta dos bordados. Pois foi olhar e receber, no cheio do rosto, aquela afronta – em recanto de sofá, todo faltante de respeito, Selatiel de Castro tirava os maiores proveitos das partes altas da prima Esmeraldina, de passar, sem resistência, o beiço do charuto nos despidos dela, do pescoço a outras repartições. Em defesa dos seus atingidos, ela só sabia dizer bobagem:

— Castro, deixe disso, pare com essa maluquice, Castro.

Sem saber que providência tomar, recuou em macio de gato até junto do portão e de lá, a poder de sineta, alertou a casa. No repuxão da campainha veio a prima toda respeitosona, como saída de um trabalho de agulha e não de um trecho de safadeza. E ainda reclamou por ver o parente do lado de fora:

— Que cerimônia é essa, primo?

E com a cara mais sonsa, já na sala, contou que Selatiel de Castro ("Saiu agorinha mesmo daqui"), na sofreguidão de arrumar casa e tomar estado, não deixava a rua dos Frades. Era uma penitência – volta e meia aparecia atrás de um conselho, de uma consulta disso e daquilo. Queria por força que ela fosse ao Rio em viagem de escolher móveis e cortinados, uma vez que a noiva de Selatiel, retirada em escola de freira, não podia cuidar desses arranjos:

— É um cabeça-tonta, quer casar no fim do ano.

Pergentino fez o educado. Deixou que a prima desse a pantomima por acabada, depois do que falou sério, apresentou sua ponderação. Que ela tivesse mais cuidado no trato com Selatiel de Castro, sujeito dado a mulheradas, que não tinha pejo em andar na companhia das meninas das ribaltas. E na última dobra do conselho:

— A prima sabe como é a língua do povo, fala do que vê e do que não vê.

Pois soubesse o amigo Ponciano que mal chegou de noite em casa, apareceu Fontainha em sua porta, todo pomposo, amarradão de cara, parco de palavras. E antes de entrar, avisou que vinha em missão de cerimônia e não em visita de amizade:

— Sou portador de carta do dr. Pernambuco Nogueira.

Nas inocências do que ele trazia, ainda tentou desmontar a severidão de Fontainha:

— Deixe de etiqueta, homem. Que cara de enterro é essa?

O escriturário repeliu a intimidade. E espigado, muito arrumado, sempre parco de palavras, pediu licença:

— A missão está cumprida. Passe bem.

Deixou no liso da mesa dois linguados de carta, uma peça viperina, nefasta para o seu recebedor. Em letra graúda, como nas defesas do Foro, Nogueira repelia o conselho que ele, abusando das regalias que desfrutava no chalé, teve a petulância de dar a dona Esmeraldina, sem respeito pelo parentesco e boas normas da educação. E mais abaixo, no terminal da carta, estipulava o doutor que ele, Pergentino de Araújo, ficava proibido de passar, mesmo de longe, pela rua dos Frades, onde só morava família de respeito e merecimento:

— Assim nesse teor, amigo Ponciano, nesse teor malcriado.

Digo, sem mentira, que se o chapéu do mundo desabasse na minha testa não causava maior estrago. Nem tive ânimo de sair da cadeira, como se atarraxado estivesse pelos fundilhos. Pergentino, sempre tirando e botando os óculos, ainda contou e recontou esta ou aquela parte da carta, moendo e remoendo ofensas:

— Assim, coronel, nesse teor desaforado.

Em Ponciano de Azeredo Furtado o que mais picava como ferro na entranha era aquela relembrança do sofá – a mulher de Nogueira no beição de Selatiel, manga do vestido lá embaixo e o libertino trabalhando de menino de leite no desabotoado dela. Por isso, quando Pergentino pediu meu parecer, não tive palavra. Era como se Ponciano tivesse perdido o dom da fala.

POR UMA BRAÇADA DE dias não fui mais homem de nada. Andei perdido, longe de minha pessoa, fora do meu natural alegroso. Era um penar sem jeito, um sofrimento sem fim. De noite não pregava olho e suspiroso ficava até de madrugada. Como aparecesse, nesse entremeio, uma chuva espirradeira, mais de aborrecer do que de molhar, quedei na cama do Hotel dos Estrangeiros. Queria delir a mágoa, desbastar a tristura que minava meu íntimo, depois do que o coronel ia mostrar ao povo dos Nogueira e seus adjuntos quem era o neto de Simeão do Sobradinho. Como inauguração da nova vida, mandava comprar no Rio bengala de junco, mais ferina que um par de soiteira. E já avistava Selatiel escangalhado na minha gana e eu de bengala no cangote do sem-vergonha:

— Toma, filho dos desvãos dos corredores! Toma, saco de safadeza!

No quentinho do travesseiro, ajudado pela chuva, eu apurava o gênio vingancista. Não ficava ninguém escapado da minha justiça. Figurava Baltasar da Cunha corrido do escritório e eu atrás dele, aos berros:

— Toma mais dinheiro, seu filho de uma vaca, toma!

Em verdade, nem cheguei a comprar a prometida bengala. Chuva recolhida, Fontainha veio ao escritório em missão da rua dos Frades. Estranhei a visita e disso fiz deboche:

— Que milagre é esse, seu Fontainha? Deixou a política do dr. Nogueira?

O engomadinho afinou o palito do bigode e relatou, sem ligar ao meu falar mofino, que dona Esmeraldina Nogueira queria um particular comigo, por estar sozinha e muito sentida das minhas ausências:

— Espera o coronel, sem falta, na parte da tarde.

Fui. Não podia denegar pedido dela, ainda mais que sempre tive bom tratamento no chalé. Em consideração a esses passados, pois não sou de sujar no prato que como, no dobrar das quatro, no fim do charuto da digestão, parei tílburi na rua dos Frades. Entrei em cima das etiquetas:

— Como vai, dona Esmeraldina, como tem passado o dr. Nogueira?

Mas foi a mulher do doutor apresentar aquele seu par de covinhas para o coronel nelas enterrar os desgostos. Desarmado, já de veneno recolhido, tive de aturar da moça queixas e recriminações. Que eu não ligava mais amizade antiga, que talvez estivesse mesmo compromissado com a tal menina do Rio:

— Deve ser isso, só pode ser isso.

Sou ligeiro de invenções. No lombo das tarefas do escritório e do Sobradinho atirei a culpa dos sumiços:

— Ando numa assoberbação dos diabos, dona Esmeraldina.

Sem ouvidos para essas ponderações, garantiu que o coronel, gabado por tanta gente, até por moça do Rio, queria ver os amigos velhos pelas costas:

— Faz muito bem. É assim mesmo.

Estive a ponto de desembuchar, dizer das minhas prevenções, trazer a furo as exorbitâncias do sofá. Mas em boa hora sofreei o desabafo e a conversa correu macia no ventinho da tarde. Disse dona Esmeraldina, muito cheia de novidades, que Mocinha Cerqueira, nas cartas remetidas de Macaé, não esquecia de mandar abraço especial para mim:

— Estou desconfiada que há sentimento nisso. Estou bem desconfiada, coronel.

Da menina Cerqueira pulou para o lado da política – relatou a dona da casa o ajudão que o primo dela, graças ao meu bom entendimento, estava dando a Pernambuco Nogueira, sem falar de Fontainha, que era um devotado, de não ter hora nem para dormir:

— Não sei o que seria de Nogueira sem os dois. Não sei.

E assim, nessa boa intimidade, afundou a palestra por outras veredas até que na crista da onda veio o nome de Pergentino de Araújo:

— Não vejo a pessoa dele desde mais de uma quinzena.

Foi como se eu mexesse em gaveta de lacraia. Pulou dona Esmeraldina do assento e muito ofendida, cheia de razões, contou o desgosto que o parente Araújo trouxe ao chalé. Estava ela na paz dos trabalhos de linha quando, sem palmas ou puxada de campainha, entrou Pergentino como aluado da cabeça. No princípio cuidou que o primo estivesse atacado de tontura ou de outro incômodo, tal a sua branquidão de cera. Tratou de correr ao armário dos frascos, no que foi impedida por ele em jeito desaforado, com gabos a certas partes dela. Inocente que estava, ainda brincou com Pergentino:

— O primo bebeu ou está em seu natural perfeito?

Como ele não sustasse o abuso, repeliu a afronta e fez sentir que andava em casa de família:

— Tenha respeito, veja onde pisa.

Foi nesse ponto que o atrevido mostrou risinho de pouco-caso e jogou veneno nas relações dela com o coronel e mais Selatiel de Castro. Perante tamanha calúnia, não teve outro remédio senão chamar a criadagem e varejar Araújo fora de porta:

— Não contei tudo a Nogueira com medo de suceder uma desgraça.

Peguei fogo. De pé, com todos os diabos do meu gênio desembestado, obtemperei que ninguém denegria um Azeredo Furtado sem levar corretivo seguro:

— Ninguém, dona Esmeraldina! Vou rebentar esse confiado como quem rebenta um ovo choco.

E sacudi o assoalho do chalé na força da minha botina, como se o primo dela estivesse no debaixo da sola. Tanta vingança botou a moça alarmada. Que eu não tivesse tal procedimento, visse minha posição de homem de negócios, de pessoa de respeito:

— Tenha juízo, não faça criancices.

E melando a fala, pediu que desse a pendenga por desfeita ou nunca existida. Nogueira, em carta autoritária, já tinha exemplado o atrevimento dele. Ademais, achava que Pergentino, de uns tempos para cá, andava de cabeça avariada. E se esse fosse o caso era para ter pena dele:

— Coitado! Pode acabar como o tio Epaminondas.

E muito triste, muito sentida, contou, por ser eu como pessoa da família, o caso do tio de Pergentino, o velho Epaminondas, que contraiu a mania de trem de ferro – apitava nas esquinas, pegava passageiros nas portas e carregava uma enorme almotolia para azeitar as engrenagens. Alta noite, corria a casa copiando o resfolegar da máquina, sendo que em tempo de lua ninguém segurava, dentro de paredes, o trenzinho do velho Epaminondas:

— Acabou em cela de doido, coronel.

Senti pena e logo dei a conhecer a dona Esmeraldina que a diferença com Pergentino acabava naquela hora:

— É como não existida. Dou o caso como morto e sepultado.

Por essas bondades, recebi dos seus olhos de água promessa toda especial. Saí do chalé outro Ponciano de Azeredo Furtado, desarmado de mágoas, limpo de prevenções. Na rua um ventinho de jasmim, saído do fundo dos quintais, jogou comigo nas infâncias, nos meus dias de menino, feliz como uma cambaxirra.

NÃO TIVE PRECISÃO DE romper a amizade de Pergentino de Araújo. O tabelião, tocado pela carta de Nogueira, depressa avivou seu incômodo do baço e foi em busca das águas de curar, não sendo esperado mais o resto do ano. Gostei do acontecido, que tirava o solteirão de minha presença. Selatiel de Castro, atingido como eu pela língua do atrevido, pensou em viajar para as águas e nelas justiçar Pergentino sem pena e consideração:

— Está decidido. Faço o caixa-d'óculos engolir a afronta. Vou dar uma lição no patife.

Com palavras e conselhos, demovi o financeiro de tal proceder, que não calhava em sujeito de dinheiros a juro:

— Ademais, o caso já passou em julgado, amigo Castro.

Selatiel armou o palito do bigode, balançou a cabeça e acatou o meu parecer:

— O coronel tem razão. O caso passou em julgado.

Foi no fecho desse mal-entendido que a moça da rua dos Frades comprou de vez o restante de minha devoção. Como Baltasar da Cunha estivesse fora, em missão da política nas brenhas de Santa Bárbara, filei meus ajantarados e gozei, em dois ou três sábados, o caramanchão do chalé e no pescoço da dona dele dependurei prenda vistosa. Motivou essa medida o cuidado com que a mulher de Nogueira teve de guardar, dentro de grande carinho, a data em que conheceu a minha pessoa. Rememorativo desse porte não podia passar em branca nuvem, pelo que fiz chegar na rua dos Frades o meu reconhecimento em forma de colar de duas voltas do ouro mais maciço. Afrontada com a grandeza da lembrança, dona Esmeraldina quase nem teve fôlego para agradecer:

— Coronel, que exagero. Fico até encabulada, coronel.

Mais de um amigo, vendo este Azeredão Furtado tão de bolsa aberta, cuidou que eu tivesse perdido as forças da cabeça e caído na demência. Nessa arapuca de pau-de-flecha caiu Juquinha Quintanilha. Acolhi o compadre na velha amizade dos ermos, perguntei pela patroa, agradeci uma remessa de mães-bentas mandada por dona Alvarina:

— A comadre é muito bondosa. Estou em falta com ela.

Andava a intimidade nesse ponto quando Juquinha, de cara séria, chapéu desacomodado na mão, relatou que o pessoal dos pastos debochava das minhas figurações e manias de galante:

— É o que mais o povo apregoa nos trens e no comércio de Santo Amaro.

Segurei o relato de Juquinha pelos gorgomilos e mandei que o compadre repetisse o apregoado a meu respeito:

— Que invenção é essa, seu Quintanilha? Diga de novo, bem rente desta concha de orelha, seu Quintanilha.

O mulato confirmou – a gentinha dos currais fazia deboche, ria do meu viver em carruagem, dos meus engomados e botinas de lustro. O mais gravoso é que o padre Malaquias só esperava ficar limpo de umas ferroadas no joelho para vir ao Hotel dos Estrangeiros acertar contas comigo:

— Soube de boca que não mente, de um próprio afilhado dele.

Como resposta, já esquentado das ideias, avancei contra o compadre munido de um rolo de dinheiro e repeli, brandindo a maçaroca, a ousadia dos boiadeiros, um povo que mordia o rabo na inveja de ver um cristão de camisa lavada e sapato polido:

— São uns cevados, seu Quintanilha. Um lote de gambás não tem tanto bodum como essa corja de linguarudos, seu Quintanilha.

O compadre, arrependido de ser portador de tal desgosto, procurou desfazer o meu nó de raiva com as relembranças das boas amizades que eu tinha nos pastos. O que Juquinha queria era matar a conversa, dar o dito por não dito e voltar fagueiro da silva para o seu comércio do Capão. Não consenti. E foi picado de raiva, escuma no canto da boca, que pulei na frente dele espadeirando o vento do escritório com o maço da dinheirama:

— Veja isto, seu Quintanilha. É ouro vivo. Faço dele o que bem quiser. Até rasgo, seu Quintanilha.

E na cara espantada do compadre, como um possesso, piquei em miudinho uma pelega de cem mil-réis:

— É coisa que não ligo. Rasgo cem e rasgo mil, seu Quintanilha.

Por falta de sorte, vinha subindo os degraus nessa precisa ocasião um mulatinho que ajudava Pernambuco Nogueira nas demandas do Foro.

Veio saber do paradeiro de Fontainha e levou a notícia de que o coronel do Livro Verde andava rasgando dinheiro do governo, desmontado da cachola, atacado da mania de grandeza. Disso resultou que certa noite, na porta do Clube dos Políticos, um encasacadinho da comandita de Baltasar da Cunha teve o despautério de perguntar, em tom caçoísta, se o coronel acendia charuto em nota de conto de réis:

— Ninguém fala outra coisa na cidade.

Lá foi o braço de Ponciano tirar satisfação na focinheira do perguntador, que ficou estatelado na calçada, tonto das ideias, de olho embaciado. Serviço feito, endireitando a manga do paletó, inquiri os circunstantes em modelo debochativo:

— Qual de vosmecês mais quer saber se acendo charuto em nota do governo?

Com essa arruaça da porta do Clube dos Políticos, matei em tenra idade o apregoado de que eu queimava nota de conto de réis na fumaça do Flor de Ouro. Mas, como demonstração de que não fazia mesmo caso dos dinheiros, grandes ou pequenos, mandei reservar camarote cativo numa folia de Moulin-Rouge vinda do Rio dentro de toda a fama e escama. Lá no alto, a barba graúda do neto de Simeão dava presença quase toda noite, e quando eu não aparecia, por este ou aquele embaraço, Baltasar da Cunha, chegado das brenhas de Santa Bárbara, gozava as regalias do compartimento ao lado de Fontainha e do tal Portela das gazetas. Aos sábados, vinha dona Esmeraldina, vistosona, bonitona, recoberta de joias e cheiros de frasco. O marido, para efeito da eleição, ficava no beiçal do camarote, no ponto de ser visto por todo o mundo. Cumprimentava um, dava adeusinho a outro. Saía muita vez em beija-mão das madamas de outros camarotes. Dona Esmeraldina ria, acenava com o leque, enquanto eu, debruçado no cangote dela, espichava intimidade, falava grosso de modo a ser percebido no recinto de baixo. Sempre alegre, a mulher de Nogueira discriminava as famílias e conhecidos presentes:

— Aquela de vestido rendado é a viúva Pederneiras. O senhor de *pince-nez* é o pai dela.

Castrão, apesar dos dinheiros a juros, não teve topete de pegar camarote cativo. Vinha nas águas do coronel, rondava pelos corredores, trocava fumaça de charuto comigo e mais Pernambuco Nogueira nos intervalos. Não perdia vaza de chamar a minha atenção e a do doutor para os rabos de saia que passavam:

— Que pedaço, seu Ponciano! É a mulher do Cardoso. Veja os comprovantes da retaguarda, seu doutor.

O que mais Selatiel apreciava era a companhia do pessoal do palco e lá uma ocasião teve ele o desplante de trazer ao meu camarote uma cômica de nome Zizi, que mostrava perna de fora na ribalta, um palmo acima do joelho, em verdade um roliço de muito proveito e serventia. Estando dona Esmeraldina presente, armei cara de réu condenado, de sujeito severão, talqualmente mostrava nas procissões, nos meus dias de pau de andor. Mas por dentro, com alegria de bode velho em pasto de cabrita nova, bem que apreciei o todo vistoso da menina Zizi e no particular os recheios de que era portadora, tanto nas partes nobres como no andar de baixo, onde apresentava instrumental de muita ostentação, do libertino botar em redoma e deixar em casa de comércio para ser visto e apreciado a tanto por cabeça. Quem não gostou e pegou mordida de cobra, capaz que por ciúme de mim, foi dona Esmeraldina. Vendo a moça das ribaltas muito delambida no braço de Selatiel, deu uma rabanada e largou o camarote de quase desmontar os veludos e cortinados:

— Com licença, com licença.

Nogueira, tomado pelo repente dela, só teve tempo de pegar o chapéu e sair atrás do seu rabo de saia:

— Que tolice é essa, que tolice é essa?

Ainda tentei, em pura perda, demover a zangada. A caminho da porta, batendo o leque na mão, jurou nunca mais botar os pés em teatro:

— Não estou para ser desfeiteada por essas sem-vergonhas.

Lá foram por água abaixo os meus sábados de camarote. E na garupa desse desgosto, pelo correr da semana, outro desgosto chegou. Nicanor do Espírito Santo, que em dias da vida do galo Vermelhinho andou de leva e traz entre Ponta Grossa e a varanda da minha herança, desejava tomar estado com Nazaré, para o que levava o braço forte do seu padrinho, e meu amigo, Caetano de Melo. A transação andou bem até que emperrou em dona Francisquinha. A velha estipulou:

— Casa se o menino lá da cidade mandar.

De modo a sanar o impedimento, Caetano de Melo mandou ao Hotel dos Estrangeiros, em missão especial, o guarda-livros dos seus negócios, o velho Crispim Ramalho, munido de carta e recomendações para mim. Agigantou Ramalho, perante meus olhos, os merecimentos de Nicanor do Espírito Santo, que andava no derradeiro ano do aprendizado de carapinagem e já tinha de seu, presente do padrinho dele, oficina montada, além de um pastinho de boas águas e terras de plantio:

— O doutor conta em toda linha com o consentimento do coronel.

Na última vez que vi Nazaré, ainda em Mata-Cavalo, a roxinha andava no ponto – se continuasse, tempo mais adentro, sem fazer uso dos seus utensílios, era capaz de perder o viço, murchar de jenipapo. Foi o melhor naco de moça já aparecido nos pastos. Mesmo assim, Crispim Ramalho levou o rogado consentimento. Pela lembrança do bom passadio que tive em Ponta Grossa, em companhia do falecido Vermelhinho, fiz a vontade de Caetano de Melo e seu apadrinhado. Dei de mão beijada os belos particulares de Nazaré. Era mais um pedaço do Sobradinho que eu perdia.

11

Enfim, num domingo puxador de vento e nuvem, bravo como as armas, veio a eleição. Só de carruagem, apanha um em casa, leva outro na boca da urna, gastei uma exorbitância. Toda essa grandeza, esse mão-abertismo, não era ponto sem nó. Para quem sabe ler, um pingo é letra – foi o que retirei de um desabafo de dona Esmeraldina, lá uma noite em que o chalé virou casa de comício, gente esparramada pelas cadeiras, sujeitos tomando confiança que ninguém deu. Recriminou ela, torcendo os dedos, a trabalheira da política – desde meses não sabia o que era um domingo em sossego, na paz do caramanchão:

— Mas já preveni Nogueira. Acabada essa barafunda, vou embora, vou descansar no mato.

E para reforçar o que dizia retirou da gaveta um bando de receitados de doutor, todos com imposição para que ela fosse vadiar, por um mês afora, em lugar sossegado:

— Não aguento mais. Vou sumir, vou virar bicho do mato.

Contei na ponta dos dedos os dias que faltavam para o prazo da eleição e já via a moça do chalé de sozinha comigo, em ermo de pitangueira, em vadiagem de ninguém ver. De noite, ia ser um chorar de cama sem governo, de começar no depois da janta e afundar para além do canto do galo. O povinho do diz que diz ia ter conversa para muita porteira e janela. Quem passasse, vendo aquela ostentação de moça na varanda do Sobradinho, levava notícias de que eu estava de teúda e manteúda no debaixo de telha:

— O coronel está bem montado, o coronel soube escolher.

Outras garantias recebi de dona Esmeraldina de que estava disposta a tirar seu descanso nos matos de Ponciano. Uma quinzena antes da eleição, em novo desabafo contra o torvelinho da política, lamentou que o primo Baltasar, enterrado na guerra de Nogueira, não tivesse arrematado, como devia e era do trato, as obras de Mata-Cavalo:

— Uma pena, não é, coronel?

Respondi ligeirinho que para ter a honra de sua presença eu mandava, em dois tempos, ensabonetar o Sobradinho, que sempre era casarão de confortos e de ares limpos; onde ela podia, como dona, mandar e desmandar:

— Entrego as chaves do Sobradinho em sua mão, dona Esmeraldina.

De fato, na garantia de que o sossego dela ia ser tirado lá, tomei umas providências no concernente às confortagens da casa e fiz viajar para a minha sala de visita uma guarnição de cadeiras estofadas, bem como tapete de conto de réis que levou incumbência de expulsar o couro de boi estendido perto do sofá desde os dias de meu avô. E, ainda por cima dessas medidas, mandei meter sabão e água no assoalhado do Sobradinho:

— Quero ver tudo limpo, branquinho de cal, como pano de altar.

Por outro lado, procurei sanar a minha diferença com o doutor engenheiro e seu estafeta Fontainha. Pedi a dona Esmeraldina que limpasse o terreno, de vez que em toda essa dobadoura eu só tinha em mira resguardar a amizade dela e fazer o dr. Nogueira subir na política:

— De ficar lá em cima, na sala da governança.

Não tardou que o efeito dessa minha artimanha viesse à tona. Tanto que logo em seguimento, estando eu na Farmácia Brito, onde fui comprar pó dental, Baltasar da Cunha sangrou meu bolso em conto de réis – o portador do pedido, Portela das gazetas de imprensa, levou também a sua parte, cem mil-réis e dois charutos. Como paga, garantiu lançar em letra de forma novo floreado a meu favor:

— Coisa fina, como aquela do casamento.

E na manhã da eleição, para surpresa minha, bateu Fontainha no Hotel dos Estrangeiros, manso de seda, como nos antigamentes do escritório. Era outra vez o Fontainha de espinha recurvada, despossuído de arrogância. Queria um reforço em dinheiro, de modo a socorrer o povo da votação. Pediu duzentos, dei o dobro:

— A restante parte, seu Fontainha, é para os fogos da comemoração.

De noite, em terno vistoso, apareci na rua dos Frades. O vento arrepiava o arvoredo, pelo que pensei não haver gente no chalé. Engano – a freguesia da política abarrotava tudo, varanda e janela, de escorrer perna em assento pelos jardins. Empaquei num amontoado de povo. Mas vendo Nogueira o meu vulto altão, gritou do meio da sala:

— Venha cumprimentar o deputado, homem de Deus.

De braço aberto, trocando fumaça comigo, Nogueira garantiu que a eleição estava no papo:

— Digo mais, seu Ponciano, se sou conhecedor de minha força corria para senador.

Não pôde continuar a gabação – Fontainha, chegado da rua naquela justa hora, todo alvoroçado, deu notícia de que no Morro do Coco foi uma devastação de fazer dó:

— Portela veio de lá. Só imperou na boca da urna o nome do doutor.

Nogueira, feliz como peru de terreiro, chamou o primo Baltasar:

— Cunha, venha ouvir esta, venha ouvir esta.

O moço engenheiro, saído de um magote de amigos, veio atender ao chamado do parente e por mim passou como se eu fosse cadeira ou sofá, sem balanço de cabeça ou outra qualquer cortesia. No centro da sala, Fontainha parecia um possesso, mais agitado do que ninguém com a devastação de Nogueira nas urnas do Morro do Coco:

— Coisa nunca vista, de todo mundo ficar de queixo mole.

Dona Esmeraldina, apertada nos panos de um vestido preto que muito condizia com as brancuras do seu todo, correu assustada para saber que rebuliço era esse do Fontainha. E nesse correr deixou cair no meu terno um pedaço de olho todo especial. Não perdi vaza, mostrei minha educação:

— Meus parabéns, dona Esmeraldina, pelas vantagens do doutor.

A moça, mimada por uns e por outros, depressa afundou no redemoinho dos cumprimentos e de sua presença fiquei desbeneficiado o resto da noite. Sem rumo, fui bater em varanda infestada pelo velho Palhares, que falava debruçado no ombro de um sujeitinho chupado, ofendido da vista, zarolho de nascença. Pelos modos, devia ser assunto de mazela, uma vez que Palhares reforçava sua ponderação com apalpadelas no vazio. Saía deles um bafo de água choca, de frasco de remédio, que até podia contaminar o chalé. Tratei de acomodar o coronel num retirado de saleta, onde um moço cabeludo prometia, por trás dos óculos de tartaruga, meter a camarilha toda do governo nas penas da lei:

— Uns ladrões, uns gatunos!

Sem atenção de moça, dona Esmeraldina nas honras da casa, logo peguei enfado, pelo que deixei a rua dos Frades em sapato de paina e fala miúda:

— Muito boas noites. Vou chegando.

Voltei no outro dia e o mesmo ajuntamento empesteava os compartimentos do chalé. Aporrinhado, sustei minhas visitas por tempo de uma quinzena. Quando a sorte rodou em desfavor de Nogueira, voltei a dar o ar de minha amizade, para que não cuidasse o doutor ser o neto de Simeão amigo só dos dias alegrosos. Fui encontrar o chalé mudado, desimpedido de gente, limpo da varanda aos corredores. Apenasmente meia dúzia de cabeçudos cochichavam nos cantos como em velório. O único que ainda carregava o andor era Fontainha, sempre animoso, prometendo reviravolta no fim da contagem:

— Em Macaé o doutor tira a diferença. Em Macaé sou amigo de todo mundo.

Veio a numeragem de Macaé e Nogueira cada vez mais na cauda da eleição. O chalé começou a esvaziar até que o último cabeçudo não foi mais presenciado. Restou um ranço de comício e charuto, logo retirado por dona Esmeraldina e sua criadagem na força de limpeza e creolina. Desse modo, afogada em balde de água e sabão, acabou a política de Pernambuco Nogueira.

VOLTEI AO MEU TRABALHO do escritório. Fontainha, murcho e encovado, fez o mesmo. Era de coração lavado que eu via o engomadinho nos seus quefazeres de compra e venda, já de novo subalternista, todo entranhado nos meus interesses. Com jarro de flor enfeitou ele as ambiências do Livro Verde, fora outras vantagens para o meu conforto. Recoberto de desvelo, disse que o coronel carecia de um descanso no mato:

— Precisa retemperar as forças, tirar um sossego de meio mês.

Ri por dentro, que isso já devia ser artimanha de dona Esmeraldina, preparando o terreno para sumir comigo pelos ermos do Sobradinho, conforme o prometido. Virei a barba, concordei com ele:

— O amigo Fontainha tem razão. Estou precisado de uma vadiagem.

A rogo do escriturário, adiantei dois meses de estipêndios a Baltasar da Cunha, preparado para voltar a Mata-Cavalo e dar acabamento nas obras de sua engenharia. Paguei em cima do pedido:

— Por isso não seja, seu Fontainha, por isso não seja.

Estando a ferida da política aberta, evitei a rua dos Frades e os belos olhos de dona Esmeraldina. Era proceder de boa educação, pois não queria, com a minha presença, agravar a mágoa do doutor, que devia andar montado em lombo de onça. Em verdade, era engano meu. Quando, no fim do mês, as folhas estamparam a contagem da eleição, encontrei Nogueira na praça da Quitanda na maior bizarria. De gazeta de imprensa em punho, mandou que eu visse o seu figurão na guerra das urnas:

— Veja que beleza. Nunca esperei ganhar tanto voto, seu Ponciano.

Nem parecia um derrotado da política, mais endividado do que um falido do comércio. Apontava a folha de imprensa como se nela estivesse relatada uma grande vantagem a seu favor:

— Veja isto, Ponciano. Voto em lugar que eu nem esperava.

E gargantoso, de varar a praça da Quitanda, Nogueira começou a culpar o dedo do governo por não ter ele saído galhardão da briga, sobrecarregado de voto talqualmente um senador velho:

— Mas isso não fica assim, seu Ponciano. Vai ter revide.

E batendo as costas da mão na gazeta de imprensa, jurou que a camarilha não perdia por esperar:

— Vou escrever nas folhas. Sei de podres, seu Ponciano. Sei de bandalheiras. Não vai ter cadeia para comportar tanto rato.

Na despedida, convidei Nogueira para um almoço no Taco de Ouro, um comemorativo em louvor do procedimento dele na demanda contra o governo e sua comandita:

— Faço empenho, doutor. Faço questão fechada.

Ficou de pedra e cal estipulado para dois dias adiante o come e bebe de Nogueira. Mas para tristeza minha nunca esse comemorativo foi gozado pelo doutor da rua dos Frades. Sucedeu que estando eu no escritório, Fontainha na saleta da frente de novo no mexido da papelada, apareceu o primo de dona Esmeraldina, lá sei a mando de que Satanás. Estranhei tal visita, uma vez que fazia Baltasar da Cunha em Mata-Cavalo, no trabalho de sua engenharia. Sem cuidar de que eu estivesse presente, perguntou em que buraco podia ser encontrado o capitão do mato patrão dele, um tal de Ponciano de Azeredo Furtado? E na prática do deboche:

— No cocho ou no debaixo de cangalha, seu Fontainha?

Ofensa assim nenhum Azeredo Furtado recebeu desde a mais recuada geração. E enquanto Fontainha, no outro lado do tabique, cochichava com o doutor engenheiro, eu a custo sustava a remessa de vingança que comprimia os compartimentos do meu peito. Foi a valência de Baltasar da Cunha. Quando a raiva do coronel arrebentou as comportas, tudo levando na ponta da botina, o atrevido já estava fora de mão. Para não perder viagem, despejei o meu ódio na cabeça do escriturário:

— Seu Fontainha, que pensa esse doutor, seu Fontainha? Cuida que sou boneco de engonço que não boto reparo nas deseducações dele, seu Fontainha?

Para espanto meu, o ofendido, num arranco, fechou a escrivaninha e de dedinho no vento repeliu a minha obtemperação:

— Veja lá como fala! O doutor não é moleque de curral. É moço formado, que merece respeito.

E aos trancos e barrancos desandou escada abaixo. Foi corrida salvadora – meu dedão de vergar chifre de boi por um nada não segurou a rabeira do fugido. Na crista da raiva ainda corri para a sacada do Livro Verde, de onde soltei meu vozeirão de pasto enferrujado no desuso da cidade:

— Vem cá, filho de uma porca!

Juntou gente, lá embaixo, em derredor de Fontainha, todo afrontado, pronto a armar comício na beira da calçada, o que desmanchei ao descer, de dois em dois, os degraus da escada. O arrumadinho, em carreira assombrada, afundou na primeira esquina. No meio da rua, mão entrouxada no alto, berrei outra vez:

— Sacana! Cachorro!

Digo que houve rebuliço do maior na rua dos Frades, ao chegar lá a notícia do sucedido. Fontainha foi pedir asilo aos Nogueira e Baltasar da Cunha tomou as dores do amigo. Rompeu seu compromisso de engenheiro de minhas obras. Firmou ponto de vista:

— Não boto mais os pés em Mata-Cavalo.

Na esteira da desavença, veio Pernambuco tirar a limpo o havido e acontecido. Refutei as ofensas do moço engenheiro e de Fontainha fiz gato-sapato:

— Um vira-bosta, doutor, um sujeitinho que a bem dizer peguei de fundilho rasgado, na porta do Banco da Província.

Nogueira virou, mexeu, mediu a saleta em passo de botina lustrosa, limpou a testa, e falou. Deixei o doutor soltar a língua, como fazia nas demandas da Justiça. No fim, como quem presta um favor, disse que eu devia ter cuidado:

— Sou amigo do coronel, sou primo de Baltasar.

Já de pulga atrás da orelha, revirei a barba. E bem achegado ao doutor, de não caber uma folha no entremeio, inquiri mais ou menos assim:

— Onde quer o amigo Nogueira chegar?

Limpando a testa em lenço aromoso, o doutor fez ver por mais isso e mais aquilo que Baltasar da Cunha, engenheiro de obras, homem de diploma, podia pedir o que bem entendesse pelos trabalhos de Mata--Cavalo, que a lei era por ele. Se levasse o caso na Justiça, não havia escapatório:

— O coronel perde em toda a instância.

Dei o desespero:

— Então, seu doutor, sou desconsiderado e ainda vou acabar com a bunda no banco dos réus?

Nogueira, diante dos repuxos que eu dava na barba, pediu ponderação. Não ia permitir que amizade tão grande tivesse fim tão vasqueiro. Mas que em mão de desembargador o primo Cunha ganhava a causa, isso ganhava:

— Sem apelação, Ponciano. Sem apelação.

Na presença de tamanha afronta, a natureza de cobra do coronel saltou pela boca. Com dois murros na escrivaninha, desafiei Nogueira a mover questão contra a minha pessoa:

— Até que vou apreciar, doutor. É do que mais careço, doutor.

Nogueira, que só conhecia Ponciano de Azeredo Furtado em roupa de cidade e nunca em deseducação dos matos, tratou de retirar a sua doutorança dos arredores de meus azedos. Deu a conferência por acabada, tão no afogadilho que esqueceu na borda do sofá uns papéis do Foro. Vi Nogueira sumir na escada e atrás dele a minha sentença:

— Safado!

Livre do doutor, desbastei o restante da raiva nos móveis e utensílios. A cesta dos rasgados subiu de balão e desmontei a escarradeira na ponta da botina. E quando, um quarto de hora adiante, Selatiel de Castro subiu a escada do Livro Verde, ainda andava eu afundado em mágoas. Vendo o desarranjo do escritório, um alvoroço de campo de batalha, o financeiro recuou, já arrependido da visita. Mandei que entrasse:

— Pode vir. Não tem cachorro, não tem cobra.

Não perdeu Selatiel vez de entrar no mérito da demanda. Disse estar a par do rebuliço, coisa sem pé nem cabeça, que muito depunha contra as ilustrações minhas e do doutor:

— Criancice, bobajada.

Não consenti que Selatiel tomasse o gosto da cadeira. Fui logo obtemperando que não admitia insulto. Que o doutor e mais o primo dele puxassem pelos seus direitos, que dos meus cuidava eu. E, parado na frente do financeiro, mostrei a barba:

— Não uso este utensílio para enfeite. Não sou coronel por benefício do governo.

Como entrou, saiu Selatiel de Castro, murcho e de missão gorada. Para que não levasse agravo de mim, acompanhei o financeiro na porta da rua. Agradeceu a cortesia e enquanto ajeitava o chapéu pediu que eu ponderasse melhormente, que levasse em conta a muita consideração que por mim tinha dona Esmeraldina Nogueira:

— É amizade que o coronel deve prezar.

Andava a malquerença nesse pé, eu afiando as armas contra o doutor e sua camarilha, quando, meia dúzia de dias andados, de manhã, mal o moleque da limpeza fez as suas serventias, parou carruagem na porta do Livro Verde. Olhei bem no instante de ver aquele chapéu de renda subir e por baixo dele a cara bonita da mulher de Nogueira. Tive um quebranto da cabeça aos pés, pois não andava preparado para encontro tão cheiroso. Fui receber dona Esmeraldina no começo da escada e até ajudei seu pezinho de palma a vencer o último degrau. Só de gozar aquele riso de covinha no rosto fiquei mudado. Nem parecia o coronelão desmontador de móveis e utensílios. Meus ódios, um a um, meteram o rabo entre as pernas e sumiram. Ficou dona Esmeraldina no meio da sala para melhor vistoriar os compartimentos do escritório. Gabou os armários e de mão própria foi abrir os cortinados das janelas:

— Com licença, com licença.

Não deu confiança de tocar na postema da desavença. Era como não existida. Ao sair, toda bonita, sombrinha na ponta do dedo, intimou o coronel a jantar no chalé:

— Faço questão. É aniversário de Nogueira.

Ensarilhei as armas. Enterrada nas covinhas do rosto de dona Esmeraldina, acabava a guerra entre o coronel e o doutor da rua dos Frades.

APARELHADO DE PRESENTE RICO, uma bengala de castão de ouro, parei carruagem na porta dos Nogueira na noite aprazada, que era de segunda-feira. A casa estava fechada, o portão na segurança do cadeado. A menina Julinha Rocha, vinda de uma ladainha, avisou que dona Esmeraldina e o doutor desde muitos dias tinham seguido para as águas:

— Só ficou o primo Baltasar.

Não sou sujeito de passar recibo, pelo que fingi esquecimento:

— Muita razão tem a menina. Sou um cabeça-tonta. O doutor até almoçou comigo em despedida de viagem.

Digo que por dentro, na intimidade, fiquei derrocado, de sentir uma friagem na boca do estômago e um repuxão no peito. Dormi mal, contraído de um embezerramento sem fim. Mas cuidei que todo esse vento de tristeza logo amainasse, o que foi pensar enganoso, uma vez que o meu padecer criou força no adentrar da semana. Era cada ferroada de não dar sossego. Nos travesseiros do Hotel dos Estrangeiros, de papo para cima, eu contava as horas e muita madrugada vi brotar sem pregar olho. Era como se eu fosse menino de primeira paixão. Era como se o coronel Ponciano de Azeredo Furtado estivesse possuído de mazela de boi, que faz o padecente ficar murcho e de vontade desfalecida. Vivia na esperança de uma carta ou bilhete de dona Esmeraldina. Era eu dar entrada no Hotel dos Estrangeiros e Padilha, batendo o calcanhar em jeito militar, dizer que não tinha chegado nada:

— O estafeta já passou. Agora só amanhã, coronel.

Em vista desse meu todo acabrunhado e encolhido, certa noite Titinha, a moça das arrumagens, entrou no quarto suprida de arruda de rezar quebranto. Vasculhou o recinto com o nariz e garantiu de saída:

— O coronel precisa de uma devoção de descarrego.

Na borda da cama, braço de reza estendido, sem esperar meu consentimento, inaugurou Titinha a sua simpatia, enquanto eu, atordoado pela arruda, descansava no travesseiro. A mão da mulata passeava seu ramo verde, do meu umbigo à barba, de modo a desencravar, na raiz, todos os quebrantos do padecente. Estava a benzedeira nessa devoção, busto a meio palmo do meu cabelo de fogo, quando, sei lá como, pulou dos descobertos de suas chitas, tremido como geleia, aquele par de estofados de boa nascença e melhor parecência. Digo e repito, se há na praça um sujeito capacitado para trabalhar nessas utilidades, nesses crescidos do debaixo das blusas, esse um sou eu, militar muito praticado em casas-de-porta-aberta, de moças desonestadas. Sou de especial num mimoso, num passa-mão educado, num roça-barba abridor dos apetites. Pois foi a rezadeira apresentar seus desabotoados e logo, num redemoinho de lençol e travesseiro, o coronel mostrar o uso e os abusos que sabia fazer da patente. E o resto da noite passei no aproveitamento de todas as belas serventias da moça arrumadeira. No fim dos préstimos, já a madrugada no gogó dos galos, estipulei limpando a barba:

— A menina pode vir todo rabo de semana.

Assim, montado em lombo de mulata, fui varando os dias. Passou uma quinzena e mais outra dobrou a esquina – e nada dos Nogueira. Lá uma tarde, por notícia de Portela, soube que o doutor havia feito as pazes com o governo e esperava incumbência de vulto em repartição de Niterói. Devia ser verdade – Baltasar da Cunha, que vivia meio adernado, arredio dos cafés e bilhares, caramujo emperrado em sua concha da rua dos Frades, voltou a meter os dedos nas cavas do colete na companhia de Fontainha, outro safardana que dobrava esquina e saltava muro só de medo da minha sombra. Falei da boca para o ouvido:

— Nogueira, o porco sujo, vai comer no cocho do governo.

Nesse entrementes, tive um baque forte nos negócios de compra e venda. Perdi dinheiro de abalar qualquer um que não fosse o neto de Simeão. E dos pastos, como sobrecarga, chegou notícia nefasta. Um pé de água, caído de surpresa, engordou os corgos e alagados, do que resultou muito dano para o Sobradinho e adjacências. Francisquinha, na frente de suas pretas, teve de sair em carro de boi para Ponta Grossa dos Fidalgos, onde recebeu hospedagem e regalias do dr. Caetano de Melo. Tanto que a velha, estando na porta o casamento de sua afilhada Nazaré com o protegido do doutor, lá fez moradia. Ordenei que Juquinha fosse meu olho nas avarias dos pastos. O compadre, sem medir os prejuízos do seu comercinho, partiu para a vistoria. Ao voltar, trouxe parecer desgostoso – o rombo das águas não cabia em prejuízo de cem contos, sem contar as cabeças de gado perdidas e paus de mourão tombados:

— Vai bem para mais disso, compadre.

Na esperança de descontar os desmandos das águas nos ganhos do comércio, abri as comportas da especulação. Em menos de uma quinzena comprei açúcar em grosso, mais de um armazém de mascavo e cristal. A barba do coronel não saía das casas de negócio da rua do Rosário, em visita de esperteza. Queria sentir o pulso do povo de compra e venda. Todo mundo receava uma quebra no preço e isso dava campo limpo aos arrojos de Ponciano. Desprevenido de pecúnia, pedi empréstimo ao Banco da Província. Selatiel nem pestanejou:

— É o que o coronel quiser. Tem crédito aberto e sem limite.

O próprio Selatiel de Castro trouxe ao escritório um tal de Lobão Siqueira, senhor de chaminé de usina. Estava encalacrado, rodeado de dívidas, os unhas de fome dos usurários já cheirando desgraça. Sem outra saída, vendia todo o fabrico de uma safra a preço de enforcado:

— O coronel que faça o preço.

Cocei a barba, andei de lá para cá, como aprecio fazer em hora de deliberação. Selatiel, perna cruzada no conforto do sofá, avivou a minha coragem:

— Por dinheiro não seja, amigo Ponciano.

O negócio era dos bons, carne sem osso. Peguei a compra pelo chifre e fiquei dono da safra do usineiro. O fecho da transação teve ensopado no Taco de Ouro. Portela, que sabia cheirar fartura longe, tomou parte na mesa e ainda levou duzentos mil-réis na invenção de que andava de meirinho na porta, em risco de perder os trastes de casa. Castrão, barriga acotovelada de galinha, bateu no meu ombro e sentenciou:

— É o que eu digo. Não tem para negócio de arrojo como o coronel.

Tanto rendeu o barulho da compra que Fonseca, largando as quenturas dos agasalhos, correu ao Livro Verde. Atacado de puxamento, às voltas com os chiados do peitinho magro, não teve ânimo de subir. Desci para atender o amigo, que foi logo recriminando meu proceder:

— O coronel perdeu o tino? O povo da rua do Rosário anda apatetado de tanta compra sem pé nem cabeça.

Sempre ajeitando os agasalhos, fez ver que a mercadoria andava inclinada a descer de preço, a ficar no rés do chão, de menor valia que farinha de pau. O conselho que apresentava era que eu devia torrar os estocados a preço de queima:

— Mesmo no prejuízo, mesmo pela metade.

Desconversei, no que sou mestre e doutor. Onde andava o sabiá-laranjeira? E avivando a brasa do charuto:

— Como vai o desalmado? Ainda está muito cantador?

Boca de coruja, a de João Fonseca. Bem o chiado do seu afrontamento não havia sumido e já o açúcar entrava em baixa. Foi uma queda de ninguém relembrar outra igual. Um vento de urubu varreu a rua do Rosário, de quebrar no meio negociante forte, gente de créditos até na praça do Rio. Da noite para o dia, vi escorrer, como melado em cuia furada, os meus ganhos todos. Dei de ombros:

— Dinheiro vai, dinheiro vem.

Continuei nas charutadas de porta de café, mais pomposo do que nos dias de fartura. O pior é que o Banco da Província, em vista da calamidade, deu de apertar os parafusos das cobranças. No terceiro mês da desgraça, recebi, trazido por um recadeiro, papel de aviso em que os usurários ameaçavam levar as dívidas de Ponciano na barra da Justiça. Mal li a intimação, corri no rasto de Selatiel, em quem não botava vista desde semana e tanto. Fui chegando e perguntando de papel no ar:

— Onde está o safado que garatujou esta exorbitância?

Cabeça rebaixada, todo mundo enterrado na escrituração das contas, ninguém abriu o bico. A muito custo, em fala ligeira, um miudinho que vivia em contagem de dinheiros por trás de um aramado veio dizer que Selatiel de Castro não estava nem era aguardado tão cedo:

— Foi chamado ao Rio e de lá segue para as águas.

De novo inquiri o miudinho:

— Se não é atrapalho, quem responde, nas ausências dele, pelo governo desta pinoia?

Nisso, de uma portinhola de vaivém apareceu um bexiguento, todo amaricado, de cravo no paletó e pó de arroz na cara. De bons modos, pediu que eu entrasse:

— Seabra, às ordens. Com quem tenho a honra de falar?

Apresentei nome e patente:

— Coronel Ponciano de Azeredo Furtado.

O sujeitinho era de natureza apressada, parecia ter formiga no assento. Não parava quieto e era dado a fazer macaquismos com a boca. Peguei cadeira bem na frente dele e por cima da escrivaninha estendi o papel malcriado:

— Recebi essa afronta e vim desembaraçar o caso.

O bexigoso abriu a gaveta de cuja entranha retirou um amontoado de papéis. Com dedo alegre, mexeu e revirou meus compromissos, todos já estourados nos prazos. Por dentro, o sacaneta era felicidade, do rabo ao cangote enfeitado de pó de arroz. Do lado de fora, Seabra era todo veludinho:

— Desculpe o incômodo, desculpe o contratempo.

Fez conta, tirou, botou, repartiu, empilhou juros e deu o vulto dos compromissos. Enfim, eu devia ao Banco da Província perto de quatrocentos contos de réis, fora os papagaios do dr. Pernambuco Nogueira, que levavam a minha garantia, também já estourados de vários meses. E em parecer final:

— Não posso fazer nada. São ordens de cima.

Cocei o queixo, pedi novos prazos, o que não era favor, em vista dos bons lucros que eu tinha carreado para as burras dos capitalistas:

— Opero na mão de Selatiel desde que montei negócio.

Seabra, percebendo meu todo bonançoso, cresceu em arrogância, endureceu o entendimento, largou de lado todos os seus educados. Chegou a bater na mesa, asseverando que os capitalistas do Rio, povo das altas-rodas, não podiam afrouxar rédea, que banco era casa de lucro e não sociedade de favoritismo. E nessa toada, cada vez mais desembaraçado de garganta, culpou Selatiel, sujeito de coração largo que não sabia dizer não a ninguém, pelos desmandos em que navegava o Banco da Província:

— Mas isso acabou. Dívida estourada tem de ser paga, custe o que custar.

E guardando os compromissos, levantou a sua pessoinha em jeito de quem corta conversa enjoada. Fiz o mesmo – desembrulhei os dois metros de coronel nas barbas dele e lá de cima, como um pilão, deixei a munheca descer no ombro do bexigoso. Vi o sujeitinho desabar na cadeira, todo desmantelado, mais branco do que o seu pó de arroz. Feito isso, falei neste tom educativista:

— O mocinho, que é tão falante, vai ouvir em sossego, sem retirar a bundinha dos paus da cadeira, toda a minha ponderação.

Acendi charuto, esfumacei o recinto com as primeiras baforadas, no final do que ordenei que ele tomasse em bico de lápis os apontamentos da minha obtemperação e desse notícia dela aos usurários do Rio de Janeiro. Ponderasse que eu andava em dificuldade passageira, mas rico de terra e pasto, capaz até de comprar o tamborete de empréstimo e usura que era o Banco da Província. E de dedo apontado para o lápis dele:

— Nesse teor, seu Seabra, nesse teor.

E sem mais, pegando o chapéu, pronto ganhei a porta da rua. Atrás, de novo educado e desculposo, veio Seabra com promessa de interceder a meu favor:

— Imediatamente! Imediatamente!

Bem meio mês não era decorrido, recebia eu, na traição, novo aviso do Banco da Província. Nessa data a coisa já estava em poder de advogado para cobrança de lei. O próprio entregador da intimação, favorecido por mim em certo embaraço de dinheiro, relatou que nas minhas costas, fazendo negras ausências, Seabra garantiu que ia meter a pique mais um coronel da roça, que se eu não espirrasse o cobre dentro do estipulado varejava no fogo da penhora terras e outros bens de Ponciano. A velhacaria era feita com o consentimento de Selatiel de Castro, que armava o alçapão, dava os primeiros alpistes e o restante da maldade ficava a cargo de Seabra:

— É da rotina dos usurários esse proceder.

No fechar do relato, todo em segredo, o entregador de papéis mandou que o coronel tivesse cuidado – Seabra era alma negra, capaz de tirar muleta de aleijado, judas de muitas traições:

— Ele desce do Rio só para essas tarefas.

Retemperei a amizade do estafeta com cem mil-réis e abraço apertado:

— Muito que bem. Essa comandita de gatunos não sabe quem é Ponciano de Azeredo Furtado, seu compadre.

Atirado contra a parede, em beco sem saída, torrei na pressa de agoniado a herança de Mata-Cavalo. Vendi tudo em transação de porteira fechada, sem direito nem de retirar louças e armários. Confesso que não tive grande dó da perda. Mata-Cavalo, nação de lobisomem e água palustre, nunca foi terra de meu bem-querer. Pasto de dar coice na sombra, brabo como nasceu, todo revestido de malucagem e invencionice, capaz de estranhar a melhor mão de trato. Quando, na hora da escritura, soube que os comprantes queriam meter nele soca de cana, soltei gargalhada de quebrar vidraça. Eles não conheciam as negaças e artimanhas desse chão aparentado dos capetas, sua raiva de tudo que não fosse capim-pau-de-mangue e vassourinha-de-bugre. E na porta do cartório, dinheiro encovado no bolso, fiz ironismo:

— Aquilo é terra benta. Dá de um tudo.

Mas foi nos cacos de Mata-Cavalo que limpei as dívidas na praça e revigorei créditos abatidos. Na tarde em que apareci no Banco da Província, para o ajuste final, o medo varreu a casa da usura. Na boca do cofre paguei os quatrocentos contos e ainda salvei, das garras da Justiça, os compromissos de Pernambuco Nogueira. Ao cabo desse serviço, indaguei dos escriturários onde é que eu podia encontrar um tal de Seabra, um bexiguento que repuxava o beiço e usava pó de moça no focinho:

— Quero ter um particular com ele, coisa de um ou dois bofetões.

Sabedor de que eu andava em seu calcanhar, Seabra saltou dias sem aparecer no seu tamborete. Até que uma noite, na porta do Taco de Ouro, quem encontro, todo galante, cravo no paletó e polvilho nas ventas? O bexiguento do Banco da Província. Arrotava grandeza no meio de um povinho do comércio de panos da rua do Conselho. Lá foi o meu braço comprido segurar o sem-vergonha, que veio leve, em peso de boneco. Nessa trafegação, do Taco de Ouro ao outro lado da rua, o atarraxador de dívidas viajou pelos ares, cabeça no lugar da perna, feito encomenda barata. Foi um esparramar de Seabra por todo lado e ainda presenciei quando seu atrás firmou jurisprudência no duro da calçada. Feito o trabalho, em passo de sujeito no gozo da digestão, peguei o caminho do Café Lord, onde abasteci de charuto o vazio do bolso. Um mulato, que veio comprar fumo, contou que um tílburi tinha danificado gente na porta do Taco de Ouro:

— O coitado ralou as partes no pedregulho.

Dormi em paz, em travesseiro de anjo. Tão contente que rejeitei o pedação de perna da menina arrumadeira. E essa contentagem andou de braço dado comigo bem um par de semanas e só teve fim ao saber o meu coração do abatimento em que andava João Fonseca por motivo da quebra dos preços. O vento da desgraça também havia soprado em sua janela. A notícia foi trazida à minha presença pela boca do major Totonho Monteiro, do Hotel das Famílias. Corri para a rua do Gás em visita de animação. A teúda e manteúda dele, dona Celeste, carpia tristeza no fundo da sala, uma vez que Fonseca, balançado com as perdas, rejeitava poções e beberagens. Animei o amigo que brigava contra os gatos da asma:

— Que é isso, Fonseca? A gente não caiu, homem de Deus. A gente só tropeçou.

Feiçãozinha triste, rosto desgastado, nem respondeu. Saí da rua do Gás roído de mágoa, contraído de um nó de choro que sufocava a minha garganta. Em poder da moça teúda e manteúda deixei dois contos de réis. Era tudo o que restava de Mata-Cavalo.

12

Quando pensaram, vendo tanta desgraça em derredor, que eu era sujeito decaído, aí mesmo é que cresci. Foi como se nascesse de novo. É na hora de vento soprar de contra que gosto de ver Ponciano de Azeredo Furtado, coronel por trabalho de valentia e senhor de pasto por direito de herança. No redemoinho da desventura, nem uma vez abri mão de qualquer galhardia, nem desmereci da patente. No canto da boca encravei charuto do melhor e do mais fino. Onde estava Ponciano, lá andava sua fumaça. De repente, voltei a falar na voz de curral que as educações e finuras da cidade tinham relegado como coisa sem préstimo. Era cada grito, cada destampatório! Nunca que pensassem ver o neto de Simeão de cangote tombado, olho na ponta do pé, que esse jeito de andar era uso do povo arruinado da rua do Rosário. Não ia virar Juventino Ferreira, da firma Irmãos Ferreira, que na primeira volta do redemoinho perdeu a vontade, deu de falar em cemitério. Era uma pessoa respeitada, homem de garganta rouca, correntão de ouro de um lado a outro da barriga e guarda-chuva de cabo de prata no braço. Mandava no comércio de cristal e mascavo, pelo que seu escritório de compra e venda vivia cheio de estafetas e guarda-livros. Seu braço era comprido – saía da rua do Rosário para comerciar na praça do Rio, onde fez nome e firmou crédito. Pois toda essa grandeza era engano só. Por dentro, Juventino Ferreira não passava de viga podre, sujeito feito de pano e papel. Não aguentando o safanão dos prejuízos, escapuliu montado numa bala de garrucha. Fui ao enterro dele, puxei a alça do caixão, animei os desanimados. Quem tivesse suas aperturas podia contar comigo:

— Tenho proposta de dinheiros altos de uns capitalistas do Rio de Janeiro.

Ponciano de Azeredo Furtado arrotava soberba, fosse onde fosse, nos corredores da Justiça ou em repartição de governo. Ninguém pisava meu calo ou montava na garupa das minhas atrapalhações. Ao presenciar algum arruinado de açúcar contar desgraça ("Que prejuízo, coronel, que fim de vida, coronel"), mandava que tivesse pejo:

— Ora essa! Um homem é um homem e um gato é um gato.

Juquinha Quintanilha, inteirado das aperturas do seu compadre, trouxe do Capão uns guardados de joias para que eu fundisse tudo na guerra dos compromissos:

— É da maior satisfação o coronel não rejeitar.

Repeli a bondade do mulato:

— Guarde os seus ouros e pratas, compadre. Estou de negócio graúdo engatilhado.

A fim de tapar uns restos de dívidas, resolvi torrar em moeda corrente a casa da rua da Jaca, que vivia sem serviço, tomada de rato, fechada de janeiro a dezembro. Mandei abrir o casarão, vassourar salas e varandas, tosar as tiriricas, limpar a chácara das ervas daninhas e carurus:

— Quero tudo arejado, como se fosse receber noiva ou doutor.

Tive conhecimento nesse então que o vizinho da direita, um enricado no comércio de charque, deliberou por sua alta recreação passar o machado no pé de jaca das minhas infâncias, onde, em brincadeira de menino, eu repelia a investida da bugrada. Maldade assim não podia permanecer sem justiça.

Lá bati na porta do comerciante para saber, de viva voz, que raiz de verdade havia em tudo isso. Pois não é que o orgulhosão, sem levar em conta os meus dois metros da botina ao chapéu, confirmou a ação nefasta? Arvoredo que metesse o bedelho em seu quintal, de modo a fazer sombra, entrava no machado. E mais não disse o abusado porque o braço de Ponciano, de cima para baixo, decepou a petulância no meio. Na caída do bichão ainda avisei:

— De outra feita, dou para estuporar.

Assim vinguei a jaqueira dos meus verdes anos. Justiça feita, desmanchado o mal-entendido, vendi a casa da rua da Jaca, ressalvando os trastes de vinhático e os talheres de prata que viram tanto beiço de Azeredo Furtado. E em cima dos apurados desencravei os derradeiros compromissos, sem esquecer de mandar regalia para a comadre Alvarina Quintanilha. Recebeu a boa senhora, de olho molhado, peça de tecido fino em companhia de uma guarnição de frascos de cheiro. Como a negrinha Nazaré estivesse em véspera de tomar estado, fiz chegar a Ponta Grossa dos Fidalgos lembrança rara em forma de rendas e cetim. Sabia que comprava com esse proceder as graças de Francisquinha, toda no preparo da afilhada, tanto que nem cuidava tão cedo de voltar ao Sobradinho, sua casa natural não só por estima como por direito. Mas a prenda melhor mesmo foi a dela – viajou para a sua mão rosário de marfim e ouro, de não haver segundo em cem léguas de pasto, mesmo entre gentes de posses. Com a lembrança, remeti recado brincalhão:

— Diga à dona dele que não há tramela de céu que resista a uma beleza deste calibre.

O restante da pecúnia advinda da rua da Jaca consumi no Sobradinho, avariado pelo dilúvio. Tomou encargo dos reparos o gago Antão Pereira, que veio ao Hotel dos Estrangeiros e de mim recebeu carta branca:

— Quero o casarão de meu avô como no antigamente, vistoso e lavado de cal.

Pena que não contasse, nessa circunstância, com os préstimos de Saturnino Barba de Gato, outro que seguiu a picada de Juquinha Quintanilha – foi montar varejo de secos e molhados em Poço Gordo. Toda vez que vinha em viagem de compra não esquecia de dar um pulinho aos altos do Livro Verde. Era como se eu ainda fosse o patrão, a quem devesse respeito e consideração. Foi outro que correu em meu auxílio ao saber da derrocada do açúcar. Tentou deixar em meu bolso o dinheiro do seu comércio miúdo:

— Desculpe o montante pouco, coronel.

Remexido de sentimento, abracei o mulato. Que não tivesse pesar. Não precisava eu de ajutório, sabido que era homem de levantar na praça, com a garantia de um fio de barba, meus trezentos contos de réis:

— Ou mais, amigo Saturnino. Ou mais!

Confortava sentir tanta garantia de amizade. A afeição dos pastos brotava em tempo de flor. Sinhozinho Carneiro, quando a novidade de meu descalabro chegou em seu pastinho vasqueiro, nem esperou confirmação. Bateu na cidade, aparelhado de faca e garrucha. Cuidava, nas suas ignorâncias, que tanta perda devia ser sanada em rixa de tiro e morte. Remeti o amigo de volta aos currais, uma semana além, já acalmado de ameaças e raivas. Ninguém era culpado da quebradeira do comércio:

— É da regra, Sinhozinho. É do jogo do perde-ganha.

O velho partiu desafrontado, mas deixou notícia triste. Padre Malaquias não imperava mais em Santo Amaro, removido que foi para lugar onde sua presença era mais requerida, uma terra de sertão adentro, braba como as armas e que só a bondade dele podia domar. Como essa nação de herege estivesse, desde anos, sem missa e água benta, lá foi montar Malaquias a primeira viga de igreja:

— Faz mês que não bota o pé em Santo Amaro.

Pedi a Sinhozinho que desse ao reverendo, caso tivesse ocasião, uma palavrinha a meu favor:

— Diga ao padre que vou fazer uma visita especial a ele.

O pesar de saber Malaquias Azevedo ausentado dos currais foi rebatido por uma satisfação que tive logo em seguimento. Uma tarde, na porta da Espingarda Grande, soltava eu os esfumaçados do meu charuto na admiração de uma pistolinha de moça, quando vi o primo Juca Azeredo, que o noivado com menina de Pires de Melo tinha afastado da minha convivência. Fingi não reparar no parente, pelo que rebaixei a cabeça em trabalho de limpar a borra do charuto ao mesmo tempo que avivava o passo na direção da praça da Quitanda. Não andei dez braças e já era refreado por mão segura:

— Como vai esse coronel que eu não vejo pratrasmente de ano e tanto?

Abraço foi, abraço voltou. Senti que o velho respeito de Juca Azeredo não tinha diminuído. O parente, longe nos dias de minha grandeza, vinha em vassalagem de amigo trazer seus préstimos e ajutórios na hora da desdita:

— Não carece Ponciano de falar. Sei de tudo. O que é meu é do primo.

Respondi na mesma altura. Se ele, por acaso, precisasse de dinheiro, a gente corria as casas de banco, que nenhum tamborete recusava servir um Azeredo Furtado:

— Nenhum, Juca. Nenhum!

O resto da semana foi de apuramento de amizade, consumido nas lembranças das brigas de galo, do caso do lobisomem e da sereia. Ao falar da moça das águas, Juca Azeredo não esqueceu das grandes ausências que o major Serapião Lorena sempre fazia de mim. Toda vez que pernoitava em Paus Amarelos, o velho não tirava meu nome da boca:

— Prometeu visitar o primo uma hora dessas.

De minha parte, quis ficar inteirado do andamento do seu casório:

— Sai ou não sai, seu compadre? Quero comer os doces.

Juca confirmou – tomava estado assim que o velho Pires de Melo ficasse liberado de um incômodo que dava com ele na cama em tempo de vento:

— Já marquei e desmarquei o casamento dois pares de vezes.

Brincou comigo, disse que eu precisava de tomar igual obrigação:

— Do que o primo carece é de uma costela.

Em uma quinzena bem contada tive Juca Azeredo debaixo de mando. Andava enganchado em mim como boi de canga, de não largar o dia todo. De noite, o primo seguia para o pernoite em casa de uns parentes de Pires de Melo, nos afastados da cidade. E um domingo fui levar

Juca Azeredo ao bota-fora. Fazia empenho em que eu fosse padrinho de casamento dele e o primeiro moleque que brotasse dessa transação ia receber na água benta o nome do Ponciano:

— Está decidido, primo. Vai haver mais um Ponciano na família.

Senti um aperto no peito, um bolo na garganta ao saber de tão bondosa deliberação. Nem tive boca de agradecer, nem mão de dizer adeus. Talqualmente um dois de paus, fiquei no meio da estação, enquanto o trem puxava Juca Azeredo para o seu engenho de cachaça. Sim senhor! Vivendo e aprendendo. Na precisa hora em que eu dava mostras de afundar, que aparentava acabado de uma vez, recebia um presentão daqueles. Um afilhado de firma comprida:

— Ponciano de Azeredo Furtado e Melo.

Bom nome para um doutor de lei.

JÁ SEM PRÉSTIMOS, TRATEI de dizer adeus ao escritório de compra e venda. E estando eu de mangas arregaçadas na tarefa de desobrigar gavetas e rasgar papéis, vejo subir Fontainha todo de preto, como se viesse prantear defunto. Chegou de Portela atrás e pediu licença:

— Venho em missão de interesse de Vossa Senhoria.

Admirado de tal presença, nunca desesquecido das falsidades e abusos de Fontainha, tive por primeira intenção jogar o safado no olho da rua. A custo represei esse ânimo e mais a custo respondi a Portela, sem ligar ao escriturário:

— Vá dizendo, vá dizendo.

Fontainha empacou sério, de cara amarrada. Foi Portela, saído do seu lado, quem desembaraçou a conversa. Que eu tivesse paciência, mas a visita do amigo Fontainha era de cerimônia, não podia ser tratado no afogadilho:

— É de importância, pede tempo, coronel.

Deixei os papéis, cocei a barba. E tive um estalo – talvez os dois sacanetas viessem a mando de dona Esmeraldina ou do dr. Nogueira. Com esse pensar, logo mudei de trato, já em pé de galhofa, quase nos portais da amizade. Inquiri, abaixando as mangas da camisa, se minha pessoa devia vestir casaca, fazer protocolo, assim como em sala da Justiça ou em repartição do governo:

— Os amigos não levam a mal eu estar em roupa de rotina?

E zombeteiro, brincalhão, fui vestir o paletó, depois do que arrastei cadeira para junto dos missioneiros:

— Muito que bem, muito que bem. Estou às ordens dos doutores.

Fontainha, todo revestido de cerimônia, relatou ao que vinha. Como afiançou o amigo Portela, a missão era de muito cuidado, de nem saber como começar. O caso é que o dr. Baltasar da Cunha estava em vias de mover demanda contra mim, uma vez que era de todo mundo sabido que não dei quitação a ele pelos trabalhos de Mata-Cavalo. Desejava o doutor que eu pagasse, dentro da tabela dos engenheiros, os serviços prestados, na ordem de alguns contos de réis:

— É o que o dr. Cunha vai pedir em processo da Justiça.

Portela, nesse entrementes, saltou do seu assento:

— O que a gente quer é evitar esse desgosto ao coronel.

Não sacudi o par de sacanas fora de portas, como era de minha norma proceder. Deixei que eles mostrassem até a que ponto chegava o desplante do tal doutor da mula-ruça. Torci a barba e ponderei, meio encovado, como temente das penas da lei:

— É o diabo, é o diabo. Não quero embaraço na Justiça.

Como macaco novo em plantação de milho, Fontainha depressa afundou na arapuca do coronel. Engordou a falinha e de dedo no sovaco, em imitação de Baltasar da Cunha, deu prazo para a resposta:

— O doutor não pode esperar. A lei anda do lado dele.

Outra vez saltou Portela dentro da conversa. Visse eu o perigo de uma pendenga no Foro, logo contra o primo de Pernambuco Nogueira. O melhor era arrumar tudo em casa, deixar a briga morrer entre quatro paredes, e pronto:

— Todo mundo fica contente e a amizade de pé.

Fontainha concordou. O melhor mesmo era o coronel matar o mal pela raiz, uma vez que em demanda de lei ninguém ia ter coragem de embaraçar um parente de Pernambuco Nogueira, em véspera de tomar assento em posto da governança:

— Ninguém, que ninguém é doido.

O caso é que o dr. Baltasar da Cunha exigia, para sustar a entrada dos papéis no Foro, um embolso na ordem de trinta contos de réis, o que ele, Fontainha, achava uma bagatela em vista do montante das benfeitorias levantadas em Mata-Cavalo:

— Não paga nem a terça metade do trabalho.

Rejeitei:

— Seu Fontainha, tenha dó. É dinheiro muito.

Portela entrou de panos quentes. O coronel era amigo, o coronel era da roda dos Nogueira, merecia consideração. De fato, o montante de trinta contos de réis era capim grosso, que qualquer um não tinha em caixa. Que eu pagasse em partes, em dois ou três saques:

— Baltasar é amigo, Baltasar concorda.

Agradeci a Portela pela sua ponderação em meu favor. E com esse fingimento, deixei o sofá e passei ao outro compartimento do escritório, assim em modo de quem ia apanhar a pecúnia exigida. Para maior efeito da pândega, abri gaveta, retirei papéis, remexi embrulhos. De volta, afiancei que benefício de tal ordem não podia passar sem um comemorativo no Taco de Ouro:

— Os amigos estão convidados.

Com bons modos, demonstrando agradecimento, peguei os bracinhos de linha dos missioneiros e, seguro neles, caminhei na direção da escada, onde apresentei a decisão final:

— Pois muito que bem. A visita foi honrosa, de muita instrução.

E, sem mais pormenores, sacudi os sujeitinhos escada abaixo, como quem sacode tapete em janela. De cambulhada, num atropelado de gado em corredor, lá desceram em desordem futucados pelo meu berro:

— Rua, seus cachorros, filhos de uma cadela!

De noite, no Hotel dos Estrangeiros, fiquei inteirado, por leitura das gazetas, que o dr. Pernambuco Nogueira estava de novo na cidade, com o fim de dar acabamento a umas demandas no Foro, no após o que ia montar, em definitivo, casa e banca de doutor em Niterói. Uma comichão de saudades dormiu comigo e de imediato maquinei sanar minhas desavenças na rua dos Frades. Aparecia lá, pedia entrada e o resto ficava na conta da lábia do coronel. Mas tive de desmanchar essa intenção mal não era nascida ao saber, pela menina Mocinha Cerqueira, que encontrei numa saída de missa, das ausências de dona Esmeraldina:

— Ficou no Rio, na casa de uns primos.

Nem tirei proveito dos olhos molhados que a moça ofereceu à minha consideração. De peito oprimido, parti em demanda do escritório de Nogueira onde cheguei desarmado de prevenções e ódios. O que desejava era passar uma esponja nos mal-entendidos e dar ao doutor os seus papagaios de banco, como presente de amizade. Chegar e dizer:

— Aqui está seu compromisso morto e sepultado, doutor.

Com esse intento, coração empapado de bondade, apareci diante do doutor das minhas causas. Pernambuco Nogueira, no detrás da escrivaninha, atendia a um sujeito roliço, nascido com ares de coruja, cara redonda e olhinhos junteiros. Sendo eu amigo do escritório, não tomei precaução. Fui entrando e abrindo os braços:

— Bons olhos vejam o doutor. Já sei de tudo. Li nas gazetas.

Tanta alegria não recebeu troco da mesma grandeza. Nogueira estipulou seco:

— Estou resolvendo uns casos de urgência com o dr. Macedo Costa. Tenha a bondade de esperar na outra sala.

A intimação doeu mais do que uma facada nas costas. O baixote, que espiava por olho de coruja, nem deu confiança de prestar maior atenção na minha pessoa. Desmontei, em pronto instante, o meu todo amigo e voltei para a saleta das esperas, um compartimento pouco para caber ódio tão grande. Fui vistoriar a barba no espelhinho do porta-bengala – lá estava ela, uma peça que não podia ser destratada por qualquer um, doutor ou rei. Passei nela dedo de namorado, enquanto no covil do peito amamentava as caninanas do meu gênio. Nogueira ia receber lição de ser dependurada na parede, como pele de onça ou cabeça de veado. Filho de uma égua! Tratar na ponta da ferradura um militar da minha grandeza, amigo de suas aperturas em mais de uma ocasião. Via Ponciano na rua dos Frades, tratado a vela de libra, no gozo do melhor prato e no macio da melhor cadeira. E agora era esse desprezo:

— Tenha a bondade de esperar lá fora.

Andava eu nessas funduras, remoendo relembranças, quando Nogueira chamou do outro lado:

— Tenha a bondade, tenha a bondade.

Parei na frente da escrivaninha, sem receber intimação de sentar. O olho de coruja cravou a mirada em mim, o mesmo fazendo Pernambuco Nogueira. E nem esperou o banhudo que eu levantasse a voz. Foi relatando que era advogado do dr. Baltasar da Cunha, do que tinha muita honra. Como eu tivesse desconsiderado os amigos do moço engenheiro que foram levar proposta de paz, não restava a ele outro caminho do que o da lei e da Justiça:

— É o que vou fazer amanhã mesmo.

Do lado dele, bem plantado na cadeira, Pernambuco alisava o bigode ralo, mais distante do que uma nuvem em tempo de estiagem. Não embarguei a obtemperação do Macedo Costa. E à medida que entrava ele no íntimo da pendência, mais gosto tomava. Lá numa pausa, em que freou para sorver vento, pedi a Nogueira, com cara injustiçada, que fizesse as vezes de juiz, servisse de desembargador no caso em andamento:

— Quero o parecer do doutor.

Cabeça pendida para o espaldar da cadeira, olho na cumeeira, relembrou Nogueira que em mais de uma vez tinha deixado claro que era questão perdida:

— Peça um acordo. A causa é ingrata. Em todo caso, a questão é sua. Lavo as mãos.

O banhudo Macedo Costa, montado na jurisprudência de Nogueira, cresceu em ofensa:

— Não quero acordo, não quero nada.

Era desaforo muito para a patente de um coronel. Dedo no focinho dele, mandei que tivesse respeito, que não estava eu no escritório para aturar mal-educados e sim em dever de cortesia. Que pensava ele que era? Dono da Justiça, dono dos desembargadores? Que mirasse bem o meu tamanho:

— Não foi à toa que cresci em formato de palmeira, seu doutor.

Já nesse lance do desaforo meus dois metros andavam no alto, quase no teto, em cima dos diplomados. Nogueira, conhecedor do meu gênio, pediu prudência, enquanto o outro doutor, lenço na testa, falou com bochecha medrosa:

— Não sou de alterações. Sou advogado de carreira, homem do Direito e da lei.

Sacudi a mesinha a poder de safanões. Pois metesse a lei contra mim, que não ia ser o primeiro nem o último:

— Até gosto, seu doutor de bosta. Até dou risada, seu filhote de lobisomem.

E como demonstração de pouco-caso, abri em gargalhada e na poeira desse deboche esvaziei meus trazidos de ódio e ofensas. O venta de coruja, lá às tantas, tentou largar o recinto. Meus dedos de calombo aquietaram o banhudo na palhinha da cadeira:

— Sem ordem minha, safadão nenhum sai deste covil.

Disse o que bem entendi, em jeito severão e no mais das vezes na brincadeira, na gargalhofa. E no arremate da conferência, retirando do bolso as responsabilidades de Nogueira que salvei da unha dos usurários, mandei que visse, que conferisse o jamegão. E no mesmo instante, com desprezo, joguei os compromissos na tábua da escrivaninha:

— Não quero ter em bolso papel de sujeito que não sabe honrar as amizades. Limpe o rabo com ele.

Na porta do escritório, chapéu enterrado na cabeça, dei a última demão na afronta:

— Cambada de ladrões! Camarilha de gatunos!

Cuidei estar ligado aos Nogueira da rua dos Frades na vida e na morte. Nunca que podia figurar dona Esmeraldina longe, em tempo acabado, que logo sentia um esfarelamento na entranha. Pois bastou aparecer a ingratidão dos Nogueira, para tudo virar fumaça, esmaecer de pronto. Ao pisar a rua, mal saído da desavença, eu era outro Ponciano de Azeredo Furtado, leve de compromissos, limpo de agravos. Só trazia um desabafo:

— Ladrões, gatunos!

Assim, no caminhar dos dias, perdi os Nogueira da lembrança. Via o doutor longe, dona Esmeraldina desbotada no meu bem-querer. E uma quinzena mais adiante, ao ter conhecimento das péssimas ausências que ele fazia de mim, abri em risada. Espalhava o safardana falsos a meu respeito, que fiz e aconteci, a ponto de tentar ação nefasta contra a honra da patroa dele, do que resultou pegar eu reprimenda grossa e ficar banido para nunca mais da rua dos Frades. O velho Gastão Palhares, sabedor do que o doutor apregoava, e por ser muito inclinado aos militares e andar de amizade arranhada com os Nogueira, queria que eu rebatesse a afronta e ressalvasse a patente:

— Há que agir, há que agir.

Levei Palhares a um canto e bem rentoso da orelha dele confirmei o abuso. De fato, havia tirado uma mimosa conferência em certos avolumados de dona Esmeraldina, coisa leve, abrideira de apetite, que o grosso da patifaria, soubesse o amigo Palhares, tinha sido aprazado para mais tarde, em terra erma. E segurando o bracinho do velhote:

— No Sobradinho, seu Palhares. Estação de safadeza de uma quinzena, seu Palhares.

O velho, sujeito de óculos, pai de família crescida, nem esperou pelo fim. Tão afrontado ficou que abriu, sem propósito, o guarda-chuva e nessa postura desabou rua abaixo. Ainda mirei o alto, em busca de um pingo de água ou de um carvão de nuvem. A tarde era de primor, o céu, de andorinha.

CERREI AS PORTAS DO escritório de compra e venda. Os móveis e utensílios, no meio de outras serventias, foram dados por meia dúzia de vinténs a um belchior da rua Formosa. Era um unha de fome – regateou, desfez das madeiras, negou a qualidade dos cortinados, mas sempre em modo educado, desculpativo:

— Não tem saída, meu senhor. Compro para guarnecer o depósito de guardados.

Sacramentado o toma lá dá cá, o espoleta meteu o olho encanado no correntão do meu relógio. Dedo engatilhado na direção da peça, perguntou se eu não queria ficar despossuído dela:

— Dou quinhentos mil-réis pela guarnição. Nem preciso ver. Quinhentos mil-réis.

Chamei o unha de fome à responsabilidade. Não pensasse o seu nariz abelhudo que eu andava em apertura de pecúnia. Se quisesse, era muito homem de comprar, na boca do cofre, toda a sua casa de trapizongas, sem sair de onde estava. E de barba quase na cara do belchior:

— E ainda levo de contrapeso o rabo da mãe, sim senhor.

Virei as costas. Ninguém, por mais enricado, podia contar vantagem na minha frente sem levar revide de boca ou de braço. No Hotel dos Estrangeiros, eu que era de paz e acomodado, virei ranzinzão. Por qualquer falta, menor que fosse, soltava o gargantão pelos corredores. Já nesse então, a demanda de Baltasar da Cunha começava a esquentar. Mais de uma escadinha de doutor de lei subi e desci. Ninguém queria sustentar os meus direitos, por ser o outro litigante aparentado de Pernambuco Nogueira. A comandita do Foro vivia em união de unha e carne. Nenhum doutor ia descontentar oficial do mesmo ofício, em véspera de subir na gangorra do governo. Nenhum. A resposta era sempre igual:

— Sinto muito, mas estou sobrecarregado de compromisso.

Desse modo, sem outra porta que bater, lancei no fogo da Justiça os préstimos de Serafim Carqueja, um pardavasquinho ensebado, que vivia de encaminhar papéis, rábula dos desvãos do Foro. Em certa época dei um ajutório a ele, auxílio pouco, do qual nem guardava relembrança. Carqueja, nunca esquecido do benefício, colocou as armas do seu tirocínio ao meu dispor:

— O coronel não paga nada. É de prazer servir o coronel.

Carqueja, de tão pobre, nem canto de escritório possuía. Administrava suas causas em mesa de café ou no fundo de uma sejaria que ficava perto da Santa Casa das Misericórdias. Mesmo assim, sem eira nem beira, o mulato aguentou a sabença de Macedo Costa. Percebi de logo que Serafim Carqueja era de muita artimanha e de recursos no concernente a trabalhar os arrazoados:

— Tenho trinta anos de corredor de Foro. Não é qualquer doutor de canudo novo que pode comigo.

Em verdade, a pendenga andou e inchou. Nas mesas dos escrivães e doutores pegou papel de muitos rabiscos, engordou nos embargos e pareceres. Como nos dias de minha guerra contra Dantas Mesquita, o charuto de Ponciano não saía dos corredores da Justiça. Macedão, safado da vida, reclamou. Em discussão, na presença de mais de meia dúzia de olhos e ouvidos, chegou a destratar o pobre Carqueja. Queria uma ordem do alto para que eu não fuçasse a papelada, não acompanhasse a trafegação da demanda:

— Vou pedir providências, vou acabar com esse abuso.

Por sorte, cheguei na horinha em que Macedo Costa ameaçava o defensor dos meus direitos. Vendo Serafim tão ofendido, da cor do barro, quis saber se algum lobisomem tinha passado na redondeza:

— Só o lobisomem é que faz essa azoada, esse espalha-vento.

O reclamante tratou de sumir a sua pessoa na primeira porta, relembrado do meu proceder no escritório de Nogueira. Carqueja, senhor do meu apoio, cresceu em galhardia. Pegou ares de doutor formado, passou a falar firme, citando casos e jurisprudência. Prometi, uma vez feita justiça a meu favor, quebrar o chifre de Macedo Costa e mais Baltasar da Cunha bem na porta do Taco de Ouro:

— Para todo mundo ver, para servir de cartilha a essa nação de safados.

Por dois meses rolou a questão na sabedoria dos doutores, cada vez mais alentada de agravos e pareceres. O pobre bracinho de Serafim Carqueja era curto para carregar tão vasta jurisprudência. Passava os dias na leitura e meditação dos despachos, naquele seu jeito de roçar o nariz rente das letras, uma vez que de tanto lidar com rabisco de juiz perdeu a força da vista. Prometi botar no rosto dele um par de cangalhas novas:

— Óculos do mais fino e do melhor, seu compadre.

Tanta devoção de Serafim Carqueja acabou em bom resultado. Uma segunda-feira a rixa subiu à apreciação final e foi cair na unha de um juiz de fornada nova, que eu nem conhecia, de nome Perlingeiro de Sá Meneses. Numa penada, o doutor lavrou a sentença a meu favor e ainda destratou a acusação, condenada no rabo do processo a pagar as custas e outros caprichos da Justiça. Na porta do Foro, charuto avassalador no dedo, berrei:

— Conheceu, cachorro!

Caí no calcanhar de Serafim Carqueja, a saber o preço do seu trabalho. O defensor da minha causa andava em fundo de café, nariz pregado numa papelada de inventário. Mandei que ficasse de pé:

— Venha de lá um abraço, seu doutor. A gente ganhou de cabo a rabo, sem deixar nem direito de apelação.

Carqueja nem quis ouvir a história da paga. Que eu solvesse os gastos de rotina, selagem, despesas em cartório, buscas etc. e tal:

— Coisa de pouca monta.

Obtemperei em contrário:

— Seu doutor, não aceito o sacrifício. Diga quanto é o serviço.

Sem cuidar do que eu dizia, Carqueja retirou do bolso um caderno denegrido pela usança e começou a juntar despesa. Contou e recontou, nariz no papel. Não contente, fez noves-fora-nada e só depois é que proclamou o montante da dívida:

— Cento e oitenta mil-réis. Como o coronel já deu um adiantado de duzentos, estou devendo, em justa conta, vinte mil-réis.

E varreu o paletó na intenção de liquidar o saldo da rixa. Protestei:

— Era o que faltava, seu Carqueja. Diga o preço do serviço, homem de Deus.

Não houve modos de receber um tostão. Todo maltratado, casaco roído na curva do cotovelo, gravata de cor perdida desde anos, Serafim Carqueja tinha ares de rei. Que eu guardasse as economias e deixasse em seu poder a amizade:

— É o que basta, é o que basta.

O mulato valia ouro em pó. Nunca que um Pernambuco Nogueira, mesmo ajudado pelo governo, mesmo de anelão no dedo, chegava às alturas dele. Era até uma falta de respeito medir no mesmo metro um e outro. Nogueira, diante da grandeza do encaminhador de papéis, ficava diminuído, menor que um rato. Virava sujeito merecedor de penas e dós, um pobre-diabo:

— Desimportante.

Mas a minha alegria de ver Baltasar da Cunha perdido na Justiça foi contaminada por notícia triste vinda da rua do Gás. No Hotel dos Estrangeiros, de noite, encontrei recado de dona Celeste dando conta da morte de João Fonseca. Sem tirar o chapéu, corri em socorro da moça, uma vez que o capitão Totonho Monteiro, compadre dele, estava ausentado, em viagem demorada. Encontrei a teúda e manteúda do falecido lavada em pranto, nos braços dos vizinhos. O morto já estava preparado para os trabalhos da cova. Tive de arranjar os papéis e outras obrigações de cemitério, no que gastei todo o dinheiro trazido. Não podia deixar

Fonseca seguir em caixão da Santa Casa das Misericórdias, como um qualquer, sem proteção e amizade. Estipulei desde logo:

— Vai em primeira classe.

Escolhi caixão do melhor, um de amarelos por fora e fofinhos por dentro. Vistoriei as tábuas, não fosse alguma ponta de prego magoar os sequinhos dele. E, nesse corre-corre, larguei no papo do belchior da rua Formosa o correntão de ouro, acompanhado de relógio e medalha. Com o apurado, vesti João Fonseca de caixão ostentoso, de muita gente pensar que ia dentro defunto enricado. E mais não fiz porque as amizades de Fonseca não apareceram. Foi embora em solidão, comigo na garupa do enterro e mais três carruagens de aluguel que contratei para engrossar o cortejo. Feita a piedade, voltei em missão de consolar a teúda e manteúda:

— Conte com meus préstimos, no que quiser, em conselhos e dinheiros, mesmo que largos.

Como encontrasse, na casinha da rua do Gás, um restante cheiro de defunto encravado, que teimou em não acompanhar o falecido, mandei que escancarassem os compartimentos, franqueassem portas e janelas. Cumprida a providência, depressa o luar e o vento da noite desempestearam tudo, de não restar recanto sem ser vistoriado e bisbilhotado. Fui então armar conversa na varandinha, na intimidade de uns vizinhos sobrados do enterro. Na altura da meia-noite apresentei a despedida:

— Muito que bem, dona Celeste, vou chegando.

Vejam só! Entrei na casa do falecido de mão vazia e saí munido de um sabiá-laranjeira de canto limpo, lembrança de Fonseca ao seu amigo de compra e venda. Uma quinzena antes, já na beira do fim, ordenou que o bichinho, na partilha dos seus deixados, coubesse ao coronel Ponciano de Azeredo Furtado. Teve até uma de suas poucas alegrias ao falar nisso:

—O coronel vai gostar, vai ter muito contentamento com o laranjeira.

Ao entrar na posse da prenda, que dona Celeste entregou entre lágrimas, senti um arranco no coração, aquele nó de garganta que sempre teimava em desfeitear a minha patente. Gaiola debaixo do braço, peito oprimido, saí navegando pelo luar. Antes de pisar o Hotel dos Estrangeiros, numa esquina de rua, reprimi um começo de água que queria escapulir dos meus olhos. Ponciano vazava por dentro.

13

Morreu Fonseca, morreu o ano. Abri mão de várias regalias, menos do charuto. Destratei Padilha, do sujeito requerer socorro, gritar pelas autoridades. Vendo meirinho sobre meirinho no meu calcanhar, pensou o capataz do Hotel dos Estrangeiros que era chegado o fim do coronel. Como primeira medida de traição, pediu o compartimento que eu ocupava, sem atraso de paga. Veio amolecido, bem conversado, com parte de que um doutor do governo trocava o quarto dele pelo meu:

— É gente de cerimônia, que precisa mostrar luxo.

Repeli a barganha, montado na maior grandeza:

— Se ele carece de compartimento mais vistoso eu também careço.

Padilha, mais tarde, levantou argumento de que o Hotel dos Estrangeiros era respeitoso, pelo que embargava meu proceder a certas horas da noite, quando ocupava os préstimos da arrumadeira em trabalho que todo mundo sabia qual era. O pior é que a mulata das arrumações, em queixa deixada em poder de Padilha, acusava a minha pessoa de sua desgraça, de ter abusado dela, de ter extraído a sua donzelice sem o seu consentimento, pois nunca foi moça militante. Padilha, em cima desse falso, cresceu em coragem. Garantiu que eu não ficava nem mais uma noite no Hotel dos Estrangeiros:

— Vou levar o caso para banca de advogado.

Num repente, corri atrás do espoleta – e foi aquela desorganização em que sou especial. Levantei mesa, quebrei copo, sopapei uns e outros. Padilha debandou rua afora, em grito de socorro. Firmei ponto de vista:

— Desta bosta não saio! Estou em dia com a paga e quero ver quem tem tutano de mexer comigo.

Padilha, tarde da noite, voltou apadrilhado de doutor, um homenzinho de modos educados. Já no aperto de mão, que arrochei com fé, viu ele que o coronel não era flor de paletó. Nem deixei o sujeitinho da lei falar. Desbastei as mágoas na carcunda de Padilha. Que pensava ele de mim? Mais de ano e meio morava eu no Hotel dos Estrangeiros e nunca que achou tempo para dizer que eu tirava outra serventia da arrumadeira que não fosse as da obrigação dela. Como vinha agora de honestidade em riste, quando era voz sabida que nos compartimentos dos fundos a farreagem corria livre, de encabular a vizinhança. E indaguista:

— Como, seu Padilha, como?

E plantado na frente do doutor, peito alargado pelo ódio, garanti que nos meus direitos nenhum filho de égua metia os cascos:

— Ainda está para nascer, doutor. Ainda está para nascer.

Digo que o tal advogadinho do apadrinhamento de Padilha era de lábia. Rodeou, penteou os meus azedos. Disse que conhecia o coronel Ponciano das labutas do Foro:

— Sou amigo de Carqueja. Vossa Senhoria conhece bem o Carqueja.

Foi água na fervura. Não podia destratar um doutor da amizade de Serafim Carqueja. O desentendimento logo mudou de tom e acabou em camaradagem, em jantar servido de mão própria por Padilha, já rendido e amansado:

— O coronel vai quando quiser, sem compromisso de coçar o bolso na paga dos aluguéis.

Dei prazo de dois meses para mudar:

— Estou em negócios de casa apalacetada na rua do Mafra.

Antes do tempo apalavrado, uma quinzena de menos, deixei o Hotel dos Estrangeiros. A rogo da comadre Alvarina, mudei os trastes e pertences para o Capão, onde, em quarto arejado, fiquei em sossego. Uma plantaçãozinha de resedá subia de junto da minha janela. Em pregos de segurança espetei a gaiola do sabiá-laranjeira, de modo que a prenda de João Fonseca puxasse as madrugadas na maior comodidade. Barba junto do ouvidinho dele falei:

— Vosmecê vai mostrar a esse povinho de asa e bico o que é uma gargantinha educada.

Dito e feito, de ver tanta jaqueira e outras qualidades de arvoredo, o bichinho deu de tirar do peito novas remessas de cantorias. Farreava de ser admirado em chácaras longe. Juquinha, que nos antigamentes de menino foi passarinheiro de paixão, tomou a cargo a mantença do menestrel. Mudando as águas, escolhendo os alpistes, sempre relembrava ser o compadre Ponciano sujeito sortista para bicho de pena:

— Depois do galo Vermelhinho, este laranjeira de peito claro.

Arrumei outro tipo de soberba – do Capão ao Café Lord, um puxado de bem uma hora, eu tirava em lombo de cavalo, um estreleiro de linda música nos cascos, bicho escolado que o primo Juca Azeredo botou às ordens das minhas esporas. Parava gente em admiração da peça, da sela avantajada e dos estribos de prata. Quanto mais a pecúnia minguava, mais eu arranjava grandeza. Se um conhecido, nas esquinas e portas do comércio, perguntava pelo meu passadio, a resposta descia ligeira de cima do estreleiro:

— Vou de vento em popa, namorando usina para comprar.

Espalharam que eu não andava certo da bola, possuído de macaquinhos no sótão. O que eu não queria é que filho de vaca nenhum risse do meu tropeço. Na praça da Quitanda, em poder de moleque de vintém, deixava as rédeas da minha navegação e saía, espora arrastada na calçada, em visita pelo comércio da rua do Rosário. O que mais apreciava era judiar da comandita dos dinheiros a juro, dos usurários dos bancos e tamboretes. Uma tarde, sem aviso nem recado, empurrei a portinhola de vaivém do Banco de Crédito. Deseducado, entupindo tudo na fumaça do charuto, inquiri, debruçado na gaiolinha do pagador, se o tamborete tinha preparo capaz de agasalhar, em segurança, uns dinheiros meus:

— Tenho compromisso nos estrangeiros pelo que vou ficar ausentado um bom par de anos.

Um atarracado, de caneta na cava da orelha, já todo derretido e prestimoso, pediu ("Não interrompendo, não interrompendo") que eu mencionasse o montante dos guardados:

— Se isso não é incômodo para Vossa Senhoria.

Inventando que falava em voz baixa, fiz a conta, cocei a barba e desembuchei:

— Coisa pouca, na ordem de seus oitocentos pacotes, fora uns valores em papéis e joias de herança.

O usurário da caneta no atrás da orelha, cangote retraído, veio trazer Ponciano na porta. Segurou a rédea do estreleiro como se fosse Janjão Caramujo ou qualquer moleque da praça da Quitanda. Gabou o porte altivo do cavalo, a beleza da sela e os lavrados dos estribos:

— Que primor, que beleza.

Obtemperei que havia rejeitado por ele um par de contos de réis batidos:

— Em pelo, sem as pratas e benfeitorias.

Apreciava fazer essas grandezas pelo gosto de ver a cara de vassa-lagem do povinho dos empréstimos, que é a raça entre todas a mais nefasta. Dei de falar em compra de usina e até entabulei transação com uns falidos de certa fábrica de açúcar. Quando soube que era maquinaria antiga, engenho de pouco fabrico, repeli a proposta:

— Quero lá saber de ferro-velho, seu compadre!

Desde que escorreguei no comércio de compra e venda, fui outro. Cada dia que passava, mais o coronel do mato vinha a furo, destrambe-lhado e ferino. Se caminhava por uma calçada e não recebia, de algum conhecido, a atenção do tempo de dantes, logo saía na esteira do dese-ducado. Foi o que aconteceu ao capitão Anísio Cavalcanti, dono de uma fogueteria na rua do Príncipe e pessoa muito achegada aos políticos e suas festas. Cortou esquina para não falar comigo. Caí no calcanhar dele e na porta da Pena de Bronze, casa de lápis e caderninhos, encurralei o bichão contra a parede:

— Seu capitão, que soberba deu em sua patente que não quer mais salvar os superiores?

O fogueteiro encalistrou, encolheu o orgulho. Investi contra a sua desconsideração. Que reparasse no meu porte e visse bem se a queda do açúcar havia tirado de mim um dedo de tamanho. E recuando, de modo a que ele tivesse a vista livre:

— Veja, capitão. Repare que até estou mais avantajado, mais engrandecido.

Mas o caso sucedido a Baltasar da Cunha é que foi de ser contado em muitas conversas. Vinha eu no estreleiro, nem querendo pensar nas ingratidões dos Nogueira, quando divisei o doutor engenheiro aboletado em cadeira do Salão Chic, na parceirada de Artur Fontainha. Ia seguir a minha destinação em paz, que era a de comprar uns panos de camisa para a tesoura de minha comadre Alvarina, peças de que eu andava desguarnecido. Nisso, fui atingido por uns guinchos de deboche no fim do qual apareceu, na porta do Salão Chic, um magricela de tesoura em riste. Um chocalhar de risada sacudiu a barbearia e sua vizinhança. Não demonstrei ter percebido a ofensa – pelo canto do olho vi o sujeitinho na macacagem de representar que cortava minha barba. Em calma, desci da sela e rumei os passos para dentro do Bazar Aliança. Lá pedi uma gurungumba de assobio, de envergar como bodoque de bugre:

— Das de nó, moço, de dar em maluco.

Se Deus botou no mundo instrumental que sei trabalhar, é a tal da gurungumba. Na bochecha espantada do caixeiro, fiz o cipó assobiar de cobra e vento. E foi assim, bem municiado de porrete, que encalhei meus dois metros de Ponciano na porta do Salão Chic. Baltasar da Cunha, focinho revestido de sabão, fingia ler uns almanaques sovados de barbearia. Fontainha, a par do meu gênio picado, afundou a venta nos escondidos da saleta. No deboche, o magricela da tesoura veio saber se o meu caso era de barba ou cabelo:

— Ou tudo junto ao mesmo tempo, doutor?

De resposta, liberei o cipó em cima do caçoísta. A gurungumba, pegando firmeza na saboneteira do ombro dele, dobrou para a parte das costas e ainda teve força de fazer grande agravo na traseira do abusado. Atingido em região dorida, o barbeiro curvou o espinhaço e pronto desfaleceu. Avisaram do meio da rua:

— O barbaça vai matar todo mundo.

Na confusão advinda, o moço da engenharia, rapidinho, de cara barbeada de uma banda só, escapuliu da cadeira e ganhou a rua mais desarvorado do que o pai dos capetas em capela de santo. Lá foi meu cipó vingancista mostrar ao safado o tamanho do braço do coronel. Com uma lambada de assobio, que zuniu ferina, desmanchei, no costado dele, todas as ofensas recebidas da corja dos Nogueira:

— Toma, filho de uma cadela!

O engomadinho, ganindo em formato de cachorro espantado, embarafustou o rabo por um armarinho de fazenda, de ninguém saber como entrou e saiu. Aí cantei de galo:

— Esse vai mijar vermelho o resto do mês.

Fontainha, de passagem, também pegou o seu levado, uma gurungumbada das que sei dar – do alto até as partes da virilha. Nem teve força de levantar. Emborcado ficou, como morto, no meio da rua. De novo serrei de cima:

— Aprendeu, sem-vergonha?

Desagravado, patente limpa, montei em sela e fiz o estreleiro subir nas patadas do coice. E do alto, varejei o cipó de minha justiça dentro da barbearia, acompanhado deste conselho:

— Bota num quadro e dependura na parede como lembrança do coronel Ponciano de Azeredo Furtado.

Correu ligeira a notícia de que Baltasar da Cunha e mais o dr. Nogueira tinham pedido providências das autoridades, que o governo ia fazer e acontecer. Serafim Carqueja, a par da arruaça, correu ao meu encontro. Queria que eu ficasse encovado no Capão, sem aparecer na cidade:

— É o melhor que o coronel faz.

Repeli o conselho do bom Carqueja:

— Sou homem de esconderijo, amigo Serafim? Meu lugar é na porta do Taco de Ouro.

Aí mesmo é que firmei jurisprudência de não sair das mesas dos cafés e esquinas povoados. E assim a trovoada amainou. Nenhum meirinho da Justiça veio intimar o coronel e de Pernambuco Nogueira vim a saber, semana depois da desavença, que tinha abocanhado, em Niterói, o tal cargo da governança. A troco desse pau de poleiro desprezou os amigos de antes, o que valeu ao seu lombo uma boa sova de jornal. A tal gazeta, entre outras rebaixações, afiançava que a ida de Pernambuco Nogueira para a Limpeza Pública calhava no seu caráter de lata de lixo. E como arremate, em letra graúda:

"NOGUEIRA, ADVOGADO DE PORTA DE XADREZ,
TEM O QUE MERECE: O MENOSPREZO DO POVO."

Achei graça, ri de chamar a atenção. Estava eu na porta do Café Lord, charuto a meio pau na ponta do beiço e chapelão desabado para o cangote. E foi nessa postura que falei alto, de modo a ser escutado em distância de muitas braças:

— Essa do lixo é boa, tem seus cabimentos. Calha de luva no chifre do ordinário.

Para debelar a ofensa da gazeta os amigos de Nogueira armaram banquete de muitos talheres. O safardana do Selatiel de Castro sustou viagem demorada para vir ao come e bebe do doutor. No decorrer da semana era o que mais saía nas folhas – rapapés e bajulismos estipendiados pelo povinho do governo, agora de braço dado com as sem-vergonhices de Nogueira. E lá uma quarta-feira, em mesa do Taco de

Ouro, li o que foi a comilança. Pelo feitio do escrito, devia ser da lavra de Portela, sujeito muito apropriado para esse subalternismo. Contava a gazeta de imprensa que o financeiro Selatiel de Castro tinha cortado viagem longa só para estar do lado do dr. Pernambuco Nogueira, seu amigo íntimo. E depois de outras considerações, dava conta dos discursos – era quem mais queria agradar. Acabado o peru, o convescote, de carruagem aberta, rumou em direitura da rua dos Frades, onde foi servida noite de recitativo e piano. Peixotinho do Cartório, dando braço forte à homenagem, apareceu de surpresa, no comando de uma serenata que entrou madrugada adentro:

— Corja de lobisomens, cambada de sem-vergonhas!

Enojado, deixei cair no assoalho a gazeta de imprensa e não satisfeito esfarinhei o papelucho a poder de botina. Era como se pisasse a rua dos Frades, os Nogueira, o mundo todo:

— Cambada, súcia de ladrões!

Ainda estava forte o barulho do banquete quando, uma tarde, na praça da Quitanda, vi passar, em carruagem de luxo, dona Esmeraldina e Selatiel de Castro, o Castro dos dinheiros a juro do Banco da Província. Ia o bicho em facilidades, todo garboso, bengalinha no dedo e charuto dorminhoco na boca. Ao dar comigo, espetado na calçada, a mulher de Nogueira rebaixou os olhos. Digo, sem mentira, que não senti o menor repuxão no peito. Era como se tudo fosse decorrido muito no antigamente, já em bolor de gavetão. Dei de ombros:

— Vaca!

POR CAUSA DAS TAXAS e dízimos fui obrigado a voltar ao Sobradinho. Já não era sem tempo. As educações da cidade não comportavam mais o coronel do mato que eu era. Meus berros de pastos varavam longe, metiam medo. Ponciano de Azeredo Furtado exagerava tudo. Puxei uma procissão em louvor de Nossa Senhora do Parto. Foi tão encorpada a minha cantoria que o padre, coroinha novo no ofício, veio pedir que eu rebaixasse o tom:

— Mais baixo, mais baixo.

Danei:

— Não rebaixo nada. Nasci assim e assim vou morrer, seu vigário.

Mas a volta aos pastos não andava no meu propósito. Aconteceu que Juquinha Quintanilha, vindo da remissão de uns impostos, apareceu afrontado. Em quarto trancado e conversa baixa, relatou que dado escrevente do governo, que o compadre conhecia de pouco, disse da tratantada que maquinavam contra um tal de Ponciano de Azeredo Furtado. Nem de longe adivinhava o escriturário dos dízimos que Juquinha Quintanilha era unha e carne comigo. Assim, desprevenido, deu a língua no dente. Afiançou que atrás da manobra tinha dedo forte do governo. O caso é que mandaram levantar as obrigações de Ponciano desde que o mundo era mundo, acrescidas de moras e outras invenções do pessoal dos impostos. Iam meter a Justiça no caso, em demanda que era traição da maior:

— O tal coronel vai chiar sem ser cigarra.

Bem Juquinha não acabou, já pulava eu na direção das malas e bagagens. Chamei dona Alvarina:

— Comadre, apronte os utensílios. Vou mostrar a esses cachorros do governo quem é seu compadre Ponciano.

Logo fiz fumaça de guerra. No belchior da rua Formosa deixei umas restantes peças de herança, um anelão e duas alianças que sempre guardei para uma emergência de tomar estado. Foram esses meus ouros fazer companhia ao relojão que torrei na morte de João Fonseca. Guarnecido de bolso, voltei ligeiro ao Capão. Varei a noite em claro e ouvi o choro da comadre Alvarina e a fala consoladora de Juquinha. Na certa, a boa senhora tirava lágrimas por mim. Se não fosse faltar ao respeito, era homem de entrar no quarto dos compadres e levantar, na força de discurso, o ânimo deles:

— Isso não é nada, dona Alvarina. É incômodo que rebato com um par de berros, compadre.

De manhã, na primeira modinha do sabiá-laranjeira, pulei da cama e já o café da comadre esperava por mim em bule de batizado, uma peça bojuda, de lavrados e lavradinhos. Contraída de pesar, dona Alvarina preparou embornal carinhoso, galinha e outros pertences de viagem. E ajuntou a todas essas regalias uma garrafa de jinjibirra, de sua especial fabricação:

— É para o compadre matar a sede no trem.

Na despedida, o soluço embargou a comadre, de não ter boca que falar, nem mão que acenar. Deixei com ela abraço animoso:

— No mais tardar, volto numa semana. Nem carece de desfazer a cama.

Dei graças ao perder, no lombo do estreleiro, o Capão de vista. Quintanilha veio ao bota-fora da estação, na qualidade de carregador das bagagens. Queria que eu não agravasse a guerra:

— Compadre, governo é governo, tem poder de não acabar mais.

No trem, sabiá-laranjeira do lado, como se passageiro fosse, dei balanço aos meus salvados. A bem falar, voltava o neto de Simeão de bolso vazio, mas enricado de muitas e boas experiências. Sujeito nascido como eu, altão, de mais de uma nuvem encalhar no meu cabelo, não podia ficar arreliado com as picadas dos gongolôs e das minhocas cá de baixo. No mais, não era de bolso vazio quem possuía um passarinho como o que herdei do falecido João Fonseca. Muitas outras gentes tinham baús de brilhantes e brilhantins, mas cantoria de veludo só quem tinha mesmo era o coronel Ponciano, na gargantinha do seu sabiá-laranjeira. Por isso, os apressadinhos da estação cuidaram que eu estivesse avariado do miolo quando cheguei e comprei passagem para o cantador:

— Quero, sem ver despesa, assento macio para acomodar a bundinha do meu sabiá, que é prenda que não barganho nem pelas pratas nem pelos ouros do maior sultão das Arábias.

Subi de foguete, desci em flecha queimada. O que lucrei nos três anos de afastamento dos pastos, na cidade deixei em formato de benfeitorias, em bondades que espalhei, em encrencas que tive por causa dos outros. Mas nada disso, nem a quebra do açúcar nem os agravos dos Nogueira, vergava meu ânimo guerreiro. Não foi de presente, em bandeja do governo, que recebi o canudo de coronel e suas competentes regalias. Ia mostrar ao povo dos impostos que não era com papelinho da Justiça que o governo metia o bedelho no que de raiz era meu:

— Nem de papel, nem sem papel.

Em Santo Antônio, o trem pegou umas mercadorias e dois ou três trafegantes do comércio. De novo andou e ao roçar o engenho do Visconde obtemperei alto, assim em modos de perturbado do tino:

— Não vão fazer comigo o que fizeram com ele. Não vão, que Deus é grande e o meu braço coisa de destroncar o boi mais pescoçoso.

E apontei a carcaça do engenho que passava, encabulada, pela janela do trem. Mais de um viajante quedou caído em espanto sem atinar com os motivos do meu destampatório e fala grossa. Armado de charuto, ministrei lição a respeito da desgraça que ferrou o Visconde em parte mortal. Engenho melhor que ele nunca houve. Açúcar do seu fabrico podia ser igualado à brancura das espumas. Pois tanto gravame levou, tanto imposto jogaram nele, que o pobre não aguentou. Um belo dia apagou o fogo da fornalha e virou ninho de gambá, lugar empesteado de baba e asa de morcego:

— Tudo por culpa do governo, pelo desmazelo dos políticos, que tudo isso é uma corja só.

Um vermelhão, que chupava cigarro de palha em banco afastado, aprovou o que eu ensinava:

— O coronel está com as boas razões.

Fui assim, de estação em estação, montado em retreta, de ladrões e gatunos fazendo a festa. Juntou viajante em meu derredor e eu de ódio solto, charuto devastador no dente. Um embonecadinho, que lia gazeta de imprensa em canto retirado, resmungou embargo contra a fumarada do Flor de Ouro. Logo mudou de ideia ao ver em frente de sua pessoa esta palmeira de nome Ponciano de Azeredo Furtado. Nunca pensou que um cristão pudesse ganhar tanta altura do pé ao chapéu. Munheca na carinha dele, perguntei em tom educativo:

— Vossa Senhoria é dama que não aguenta catinga de charuto?

Não dei andamento ao resto da palhaçada porque minha atenção, nesse entrementes, esbarrou na cara de um cobrador de impostos da camarilha de Jordão Tibiriçá. De peito aberto, aos berros, garanti que em sela do neto do velho Simeão ninguém montava, nem governo, nem desembargador, nem nada:

— Só Nosso Senhor Jesus Cristo. Só ele.

O cobrador de dízimos sumiu no emaranhado das bagagens de onde só desencravou o medo na parada de São Gonçalo. Fora do meu braço, caiu de conversa com o mestre da estação e apontou para mim, como sujeito acabado de sair das garras de um maluco da cabeça. Providenciei pular do trem. Nisso, a máquina fungou, fez aquele escarcéu de largada, fincou as patas nos trilhos, e partiu. Da janela, cara de fora, barba ao vento, eu devia ser a figuração de Satanás, pois tanto o mestre da estação como o sugador de impostos desapareceram entre as mantas de carne-seca que esperavam praça em São Gonçalo. Mandei em direitura deles meu grito de guerra:

— Gatunos!

Isso feito, cuspi o nojo e voltei a firmar assento rente do sabiá-laranjeira. O resto da trafegagem foi charuto a meia brasa, sem grande fumaça, uma vez que o balancinho do trem é conforto capaz de botar sonolência mesmo em olho de boneca. No braço dessa cachaça dormi para acordar já em Santo Amaro, no choro das ferragens. Da portinhola, avisei que estava de volta:

— Vim mostrar aos safados do governo quem é Ponciano de Azeredo Furtado.

Em passo largo, embornal e sabiá-laranjeira no dedo, ganhei a porta do Bazar Almeida, onde requeri munição grossa:

— Pode descer a mercadoria, que compro tudo que for bala de calibre avantajado.

Já era rodeado por gente espantada, quem mais querendo saber que cobra tinha mordido o coronel do Sobradinho. Barba entrouxada na mão, ofendi o governo e seus agregados e, quanto mais ofendia, mais tomava gosto pela ofensa. Pedi notícias de Jordão Tibiriçá:

— Em que buraco mora esse gatuno?

Foi como se o coronel cutucasse em ninho de lobisomem. O Bazar Almeida parou limpo de gente, sem mais quem escutar meu destampatório. Não afrouxei a galhardia. Virei o vento da raiva contra o povinho miúdo de Santo Amaro, que tremia de vara verde na presença de uma afronta a Jordão Tibiriçá. E da porta berrei:

— Cambada de mariquinhas! Vou mandar vestir saia em todo esse povinho safado.

Aos pinotes, em mula emprestada, larguei Santo Amaro. As cigarras do meio-dia chiavam nos pés de pau e no mato mais desimportante. Até o fio dos telégrafos tinha cantoria delas. Tanta algazarra, vinda das folhagens, acabou por contaminar o laranjeira, sempre pronto a mostrar sua mestria. Em vista de garganta tão educada, as cigarras perderam o fôlego, deixando sozinho o sabiá em sua aulinha de canto. Admirado de tamanha harmonia, avivei, em parecer de voz alta, os gorjeios dele:

— Vosmecê é muito cantativo, mais que um tenor das ribaltas.

Ia a música nessa pauta, eu em elogiação e o sabiá em trinados, quando, de uma figueira-do-inferno, um peito-ferido veio escurecer o bom andamento da viagem. Não fui mais coronel de ter sossego – aquele nojento par de asas seguiu meus passos bem longe, sertão adentro. Arreliado, mandei que fosse acapangar a mãe:

— Bicho desnaturado, forma de fazer capeta!

Não encontrei ninguém que merecesse meio dedo de prosa – só molecote de pasto ou pegador de passarinho. Gente de botina não vi nem para um bom-dia, como-vai-como-passou. E foi em boca calada, garganta ressequida, que cheguei ao Sobradinho. A tarde devia estar no ponteiro das três, o que aquilatei pela sombra dos arvoredos. Nem gente, nem bicho nas redondezas da casa de Simeão. Abandono assim só em dias já passados de peste, num tempo de dantes muito recuado, quando o bafo malino dos pântanos espalhou, sem consideração por reza e remédio, miasma e febre palustre. Descido da mula, velejei de modo a pegar o Sobradinho na parte traseira, onde em dias de sua vida teve o galo Vermelhinho poleiro e gaiola. No beiço da escada, parei de coração repuxado. As ervas-de-passarinho, sobradas da cumeeira, vinham meter os dedos nos rachados das paredes. Juquinha levava razão – a manta de água havia pintado o bode no sobradão de meu avô, em banho que nunca existiu outro igual em duzentos anos. Foi pisando em mágoa que ganhei a sala de jantar, de onde, em setenta invernos, Simeão comandou suas muitas léguas de curral e pasto. No desensofrimento de abrir janelas e portas, tropecei num montão de selas e arreios, a que rebati a poder de praga:

— Vai embargar a mãe!

De novo restabelecida a paz, cuidei ouvir passos nos compartimentos dos fundos. Sem demora inquiri:

— Seu Antão, seu Antão Pereira?

Não era Antão, não era nada. Bem averiguado, devia ser uma coruja extraviada na tarde ou capaz que uma abusão das trevas esperando hora noturna. Em cautela, e nunca por medo, armei meu quartel na varanda do Sobradinho. Lá de baixo, subia a cantoria limpa do sabiá-laranjeira. Outra vez pensei ouvir passos, pelo que logo intimei:

— Os de casa que apareçam. O coronel está de volta.

Como vento solto, o vozeirão de Ponciano correu o descampado, desmantelou a madorna da tarde e ainda teve sustância para espadeirar um magote de anuns que vadiavam numa cancela carcomida. Reforcei a intimação:

— Ó de casa, ó de casa!

Da sombra das casuarinas um vulto começou a vigorar. Era Janjão Caramujo, todo embaraçado no sono da cachaça. Cruzei os braços em grande admiração. Anos atrás, deixei o negro nessa mesma postura de lagartão velho em gozo de sol. Andei em largas ausências, virei e mexi. Fiz dinheiro de jogar fora e mais de uma cabeça de moça donzela larguei perdida. E vinha de volta encontrar Janjão Caramujo na vigilância de sempre, na maior amizade pelo Sobradinho. Tamanha devoção buliu comigo e desabei escada abaixo, já de abraço montado:

— Seu Janjão, bons olhos vejam sua pessoa.

O tratador de cavalo, desacostumado a cortesia tão bondosa, recuou em perna embaralhada. A custo reconheceu o coronel e foi então um contentamento, dele e meu, de lavar os peitos. Sacudi o negro no apertão do abraço:

— Seu Janjão, vosmecê não mudou em nada.

Dos cumprimentos passei aos casos do Sobradinho. Onde andava Antão Pereira que não dava cobro aos desmazelos do casarão? Que era feito da dinheiraça que eu tinha largado no bolso dele a título de reparos e outras serventias? E de dedo apontado para a farreagem que os verdes do mato faziam nos beirais do casarão:

— Onde anda esse desalmado, seu Janjão, que não vê as ervas-de-passarinho imperando na minha varanda?

Janjão, assombrado da minha presença, não tinha força para responder ao patrão. Mandei que subisse comigo, em visita de correição, não estivesse num recanto de sala ou quarto do Sobradinho alguma surucucu esquecida das águas. E na brincadeira:

— Ademais, vosmecê é especial nessas faxinas.

De par em par, o negro abriu portas e janelas, do que o vento aproveitou para espantar os cheiros de bolor do casarão em resguardo. Feito o asseio, passei a comprovar o vigor do assoalho, não estivesse em alguma parte corroído e precisado de madeira nova:

— Vou mandar vistoriar tudo isso por mestre de obras.

Na mão das águas o que muito sofreu, vi de olhos próprios, foi o reboco – minava umidade de mais de uma parede. Mas ficasse Janjão sabedor de que o coronel ia meter brocha de pintor e plaina de carapina de modo a embonecrar o Sobradinho, do telhado às cacimbas:

— Seu Janjão, ninguém, pronta a obra, vai conhecer a casa do velho Simeão. Até quadro de parede vou mandar vir da cidade.

Isso dizendo, subi ao sótão das armas e foi uma luta para abrir fechaduras e cadeados. Janjão pasmou de ver tanta raça de bacamarte. Revirei uns e outros, mostrei ao negro o pau das coronhas:

— Madeira de lei, que nem existe mais, seu Janjão.

Cuidei que o paiol das munições, uma arca pesadona dos capetas, sofresse os agravos da chuva. Para alegria minha, tudo estava seco, em ponto de serventia. Janjão, que nunca gozou as regalias desse compartimento do Sobradinho, coçava o queixo, de olho comprido nos paus de fogo. E quase ganhou um desarranjo de peito na hora em que passei ao poder dele uma espingarda de fogo central, capaz de esbagaçar a onça mais opulenta ou outro qualquer bicho de igual porte:

— É pertence seu. Tome conta da prenda, seu Janjão.

No cotovelo da tarde chegou Antão Pereira, mais gago do que deixei anos atrás. Não queria acreditar que o coronel estivesse de volta. Bati no ombro dele:

— E de vez, seu Pereira, de vez. Domingo vou de pessoalmente buscar a velha Francisquinha em Ponta Grossa dos Fidalgos.

Custei a retirar Antão do espanto. Balançava a cabeça, chapéu sempre rolado nos dedos. Se eu tivesse prevenido, mandado recado ou bilhete, tinha dado um arranjo na casa. Nunca que ia figurar o patrão no Sobradinho, pois corria nos pastos como certo que o coronel estava querendo trocar os currais por chaminé de usina. Não confirmei, nem desconfirmei:

— Tenho esse propósito, mas ainda não deliberei em decisão final.

Pedi que Antão ficasse a gosto para saber das novidades trazidas. E naquele meu natural de medir soalho, barba na frente e mãos no atrás das costas, inaugurei os trazidos:

— Fique em cadeira segura que é coisa de pasmar, seu compadre.

E ia bem entrado na conversa, Pereira a par da guerra de extermínação que eu preparava contra o povo dos impostos, quando Janjão Caramujo, orgulhoso de sua espingarda de fogo central, gritou lá embaixo, das casuarinas, como embargando passo intruso. Corri para a varanda no receio que fosse meirinho portador de intimação do governo. Mas quem deparei em conferência com Janjão era pessoa do meu maior bem-querer. Gritei do meu mirante:

— Seu Tutu, corra logo para saber das novas.

O mulato, sempre carregado de cerimônia, requereu permissão para dar um abraço no coronel Ponciano, seu patrão e padrinho. Apertei o pardavasco como aprecio apertar gente de minha especial estimação, no arrocho, no quebra-costela:

— Sim senhor, não esperava visita tão galhardosa.

Disse Tutu, que andando em visita a uma menina empanzinada de vermina, soube, ao passar por Santo Amaro, que isso era o que mais dava nas conversas do comércio, da minha chegada no trem da manhã. Correu de imediato para trazer suas gratidões e sentimentos ao coronel, pelo muito que fiz por ele nos dias em que andou na beira da cova, atacado de mazela sarnosa:

— Sou muito agradecido a Vossa Senhoria.

Mandei que deixasse de bobagem:

— Não tem que agradecer nada. Como anda o seu comércio de cobra, seu Tutu?

No seu feitio respeitoso, Militão pediu licença de relatar uns avantajados. Enquanto o coronel andava na cidade, ele, liberado da unha da doença, aumentou a profissão de curador, aprendeu outras simpatias, tais como cura de quebranto, barriga-d'água, espinhela caída e carne rendida, fora um reconfortativo de sua inventoria, de grande prestança em caso de fraqueza:

— Estou largando o ofício de curador de cobra, meu patrão.

Atalhei na galhofa:

— Pelo visto, vosmecê tomou o lugar do falecido Juju Bezerra.

Na marola da conversa ("Como vai Sinhozinho, onde anda Dioguinho do Poço?"), veio a furo o nome de Jordão Tibiriçá. Tomado de ódio incontido, que eu nem sabia possuir, dei de falar alto, no meio da sala, como um possesso. Era uma força que subia do meu íntimo e saltava pela boca. Destratei o cobrador de impostos e ofendi, no mesmo vento da má-criação, Nogueira e sua camarilha:

— Tudo uma corja de ladrões, uma comandita de gatunos.

Tutu e Antão Pereira, cuidadosos de que eu tivesse perdido o tino, correram para apaziguar meus perturbados:

— Coronel, pelo amor de Deus, pelo amor de Deus, coronel.

Não atendi o pedido dos suplicantes e saí varanda afora, sempre aos berros, obtemperando contra o governo. Fui e voltei no impulso do ódio. A barba do coronel era que mais sofria nessas destemperanças – virava rosca de parafuso ou escada de caracol, de tanto ser torcida e destorcida. E foi enrolando esse pertence, no entra e sai da sala para a varanda, que firmei jurisprudência. Sacana nenhum do governo botava a pata pestilenta em terras da minha herança:

— Nenhum, seu Tutu. Nenhum, seu Antão.

E de joelho, fazendo parte de que estava munido de arma de fogo, figurei atirar por trás das pilastras da varanda. A matraca da língua trabalhava como carabina de repetição:

— Tá-tá-tá-tá-tá.

Já via meirinho da Justiça, protegido pelos meganhas da governança, avançar mourões e porteiras do Sobradinho adentro. Chamei Pereira, mais gago que nunca:

— Seu Antão, lá está um. Veja o olho de fogo do atrevido.

Pereira, rente de mim, especulou a parte infestada, mas teve o desplante de negar presença de meirinho nas imediações de uma touceira de capim-limão. Que eu desculpasse a sua pouca vista. O que aparecia em forma de brasa bem podia ser o fogo dos vaga-lumes, já que a tarde descaía:

— Mais não é, co... co... coronel.

Escumei de raiva, culpei os olhos dele:

— Seu Pereira, do que vosmecê mais precisa é de um par de óculos de couro.

E outra vez aos berros, garanti que não barganhava a minha vista por vista de menino novo, que graças a Deus nunca necessitei de cangalha no nariz para despedaçar, em tiro certeiro, um mangangá na distância de muitas braças:

— É quanto aparecer, quanto morre, seu Pereira. Não sou homem de mentiradas, seu Pereira.

Puxei Tutu e apontei o descampado:

— Vosmecê, homem mateiro, que vê coisa que ninguém nunca vê, diga na maior verdade se no atrás das casuarinas não está um moleque fazendo deboche?

E sem esperar resposta, como picado de faca, corri de possesso na direção do paiol do Sobradinho em busca das armas. Ouvia, no atropelado da minha cabeça, o barulho de tropa do governo. E da boca da escada, com a botina no primeiro lance, abri o berrador:

— Cambada de sacanas! Vou comer tudo na bala.

Nisso, no esforço de derrotar de dois em dois os degraus do paiol, sofri uma agulhada no centro do peito – o joelho dobrou e caí de borco. Tutu, no meu calcanhar, gritou em feitio embargado:

— Seu Antão, corra depressa que o coronel está em aflição mortal.

Ainda percebi, no derradeiro furo de minhas forças, aquele corre-corre cada vez mais lonjal – Tutu pedindo vela e Antão Pereira em choro. Um sono de paina, desses que fecham os olhos da gente com bondade, tomou conta deste Azeredão Furtado dos pastos de Santo Amaro. Quando dei acordo de mim, sei lá que tempo decorrido, já andava longe, em terras de Badejo dos Santos. Saí do Sobradinho sem atinar como, que perna e lombo de cavalo não usei. Fiz toda a viagem em relâmpago – a tardinha que deixei na varanda do meu avô era a mesma que escurecia os matos do major. Andava eu em leveza de passarinho, sem gasto de botina, sem esforço de perna. Achei graça de tais artimanhas:

— O coronel é levado da breca. Quem é que pode com as invenções do coronel?

O engraçado é que eu não sofria mais a pontada do peito, o aguilhão que ferrou a minha carne na escadinha do paiol. Era alegria sobre alegria, contentamento e mais contentamento. E foi em pé de sonho que especulei as posses do amigo Badejo. E levado por um bulir de macega, relembrei um contado do povo que dava como existente nas terras do major um serpentão de fundo de cacimba que era dos mais nefastos. O encantado, velho de muitos antigamentes, saía de suas funduras no cair da noite, no alumiado da estrela papa-ceia, para então armar estripulias nas picadas e veredas do mato. Quem deparasse com ele era vivente perdido, desmiolado da cabeça. Sobrevinha logo uma fraqueza das ideias, de nenhum doutor dar jeito. Se Badejo dos Santos, homem de patente, não tomasse como ofensa, eu era coronel de esbagaçar o serpentão e limpar os seus pastos de tal maldade. Para evitar uma desavença, e eu ter que passar por cima da autoridade dele, tratei de sair dos pertencentes do bom amigo e vizinho, pelo que avivei o passo. E nesse avivar fui bater perto de um cachorro que farejava trilha de preá. Ao dar comigo, o bicho meteu a rabeira entre as pernas, arrepiou o serrote do lombo e saiu em gemido de agoniado. Enxotei o medroso:

— Vai agourar a mãe nos infernos, seu nojento.

Uma camarilha de urubus, lá no alto, corria na frente da noite. Era hora da corujada. Sem rumo certo, perambulei em vadiagem de um lado a outro. De repente, por entre uma folga do arvoredo, pulou a casa de Badejo dos Santos, que eu conhecia de raspão, sem nunca ter gozado de sua varanda ou da sala de jantar. Contavam que o major guardava a sete chaves e tramelas uma sobrinha de largos merecimentos, portadora de uma guarnição de pernas de fina nascença, além de bem municiada na sua repartição dos fundos, coisa de ser vista até de longe, tal a grandeza dos avultados dela. Por conseguinte, o que calhava era eu aparecer lá, cumprir a cortesia dos currais ("Estou de volta, major, às ordens de sua amizade") e aquilatar, de olho próprio, as propaladas belezuras e avantajados da menina de seus cuidados. Esfreguei as mãos no vento desse pensar:

— Muito que bem, muito que bem. O coronel é de muita ideia.

Tomada a deliberação, ajeitei a barba, retirei uns picos-de-macaco do brim das calças – e caí em chão de estrada, um caminho de esmerado trato, liso de calhaus, que até era de pena dar passagem a casco de rês e roda de carro de boi. Pois nem tinha eu avançado dez braças e vejo assomar, dos escurinhos de um bambuzal, aquela soberba manada de mil chifres. O caminho, de um beiral a outro, ficou atravancado e pouco faltou para que a aspa de um boi-corneta não varasse o meu braço. Em salto de gato afastei o perigo. Mas saiu tão tutanudo e descalibrado o pulo, que Ponciano atravessou o arvoredo e foi pousar, de passarinho, na outra banda, no coice da boiada. Era de muito admirar – na beira dos sessenta, maneiro de junta, o neto de Simeão ainda podia apresentar essas vantagens do uso da gente moça. Um campeiro, que vinha na bosta do gado, passou em ventania, sem consideração pela minha pessoa. Abri a goela:

— Filho de uma vaca, cegueta de uma figa!

O abusado, sem dar confiança, sumiu na poeira. Resolvi apreciar a noite que a Lua começava a polir. Além do mais, devia fazer hora, de modo a pegar o major no depois do jantar, e nunca antes, que assim mandava a etiqueta. Afundei na estrada, na apreciação de uma beleza e outra. Sou de coração muito humanal e não tenho olho só para benfeitorias de pasto e curral. Sei apreciar uma boniteza de planta, uma asinha de borboleta e ninguém, nestes anos todos de minha vida, fez injustiça contra os passarinhos do meu céu e os bichos de meus matos. Por isso, na vadiagem pelos ermos do major, parei na vistoria de uma ninhada de lírios que bebia água choca de um mangue de mau caráter. E estava eu no admiramento desses mimosos quando, do lado onde sumiu o vaca-braba do campeiro, senti passos. Talvez o atrevidão viesse desagravar a mãe ofendida, sabido que gente de curral é tardosa das ideias. Sendo assim, tratei de esconder minha pessoa no escuro de uma figueira-do-inferno. Queria, com essa manobra militar, ganhar as vantagens da surpresa, o que numa guerra de estrada vale por meia briga vencida. Os passos vieram vindo, cada vez mais achegados. Matutei com meus botões:

— Deve ser o vaca-braba. Ele e mais vivente nenhum.

Apurei a atenção e vi na minha frente, em distância de um couro de boi espichado, saído não sei de onde, um tal capitão Felisberto das Agulheiras, que uma jararaca tinha dado morte em anos bem recuados. O capitão, muito devocioneiro de São Benedito, vivia de bentinhos no pescoço. Em viagem mais alongada, levava sempre, em mulinha especial, oratório e água benta. Fugia ele de morrer como herege, desbeneficiado da religião. Sem mostrar receio, inquiri o aparecido:

— Se mal pergunto, capitão, que busca vosmecê nestes ermos de gente viva se todo mundo sabe que sua pessoa foi enterrada em cova de segurança, faz tempo de perder a conta?

O capitão caiu em reza para que os santos abrissem as claridades do meu juízo. Em olhadela mais funda, reparei que o devocioneiro de São Benedito aparecia munido de asas e só de ver essas peças do povo do céu entrei em gargalhada. Diante de Felisberto feito garça, com penas no lugar dos braços, perguntei trocista:

— O capitão tirou patente de anjo?

O picado de jararaca, deixando o rosário, implorou que eu tivesse piedade. Andava ele em missão pelos ermos, em socorro de uns e outros:

— O mundo é um saco de pecados e cada um arrasta sua penitência.

O falar do capitão era tão comovitivo e tristoso que perdi o gosto da galhofa. Logo duas águas rolaram pela minha barba militar. Em palavras de sentimento, Felisberto das Agulheiras relatou o que era a maldade dos capetas, suas judiarias e artimanhas. De ver o capitão de lágrima solta meu gênio picado botou a cabeça de fora. Implorei, de peregrino mais necessitado, que Felisberto das Agulheiras ("Por São Jorge e todos os demais santos do reino do céu") apontasse, naquela justa ocasião, em que covil morava o Trevoso. Ia mostrar a esse jacá de peçonha a força do braço de um Azeredo Furtado:

— Capitão, vou fazer com ele o que fiz com um soberbão de um lobisomem que empesteava as encruzilhadas de Paus Amarelos.

Mal firmei o compromisso, sofri no nariz aquela catinga da raça dos enxofres. Pelo visto, o porco devia andar nas vizinhanças, de chifre aceso, pronto para tomar vingança. O pior é que o devocioneiro de São Benedito, que tanto puxou pela minha piedade, foi o primeiro a sumir e dele só restou um bater apressado de asas e nada mais. Fiquei de sozinho na estrada como na noite do lobisomem. Nem o vento corria, nem o mato era senhor de mexer uma folha. Por trás dos aceiros, rondava o sujeitão de pé de cabra. Podia escutar o risinho pouco-casista dele, enxergar seu par de olhos feitos de brasa. Tive de afrouxar o colarinho para contrabalançar o calor de cem fornalhas que vinha da parte infestada pelo pai dos capetas. Não procurei trocar palavras com ele, que esse proceder não vinha nos livros de minhas leituras, nem nas práticas por mim aprendidas em escola de frade. Fiz o que todo cristão batizado deve fazer. Ajoelhado, cabeça rebaixada, pedi a proteção do alto:

— São Jorge, Santo Onofre, São José.

Foi este penitente chamar os santos de sua devoção e um par de asas roçar a minha cabeça. Muito admirado fiquei de ver lá em cima, em forma de anjo, um certo menino comedor de terra, falecido nas minhas infâncias. O bichinho, ao cruzar perto de um querubim que gozava o luar em aba de nuvem, falou mais ou menos assim por sua boquinha do céu:

— Lá vai o coronel Ponciano de Azeredo Furtado em sua mulinha de desencantar lobisomem. Vai para a guerra do Demônio, que o coronel não tem medo de nada.

Foi então que reparei estar em sela, bem montado e bem guarnecido de armas. Devia ser prenda de São Jorge, que sempre soube apreciar o valor de um estribo e a força de uma rédea, desde que brigou com um dragão e ao maldoso deu morte. Não só eu montava mula segura como vestia a farda mais vistosa de coronel. Barba de pura seda e cabelo de lustroso ondeado, da casa dos meus vinte anos. Eu era de novo Ponciano de Azeredo Furtado dos dias em que destronquei o pescoço do gigantão do circo de cavalinhos. Mortas andavam as ofensas que recebi e os agravos que tive de repelir. Era como se eu nascesse naquela hora, limpo de mágoas e malquerenças. Nem vinte capetas, do mais denegrido ódio, podiam comigo em tais circunstâncias. Muito afastada, como em despedida, chegou de novo a vozinha do anjo comedor de terra:

— Lá vai o coronel Ponciano de Azeredo Furtado em sua mulinha de guerra.

Olhei em derredor. Um fogo de labareda, de cambulhada com um bater de patas, vinha do aceiro. Era o Diabo em seu trabalho nefasto. Pois ia ele saber quem era o neto de Simeão, coronel por valentia e senhor de pasto por direito de herança. Sem medo, peito estofado, cocei a garrucha e risquei, com a roseta, a barriga da mulinha de São Jorge. A danada, boca de seda, obedeceu a minha ordem. O luar caía a pino do alto do céu. Em pata de nuvem, mais por cima dos arvoredos do que um passarinho, comecei a galopar. Embaixo da sela passavam os banhados, os currais, tudo que não tinha mais serventia para quem ia travar luta mortal contra o pai de todas as maldades. Um clarão escorria de minha pessoa. Do lado do mar vinha vindo um canto de boniteza nunca ouvido. Devia ser o canto da madrugada que subia.

O "CORONEL" E SUA GENTE
(ROR DE PERSONAGENS)

Afonsinho da Igreja – Mestre santeiro, de mão perita.

Alice – Mocinha que frequentava a casa de dona Esmeraldina.

Alonsa dos Santos – Mulata guarnecida do mais vistoso par de popas, segundo Juju Bezerra.

Alvarina Quintanilha – Comadre de Ponciano, mulher de Juquinha Quintanilha. Senhora de boas prendas e bondade no coração.

Antão Pereira – Boiadeiro do Sobradinho, gago de nascença, sujeito sisudo de nunca mostrar dentes de riso a ninguém.

Antônia – Irmã de Caetano de Melo. Altona e dona de um par de platibandas muito do agrado de Ponciano.

Antoninho do Areal – Negociante pobre, pai de dez filhos, e ameaçado de galés por Jordão Tibiriçá.

Aristeu Beda (capitão) – Galista, dono de um galo de briga avinagrado, cheio de soberba.

Aristeu Fortunato – Compadre do major Badejo dos Santos.

Artur Fontainha – Bancário, magricela muito falante, engomadinho de cabelo avaselinado. Recurvado que nem cabo de guarda-chuva e peito contraído em anos de subalternismo.

Badaró do Rosário – Compadre de Dioguinho do Poço, que – segundo ele mesmo – verteu água só de ver o tamanho da onça aparecida em posses de Badejo dos Santos.

Badejo dos Santos (major) – Vizinho de Ponciano e seu parceiro de armas. Dono dos pastos onde apareceu uma pintada de grande porte.

Baltasar da Cunha – Doutor engenheiro, vindo do Rio. Arrogante, cabeleira encaracolada, bigodinho de ponta de alfinete, todo enfeitado e engomadinho. Primo de dona Esmeraldina e substituto de Juquinha Quintanilha no comando dos pastos de Mata-Cavalo.

Barbalhos – Gente fidalga de Macaé. Aparentados de Nogueira.

Beatriz de Melo – Filha mais nova de Pires de Melo, vizinho de Ponciano.

Bebé de Melo – Prima de Caetano de Melo. Cintura da raça das tanajuras em ligamento dos seus fornidos de cima e abundâncias de baixo.

Bem-te-vi (coronel) – Pertencido de cemitério, dos pastos de Boa Vista, com quem Sinhozinho Manco – segundo ele mesmo – teve uma rixa de sangue.

Bidu de Melo – Mulher de Pires de Melo. Mãe de meninas tidas como marias-mijonas, segundo Ponciano.

Branca dos Anjos – Primeiro amor de Ponciano, dona de um par de tranças de muito agrado do principal personagem. Morava em casa avarandada, com jardim de bogaris, em Gargaú.

Caetano de Melo (doutor) – Doutor de dar consulta. Antigo vizinho de Ponciano, possuidor de barba rala e tique nervoso. Sujeito cheio de nós pelas costas e cismático.

Cazuza do Rego – Compadre de Tutu Militão. Sujeito cismático.

Celeste – Teúda e manteúda de João Fonseca. Moça de encantos escondidos, palavra mansa e modos de paina. Morava numa casinha avarandada na rua do Gás. Depois da morte de Fonseca presenteou Ponciano com um sabiá-laranjeira, bichinho do maior bem-querer do coronel.

Cerqueira – Dono de engenho em Macaé e tio de Mocinha.

Chiquinho Lima – Falido de açúcar, enricou da noite para o dia, desde que ficou na cabeça de uma repartição de impostos.

Cicarino Dantas – Aguardenteiro, vizinho de Ponciano, sujeito vingancista com quem Ponciano brigou em demanda de terreno.

Coelho dos Santos (doutor) – Médico da cidade, debelador das mazelas de Ponciano.

Crispim Ramalho – Guarda-livros dos negócios de Caetano de Melo, portador do pedido de casamento de Nicanor do Espírito Santo para Nazaré.

Dadá Pereira – Dona de pensão de moças descompromissadas.

Dantas Mesquita – Invernista com quem Ponciano teve pendenga no Foro.

Dioguinho do Poço – Vizinho dos ermos, dono de voz troncuda, madurão e vivido.

Esmeraldina Nogueira – Paixão de rebite de Ponciano. Dona de um par de covinhas de muita graça e olhos verdes. Branca, de cabelo em formato de labareda. Mulher de Pernambuco Nogueira.

Epaminondas – Tio de Pergentino Araújo.

Estefânia – Mulher de Totonho Monteiro, dona de um vistoso amassador de sofá. Em tempos verdes da mocidade teve um pé de namoro com Pergentino de Araújo, do qual Pergentino curtia dor de cotovelo.

Felisberto Agulheiras (capitão) – Devocioneiro de São Benedito e bentinhos no pescoço. Personagem que Ponciano encontra em forma de anjo.

Francisquinha – Negra de confiança do avô Simeão. Velha enérgica e de bom mando na cozinha, sala e saleta.

Gastão Palhares – Velho de cara terrosa, cismático de doença, com mania de puxar conversa de remédios, receitas e conselhos. Sujeito cheio de ipsilones e nove-horas.

Isabel Pimenta – Mestra de letras. Prima de dona Alvarina. Moça vistosa, de fino trato, macia de fala e de variadas belezas. Segundo amor de Ponciano.

Janjão Caramujo – Pardavasco de bons prestativos. Limpador de cavalos e cachacista sem remissão. Gozava da apadrinhagem da velha Francisquinha por ter servido Simeão desde tenra infância.

Janjão Pereira – Sujeito de bigode, discursador, da comitiva política de Pernambuco Nogueira.

João Fonseca – Sócio de Ponciano dos primeiros tempos do comércio de compra e venda de açúcar. Pescocinho fino envolvido em agasalho.

João Ramalho – Marcador de gado do Sobradinho, ofício que conhecia de cor e salteado. Sujeito andeiro e de muita ponderação. Nascido de surdez do lado esquerdo.

Jonjoca do Queimado (capitão) – Que ficou de quarto duro, estropiado de não ter fundilho para sela, segundo Sinhozinho Manco.

Jordão Tibiriçá – Meganha do governo e cobrador de impostos nos ermos e currais. Sujeito de rompantes. Segundo ficou sabendo Ponciano, mandado de encomenda para dar fim ao ladronismo nos pastos.

José Feijó – Marchante de boi.

José Mateus – Pardinho, tocaieiro de tiro certo, que rondava as porteiras do Sobradinho. Contratado para matar Ponciano.

Juca Azeredo – Primo de Ponciano de grau achegado, do Morro do Coco.

Juju Bezerra (major) – Boticário, dono da Farmácia Esperança em Santo Amaro. Autoridade do governo, de soltar e prender. Anel de doutor em assuntos de rabos de saia. Vivia a par de todas as sem-vergonhices do Moulin-Rouge e casas de pândega.

Julinha Rosa – Moça que frequentava a casa de dona Esmeraldina.

Juquinha Quintanilha – Mulato de dente de ouro, que em tempo de moço serviu sob as rédeas do avô de Ponciano. Preparado em sertão, entendido em gado e mazelas. Cerimonioso no trato e desaparelhado de coragem.

Juventino Ferreira – Dono da firma Irmãos Ferreira, que mandava e desmandava (antes de se arruinar) no comércio de mascavo e cristal. Por fora, respeitosão, de fala rouca e corrente trespassada na barriga. Por dentro, safadeza só.

Macedo Costa (doutor) – Advogado de Baltasar da Cunha. Sujeito roliço, nascido com ares de coruja – cara redonda e olhinhos junteiros.

Machadinho – Garçom do Taco de Ouro, de costeletas escorridas.

Machadinho – Galo de briga do major Badejo dos Santos, um mau-caráter de penas, orgulhosão, rival de Vermelhinho.

Malaquias de Azevedo (padre) – Confessor do avô Simeão e de Ponciano. Homem bom e fervoroso.

Mercedes – Mulher de Tude Gomes. Moça de largas prendas. Cabelo em forma de trança ameninava seu porte de grandes competências e de largos tirocínios.

Micael – Pessoa a que o padre Malaquias se referia nas visitas ao Sobradinho.

Mimis – Estrangeiras do Moulin-Rouge.

Neco Moura – Velho de oitenta anos que ostentava moça em sobrado de Santo Amaro.

Nicanor do Espírito Santo – Retinto de feição de branco, fala limpa e respeitosa. Afilhado de Caetano de Melo.

Nico Ferreira – Mestre de tropeiros. Ciumento de sua mulinha, tratada como moça, dentro do maior respeito e cuidado.

Nonô Portela – Macilento, de pescoço de linha e óculos de vidro esfumado. Escrevia para as gazetas.

Norato – Desarrumado das ideias, amestrador de cachorros e cavalos do major Lorena. Sujeito magrelinha, de perna de bambu e gogó saído.

Padilha – Gerente do Hotel dos Estrangeiros. Barrilote, de cabelo repartido no meio.

Pederneira (viúva) – Espectadora do Moulin-Rouge.

Pedro Lima – Pessoa a que o padre Malaquias se referia nas visitas ao Sobradinho.

Pedro Braga – Sujeito malvadão e altão, que Ponciano queria exemplar.

Pedro Pita – Barrigudão de não ver o birro desde muitos anos atrás.

Peixotinho do Cartório – Escrivão de cartório, oficial juramentado metido a cantor de modinhas tristes.

Penalva Brito – Galista de afundados ermos.

Pereira Nunes – Médico que assistiu aos padecimentos de Juquinha Quintanilha na Santa Casa das Misericórdias.

Pergentino de Araújo – Tabelião, amigo de Ponciano das farras do Moulin-Rouge e outras ribaltas. Metido a severão por fora e dentro safadeza só. Óculos, bengala de castão de ouro. Solteirão. Aparentado de dona Esmeraldina em sangue distante.

Pernambuco Nogueira – Doutor das demandas e do inventário do avô Simeão. Raposa da Justiça, paixão de Ponciano.

Perlingeiro de Sá Menezes – Juiz de fornada nova, que lavrou sentença a favor de Ponciano e ainda destratou a acusação presente, condenada a pagar as custas e outros caprichos da Justiça.

Pires de Melo – Primo de Caetano de Melo. Contrário a brigas de galo. Vizinho de invernada de Ponciano. Velho de corrente de relógio trespassada na barriga.

Ponciano de Azeredo Furtado – Principal personagem do livro, dois metros de altura, barba ruiva, fortão, voz grossa, invencioneiro e bondoso. Por vezes, maluco da cabeça e apreciador de rabo de saia.

Quirino Dias – Mercador de aguardente que trouxe relatagem, ao Sobradinho, da briga do galo Vermelhinho com surucucu.

Sabiá-laranjeira – Bichinho de penas, de canto limpo. Lembrança do João Fonseca para Ponciano na partilha de seus deixados.

Salim Nagibe – Vendedor ambulante em trânsito pelo Sobradinho. Mascate.

Santinho Belo – Primo afastado do avô Simeão.

Saturnino Barba de Gato – Campeiro dos tempos do avô Simeão, sujeito de porte alentado e bexigoso de cara.

Seabra – Funcionário do Banco da Província. Amaricado e bexiguento.

Sebastião Carneiro – Que arrumou encargo do governo para seu primo Sinhozinho Manco.

Secundino Peralva – Juiz. Velhote seco, devastado de cabelo, birrento e cismático.

Selatiel de Castro – Banqueiro, conhecido como Castrão, que vassourava rabo de saia nas portas do teatro.

Serafim Carqueja – Rábula dos desvãos do Foro. Pardavasquinho ensebado, casaco roído na curva do cotovelo, que vivia de encaminhar papéis.

Serafim Feijó – Homem devocioneiro, dono de cachorros codorneiros.

Serapião Lorena (major) – Homem arredio, de viver sozinho. Pessoinha mirrada de nascença, com cangotinho abaulado e bigodes descaídos pelos cantos da boca.

Setembrino Machado – Funcionário do Banco Hipotecário. Muito achegado ao Sobradinho pela amizade do avô Simeão.

Simeão – Avô do personagem, sujeito severoso e dono de muitos pastos e currais.

Sinhá Azeredo – Prima de Ponciano, solteirona, magricela e devota.

Souza Bastos (doutor) – Médico que não quis tratar da maleita de Ponciano.

Timóteo da Cunha – Tabelião que cuidou das papeladas de cartório, da herança de Simeão.

Titinha – Mulata, arrumadeira do Hotel dos Estrangeiros, que tratou a caxumba de Ponciano e cedeu seus préstimos, de madrugada, nos lençóis do coronel.

Tomé de Azeredo Furtado – Tio de Ponciano.

Totonho Borges – Escrevente de cartório, entre uma penada e outra prendia ladrão de cavalo e administrava outras justiças em nome do governo.

Totonho Monteiro (capitão) – Dono do Hotel das Famílias, onde Ponciano se hospedava em Campos. Compadre de João Fonseca.

Totonho Rosa – Compadre de Juju Bezerra, que perdeu as forças no dia do casamento.

Tude Gomes – Mestre de alambique de Paus Amarelos. Brancarrão e sarará. Macio de trato.

Tutu Militão – Pardavasco de barba ralinha, de muitos anéis nos dedos. Respeitoso no trato e de proceder mimoso. Vivia de sanar picada de jararaca e caninana.

Ururau – Jacaré recoberto de pedregulho, vindo dos dias mais recuados, de não existir papel capaz de caber sua conta em anos.

Vermelhinho Pé de Pilão – Galinho de briga, também conhecido como Capitãozinho, apelido carinhoso dado por Ponciano. De muito tino e coragem e especial bem-querer do coronel.

Zacarias Valadão – Dono de fazendas e sujeito de variadas camas e muitos dinheiros.

Zizi – Moça da ribalta, que mostrava, nos palcos, um par roliço de muitas serventias acima dos joelhos.

Zizis – Estrangeiras do Moulin-Rouge.

Zuza Barbirato (capitão) – Portador de cem mortes de onça, homem de muita fama e escama, conforme relato de Juquinha Quintanilha.

Este livro foi impresso nas oficinas da
DISTRIBUIDORA RECORD DE SERVIÇOS DE IMPRENSA S.A.
Rua Argentina, 171, Rio de Janeiro, RJ, para a
EDITORA JOSÉ OLYMPIO LTDA., em abril de 2024.

*

93º aniversário desta Casa de livros, fundada em 29.11.1931.